Andrea De Carlo

Das Traumtheater

ROMAN

Aus dem Italienischen von
Petra Kaiser

Diogenes

Titel der 2020 bei La nave di Teseo Editore, Milano,
erschienenen Originalausgabe: ›Il teatro dei sogni‹
Copyright © 2020, La nave di Teseo Editore, Milano
Covermotiv: Illustration von Bridget Lansley
Copyright © Bridget Lansley

Der Diogenes Verlag wird vom Bundesamt für Kultur
für die Jahre 2021–2024 unterstützt

Eins

Würde man Veronica Del Muciaro nach ihrer größten Angst fragen, würde sie garantiert sagen, am meisten fürchte sie sich davor, den richtigen Augenblick zu verpassen. Bis Mitte zwanzig hatte sie davon nämlich schon eine Unmenge verpasst: Millionen Momente, die ohne jede Vorwarnung plötzlich wie aus dem Nichts auftauchten und dann so blitzschnell vorbeirauschten, dass sie gar nichts davon mitbekam, geschweige denn sie zu nutzen vermochte.

Aber mit fünfundzwanzig kam dann endlich der Durchbruch. Wann genau, weiß sie gar nicht mehr, sie kann sich an kein spezielles Ereignis mehr erinnern: Irgendwann hatte sie es einfach satt, dauernd fassungslos dazustehen und sich zu grämen, weil sie auf eine Bemerkung, einen Blick, eine sich bietende Gelegenheit wieder einmal nicht schnell genug reagiert hatte. Bis dahin war sie durch tausend Unsicherheiten gehemmt, durch die Erwartungen der Eltern, die Angst, verurteilt zu werden; in der Schule, um nur ein Beispiel zu nennen, stotterte sie. Heute, wo sie in ihren Livereportagen für *Tutto qui!* losrattert wie ein Maschinengewehr und perfekt artikuliert, kann sich das gar keiner mehr vorstellen. Dennoch war dieses Stottern für sie lange Zeit eine Quelle unsäglicher Erniedrigung. Es reichten wenige Zuhörer, drei oder vier Mitschüler, gar nicht mal die ganze

Klasse, und schon verheddert sie sich, die Worte stockten und kamen nur ruckartig heraus. Deshalb wurde sie nicht nur von ihren Mitschülern aufgezogen, sondern auch von den Lehrerinnen, später auch von den Profs. »D-d-del Mu-mu-mu-cia-ro«, sagten sie. »Mu-mu-mu!« Superwitzig, schallendes Gelächter. Wenn so etwas heute passierte, würden die Eltern gleich zum Anwalt laufen und die Presse einschalten, der Vorfall käme in die Zeitung und ins Fernsehen. Roberta Riscatto beispielsweise würde so einen Fall sofort aufgreifen, sie zu einer Livereportage losschicken und Psychologen, Soziologen und Logopäden ins Studio einladen. Die Schulleitung müsste die Mitschüler rügen, sich von den Lehrern distanzieren und sich öffentlich entschuldigen. Aber damals, kein Gedanke; natürlich war sie auch nicht nach Hause gelaufen, um gleich alles zu erzählen, denn sie schämte sich, als wäre es ihre Schuld. Zum Glück fand sie selbst die Lösung, ohne fremde Hilfe: einfach loslegen, statt wie gelähmt zuzusehen. Die Methode war simpel: Sag einfach, was dir gerade einfällt, nicht lange überlegen, nicht erst nach den richtigen Worten suchen. Die kommen dann von ganz allein. Bloß keine Hemmungen, vergiss, was andere wohl davon halten, pfeif auf die Folgen. Stell einfach eine unbequeme Frage, ein bisschen heikel vielleicht, hau irgendeinen frechen Spruch raus, schneid eine Grimasse, äff jemanden nach, wirf die Haare zurück, ganz egal, Hauptsache Action. Und keine Einstellung länger als ein paar Sekunden: dauernd wechseln, ungeduldig sein, aufdringlich. Lauf herum, beweg dich. Und es funktionierte, wenn auch vielleicht nicht in *allen* Lebensbereichen; jedenfalls verpasste sie nun keinen Augenblick mehr, so viel war sicher.

6

Man braucht sie nur anzusehen, wie sie jetzt an diesem kalten Morgen, der so kalt gar nicht ist, schließlich haben wir den ersten Januar, das älteste Café im Zentrum von Suverso betritt, noch halb benommen von dem enttäuschenden Silvesterabend in Mailand und der nächtlichen Rückfahrt in ihrem Mini mit Vollgas. Man braucht nur ihr Spiegelbild an der Wand hinter dem Tresen anzusehen, während sie den Blick über die Auslagen schweifen lässt: Die Haare haben den richtigen Blondton, etwas dunkler am Ansatz und nach unten heller, die Ringe unter den Augen sind angesichts der Umstände minimal, der schwarze Pashmina-Schal ist weich und flauschig, die silberne Daunenjacke schön eng in der Taille, die schwarze Stretchhose umspannt formvollendet die Beine, die Stiefel mit hohen Absätzen machen zwar nicht größer, geben aber Schwung. Natürlich ist sie nicht mehr zwanzig, sieht aber immer noch gut aus, das bestätigen auch die wohlgefälligen Blicke der Männer, als sie sich über die Theke beugt, um der Bedienung mit Schürze und Häubchen die Brioche mit Creme und Puderzucker zu zeigen, die sie sich ausgesucht hat. Dann eine halbe Drehung, um beim Barista einen Cappuccino zu ordern, dabei entgehen ihr auch nicht die Blicke einiger Frauen, die sie erkannt haben, eine unterschiedlich dosierte Mischung aus Bewunderung, krankhafter Neugier, Widerwillen, Neid.

Sie holt das Handy heraus, schaltet die Selfie-Funktion ein, wählt wie immer den Filter *soft focus;* sie neigt leicht den Kopf, sieht das Lächeln, das bei dieser Beleuchtung fast strahlend wirkt, öffnet ihr Social-Media-Profil. Sie nimmt das Handy in die linke Hand, streckt die rechte aus, um die Brioche zu nehmen, tunkt die Spitze in den Cappuccino, setzt ein komisches Gesicht auf. »Da wären wir also, am ersten Tag des neuen Jahres!« Sie beißt ein ordentliches Stück ab, kaut aber kaum, um auf keinen Fall das Lächeln zu gefährden und womöglich wie ein Mümmelweib auszusehen. Sie hat noch einen weiteren Filter eingeschaltet, der über ihrem Kopf automatisch ein goldenes Krönchen mit dem Schriftzug 2020 einblendet. Na ja, ein bisschen kindisch vielleicht, aber inzwischen machen das alle ihre Kolleginnen und die Hälfte der männlichen Kollegen, sogar ihre Mutter. Na und, was ist denn schon dabei, wenn man sich ein bisschen aufhübscht und die Nachricht ein bisschen witziger macht? Nichts, absolut gar nichts. Aber jetzt ist ihr der unzerkaute Bissen in der Speiseröhre hängen geblieben und rutscht nicht runter, sodass sie kaum noch lächeln kann. Sie versucht ihn runterzuschlucken, aber es geht nicht, sie versucht ihn wieder hochzuholen, aber auch das klappt nicht: Schlagartig wird ihr klar, dass sie im Begriff ist zu ersticken, vor all den Leuten, wie kann man nur so blöd sein.

Erschrocken weicht sie ein paar Schritte zurück, versucht sich zu beruhigen, versucht den Brocken runterzuschlucken oder ihn wieder herauszuwürgen, in die Papierserviette, aber keine Chance, sie bekommt keine Luft mehr, fängt an zu japsen, gerät in Panik. Während ihr Kopf sich mit den Gesichtern all der Menschen füllt, über deren schreckliches Ende sie vom jeweiligen Unfall-, Unglücksoder Tatort berichtet hat, taumelt sie in Panik durch das älteste Café von Suverso.

Das Schlimmste an der Situation, abgesehen von dem Gefühl zu ersticken und sich schon als Leiche am Boden liegen zu sehen, ist, dass die anderen Gäste reglos dasitzen mit demselben Ausdruck von Bewunderung, krankhafter Neugier, Widerwillen oder Neid wie zuvor. Vielleicht können sie die Verzweiflung in ihren Bewegungen und die wachsende Panik in ihren Augen nicht erkennen, vielleicht denken sie aber auch, dass eine Fernsehreporterin, die auf Skandale und Verbrechen spezialisiert ist, mehr oder weniger unsterblich sei.

Veronica lässt Brioche und Handy fallen, reißt sich den Pashmina-Schal vom Hals, torkelt mit den Händen am Hals herum, und noch immer denkt niemand daran, etwas zu unternehmen. Beispielsweise die ältere Dame mit Nerzmantel und bläulich schimmernden Haaren, oder die Fünfzigjährige im Collegelook mit Strassreif im Haar, oder der große dünne Typ mit Brille, der aussieht wie ein Spion aus den Sechzigerjahren, oder der Fettwanst, der seinen Kamelhaarmantel fast zum Platzen bringt, oder die beiden aufgetakelten Freundinnen mit identischen Kaninchenaugen, oder der junge Mann mit Stachelfrisur neben der Mutter in schwarzer Designer-Lederjacke mit Nieten. Mit ihrem beschissenen Anstandsgetue, bigott und voller Argwohn, typisch für das gutbürgerliche Suverso, sitzen alle nur da und glotzen, als würde hier ein Theaterstück aufgeführt, nur für sie. Auch der Barista und die Frau hinter der Theke scheinen eher neugierig als besorgt, während sie verzweifelt nach Luft schnappt, ihr Herz rast und das Blut gefriert, ihr die Tränen in die Augen steigen, angesichts dieses bevorstehenden unglaublich dämlichen und erniedrigenden Endes vor einem Dutzend Unbekannter, die glauben, sie zu kennen, weil sie ihre Berichte auf *Tutto qui!* gesehen haben.

Plötzlich spürt sie einen heftigen Stoß im Rücken, einen Griff um die Taille und einen Druck auf das untere Ende des Brustbeins, dabei wird sie so heftig geschüttelt, dass die Füße vom Boden abheben. Am liebsten würde sie laut protestieren, um das demütigende Schauspiel nicht noch schlimmer zu machen, aber es geht nicht, und wer immer es ist, der sie packt, schüttelt und hochhebt, macht energisch weiter, bis sie spürt, wie das festsitzende Stück Brioche wundersamerweise freikommt, durch die Kehle nach oben rutscht und aus dem Mund herausschießt. Unglaublich, aber plötzlich kann sie wieder atmen, die Lunge mit Luft füllen! Sie hustet, schluckt, bewegt sich mit einem berauschenden Gefühl der Erleichterung, das durch den ganzen Körper fließt und in den Kopf steigt wie Alkohol. Sie dreht sich um, kann endlich ihrem Retter ins Gesicht sehen.

Der Mann hat einen eindringlichen Blick, graugesprenkelte unordentliche Locken, trägt einen herrlich weich fließenden schwarzen Mantel, einen Seidenschal in Violett und Orange, verschmutzte Reitstiefel. Eine eigentümliche Mischung aus Eleganz und Härte, Ruhe und Spannung: ziemlich verwirrend, in diesem ohnehin schon reichlich unsicheren Moment.

»Da-da-danke!« Veronica Del Muciaro merkt, wie sie sich wieder verhaspelt, aber ihr Atem geht immer noch schwer und das Herz klopft heftig, auch wenn sich beides langsam normalisiert. Sie setzt ein Lächeln auf, dreht sich zu den anderen Gästen um, auch die Koordination der Bewegung läuft nicht optimal, und zeigt ihren Retter diesen ignoranten Gaffern, die ihr gerade noch tatenlos beim Ersticken zugesehen haben und jetzt fast enttäuscht wirken, weil ihnen die Neujahrstragödie entgangen ist. »D-d-der Herr hier hat mir d-d-das Leben ge-rettet!« Die Stimme kommt stockend, aber vielleicht ist das ja unter diesen Umständen auch normal. Sie klatscht in die Hände, um alle zu einem Applaus aufzufordern; aber nur der junge Mann mit der Stachelfrisur und seine Mutter in der Lederjacke stimmen ein. Dafür bringt der Barista ihr ein Glas Wasser, wenigstens etwas.

Sie trinkt einen großen Schluck, wischt sich die Tränen aus den Augen, fasst sich an den schmerzenden Hals. Natürlich ist die Wimperntusche verlaufen, doch das gibt dem Ganzen einen hübsch dramatischen Anstrich. Auch das Brustbein und die Rippen, wo ihr Retter sie so energisch und entschlossen gepackt, gedrückt und geschüttelt hat, tun weh.

Ihr Retter bückt sich, sammelt Handy und Schal vom Boden auf und reicht sie ihr.

»T-t-tausend D-dank!« Sie hebt die Stimme, um sich von dem peinlichen Vorfall zu distanzieren und zugleich den anderen Gästen vor Augen zu führen, dass sie, wäre es nach ihnen gegangen, jetzt mausetot wäre, aber die Aussprache ist immer noch grauenhaft, wie peinlich.

»Keine Ursache.« Seine Bemerkung klingt höflich, aber auch ein wenig schroff, vielleicht ist ihr Retter ja schüchtern, vielleicht aber auch das Gegenteil. Er zeigt auf einen freien Tisch. »Vielleicht sollten Sie sich kurz hinsetzen.«

»D-d-darf ich Ihnen we-we-wenigstens etwas b-b-bestellen?« Wieder verhaspelt sie sich, wie peinlich, hoffentlich ist das bald vorbei.

»Nein, danke.« Wieder ziemlich schroff.

Sie setzt sich, legt sich wieder den Pashmina-Schal um, kontrolliert, ob das Handy beim Runterfallen kaputtgegangen ist: Nein, alles in Ordnung, zum Glück hat die durchsichtige Plastikhülle mit den Sternchen ihren Zweck erfüllt.

»Also dann, ich muss jetzt gehen, auf Wiedersehen, und alles Gute.« Ihr Retter hält ihr die Hand hin.

»N-n-nein, bitte bleiben Sie doch noch, setzen Sie sich doch einen Augenblick zu mir!« Sie deutet auf den freien Stuhl, doch jetzt macht ihr dieses posttraumatische Stottern fast mehr Angst als der Erstickungsanfall zuvor: Plötzlich sind all die alten Ängste wieder da und verdrängen im Nu die Erleichterung angesichts der überstandenen Gefahr.

Er setzt sich, wenn auch widerwillig.

Um auf diesen Rückfall ins Stottern zu reagieren, nimmt sie das Handy, streckt den rechten Arm so weit wie möglich von sich und rückt lächelnd an ihren Retter heran. »Uff, das war knapp, gerade noch gerettet von diesem Herrn hier, ein echter Schutzengel!« Zweites Wunder: Die Worte kommen flüssig, zackig und deutlich artikuliert!

Ihr Retter sieht sie verständnislos an. »Verzeihung, was machen Sie denn da?«

»Ein kleines Video!« Sie richtet sich die Haare, lächelt erneut.

»Für wen?« Ihr Retter wirkt zu dreißig Prozent neugierig, zu siebzig genervt, auch wegen der anderen Gäste, die jetzt ebenfalls ihre Handys gezückt haben und die Szene filmen.

»Für meine Follower!« Ohne den Blick vom Handy abzuwenden, legt sie ihm vertraulich die Hand auf den Arm (gilt als ausgesprochen hilfreich, um widerspenstige Gesprächspartner zum Reden zu bringen). »Dürfen wir vielleicht erfahren, wie er heißt, dieser Herr, der sich so großartig geschlagen hat?«

»Guiscardo Guidarini, aber hören Sie auf zu filmen.« Offenbar versteht ihr Retter nichts von diesen Dingen, denn statt ins Objektiv sieht er sie an.

»Guiscardo, wow!« Ungerührt geht sie über seine Bitte hinweg, hält ihm, halb naives Mädchen, halb verführerische Frau, die schon viel erlebt hat, die Hand hin. »Veronica Del Muciaro. Angenehm.«

Auch als er den Namen hört, erkennt er sie nicht, anscheinend gehört er zu jener Minderheit der Italiener, die sie noch nie im Fernsehen gesehen haben. Er drückt kräftig ihre Hand, zeigt aber sofort wieder auf das Handy. »Würden Sie das jetzt bitte ausmachen?« Er hat eine schöne Stimme, einen leicht fremdländischen Tonfall; konnte man sich ja denken, bei dem Namen, ganz normal war der sicher nicht.

»Aber Signor Guiscardo, das ist doch nur für meine Follower!« Veronica Del Muciaro hält den rechten Arm weit ausgestreckt und achtet sorgfältig darauf, dass sie beide gut zu sehen sind.

»Ist mir egal, für wen das ist, bitte schalten Sie das jetzt ab.« Er hält sich die Hand vors Gesicht und bedeckt die Augen.

»Nicht aufregen, Signor Guiscardo!« Dass einer partout nicht gefilmt werden will, kommt ausgesprochen selten vor, einer von hundert höchstens, die absolute Ausnahme, aber sie weiß genau, wie man damit umgeht. Sie sieht ihn flehend an, quengelt ein bisschen wie ein nass gewordenes Küken. »Es ist nur, um den Schock zu überwinden! Nur dreißig Sekunden, bitte!«

»Ich rege mich nicht auf, es stört mich einfach.« Wieder die schroffe Höflichkeit. »Ich finde es lächerlich.«

»Und was machen Sie beruflich, Signor Guiscardo? Außer Damen in Schwierigkeiten zu retten?« Erneut ignoriert sie seinen Protest, versucht einen unverfänglichen Ton anzuschlagen.

»Ich bin Archäologe.« Er sagt es nur widerstrebend, sieht dabei zur Tür.

Sie reagiert übertrieben, aber ein bisschen überrascht ist sie. »Wow, Archäologe!«

»Ja.« Er wendet sich zur Kasse, scheint kurz davor, aufzustehen.

»Was für ein interessanter Beruf!« Veronica drückt seinen Arm, um ihn im Bild zu halten. »Erforschen Sie ägyptische Pyramiden, geheimnisvolle Tempel?«

»Kommt drauf an.« Ein bisschen aufgeschlossener könnte er ruhig sein, aber offenbar gehört er in die Kategorie des scheuen Helden, der daran gewöhnt ist, unter widrigsten Bedingungen zu arbeiten, hartnäckig und wild entschlossen. Mit diesem bohrenden Blick macht er jedenfalls einen hartnäckigen und wild entschlossenen Eindruck.

»Und haben Sie schon mal eine bedeutende Entdeckung gemacht?« Vielleicht kann sie die Episode mit ihrem Fast-Ersticken und der folgenden Rettung ja sogar in der Sendung unterbringen, wenn es ihr gelingt, Roberta Riscatto die Sache schmackhaft zu machen.

»Die eine oder andere.« Seine Lust, davon zu erzählen, tendiert gegen null, aus natürlicher Bescheidenheit oder warum auch immer.

»Zum Beispiel? Können Sie mir vielleicht eine nennen?« Veronica drängt ihn, denn an diesem Punkt kann es leicht passieren, dass Livezuschauer die Lust verlieren.

»Lieber nicht.« Er hat absolut keine Lust, irgendein Detail zu verraten, nicht die geringste.

»Eine einzige nur, Signor Guiscardo!« Sie drückt seinen Arm noch fester, rückt noch näher an ihn heran, lächelt.

Er versucht sich loszumachen, schüttelt den Kopf.

»Bitte, Signor Guiscardo!« Eigentlich müssten die Blässe einer, die gerade dem Tod entkommen ist, und das tränenverschmierte Make-up helfen, ihn zu erweichen. »Erzählen Sie mir doch wenigstens von Ihrer letzten Entdeckung!«

»Na ja, dafür musste ich jedenfalls nicht weit reisen.« Jetzt antwortet er, wenigstens etwas, und lächelt: Seine Zähne sind in tadellosem Zustand.

»Wo war das?« Veronica Del Muciaro kneift die Augen zusammen, um Aufmerksamkeit zu zeigen.

»Das möchte ich nicht sagen, tut mir leid.« Er schüttelt erneut den Kopf.

»Aber Sie *müssen* es mir sagen! Bitte, Signor Guiscardo!« Sie bedrängt ihn, inzwischen ist es eine Frage des Prinzips.

»Nein.« Mit wachsender Ungeduld dreht er sich zu den anderen Gästen um, die sie anstarren.

»Dann sagen Sie mir wenigstens, in welcher *Provinz*, Signor Guiscardo. *Ich flehe Sie an!*« Gleichzeitig versucht sie festzustellen, ob an der Geschichte mit der Entdeckung etwas dran ist, natürlich kann sie hier und jetzt nichts überprüfen, aber Gesicht und Stimme wirken authentisch. Vor allem die Weigerung, darüber zu reden.

»Hier, in dieser Provinz.« Das klingt jetzt fast provokativ.

»Wahnsinn! In der Provinz Suverso! Und darf man fragen aus welcher Epoche?« Mühelos schaltet Veronica Del Muciaro jetzt auf typisches Reportergefasel um, eine ungute Mischung aus »Sensationsgier, Schadenfreude und einer gehörigen Portion Unverfrorenheit«, die von Flavio Scuffi letzten Oktober in seiner TV-Rubrik *Televedendo* schonungslos kritisiert wurde.

»Na ja, ein paar Jährchen hat sie schon auf dem Buckel.« Wieder schaut er zur Tür.

»Stammt sie vielleicht aus römischer Zeit?« Sie versucht ihm klarzumachen, dass sie durchaus weiß, was eine archäologische Ausgrabung ist.

»Nein.« Er mauert, scheint erneut kurz davor aufzustehen.

»Älter, jünger? Wenigstens ungefähr, nur um einen Anhaltspunkt zu haben.« Jetzt zieht Veronica Del Muciaro das Register für die schwierigsten Fälle. Klar, immerhin hat der Herr hier ihr gerade das Leben gerettet, aber auch Rücksicht hat ihre Grenzen.

»Ein paar Jährchen, habe ich doch schon gesagt. Und jetzt machen Sie endlich das Ding aus!« Je mehr sie insistiert, desto weniger rückt er mit der Sprache heraus: echt nervtötend, aber irgendwie auch ziemlich reizvoll. Sonst hat sie nämlich nur mit Leuten zu tun, die sofort die intimsten Dinge erzählen, sobald sie gefilmt werden.

»Sie sind wirklich unmöglich, wissen Sie das?« Wenn das

hier eine echte Liveschalte wäre, müsste sie jetzt noch eins drauflegen, um ihn zu nötigen, alles zu sagen. »Und wie kommt es dann, dass niemand in der Provinz etwas davon weiß?«

Er zuckt die Schultern und lächelt dann wieder. »Denken Sie an Angkor Wat in Kambodscha, oder an Palenque in Mexiko, die waren auch Jahrhunderte verschwunden und wurden dann wiederentdeckt. Und das waren ganze *Städte*.«

»Sicher, aber das war mitten im Dschungel, nicht wahr?« Ganz sicher ist sie zwar nicht, meint aber, sich vage zu erinnern.

»Hier gibt es dafür Unachtsamkeit, Ignoranz, Vernachlässigung.« Er schüttelt bedächtig den Kopf, schaut weg. »Generationen gleichgültiger, desinteressierter Familien, Generationen unredlicher, unfähiger Verwaltungen. Das ist entschieden schlimmer als der Dschungel.«

»Jetzt machen Sie mich aber richtig neugierig, Signor Guiscardo!« Sie versucht es noch mal: Nie klein beigeben, das war ein Grundzug ihres Wesens, mehr noch als ihrer Berufsauffassung. »Geben Sie mir wenigstens einen Tipp! Kalt oder warm! Bitte!«

Er steht auf, reicht ihr die Hand. »Tut mir leid, aber ich muss jetzt wirklich gehen. Und keine Videos mehr beim Essen. Und auch nicht, wenn Sie mit Unbekannten reden.«

Das war's, schon ist er aus dem Bild. Womöglich hat es ihn verstimmt, eine Unbekannte retten zu müssen, wo er doch nur einen Kaffee trinken wollte; aber vielleicht ist er immer so: ein interessanter Typ, aber ein miserabler Interviewpartner.

Zwei

Massimo Bozzolato, Bürgermeister von Cosmarate di Sopra e di Sotto, sitzt in seinem Büro im ersten Stock des Palazzo Podarengo am Schreibtisch und ist gerade dabei, sich zum dritten Mal das Video der unerhörten Protestaktion anzusehen, die er beim großen Silvesteressen über sich ergehen lassen musste, inszeniert von diesen Flegeln vom sogenannten Breitband©. Eine richtige Sauerei, und alles nur, weil der Polizeikommandant Covazzani, dieser Sesselfurzer, vergessen hatte, am Eingang ein paar Uniformierte zu postieren, und selbst dann noch nicht eingriff, als diese Penner den Saal stürmten und Parolen grölten wie »Unser Geld für Fressgelage, Bozzolato ist ne Plage!«, oder »Spekulation grassiert wie toll, Bozzo kriegt den Hals nicht voll!« Und das ausgerechnet *ihm,* der den Beginn seiner politischen Karriere damit verbracht hatte, den korrupten, verfilzten Vertretern der traditionellen Parteien fast dieselben Parolen entgegenzuschleudern. Ihm wurde abwechselnd heiß und kalt, heiß vor Zorn und kalt wegen des unabsehbaren politischen Schadens. Wann hatte sich denn das Rad gedreht, er wunderte sich, wie schnell man vom Kritiker zum Kritisierten werden konnte.

Außerdem nervt ihn dieses anhaltende *toc toc toc,* das ihm zunächst zum Geschrei der Protestierenden zu gehören scheint, doch bei genauerem Hinhören merkt er, dass es von der Tür kommt.

»Wer ist da?« Seine Stimme klingt wie ein Reibeisen, aber wer wollte unter diesen Umständen eine Samtstimme erwarten.

»Ich bin es, Herr Bürgermeister!« Es ist Enzo Lovato, sein Stadtrat für Urbanistik, der schon den Kopf durch die Tür steckt, schon drin ist.

Auch hier gibt es, wie man sieht, keinerlei Schutz, und das, obwohl er dieser affig gekleideten Sonia, seiner Sekretärin, schon tausendmal gesagt hat, sie soll jeden, der zu ihm will, erst ankündigen, bevor sie ihn reinlässt. Aber nichts zu machen: Jeder ausgeflippte Breitbändler könnte hier ungehindert reinschneien, um ihn erneut zu beschimpfen, sogar irgendein Verrückter mit Messer, nichts würde sie aufhalten.

Schon steht Lovato vor dem Schreibtisch und reckt den Hals, um auf sein Handy zu sehen. »Was siehst du dir da an?«

»Nichts.« Bozzolato schließt die Datei.

»Das Silvesteressen?« Seine Augen glitzern boshaft hinter der runden Brille. Er ist der Aufdringlichste und Unverschämteste aus dem Gemeinderat: Ihn sollten sie mal lieber aufs Korn nehmen, diese Breitband©-Fanatiker.

»Hm.« Bozzolato denkt gar nicht daran, irgendwas mit ihm zu teilen, er hat ihm schon vorher nicht getraut, und jetzt erst recht nicht.

»Das war wirklich gemein.« Lovato mimt den Verständnisvollen, reichlich spät. »Vielleicht sollte man eine Stellungnahme abgeben, im Namen des gesamten Gemeinderates.«

»Das wäre schon *gestern* fällig gewesen.« Bozzolato bemüht sich, möglichst sarkastisch zu klingen. »Vor allem von *dir,* wo du doch die Baugenehmigungen erteilst.«

»Aber an Neujahr hätte das sowieso niemand mitbekommen.« Natürlich hat Lovato eine gute Ausrede parat. »Gerade dir solche Vorwürfe zu machen. Das sind doch alles nur nichtsnutzige Muttersöhnchen.« Die Empörung nimmt man ihm nicht ab, denn wenn einer davon profitiert, was auf Gemeindegebiet gebaut wird, dann er.

»Genau.« Bozzolato war vor zwei Jahren gewählt worden, nach einem knallharten Wahlkampf gegen die moralische Verkommenheit und Unfähigkeit der vorigen Amtsinhaber. Am Ende hatten die wirklich jeden vergrätzt, egal welcher Couleur, überall im Land herrschte grenzenloser Verdruss. Aber ihm waren die Wähler gefolgt, er hatte es geschafft, die Verbitterung über die traditionellen Parteien zu kanalisieren und ein Abdriften in gefährliche Formen der Politikverdrossenheit zu verhindern. Dazu hatte ihm der Vorstand der Wende® persönlich gratuliert. In einer Glückwunschmail nicht aus Rom, sondern aus Mailand, direkt von der Gusmondi LLC, der Eigentümerin der Marke. Auch die lokale Presse hatte ein paar wohlwollende Artikel gebracht, darin wurde er als unbelasteter politischer Neuling bezeichnet, der es geschafft habe, die verkrustete Machtstellung der alten Parteien hinwegzufegen, mit der simplen, aber zündenden Parole von Sauberkeit, Sauberkeit und noch mal Sauberkeit! Einer der, bevor er Bürgermeister wurde, Landmaschinen verkaufte und nicht einmal im Traum daran gedacht hätte, in die Politik zu gehen, geschweige denn die Führung der Gemeinde zu übernehmen, in der er geboren und aufgewachsen war, wo seine Eltern, sein Bruder, seine Schwester, seine Schwägerin, sein Schwager, seine Schwiegereltern seit jeher wohnten und arbeiteten.

»Verwöhnte Schnösel, die bloß großspurig daherreden.« Lovato schüttelt den Kopf, kann aber das Glitzern in den Augen nicht verbergen. »Und ein paar unverbesserliche Altkommunisten.«

»Ich weiß.« Keiner wusste das besser als Bozzolato. Die Wende® war eine formidable Gelegenheit, neue Kräfte in ein stagnierendes System einzubringen, all jenen eine Stimme zu geben, die bisher keine hatten. Endlich eine postideologische Kraft, weder rechts noch links, offen für alle. Welche andere Partei hätte so einen wie ihn denn sonst jemals zur Wahl aufgestellt, ohne mehr dafür zu verlangen als die Garantie von ein paar Stimmen (praktisch nur die seiner Familie und von einem Dutzend Freunden)?

Klar, das war natürlich eine tolle Sache, konnte aber auch ganz schnell wieder vorbei sein, da brauchte man sich nur die landesweiten Umfragen anzusehen, oder das unsägliche Tamtam am Silvesterabend hier in Cosmarate. Schuld daran waren einerseits diejenigen, die sich Gott weiß was davon versprochen hatten und jetzt enttäuscht waren, aber auch die, die mithilfe der Wende® unversehens auf Machtpositionen in Rom gelandet waren, aber nicht die leiseste Ahnung hatten, was sie damit anfangen sollten. Ehrlich gesagt fast durchgängig Leute, die vor ihrer Wahl nicht mal eine ordentliche Arbeit hatten, jedenfalls nichts Solides. Die fühlten sich gleich wie die Maden im Speck, fanden augenblicklich Geschmack an schicken Maßanzügen, feinen Hemden und Krawatten, teuren Friseuren, genossen die respektvolle

Behandlung, dauernd hieß es Onorevole hier, Onorevole da, und die ungeteilte Aufmerksamkeit der Journalisten, die sie beim Betreten und Verlassen des Parlaments mit ihren Mikrofonen belagerten, während der Kontakt zum Wähler zusehends auf der Strecke blieb. Es war leicht, etwas aufzubauen, aber genauso leicht konnte es wieder zerbröseln. Wie gewonnen, so zerronnen. Abends gehst du noch als König von Italien zu Bett, und am nächsten Morgen liegst du vielleicht schon auf der Straße wie ein Penner.

»Scheiß Breitbändler.« Lovato schüttelt den Kopf. »Oder wie auch immer die sich nennen mögen.«

»Ist doch vollkommen egal, wie die sich nennen.« Am liebsten würde Bozzolato das Gespräch beenden und allein sein.

»Die haben doch gar keine Vorstellung davon, was Politik eigentlich ist.« Lovato lässt nicht locker. »Es ist leicht, große Töne zu spucken, wenn man selbst sich noch nie die Hände hat schmutzig machen müssen.«

»Wie wahr.« Vor ihrem Wahlsieg hatte man ihnen, ehrlich gesagt, genau dasselbe vorgeworfen. Das war erst zwei Jahre her: Es kam einem vor wie gestern, es kam einem vor, als wäre es eine Ewigkeit her.

»Die haben doch überhaupt kein Programm.« Lovato legt die Hände auf die Lehne des Besucherstuhls, um sich selbst zum Platznehmen einzuladen.

»Na gut, was wolltest du mir sagen?« Bozzolato denkt gar nicht daran, den ganzen Vormittag mit Geschwätz über Belangloses zu verbringen, schon gar nicht mit einem, der garantiert nicht zögern würde, ihm bei der erstbesten Gelegenheit in den Rücken zu fallen.

Lovato rückt den Stuhl ab und lässt sich häuslich nieder, unaufgefordert natürlich.

»Mach's dir ruhig bequem.« Bozzolato setzt alles daran, möglichst gereizt zu klingen.

Aber natürlich merkt der Blödmann gar nichts davon; er holt sein Handy heraus, tippt auf dem Display herum, hält es ihm hin. Zu sehen ist ein reicher Wirrkopf, der leise mit einer blonden Frau spricht, man versteht gar nicht, was sie sagen.

»Wer ist denn das?« Am liebsten würde Bozzolato ihn schnell abwimmeln. Doch andrerseits ist er auch auf ihn angewiesen, denn einen gewissen Rückhalt im Gemeinderat braucht er schon, vor allem jetzt, wo er unter Beschuss steht, da kann er jeden Verbündeten, auch wenn er nicht besonders zuverlässig ist, gut gebrauchen. So ist das halt in der Politik, verdammter Mist!

»Der Herr Marchese Guidarini.« Lovato schlägt einen ironischen Tonfall an. »Du weißt schon.«

»Der, der uns dauernd in den Ohren liegt, damit wir den Spielsalon und andere sogenannte Bausünden abreißen?« Den kennt Bozzolato natürlich, leider.

»Genau der«, bestätigt Lovato. »Den letzten Gemeinderat hat er auch schon in den Wahnsinn getrieben, mit tonnenweise E-Mails, Einschreiben, Petitionen, Eingaben.«

»Und was will er jetzt schon wieder?« Vielleicht, schießt es Bozzolato durch den Kopf, hatten die Eingaben von diesem Guidarini ja auch den blöden Breitbändlern die Munition für ihre Attacken geliefert. Das hatte gerade noch gefehlt, ausgerechnet der verwirrte, idealistische Marchese, der sich als Retter der Colli Cosmaratesi aufspielt.

»Offenbar hat er sich jetzt darauf verlegt, Fernsehreporterinnen zu retten.« Lovato grinst. »Im Netz ist er praktisch zum Helden geworden.«

»Von mir aus, solange er uns in Ruhe lässt.« Bozzolato will vor allem seine Ruhe haben, damit er seinen zweiten Kaffee trinken und sich ungestört noch mal das Video von der unsäglichen Silvesterattacke ansehen kann.

Lovato macht ein skeptisches Gesicht. »Covazzani sagt, dass es an seinem Grundstück bis kurz vor Weihnachten regen LKW-Verkehr gegeben hat.«

»Ja und?« Schon allein beim Namen dieses unfähigen Polizeikommandanten kommt Bozzolato die Galle hoch.

»Das bedeutet, dass der Marchese mit der Ausgrabung weitergemacht hat.« Lovato kratzt sich den Bart, die Augen glitzern hinter den Brillengläsern.

»Was denn für eine Ausgrabung?« Bozzolato traut weder ihm noch Covazzani, die beiden Frettchen, die kannten sich bestens aus und wussten genau, wie sie ungeschoren zum Hühnerhof kamen und wieder zurück in den eigenen Bau.

»Keine Ahnung, ich habe da nur was läuten hören.« Typisch Lovato, erst was behaupten und dann sofort wieder einen Rückzieher machen.

»Na gut, und weiter?« Bozzolato senkt den Blick auf den Schreibtisch, um ihm klarzumachen, dass er zu tun hat, um die Sache abzukürzen.

»Man könnte Covazzani zum Kontrollieren hinschicken.« Umsonst erfährt man von dem gar nichts, immer und überall wittert er ein Geschäft, lässt sich keine Gelegenheit entgehen.

»Hör mal, das scheint mir nicht der richtige Augenblick.« Bozzolato hat schon genug Scherereien am Hals, da braucht er nicht noch was Neues. »Später vielleicht.«

Lovato nickt, ein bisschen enttäuscht vielleicht, aber auch nicht allzu sehr. An Gelegenheiten mangelt es ihm nun wahrlich nicht: Die Gemeinde Cosmarate ist wohlhabend, jede Menge mittlere, kleine und kleinste Unternehmen. Da will immer einer dringend etwas bauen, eine Werkhalle oder ein Lager oder ein Silo oder eine Villa, ohne in den Maschen der Bürokratie hängenzubleiben. Der eine will ein bereits existierendes Gebäude umbauen, eine Etage oder einen Anbau anfügen, einer braucht eine Erschließungsstraße, eine Rampe, eine Garage, einen Pool. Und Lovato, das kann man ruhig so sagen, der findet immer einen Weg, mit gutem Willen lässt sich immer eine Lösung finden. Aus diesen Dingen hält Bozzolato sich raus, weil er langfristig denkt und auch weil er niemandem auf die Füße treten will. Aber richtig sauer wird er, wenn man ihm vorwirft, was andere verbockt haben; das bringt ihn echt auf die Palme.

»Danke jedenfalls für den Hinweis.« Er starrt Lovato an, um ihm klarzumachen, dass das Gespräch beendet ist.

Endlich macht Lovato Anstalten, sich zu erheben, aber seine Augen haben noch immer dieses Glitzern. »Nichts zu danken, Bürgermeister. Schönen Tag noch.«

»Dir auch, tschüs.« Bozzolato wartet, bis er draußen ist, macht eine empörte Geste und drückt sofort die Taste des Sekretariats.

»Sonia, habe ich dir nicht schon hundert Mal gesagt, du sollst jeden Besucher erst ankündigen, bevor er in mein Büro kommt?«

»Aber, Herr Bürgermeister, das war doch nur der Stadtrat!« Nie und nimmer würde die einen Fehler zugeben, die blöde Kuh.

»Aber, aber, aber!« Bozzolato spult sich auf, wie soll man denn da ruhig bleiben? »Aber, aber, aber, verdammt noch mal!« Er steht auf, marschiert auf dem knarrenden Parkett auf und ab. Dann setzt er sich wieder, sieht sich noch einmal das Video der unsäglichen Störaktion vom Silvesterabend an. Unglaublich, was für Slogans sich diese Breitbändler immer ausdachten, und dann diese Reime. Aber bei aller Wut ist er doch verblüfft, wie vertraut alles klingt, alles schon mal da gewesen, alles schon mal selbst erlebt. Auf jeden Fall, so dämmert ihm plötzlich, wird es kein Kinderspiel, die Wende®-Partei dauerhaft zu etablieren, egal, ob mit oder ohne Markenzeichen, denn es gibt immer Leute, die dich kritisieren, weil du nicht radikal genug warst oder nicht schnell genug, Leute, die mehr umkrempeln wollen als du. Doch am Schluss ist alles nur heiße Luft, während du dir hier Tag für Tag die Zähne ausbeißt.

Natürlich hat ihm das Amt auch Befriedigung verschafft. Insbesondere die Wertschätzung der Leute, die man als Vertreter für Landmaschinen sonst nicht so ohne Weiteres bekommt, um nur ein Beispiel zu nennen. Aber konnte er deshalb darauf hoffen, am Ende seiner Amtszeit wiedergewählt zu werden, vor allem wo die Wende® jetzt auf nationaler Ebene derart schwächelte? Und selbst wenn er wiedergewählt würde, was dann? Noch mal fünf Jahre, aber dann war es endgültig vorbei, denn nach Art. 51 der Gemeindeordnung konnte man nach zwei Amtsperioden nicht wiedergewählt werden, mit Ausnahme von Gemeinden mit weniger als 3000 Einwohnern, gemäß Gesetz Nr. 56 vom 7. April 2014 (das kann er inzwischen auswendig, weil er es kürzlich noch einmal nachgelesen hat). Aber Cosmarate di Sopra e di Sotto zählt nun mal 5824 Einwohner, was soll man da machen? Etwa die Hälfte der Bevölkerung in eine andere Gemeinde verschleppen, nur damit man ein drittes Mal antreten kann?

Von außen betrachtet könnte man vielleicht meinen, je höher man in der politischen Ämterhierarchie aufsteigt, desto schwieriger würde es, aber wenn man einmal drin ist, wird einem klar, dass genau das Gegenteil der Fall ist. Die Händel, mit denen du es als Bürgermeister zu tun hast, sind viel ernster als die eines Abgeordneten, denn auf lokaler Ebene geht es immer um verdammt *konkrete* Sachen, und alle, die dich gewählt haben, geben keine Ruhe und kontrollieren dich ununterbrochen. Einer mahnt die Ausbesserung der Gemeindestraße an, ein anderer verlangt, dass der Hochspannungsmast umgesetzt wird, weil er die Gesundheit beeinträchtigt, einer will, dass die Grundschule bleibt, obwohl es nur noch zwölf schulpflichtige Kinder gibt, der andere verlangt einen Landeplatz für Rettungshubschrauber, einer fordert superschnelles Internet, jeder erwartet dies und das. Ein Parlamentsabgeordneter kennt natürlich nicht jeden einzelnen Wähler, ein Bürgermeister in einer Gemeinde wie Cosmarate schon, er kennt jeden persönlich und weiß, wie er aussieht. Den Giovazzi, den Tuciari, den Pandagnosi, den Bugnato, den Trevisan, die Zampanaro, die Sulci, den Signorato, den Muffis, den Combiati, die Rossignotto, den Paone, den Burcino, die Neppi, den Longarin, er kennt die Berufe, die Wohnungen, die Angehörigen, die

Autos, die Erwartungen, die Bedürfnisse, die Ansprüche. Dauernd rücken sie dir auf die Pelle und lassen nicht locker, bis du ihnen gewährst, was sie wollen, sie geben keine Ruhe, nicht einen einzigen Tag. Auf höherer Ebene dagegen, wem musst du da schon Rechenschaft ablegen, es sei denn, du bist Parteivorsitzender oder Minister? Als normaler Abgeordneter oder Senator, welcher Wähler ruft dich da abends an oder passt dich mit drohender Miene vor deiner Haustür ab? Dieser Wähler weiß gar nicht, was du machst oder ob du überhaupt etwas machst, er hat keine Ahnung, wo du isst oder schläfst. Und falls sich doch mal einer zufällig nach deiner Leistung erkundigt, kannst du immer sagen, es sei nicht deine Schuld, wenn ein bestimmtes Gesetz nicht verabschiedet wird, wenn eine bestimmte Maßnahme sich jahrelang verzögert oder bis zum Sankt-Nimmerleins-Tag verschoben wird. Du findest immer leicht einen Schuldigen, den Koalitionspartner, der nicht mitzieht, die Opposition, die alles torpediert, die staatliche Bürokratie, die alles blockiert, Europa, das dir die Hände bindet. In einer kleinen Gemeinde wie Cosmarate hingegen wenden sich alle mit ihren Wünschen und Forderungen direkt an *dich*, Massimo Bozzolato. Du kannst höchstens versuchen die Schuld auf deine Vorgänger abzuwälzen, aber sehr weit kommst du damit gewöhnlich auch nicht.

»Er lügt uns die Hucke voll, Bozzolato treibt's zu toll!« In dem Video dirigiert eine Breitbändlerin mit spitzer Nase den Sprechchor ihrer blöden Freunde und zuckt dabei so furchterregend, als wäre sie von der Tarantel gestochen. »Bozzolato hat gepennt, unser Ort ins Unglück rennt!«

Die haben gut reden, weil sie keine Ahnung haben, wie

schwer es ist, eine Gemeinde zu regieren und es dabei allen recht zu machen. Aber machen wir uns nichts vor, Fehler sind gemacht worden, und zwar nicht zu knapp, in Rom vor allem, seit die Wende® mitregiert, und die Enttäuschung der Wähler fällt vom Zentrum auf die Peripherie zurück, zu Lasten der Lokalpolitiker, die ordentliche Arbeit geleistet haben. Wie er, das sei ohne falsche Bescheidenheit mal gesagt.

Jetzt kommt der schlimmste Augenblick, wo dieser dämliche zwei Meter große Typ sich die Fettuccine mit weißem Trüffel schnappt, sie direkt in die Kamera hält und den Chor anstimmt: »Bozzolato stopft sich voll mit Trüffel, dafür gibt es einen Rüffel!« Da haben sie sich natürlich gleich draufgestürzt, die wussten genau, dass weiße Trüffel beim einfachen Bürger Entrüstung hervorrufen, da denkt doch jeder gleich an Amtsmissbrauch und systematische Selbstbereicherung. Und die einfachen Gerichte wie Maltagliati mit Entenragout oder Ravioli mit Butter und Salbei, die haben sie natürlich nicht gezeigt. Denn diese Breitbändler geben zwar gern die harmlosen Spinner, aber was die Nutzung der Kommunikationsmedien angeht, sind sie unheimlich ausgefuchst, ne richtige Pest. Dauernd nehmen sie mit ihren Handys jeden Mist auf, und eine Minute später steht alles schon im Netz, und zehn Minuten später haben es schon Zehntausende angeklickt. Dieselbe Taktik, die sie bei der Wende® bis vor ein paar Jahren auch angewendet hatten, das stimmt, nur dass die hier noch flotter sind und mit ihren schwachsinnigen Sprechchören auch noch kreativer.

Aber jetzt ist Schluss, Bozzolato will das Video nicht

noch einmal bis zum Ende ansehen. Er steht auf, geht auf und ab, sieht sich die Trikolore und die blaue Europaflagge mit den gelben Sternen an. Dann tritt er ans Fenster und betrachtet das Panorama, mit großen Häusern, Einfamilienhäusern und Minihäuschen, die sich über die hügelige Landschaft ausbreiten, Fabrikhallen, Lager, Depots. Dabei kommt ihm der Gedanke, dass er in ein paar Jahren vielleicht gar nicht mehr in diesem Büro sitzt, sondern wieder Kilometer um Kilometer runterreißen muss, um Traktoren, Ernte- und Pflanzmaschinen, Heuwender, Pflüge, Jätmaschinen, Eggen, Fräsen und Ackerwalzen an Leute zu verkaufen, die sie vielleicht gar nicht brauchten oder gar nicht das Geld dafür hatten. Zuletzt liefen die Geschäfte nämlich ausgesprochen schlecht, das lag jedoch nicht an ihm, sondern an der globalen Krise der Landwirtschaft, an den Banken, die keine Kredite mehr vergaben, an den Fehlern früherer Regierungen. Keine schönen Aussichten. Denn das Bürgermeisteramt war doch etwas ganz anderes als das Verkaufen von Landmaschinen, das durfte man auf keinen Fall vergessen.

Und genauso wenig durfte man vergessen, dass sie sich in einer Phase großer politischer Unsicherheit befanden und die allgemeine Lage ziemlich wackelig war, wo das enden würde, wusste keiner. Du springst auf einen politischen Zug auf und gibst dein Bestes, überzeugt und loyal und alles, was du willst, aber wenn der Fahrer von der Straße abkommt und in den Graben fährt, landest auch du recht unsanft auf dem Hintern. Ehrlich gesagt kein schöner Gedanke, im Graben zu landen wegen einer Bande unfähiger Dilettanten, die trotzdem ziemlich arrogant waren, nur weil sie die Wahllotterie in Rom gewonnen haben. Natürlich hat er ihnen einiges zu verdanken, klar, ohne ihre Liste wäre er nie gewählt worden und so weiter, aber bei dem Gedanken, dass sein politisches Schicksal in den Händen solcher Leute lag, wurde ihm richtig schlecht. Leute wie Sante Ciuparo zum Beispiel, der Justizminister ist, eigentlich aber nicht mal die Qualifikation mitbringt, als Bote im Gericht von Benevento zu arbeiten, mit seinem dümmlichen Grinsen. Oder Gennaro Zecchillo, der Außenminister ist, obwohl er noch keinen einzigen Tag in seinem Leben gearbeitet hat und eigentlich gar nichts kann, außer mit starrem Blick seine Sprüche abzuspulen und dabei ungelenk mit den Händen zu fuchteln wie eine Marionette. Manchmal schossen sich diese Typen auf irgendein internationales Projekt ein, vielleicht weil irgendwelche Fanatiker an der Basis darin eine Gefahr witterten, ritten ohne Sinn und Verstand auf Kürzeln wie MUR, CUR oder SRA herum, bis es niemand mehr hören konnte, und schworen Stein und Bein, dass sie dem niemals zustimmen würden, selbst wenn es Geld in die Staatskasse brachte und den Leuten half. Diese Typen waren gegen Hochgeschwindigkeitszüge, weil sie nirgendwohin wollten, gegen landwirtschaftliche Maschinen, weil sie immer noch den Großvater mit Sense und Esel auf dem Feld vor Augen hatten, gegen Kraft-Wärme-Kopplung, weil sie ihren Müll ohnehin hinter der nächsten Straßenkurve abluden, waren dagegen, dass Supermärkte sonntags öffneten, weil ihr Cousin, der dort arbeitete, sonntags lieber ausschlafen wollte (nachdem er die ganze Nacht in der Disco war). Bei so was würden die Wähler hier im Norden auf die Barrikaden gehen. Solange es darum ging, die Fehlentwicklungen schlechter Regierungsarbeit anzuprangern und die Privilegien der alten Politikerkaste abzuschaffen, stand er voll und ganz hinter dem Programm der Wende®, aber jetzt?

Bozzolato geht wieder zum Schreibtisch und drückt die Taste der Sekretärin. Gute zehn Sekunden muss er warten, denn garantiert ist Sonia wieder einmal damit beschäftigt, irgendwem eine SMS zu schicken oder irgendein Video zu gucken, womöglich das unsägliche Silvestervideo. Als sie sich endlich meldet, schnauzt er sie ziemlich ungehalten an: »Kann man vielleicht einen doppelten Espresso Macchiato bekommen? Und möglichst nicht erst in einer Woche?«

»Okay, Bürgermeister.« Das klingt, als täte sie ihm einen Riesengefallen: Dabei braucht sie doch nur anzurufen, verlangt ja keiner, dass sie selbst runtergeht.

Eine derartige Respektlosigkeit bringt ihn jedoch auf den Gedanken, dass er sich die unverschämten Beleidigungen dieser dahergelaufenen Breitbändler mit ihren idiotischen Reimen auf keinen Fall bieten lassen darf. In der Politik musst du dir Respekt verschaffen, davon hängt dein Ruf ab, und nur mit einem guten Ruf hast du eine Zukunft. Wenn es auf nationaler Ebene bergab ging und die Partei deshalb Gefahr lief, bei den nächsten Wahlen sang- und klanglos von der Bildfläche zu verschwinden, auf wen sollte man denn dann noch setzen, wenn nicht auf die Kommunalpolitiker? Auf die, die vor Ort gute Arbeit leisteten, weit weg von den Großstädten, wo die Arbeit der Wende®-Bürgermeister, ehrlich gesagt, ein Desaster war! Irgendein wichtiger Posten könnte dabei durchaus abfallen: nicht gleich als Staatssekretär (immer langsam), aber vielleicht als Abteilungsleiter oder Ausschussvorsitzender oder etwas in der Art. Und dann würde man weitersehen, so Gott will. In der Politik konnte man nie wissen.

So wie die Dinge standen, fühlte er sich jedenfalls relativ ungebunden: Würde sich eine gute Gelegenheit bieten, könnte er sich durchaus vorstellen, mit Sack und Pack in ein anderes Lager zu wechseln. Zur Nationalunion beispielsweise. Die Beziehungen mit Suverso, wo die Union allein die Regionalregierung stellte, waren natürlich alles andere als rosig, im Gegenteil, eigentlich war man seit Generationen verfeindet, wegen der unerträglichen Arroganz der Suversesen. Und Mirko Noseletti, der Parteichef, brachte ihn schon in Rage, wenn er ihn nur im Fernsehen sah, mit seiner blonden Mähne und den wässrigen Augen eines Russen, zur Hälfte ein Mann der Vernunft, zur Hälfte Extremist, ein dreister Lügner wie nur wenige andere, ein Faulpelz erster Güte, außer wenn es darum ging, durch Italien zu reisen und die Massen aufzustacheln. Und ein erbärmlicher Feigling war er auch, erst große Töne spucken, dann aber jammern, als wäre er das Opfer, erst einen Stein werfen, dann aber blitzschnell die Hand verstecken. Allerdings war es auch so, dass Massimo Bozzolato damals in unverdächtigen Zeiten, als die Union noch Nordunion hieß, zu den Sympathisanten der ersten Stunde zählte. Denn die Begründung dafür, warum der produktive Norden gegen den parasitären Süden war, fand er schon immer richtig. Genauso wie die Kampagne gegen die römische Fettlebe, die den Unionisten dann allerdings so gut gefiel, dass sie dabei inzwischen selbst hemmungslos mitmachten. Außerdem gab es auch noch andere politische Gruppierungen, die in den Umfragen momentan zwar nicht besonders gut dastanden, aber deshalb keineswegs von vornherein wegfielen. Für den Fall, dass jemand nach Ablauf seiner Amtszeit Interesse zeigen sollte, wer wollte ihm verbieten, seine Fähigkeiten als guter Kommunalpolitiker samt Stammwählerschaft an den Meistbietenden zu verkaufen?

Drei

M it schnellem Schritt geht Guiscardo Guidarini von
den Säulen der Skene zur Plattform des Proskenion
und erklimmt die Stufen des Koilon: Die regelmäßigen
halbkreisförmigen Ränge aus grauem Stein geben ein har-
monisches Bild ab, an diesem klaren, kalten Morgen, jetzt
wo der Nebel aus der Ebene sich gelichtet hat. Die Hunde
Tanganika, Timor und Gui ii laufen neben ihm her, wetteifern mit erstaunlicher Gelenkigkeit darum, wer am höchsten springt. Tanganika und Timor sind reinrassige Basenji
mit langem Stammbaum, die beiden waren schon da, als er
wieder hier einzog, aber Gui ii ist vermutlich das Ergebnis
eines Seitensprungs, obwohl man sich das bei der hohen
Mauer, die den gesamten Besitz umgibt, nur schwer vorstellen kann. Jedenfalls hat er im Vergleich zu seinen Eltern
mehr Ähnlichkeit mit einem Wolf, sein Fell ist eher grau-
schwarz als braun-weiß. Deshalb konnte Guiscardo nicht
anders, als ihm seinen Namen zu geben, und jetzt gibt es in
der Villa Guidarini Valgrande zwei Guis, beide ein wenig
aus der Art geschlagen.

Als Guiscardo ungefähr auf halber Höhe ist, hört er ein
elektronisches Brummen in der Luft und entdeckt beim
Hochsehen eine Drohne mit vier Propellern, die durch
die Hügelmulde schwirrt wie ein außerirdisches Insekt.

In einer Höhe von etwa dreißig Metern dreht sie ein paar Runden und sinkt dann langsam, aber unaufhörlich auf ihn zu. Die Hunde verfolgen ihre Flugbahn, spitzen die Ohren, Timor stößt ein langes Heulen aus. Als die Drohne etwa zehn Meter über seinem Kopf ist, erkennt Guiscardo das Objektiv der Videokamera, die darunter befestigt ist, die Linse reflektiert das Licht. Dann steigt sie wieder auf, und es sieht aus, als würde sie abdrehen, aber stattdessen fliegt sie einen großen Kreis, sinkt dann wieder und kommt direkt auf ihn zu. Er nimmt einen Stein und schleudert ihn mit aller Kraft: knapp daneben. Er nimmt einen zweiten Stein, aber die Drohne schnellt hoch, flüchtet Richtung Himmel und verschwindet hinter der Hügelkuppe.

Als er mit den Hunden oben auf dem flachen Rasen ankommt, klopft sein Herz schneller, wegen der Steigung und aus Wut über den fliegenden Eindringling, aber das Brummen ist weg. Vom Haus kommt ihm Agnese in ihrer dunkelgrünen Winterjacke entgegen, läuft mit geschmeidigen Bewegungen auf ihn zu und ruft: »Gui!«

»Ich hab's gesehen.« Da sie ziemlich aufgelöst wirkt, versucht er abzuwiegeln. »Ich habe einen Stein danach geworfen, aber ich hätte eine Zwille gebraucht.«

»Wonach denn?« Seit Jahren ist Agnese seine beste Freundin und eine hervorragende Mitarbeiterin, aber sie neigt nun mal dazu, sich Sorgen zu machen. Um ihn, um die anderen, um die Welt; manchmal zu Recht, manchmal nicht.

»Nach der Drohne!« Er deutet auf den Himmel, wo jetzt ein paar Wolken aufziehen, aber kein mechanisches Gerät mehr zu sehen ist. »Die ging hoch und runter, um zu filmen oder Fotos zu schießen, ist auf mich zugeflogen, als wollte sie mich provozieren!«

Jetzt guckt Agnese noch besorgter, wirft sinnlos einen Blick nach oben. Wache grüne Augen, charakterstarkes Profil, weizengelbe Haare, mehr recht als schlecht geschnitten (von ihm, denn sie haben sich angewöhnt, sich gegenseitig die Haare zu schneiden). »Und wer kann die geschickt haben?«

»Irgendwer, der uns ausspionieren will, natürlich«, sagt Guiscardo empört und überlegt dabei, dass er sich unbedingt etwas ausdenken muss, eine Art Luftabwehr, für den Fall, dass die Drohne noch einmal zurückkommt.

»Aber wer macht denn so was?« Ihr Blick verrät wachsende Besorgnis.

»Keine Ahnung. Aber worüber wolltest du eigentlich mit mir reden, wenn nicht über die Drohne?« Auch er geriet leicht in Panik: Als er sie so rennen sah, waren ihm gleich Bilder von Kriegen, Erdbeben, Feuersbrünsten, verheerenden Tsunamis, ausufernden Epidemien durch den Kopf geschossen.

»Darüber.« Agnese zeigt ihm ihr Handy, wo sich eine ihm irgendwie bekannt vorkommende blonde Frau mit weichgezeichneten Gesichtszügen und einer goldenen 2020 über dem Kopf lachend und Grimassen ziehend mit irgendjemand unterhält.

»Ja, und weiter?« Irritiert über die Belanglosigkeit der Bilder, guckt er zu den Hunden, die ihn erwartungsvoll ansehen, und will schon weitergehen.

»Jetzt warte doch mal!« Agnese hält ihm weiter das Handy hin, aber man kann nichts erkennen.

»Man sieht ja nichts.« Er geht in Richtung Haus, die Hunde rennen los.

»Warte, Gui!« Agnese folgt ihm und hält ihm weiter das Handy hin.

Auf dem Display steht ein Satz in rosa Großbuchstaben: Von einem Helden und Archäologen durch Heimlich-Manöver gerettet!

»Ach so.« Jetzt erinnert sich Guiscardo an den Vorfall gestern in dem Café in Suverso; dann sieht man die Frau in leicht mitgenommenem Zustand, mit verlaufener Wimperntusche. Und neben ihr am Tisch sitzt er.

»Uff, das war knapp, gerade noch gerettet von diesem Herrn hier, ein echter Schutzengel!« Die Frau zieht Grimassen, grinst in die Kamera und redet wie ein Wasserfall.

»Ich weiß schon, den Rest kannst du dir sparen.« Am liebsten würde er die Sache abhaken und einfach ins Haus gehen.

Aber Agnese sieht ihn fragend an, studiert seinen Gesichtsausdruck und wartet auf eine Erklärung.

»Die wäre fast an ihrer Brioche erstickt, was hätte ich denn machen sollen?« Langsam reicht es, er ärgert sich über den Vorfall, ärgert sich, dass man ihn gefilmt und in die Öffentlichkeit gezerrt hat, ärgert sich über Agnese, die nicht lockerlässt. Kurz entschlossen wendet er sich ab und spurtet los, damit auch die Hunde mitrennen.

»Warte!« Agnese läuft mit dem ausgestreckten Mobiltelefon hinter ihm her. »Das Beste hast du ja noch gar nicht gesehen!«

»Schluss jetzt, ich habe genug gesehen!« Guiscardo weiß

schon, was sie meint, bleibt aber trotzdem stehen. Und tatsächlich: Da sitzt er, beantwortet widerwillig die Fragen der blonden Frau, die er gerade gerettet hat. So was Blödes, wieso in aller Welt hat er sich bloß darauf eingelassen und ist nicht auf der Stelle abgehauen.

»Achtundzwanzigtausenddreihundertzwei Klicks!« Agnese guckt ungläubig, empört, alarmiert.

»Wirklich?« Er versetzt dem Gras einen Tritt. »Wieso das denn?«

Agnese wirft ihm einen tadelnden Blick zu. »Wusstest du denn nicht, dass sie beim Fernsehen arbeitet? Und sehr bekannt ist.«

»Nein, wusste ich nicht! Und überhaupt, wenn eine vor meinen Augen um ihr Leben kämpft, dann frage ich nicht erst nach, was sie beruflich macht!«

»Natürlich nicht. Wahrscheinlich hält sie das Ganze für eine angemessene Würdigung deiner Heldentat.« Jetzt stichelt sie. »Und es ist ja auch richtig, wenn ein echter Schutzengel öffentlich gewürdigt wird! Guck dir nur mal an, wie viele Likes du hast! Und wie viele Hände, die dir applaudieren! Und die Kommentare erst, soll ich dir vielleicht ein paar vorlesen?«

»Lass gut sein!« Er wendet ihr den Rücken zu, um nicht auf die Provokation hereinzufallen.

»Hör dir das mal an: *Lucky Veronica! Nur du allein weißt, wo sie zu finden sind, die Ritter ohne Furcht und Tadel!* Oder hier: *Echt heldenhaft!* Oder hier: *Ein Gentleman wie aus einer anderen Zeit, und sexy noch dazu!* Oder: *Wow, ist der heiß!* Na?«

»Was hätte ich denn machen sollen?« Er sieht sie böse

an, sie hat es geschafft, ihn zu provozieren. »Hätte ich sie vielleicht ersticken lassen sollen?«

»Natürlich nicht. Bei deiner Veranlagung zu Heldentaten bleibt dir ja gar keine andere Wahl.« Das war typisch Agnese, immer diese Mischung aus Beschützerinstinkt und Kritik, Bewunderung und Empfindlichkeit, mit stark variierenden Anteilen von Mitgefühl und Abgrenzung.

»Schluss jetzt!« Er will unbedingt das Thema wechseln. »Verrat mir lieber mal, wie du es findest, da unten.« Er zeigt zum Rand des Rasens, wo die Mulde im Hügel beginnt, die man von hier aus nicht sieht.

Agnese nickt, weiß aber offensichtlich nicht, wie sie es ausdrücken soll. »Schön.«

»Na vielen Dank, das klingt ja echt begeistert.« So läuft das immer: Entweder provoziert sie ihn, oder er sie.

»Nein, wirklich, Gui. Es ist unglaublich.« Agnese legt mehr Überzeugung in ihre Stimme. »Ein Traum, ans Licht gebracht.«

»Finde ich auch.« Er wirft den Hunden einen Lindenzweig hin, die reagieren aber nicht.

»Und jetzt?« Agnese sieht ihn fragend an, hin- und hergerissen zwischen Vertrauen und Skepsis.

»Jetzt müssen wir uns wohl eine neue Beschäftigung suchen.« Liebend gern hätte er eine genauere Vorstellung der Zukunft, aber wenn eine Arbeit getan ist, die einen drei Jahre fast ohne Pause beschäftigt hat, ist ein Gefühl der Leere wohl unausweichlich.

Vier

Veronica Del Muciaro sieht zu der Badewanne hinüber, die sie mit kaltem Wasser gefüllt hat. Nach der Wolf-Methode sollte die Temperatur zwischen acht und fünfzehn Grad Celsius liegen: Jetzt waren es vielleicht zehn oder zwölf, an einem kalten Januarmorgen alles andere als verlockend. Blieb man bei unter fünfzehn Grad zu lange im Wasser, konnte das fatale Folgen haben. Pro Grad eine Minute weniger, bevor der Körper unterkühlt wurde. Das heißt bei einer Temperatur von zehn Grad höchstens zehn Minuten drinbleiben. Hatte man wie sie wenig Körperfett, wurde es natürlich schneller kritisch. Obwohl sie noch in den dicken taubengrauen Bademantel gehüllt ist, glaubt sie schon, die Kälteschauer zu spüren. Als sie die Haare zu einem Dutt hochbindet, damit sie nicht nass werden, sieht sie zwangsläufig in den Spiegel: Sie überlegt kurz, ob sie vielleicht ein Selfie machen soll oder ein kleines Video, ach nein, lieber nicht, sie hat einfach keine Lust. Für ihr Image als tough und unerschrocken wäre es allerdings super und würde garantiert eine Menge Klicks bringen.

Ihr Problem war, dass sie sich gerade noch als Heldin gefühlt hatte, die sich durch nichts abschrecken lässt, dann aber im Spiegel das blasse, leicht eingefallene Gesicht einer blonden Frau erblickte, die ziemlich mitgenommen aussah,

weil sie mal wieder schlecht geschlafen hatte (trotz anderthalb Schlaftabletten). Eine, die von der Arbeit gestresst
war, weil sie dauernd wie eine Flipperkugel kreuz und quer
durch Italien flitzte, je nachdem, wo man sie gerade hin-
schickte, und zwar von jetzt auf gleich. Die Arbeit machte
ihr großen Spaß, darauf verzichten wollte sie auf keinen
Fall, aber wie lange hatte sie schon keine richtige Beziehung
mit einem Mann mehr gehabt? Auf wie viele Wochenenden
hatte sie schon verzichten müssen, seit sie als Korrespondentin für Roberta Riscatto arbeitet? Wie oft hatte sie Ver-
abredungen mit Freundinnen zum Aperitif absagen, wie oft
einen unbeschwerten Einkaufsbummel plötzlich abbrechen
müssen? Weil man sie Knall auf Fall nach Siena schickte,
weil dort beim Palio zwei Pferde umgekommen waren,
oder nach Crotone, wo zwei rivalisierende Restaurant-
betreiber sich gegenseitig umbringen wollten, oder nach
Padua, um Zeugen aus dem schlimmsten Drogenmilieu zum
Reden zu bringen, oder nach Bozen, um den Background
des Polen zu recherchieren, der Chopin auf Gläsern spielt?
Wie lange war es ihr schon nicht mehr gelungen, mehr als
drei Tage hintereinander in ihrer kleinen Single-Wohnung
in Mailand zu verbringen? Oder hier in diesem Zimmer im
Haus ihrer Eltern in Suverso? Um ein Buch zu lesen, sich
mal einen ganzen Film am Stück anzusehen, sich mal ein
bisschen um sich selbst zu kümmern oder einfach auch mal
nichts zu tun? Stand ihr das denn nicht zu? Einmal die Woche vielleicht, oder wenigstens alle vierzehn Tage?

Wieder schaut sie zur Badewanne hinüber, versucht
krampfhaft, sich auf die Intention zu konzentrieren, wie
Wolf das nannte. Aber es fällt ihr unsagbar schwer, sich zu

überwinden, lieber schnell noch einen kurzen Blick in den Spiegel, die Verlockung ist einfach zu groß; und kaum gibt sie der Versuchung nach, sind sämtliche Fragen und Zweifel wieder da. Zweifel an sich selbst, an ihrer Rolle bei *Tutto qui!* und in der Fernsehwelt allgemein; an ihrem Platz in der Welt.

Schon komisch, wenn sie sich auf dem Monitor oder dem Handy sah, war das überhaupt kein Problem, im Gegenteil. Aber Spiegel sind einfach schrecklich, die haben nun mal die blöde Eigenschaft, dir dein Bild ungefiltert zurückzuwerfen, ungeschönt und erbarmungslos. Es war nämlich so, dass es in ihrem Leben immer mal wieder Phasen gab, als Kind, als Jugendliche und auch kürzlich noch, da hatte sie der Anblick der eigenen Gesichtszüge zutiefst irritiert. Inzwischen ist es zwar schon viel besser geworden, das verdankt sie dem Fernsehen, aber ganz verflogen ist diese Verunsicherung nie: Sie lag immer auf der Lauer, mitunter genügte eine winzige Kleinigkeit, und schwups, war sie wieder da. Manchmal reichte ein Blick auf die Form der Stirn, der Augen, der Nase, die ihr natürlich vertraut waren, doch manchmal war diese Vertrautheit urplötzlich weg, und dann drängte sich ihr die Frage auf, wer sie eigentlich wirklich war.

War sie die Ve-ve-ro-nica D-del Mu-mu-mu-ciaro, die von ihren Mitschülern, aber auch ihren Lehrern unerbittlich gehänselt wurde, weil ihr die Worte im Hals steckenblieben, wie neulich das Stück Brioche? Oder war sie die Veronica Del Muciaro, die sich nach einem Master in Journalismus an der Universität Bologna absolut blauäugig schon als Reporterin aus Krisengebieten wähnte, in

Boots, Cargo-Weste mit vielen Taschen und mit Helm, an vorderster Front? Oder die Veronica Del Muciaro, die mit dem Diplom in der Tasche nach Rom und Mailand fuhr und schockiert war, als sie feststellen musste, dass man ohne Beziehungen, ohne Parteibuch, ohne die Tochter oder Enkelin oder Geliebte eines hohen Tiers zu sein, so gut wie keine oder besser gesagt überhaupt keine Chance hatte, beim staatlichen Fernsehen oder den großen Privatsendern einen Job zu finden? Oder die Veronica Del Muciaro, die für TeleSuverso bereitwillig und ohne Honorar über lokale Ereignisse berichtete, dabei stundenlang in der stickigen Hitze kommunaler Gebäude, dem ohrenbetäubenden Krach in Fabrikhallen oder dem eisigen Nebel auf den Ausfallstraßen ausharrte, um über irgendwelche Initiativen von Kommunalpolitikern oder irgendwelche Erfolge einheimischer Unternehmen oder irgendwelche Verkehrsunfälle in der Provinz zu berichten? Oder die Veronica Del Muciaro, die es einmal durch Zufall oder Glück geschafft hatte, den ehemaligen Stadtrat Zambon vor laufender Kamera davon abzuhalten, sich vom Balkon des Palazzo Guanti zu stürzen, als gegen ihn wegen Korruption, Erpressung im Amt, Urkundenfälschung, Hehlerei und Manipulation öffentlicher Ausschreibungen ermittelt wurde (wobei sie fast selbst abgestürzt wäre, weil das Ganze keineswegs inszeniert war, wie manch einer später behauptet hat)? Oder die Veronica Del Muciaro, die wegen dieser Episode kurzzeitig zu nationalem Ruhm gelangte und so von Tito Calpa entdeckt wurde, dem Produzenten von *Tutto qui!,* der ihr einen Job als Sonderkorrespondentin bei Roberta Riscatto anbot, die sich einen Spaß daraus machte, Veronicas Namen zu ver-

hunzen, indem sie das Del wegließ und Muciaro auf dem a
statt auf dem u betonte. (Muciàro, das hörte sich doch blöd
an. Inzwischen betont sie zwar richtig, lässt aber das Del
immer noch weg, richtig gemein, die blöde Kuh.)

War sie die Veronica Del Muciaro, die man jedes Jahr Anfang August zur Mautstation in Rimini schickte, um über
den Massenexodus zu Beginn der Sommerferien zu berichten, und Ende August zur Mautstation in Melegnano,
um dieselben Massen bei Ferienende auf dem Rückweg
zu zeigen? War sie die Veronica Del Muciaro, die man im
Hochsommer mit ihrer Mini-Crew nach Bologna schickte,
um über die unerträgliche Hitze zu berichten, oder nach
Ferrara an den Po, um über den besorgniserregenden Was-
sermangel Bericht zu erstatten, und ein paar Monate später
über das ebenso besorgniserregende Hochwasser? War sie
die Veronica Del Muciaro, die die Leute auf der Straße wie-
dererkannten, weil sie im Fernsehen gesehen hatten, wie sie
sich unerschrocken in eine wüste Schlägerei zwischen ver-
feindeten Verwandten stürzte oder am Tatort eines grauenhaften Verbrechens Überlebende und Zeugen interviewte,
in Direktschaltung mit Roberta Riscatto, die aus dem Studio in Rom nachfragte und Lebensweisheiten von sich gab?
War sie die Veronica Del Muciaro, die davon träumte, unerbittlich betrügerische Machenschaften und Missstände
aufzudecken, ohne irgendjemand zu verschonen, ganz dem
Geist eines unabhängigen investigativen Journalismus verpflichtet, der sich von niemandem etwas sagen lässt? War
sie die Veronica Del Muciaro, die bereit gewesen wäre, sich
unter Beschuss, zwischen Maschinengewehrsalven und ex-
plodierenden Bomben, bis an die vorderste Front vorzu-

wagen, um live über regionale Konflikte zu berichten, die ihre italienischen Kollegen sonst nur aus sicherer Entfernung von mehreren hundert oder tausend Kilometern verfolgten? Welche von diesen vielen möglichen Veronicas war nun diese blonde, ein bisschen mitgenommene Frau, deren Bild der Spiegel jetzt ungeschönt zurückwarf? Wie weit lagen Traum und Wirklichkeit eigentlich auseinander?

Sie taucht eine Hand ins Badewasser, auch wenn man das eigentlich nicht tun soll: Die Kälte schießt durch den Arm, über die Schulter, den Hals hinauf, bis sich die Gesichtsmuskeln verkrampfen. Das Wasser war schon ziemlich kalt, als es aus dem Hahn kam, doch zusätzlich hat sie noch eine Portion Eiswürfel aus dem Spender am Kühlschrank ihrer Eltern in die Wanne geschüttet. In den Frotteeschlappen schlurft sie ein paarmal vor und zurück, um Zeit zu gewinnen, atmet tief ein und schnell wieder aus, wie Günter Wolf persönlich es ihr beigebracht hat, bis ihr schwindelig wird. Sie reißt den Bademantel runter, wirft ihn auf den Stuhl, taucht einen Fuß in die Wanne, steigt hinein, taucht bis zu den Schultern unter.

Das Wasser ist so kalt, dass ihr der Atem stockt: Sie spürt, wie das Blut aus den Randbereichen des Körpers zurückweicht und durch die Halsschlagader in den Kopf steigt, das Herz pumpt wie wild; nur mit Mühe unterdrückt sie den Fluchtimpuls, eigentlich würde sie am liebsten aufspringen, schnell in die Dusche und das heiße Wasser aufdrehen. Aber es ist eine Frage des Prinzips, und von persönlichem Stolz: Mit klappernden Zähnen bleibt sie unter Wasser, ja, taucht sogar noch tiefer ein, bis zum Hals. Dafür musste man sich unglaublich zusammenreißen, klar, aber genau darum ging es doch, äußerste Willensanstrengung. Immerhin gab es eine Menge Leute, die auf das tägliche Tauchbad nach der Wolf-Methode schworen: Hollywood-Schauspielerinnen, berühmte Sänger, Fußballspieler der Serie A und ganz normale Leute, die konnten ja schlecht alle spinnen. Der eine behauptete, er sei durch die Kaltbäder so abgehärtet, dass er keinen Schnupfen mehr bekomme, der nächste, er habe damit seinen Cholesterinspiegel gesenkt, manche wollen dadurch sogar ihre Kurzsichtigkeit oder ihre Cellulitis losgeworden sein, etliche Kilo abgenommen haben, sich besser konzentrieren können: Die Liste war endlos. Es gab natürlich auch Leute, die das alles für Humbug hielten, man ruiniere sich damit, abgesehen von Sportprofis mit chronischen Schmerzen, bloß die Herzkranzgefäße und könne sogar leicht zunehmen. Wie sollte man sich da noch auskennen, je mehr man recherchierte, desto widersprüchlicher die Informationen, am Ende war man nur noch verwirrter als am Anfang.

Auch die Meinungen über Günter Wolf waren ausgesprochen kontrovers: Manche verehrten ihn wie einen Heiligen, andere hielten ihn für einen Scharlatan, der nur das Bedürfnis der Menschen nach einem Allheilmittel ausbeutete. Als sie einmal in München war, um ihn zu interviewen, machte er auf sie den Eindruck, als besäße er durchaus eine gewisse Intuition, aber hundert Prozent sicher war sie da nicht. Er hatte diesen eindringlichen Blick, diese sonore Stimme. Ein bisschen berechnend und aufdringlich vielleicht, aber auch ein bisschen behäbig. Als sie nach *elf Minuten* aus der Wanne mit den Eiswürfeln stieg und sich, am ganzen Körper zitternd, in den Bademantel hüllte, hatte

er sie auf die Stirn geküsst. »*Fantastic girl! So so brave!*«
Mit diesem deutschen Akzent, dieser schwammigen Nase,
mit geplatzten Äderchen wegen der vielen Bäder im eisigen
Wasser. Und bevor sie mit ihrem Kameramann wieder ab-
reiste, hatte er ihr noch eine weiße Rose geschenkt, die er
allerdings, das war ihr nicht entgangen, aus einem großen
Strauß, der in einer Vase im Wohnzimmer stand, abgezweigt
hatte. Allerdings wurde seine Methode von renommierten
Medizinern wissenschaftlich untersucht, auch wenn behauptet wurde, die Forscher seien mit ihm befreundet oder
gar seine Geschäftspartner. Jedenfalls sah er mit neunund-
sechzig höchstens aus wie neunundfünfzig, und seine Frau
wie fünfunddreißig, obwohl sie schon fünfundvierzig war
(na gut, ein paar kleine schönheitschirurgische Eingriffe inklusive). Irgendwas musste ja wohl dran sein, wenn so viele
Leute auf seine Methode schworen, nicht wahr? Irgendwas
ganz bestimmt.

So weit, so gut, doch jetzt steht ihr das Wasser bis zum
Hals, erst vier Minuten sind um, fehlen noch sieben, dabei hat sie jetzt schon gar kein Gefühl mehr in den Füßen,
auch die Hände sind beinah taub, das Herz klopft dop-
pelt so schnell wie normal, volle elf Minuten wird sie auf
keinen Fall durchstehen, keine Chance, verdammt. Auch
keine sieben, nicht einmal sechs. Womit eindeutig der Beweis erbracht war, dass es nur unter Anleitung des Meis-
ters funktioniert oder aber, wenn dir zweieinhalb Millionen Zuschauer live dabei zusehen, während sie bequem
zu Hause auf der Couch sitzen. Eine Liveübertragung im
Fernsehen macht dich quasi unbesiegbar. Aber so mutter-
seelenallein im Bad ihrer Eltern dringt ihr die Kälte bis ins

Mark, der Genitalbereich ist vollkommen taub, die Zähne klappern unentwegt, *clac clac clac,* der Herzschlag will sich nicht beruhigen. Ausgerechnet jetzt klingelt auch noch das Handy, es hüpft aufgeregt auf dem Spiegelbord herum, als würde es verzweifelt versuchen sie zu retten. Sie muss sofort hier raus, Schluss mit der Tortur, es reicht!

Auf gläsernen Pfoten strauchelt sie aus der Wanne, hat wegen der tauben Finger Schwierigkeiten, den Bademantel überzuziehen, die Arme zittern, alles zittert. Sie greift nach dem Mobiltelefon, braucht eine Ewigkeit, um den Anruf anzunehmen, weil das Display auf die eiskalten Finger gar nicht reagiert. Statt »Hallo« entfährt ihr ein »Ha-ha-ha-lo?«

»Wo steckst du denn, Muciaro?« Tito Calpa klingt, wie immer, beunruhigend. »Ich habe schon zwei SMS geschickt, und du hast immer noch nicht geantwortet.«

»Ich bin im Bad, okay?« Ihre Stimme klingt meckernd, wie von einem sterbenden Zicklein: »O-o-okay?« Schon wieder dieses Stottern, ein Albtraum. Zum zweiten Mal innerhalb weniger Tage. Aber diesmal kommt es vom Zittern; wenn sie nicht sofort unter die heiße Dusche geht, riskiert sie wirklich eine Unterkühlung.

»Das Video ist wirklich interessant.« Natürlich denkt Calpa nicht im Traum daran, sich dafür zu entschuldigen, dass er sie im Bad gestört hat, aber lobende Worte von ihm sind eine Seltenheit.

»Hochdramatisch, würde ich sagen! Ich war echt kurz vorm Ersticken, das war nicht gespielt! Der Mann hat mir wirklich das Leben gerettet!« Wieder stammelt sie.

»Wer redet denn von deiner Rettung, Schätzchen!«

Manchmal ist er so brutal, dass sie ihn am liebsten umbringen würde. »Ich rede von den Bildern der Drohne.«

»Die Drohne …« Sie ist verärgert, denkt aber in erster Linie daran, wie sie den Kreislauf wieder in Gang bringen kann: Sie rubbelt sich ab, aber es hilft nicht, das Zittern hört nicht auf.

»Und der Archäologe?« Calpa merkt nichts, redet einfach ungerührt weiter. »Was weißt du über den?«

»Nicht viel.« Sie weiß genau, dass es besser ist, sich nicht zu rechtfertigen, aber unter diesen Umständen fällt es ihr schwer, mehr als drei Worte auf die Reihe zu kriegen. »Kein Eintrag in den sozialen Netzwerken. Ein paar Zeilen auf Wikipedia. Wissenschaftliche Publikationen, zu fachspezifisch, ein paar Kontroversen mit Kollegen. Hat Ausgrabungen gemacht, im Irak, in Syrien.«

»Ich hoffe, du hast auch ein bisschen was ausgegraben.« Calpa bedrängt sie.

»Natürlich!« Vor lauter Wut kommen die Worte weniger abgehackt, glaubt sie jedenfalls, trotzdem ist an lange Sätze nicht zu denken. »Ich habe mit ein paar Nachbarn gesprochen. Er hat die Villa geerbt, ein Haus aus dem 17. Jahrhundert mit Park und Land, von seinem Vater, einem Marchese, deshalb ist er auch Marchese. Glaube ich jedenfalls.«

»Hört sich gut an!« Calpa stürzt sich auf die Angaben wie ein Geier. »Marchese und Archäologe mit Villa aus dem 17. Jahrhundert macht auf seinem Anwesen eine spektakuläre Entdeckung und versucht, sie geheim zu halten! *Gnam gnam!*«

»Genau.« Sie versucht den freien Arm an der linken Hüfte zu reiben: Effekt gleich null.

»Und wie ist sie, die Villa?«

»Ich habe auch nicht mehr gesehen als du. Von oben. Schön. Von der Straße ist nichts zu sehen. Das Tor ist blickdicht. Und rundherum eine hohe, dicke Steinmauer.«

»Was hast du denn, Muciaro?« Calpa merkt erst jetzt, dass irgendwas mit ihr nicht stimmt, aber das ist nicht weiter verwunderlich. »Hast du getrunken?«

»Nein. Habe ich nicht!« Sie versucht verzweifelt, einen zusammenhängenden Satz herauszubringen, aber vergeblich.

»Ganz schön mysteriös, der Herr Marchese! Aber spitze! *Gnam gnam gnam!*« Calpa hat Feuer gefangen. »Du musst ihn unbedingt interviewen, Muciaro!«

»Wann?« Die professionellen Reflexe funktionieren noch, auch wenn alle anderen lahmgelegt sind.

»Heute!«

»Wie, heute?« Mit der freien Hand rubbelt sie sich mit aller Kraft ab, kann aber trotzdem nicht aufhören zu zittern, von einer Normalisierung der Temperatur ganz zu schweigen.

»Du bekommst die Liveschaltung um vierzehn Uhr dreißig! Dann kombinieren wir das Interview mit den Bildern der Drohne!« Tito Calpa hat keine schöne Stimme, immer ein bisschen überdreht, auch wegen der Mittel, die er einwirft, um immer auf Hochtouren zu bleiben. »Für die Aufnahme schicken wir dir Giulio!«

»Aber ich. Ich muss. Vorher mit ihm reden. Er ist schwierig.« Allmählich gerät sie in Stress, fühlt sich überfordert, wie soll sie das denn alles schaffen, zumal sie gar nicht weiß, ob sie sich überhaupt rechtzeitig von dem Eisbad erholen und wieder normal sprechen kann. »Der ist ziemlich stur.«

»Mensch, Muciaro, bei einer Kamikaze-Frau wie dir hat der doch keine Chance!« Man weiß nicht genau, ob das als Kompliment oder als Kritik gemeint ist; nehmen wir es als Kompliment.

»Okay!« Sie gibt noch einmal alles, um wieder anständig zu reden: lieber sterben als noch einmal stottern.

»Super, Muciaro!« Tito Calpa ist nun wahrlich kein Typ, der sich um sie oder sonst irgendjemand Sorgen macht. Das Einzige, was ihn im Leben interessiert, sind die Einschaltquoten und Roberta Riscatto bei Laune zu halten, sonst kann die Welt ruhig untergehen. »Und enttäusch mich nicht, immerhin gebe ich dir die beste Sendezeit!«

»Tausend Dank.« Sie kann nicht mehr, lässt das Handy auf den Stuhl und den Bademantel zu Boden fallen, humpelt zur Dusche, steigt hinein, dreht den Hebel der Mischbatterie auf Rot, mit einer maßlosen Gier nach Hitze. Es dauert etliche Minuten unter dem kochend heißen Wasserstrahl, bis sie aufhört zu zittern, wieder normal atmen und vernünftig denken kann. Es mochte ja stimmen, dass die Wolf-Methode Wunder wirkte, aber vielleicht taugte sie doch eher für Hollywood-Diven, Fußballprofis und stinknormale Leute, die es sich erlauben konnten, hin und wieder abzuschalten, als für Leute aus ihrem Metier, die rund um die Uhr am Ball bleiben müssen und nie freihaben, nicht einmal elf Minuten für eine masochistische Praktik wie ein Eisbad.

Ihr Job bei Roberta Riscatto war nämlich wahrlich kein Zuckerschlecken. In den Augen der Zuschauer mochte sie zwar lieb und nett erscheinen, tatsächlich jedoch konnte sie urplötzlich, wenn man gar nicht damit rechnete, ziemlich ätzend werden, einen aufs Übelste beschimpfen und vor Technikern, Assistenten und dem Studiopublikum zusammenstauchen. Bei ihr musste man auf alles gefasst sein, mal wurde verlangt, dass man sich Hals über Kopf ins Getümmel stürzte, dann wieder, dass man sich bescheiden zurücknahm, um sie ja nicht in den Schatten zu stellen. Immerzu musste man sich ein Bein ausreißen und das Unmögliche möglich machen, manchmal auch in ziemlich riskanten Situationen, mit mehr oder weniger guten Kameraleuten, je nachdem, wen sie einem gerade schickten. Und immer daran denken, dass die Königin im Studio in Rom dich keinen Augenblick aus den Augen ließ, jede Geste, jedes Wort kontrollierte, dir unter Umständen ins Wort fiel oder dich gar komplett aus der Leitung warf, wenn sie den Eindruck hatte, du würdest dich zu sehr in den Vordergrund spielen. Folglich musstest du beides sein, die skrupelloseste und die sensibelste Korrespondentin der Welt, je nach Stimmung der Chefin.

Aber trotzdem, der Job, auch wenn er nicht gerade (eigentlich überhaupt nicht) dem entsprach, wovon sie auf der Journalistenschule geträumt hatte, war toll. Und all jene (darunter auch einige ihrer Freunde), die sie nicht ernst nahmen, weil sie für ein trashiges Nachmittagsprogramm arbeitete, würden ihr bestimmt mehr Respekt zollen, wenn sie wüssten, welche Opfer sie dafür bringen musste. Klar, den Pulitzer-Preis würde sie damit garantiert nicht gewinnen, aber ein Zuckerschlecken war ihre Arbeit als Korrespondentin für Roberta Riscatto nun auch nicht gerade.

Mit der Körpertemperatur kehren auch ihre sonstigen Fähigkeiten zurück, und schon überlegt sie, wie sie den Marchese am besten dazu bringt, sich wegen der unerlaubten Drohnenaufnahmen nicht aufzuregen, ihr trotzdem ein Interview zu gewähren und den Zuschauern von *Tutto qui!* alles über seine heimliche Entdeckung zu verraten.

Fünf

M anchmal findet Guiscardo Guidarini es amüsant zu erraten, ob Agnese ihm gleich eine erfreuliche oder eine weniger erfreuliche Mitteilung machen wird. Diesmal ist es offensichtlich etwas Negatives, das erkennt man schon an der Leidensmiene, mit der sie ins Wohnzimmer kommt, wo er gerade an dem alten Steinway sitzt und *Blueberry Hill* spielt.

»Was gibt's?« Guiscardo nimmt die rechte Hand von der Tastatur, während er mit der linken weiter die Basslinie spielt.

»Da möchte dich jemand sprechen.« Genau: Wenn Agnese »jemand« sagt, geht es garantiert um was Nerviges.

»Wer ist es denn?« Jetzt lässt er auch die Linke sinken.

»Die Journalistin, die du in der Bar in Suverso gerettet hast.« Agnese sieht ihn an und rechnet mit einer Abfuhr. »Sie heißt Veronica Del Muciaro.«

»Was will die denn schon wieder?« Er klappt den Klavierdeckel zu, bleibt aber auf der Klavierbank sitzen. »Etwa Komplimente für das idiotische Video, das sie ins Netz gestellt hat?«

»Sie möchte ein Interview mit dir machen, für ihre Sendung.« Agnese redet hastig, um die Sache möglichst schnell hinter sich zu bringen. »Ein Liveinterview.«

»Kommt überhaupt nicht in Frage!« Er springt auf.

»Die Sendung heißt *Tutto qui!* und hat offenbar zweieinhalb Millionen Zuschauer, jeden Nachmittag.« Wie immer versucht Agnese, ihm ein möglichst vollständiges Bild zu vermitteln, keine leichte Aufgabe. »Am Wochenende sind es sogar drei Millionen.«

»Ja und?« Er geht auf und ab. »Du hast doch hoffentlich schon abgelehnt!«

»Ich habe noch gar nichts gesagt.« Agnese hebt die Hände. »Ich wollte erst mal hören, was du davon hältst.«

»Das weißt du doch, Agne!« Ihm schießen die schlimmsten Befürchtungen durch den Kopf. »Mal abgesehen davon, dass das bestimmt die Schurken waren, die diese Drohne geschickt haben, um uns auszuspionieren.«

»Jetzt warte doch mal, Gui.« Agnese dreht eine Haarsträhne zwischen Zeigefinger und Daumen, ein sicheres Zeichen für Anspannung. »Meinst du nicht, es könnte vielleicht interessant sein?«

»Spinnst du?« Das klingt fast so entrüstet, als sei *sie* seine Feindin.

»Na ja, ich dachte nur, ein Publikum von drei Millionen, das hat man auch nicht alle Tage.« Agnese versucht möglichst gelassen zu klingen, um ja keinen Druck auszuüben.

»Verstehe, aber worüber sollte ich mit so einer schon reden, vor allem in so einem albernen Quasselprogramm?«

»Keine Ahnung, über Archäologie zum Beispiel?«

»Vor drei Millionen Couch-Potatoes?«

»Jedenfalls ein Vielfaches der Leser des *Journal of Archaeological Science.*«

»Oder des *Oxford Journal of Archaeology*.« Klar, rein mengenmäßig gesehen hat sie nicht unrecht.

»Oder des *American Journal of Archaeology*.« Agnese muss beinah lachen.

»Ganz zu schweigen von *Archeologia viva* oder *Archeologia classica*.« Jetzt muss auch er lachen, obwohl er versucht ernst zu bleiben.

»Oder *Thiasos* oder *ArcheoMedia*.« Agnese zählt weiter die Fachpublikationen auf, die kennt sie alle.

»Oder *Archeoggi*.«

»Alternativ könntest du mit den Boyscouts von *Avventure di scavo* reden, die wollen seit Monaten ein Interview mit dir.«

»Ja, stimmt.«

Agnese guckt auf ihr Handy. »Gui, sag mir jetzt, was ich antworten soll.«

Im Grunde weiß Guiscardo genau, dass es vollkommen absurd ist, die Sache auch nur ernsthaft in Erwägung zu ziehen. Aber wieso tut er es dann trotzdem? Vielleicht weil er tausend Gründe hat, auf seine Kollegen wütend zu sein, weil sie sich als elitärer Club mit kompromisslosen Regeln aufspielen und jeden ausschließen, der nicht wie sie ist? Oder weil er die Verlogenheit und Dummheit der Lokalpolitiker nicht erträgt? Aus allgemeinem Frust? Aus Langeweile? Zum Spaß? Wegen der unwiderstehlichen Neigung, sich in die Nesseln zu setzen?

Wieder klingelt Agneses Handy; sie wirft einen Blick darauf, schreckt hoch. »Das ist die Del Muciaro. Der sage ich jetzt ab.«

»Warte mal.« Guiscardo tigert auf und ab, um sich die

Sache aus dem Kopf zu schlagen, aber die Idee lässt ihn nicht los.

Unschlüssig sieht Agnese ihn an.

»Geh ran, und hör mal, was sie sagt.« Um der Aufforderung Nachdruck zu verleihen, fuchtelt er hektisch mit den Händen, fast ein bisschen zu resolut.

Agnese nimmt ab, läuft mit gesenktem Kopf im Kreis herum, das Handy ans Ohr gepresst. »Ja. Wie, hier? Nein, von mir nicht! Ich habe gesagt, ich würde mit ihm darüber *sprechen*! Das war doch keine Zusage, auf gar keinen Fall.« Dann legt sie auf und sieht ihn verstört an. »Sie ist schon hier.«

»Wo, hier?« Er geht ans Fenster und schaut in den Park.

»Am Tor, mit dem Kameramann. Für die Liveübertragung ist alles vorbereitet.« Agnese wird immer nervöser.

Spontan hat er den Impuls, zum Tor zu rennen, diesen Gaunern vom Fernsehen mal ordentlich die Meinung zu sagen und sie mit Schimpf und Schande davonzujagen. Doch dann erscheint ihm eine solche Abfuhr plötzlich übertrieben, irgendwie würdelos, und darüber hinaus als Zeichen mangelnder Aufgeschlossenheit.

»Hör mal, Gui, ich gehe und schicke sie weg, und du lässt dich auf keinen Fall blicken.« Wieder einmal ist Agnese bereit, Unannehmlichkeiten auf sich zu nehmen, um ihn zu beschützen.

»Nein, lass sie rein.« Schon seit Jahren will er geistig flexibler werden, was ihm jedoch nie gelungen ist; vielleicht bot sich ja hier eine Gelegenheit, gewisse Prinzipien mal praktisch umzusetzen, die sonst Gefahr liefen, rein abstrakt zu bleiben.

Agnese sieht ihn sprachlos an.

»Dann wollen wir mal auf Sendung gehen, wo mich doch alle dazu drängen.«

»Ich nicht, Gui, nicht im Geringsten.«

»Ich könnte darüber reden, wie die Hügel um Cosmarate durch Bausünden systematisch ruiniert werden, über die hemmungslose Zerstörung der Landschaft.« Allmählich beginnt die Sache interessant zu werden. »Über die gnadenlose Zerstörungswut, die haarsträubende Ignoranz bei der Verwendung von Formen und Materialien. Über den Größenwahn, den völligen Verlust jeglichen Maßes, den Verlust von Ausgewogenheit, Anstand, Geschmack, Sinn. Wenn es live ist, können sie ja schlecht was rausschneiden, stimmt's?«

»Na ja, sie können dich jederzeit abschalten.« Wie immer ist Agnese weit realistischer als er, zum Glück. »Du musst dich sputen, wenn du es noch schaffen willst.«

»Mach ihnen auf, los.« Er grinst möglichst beiläufig und schickt sie los.

Agnese starrt ihn noch kurz an, geht dann aber wenig überzeugt zur Tür.

Er setzt sich wieder ans Klavier, spielt weiter *Blueberry Hill*, um sich abzulenken, aber es funktioniert nicht. Er springt auf, geht in den Park hinaus.

Draußen sieht er Veronica Del Muciaro und Agnese, gefolgt von einem Typen mit Rucksack und Stativ, der die Kamera aufs Haus richtet.

»Nein!« Agnese wird sofort sauer. »Das Haus darf auf keinen Fall gezeigt werden, das habe ich doch eindeutig gesagt!«

»Natürlich, natürlich!« Die Del Muciaro gibt dem Kameramann ein Zeichen, der, wenn auch wenig glaubwürdig, entschuldigend die Hand hebt.

Tanganika, Timor und Gui II umkreisen vorsichtig die beiden Fremden, schnüffeln an ihnen, ohne sich ihnen zu sehr zu nähern.

»Die tun doch nichts, oder?« Die Del Muciaro zeigt auf die Hunde, nicht besonders ängstlich, der Kameramann scheint eher besorgt.

»Kommt drauf an.« Wieder einmal fragt sich Guiscardo, wozu es eigentlich gut ist, Hunde zu halten, die nicht bellen, aber auch das war nicht seine Entscheidung: Es ist einfach passiert.

Die Del Muciaro hält ihm die Hand hin. Fürs Fernsehen geschminkt, entschieden aufwendiger als neulich in Suverso. »Freut mich, Sie wiederzusehen, Marchese! Und noch mal vielen Dank, dass Sie mich gerettet haben.«

»Keine Ursache.« Jetzt wo er sie wiedersieht, bereut er schon, dass er sie hereingelassen hat.

Die Del Muciaro deutet auf den Kameramann: »Das ist Giulio.«

»Der hat doch bestimmt neulich die Drohne gesteuert?« Guiscardo zeigt zum Himmel.

»Sicher nicht.« Der Kameramann schüttelt den Kopf und sieht Veronica an. »Das war doch Furazzi, nicht?«

Die Del Muciaro nickt unmerklich und macht sofort ein begeistertes Gesicht. »Die Aufnahmen sind super geworden! In Rom waren sie schwer angetan!«

»Widerrechtlich gedreht, eine Schande ist das!« Guiscardo ist froh, dass er ihr das direkt ins Gesicht sagen kann. »Absolut inakzeptabel, ihr solltet euch schämen.«

»So dürfen Sie nicht reden, Marchese! Es ist doch nur, damit alle Ihre tolle Entdeckung bewundern können. Sie können sie doch sowieso nicht ewig geheim halten!« Der Del Muciaro ist es kein bisschen peinlich, vermutlich ist in ihren Augen überhaupt nichts dabei, Drohnen zum Ausspionieren über fremden Besitz zu schicken.

»Das ist mein Haus, und hier mache ich, was ich will, wenn Sie gestatten.« Doch im Grunde, so dämmert es Guiscardo langsam, sind das nur leere Worte, denn eigentlich stimmt es gar nicht mehr.

Agnese wirft ihm einen besorgten Blick zu.

»Jetzt seien Sie mal nicht so egoistisch, Marchese!« Die Del Muciaro klopft ihm auf den Arm, zwinkert ihm verschwörerisch zu.

Er entzieht sich, guckt sie böse an.

»Und vielen Dank, dass Sie sich bereit erklärt haben, uns ein Liveinterview zu geben!« Offensichtlich ist die Del Muciaro der Meinung, sie hätte die Klippe erfolgreich umschifft.

Guiscardo überlegt, wie er möglichst kurz und bündig sagen kann, was er sagen will, bevor sie die Liveschaltung kappen können.

Die Del Muciaro sieht sich um, sondiert das Gelände. Es wäre ja auch komisch, wenn sie sich entschuldigen würde, denn Aufdringlichkeit und Unverschämtheit gehören eindeutig zu ihrem Modus Operandi. »Wo ist es denn?«

»Da hinten.« Während er auf den Rand des Rasens zugeht, fragt sich Guiscardo, ob es nun eine echte Schnapsidee war, ausgerechnet solchen Leuten zu zeigen, was so lange verborgen war, oder ob es einfach unvermeidlich war.

Die Del Muciaro, der Kameramann und Agnese folgen ihm, mit den drei Hunden, die sie unaufhörlich umkreisen und schweigend beobachten.

Dann ertönt der Klingelton von Del Muciaros Handy, eine saublöde flotte Musik, und sie nimmt sofort ab. »Ja, wir sind da! Fast fertig! Natürlich, Giulio hat alles dabei! Ich rufe in fünf zurück! In fünf!«

Guiscardo geht bis zum Rand der Mulde und bleibt dort stehen.

Die Del Muciaro und der Kameramann kommen nach und sind von dem Anblick schwer beeindruckt. »Wow! Wahnsinn!«

Guiscardo gibt sich Mühe, nicht zu lächeln. »Besser als in dem Video der Drohne?«

»Live ist es tausendmal besser!« Zumindest das scheint sie ernst zu meinen. »*Unglaublich!*«

Auch Guiscardo kann es selbst kaum fassen, wenn er daran denkt, welche Herkulesarbeit es war: drei Jahre unermüdlich ackern, jeden Tag Schwerstarbeit leisten, sich nicht entmutigen lassen, einfach immer weitermachen, auch wenn es nur im Schneckentempo voranging und der Erfolg jedes Mal, wenn man glaubte, kurz davor zu stehen, wieder in weite Ferne rückte.

Auch Agnese schaut hinunter, vorsichtig, als hätte sie Angst abzustürzen.

Die Del Muciaro neigt affektiert den Kopf zur Seite. »Aber wie haben Sie dieses Wunderwerk bloß entdeckt?«

»Es war da, ich brauchte nur zu graben. Agnese und ein Mitarbeiter haben mir geholfen.«

Die Del Muciaro dreht sich rasch zu Agnese um, tausch

einen Blick mit dem Kameramann, geht ans Handy, das erneut klingelt. »Ja, ja, ja. Noch viel, viel mehr! Du wirst schon sehen! Roberta wird ausflippen! Gib sie mir mal. Dann sag du es ihr. Klar, sofort! Vierzehn dreißig, okay! Ja! Natürlich, Giulio ist bereit! Ich weiß, bald wird es dunkel! Ja, ja, ich weiß! Okay, ciao, ciao, ciao!«

Der Hund Timor mustert sie aus der Nähe, jault kurz auf, wie er es immer tut bei Fremden, deren Anwesenheit er sich nicht erklären kann.

Sechs

Annalisa Sarmani sitzt zu Hause auf der Couch und arbeitet diverse Anträge auf Förderung durch, die bei ihr als zuständiger Stadträtin für Kultur und Tourismus der Gemeinde Suverso eingegangen sind. Sie hat die Haare mit einem Bleistift hochgesteckt, trägt einen weichen Alpakapullover, Trainingshose und pelzgefütterte Pantoffeln. Der Kaminofen ist an, auf dem Couchtisch aus Kirschbaum steht eine große Tasse mit entgiftendem Fenchel-Ingwer-Tee. Dennoch kann die Tatsache, dass sie es sich bequem gemacht hat, nicht darüber hinwegtäuschen, dass sie schon wieder einen Sonntag mit Arbeit verbringt, aber das ist ja nichts Neues. Einerseits stünde ihr natürlich ein freier Tag zu, andererseits hat sie sich wieder einmal Arbeit mit nach Hause genommen, weil sie damit die Ansprüche der Familie besser in Schach halten kann. Dabei sind die Ansprüche gar nicht so groß, ihr Mann Gianmaria verbringt den Tag mit seinen Freunden beim Golf; und ihr Sohn Gianluca ist froh und glücklich, wenn er sich in seinem Zimmer verschanzen und ungestört am Handy und Computer spielen kann.

Einige Anträge beziehen sich auf Veranstaltungen, die in Suverso derart fest verankert sind, dass man eine Förderung auf keinen Fall ablehnen konnte, ohne eine Menge

Leute zu verärgern. Das permanente Risiko, irgendwen vor den Kopf zu stoßen, erschwerte die Arbeit als Stadträtin ungemein. Früher als Anwältin war alles viel einfacher: Entweder man gewann den Prozess und der Klient war zufrieden, oder man verlor den Prozess, dann verlor man auch den Klienten. Doch jetzt, in ihrer Funktion als Vizebürgermeister und Stadtrat (sie bevorzugt die männliche Form, denn bei der weiblichen hat sie das Gefühl, an Bedeutung zu verlieren), kam es ihr so vor, als hätte sie Tausende von Klienten, genauso viele wie Wähler. Wobei jeder, egal ob Einzelperson oder Gruppe, immer was zu meckern hatte. Na ja, so war das halt, kein Grund sich zu beschweren, schließlich hat sie keiner, wie ihre Mutter und Gianmaria immer sagten, gezwungen, den Job zu machen, aber trotzdem.

Jeder Wähler scheint nämlich zu glauben, er habe allein dadurch, dass er einen gewählt hat, Anspruch auf einen Logenplatz im Theater der Stadtverwaltung und könne jederzeit mit faulen Tomaten werfen, wenn ihm die gebotene Vorstellung nicht gefiel. Ohne Rücksicht darauf, dass manche Versprechen aus dem Wahlkampf ohnehin nicht umsetzbar waren, ohne Rücksicht darauf, dass die Verwaltung einer Gemeinde eine anstrengende, mitunter auch zermürbende Arbeit war, vor allem aber langwierig, voller Kompromisse und Komplikationen.

Das änderte jedoch nichts daran, dass man gewisse, von den Vorgängerregierungen geerbte Volksfeste nicht einfach streichen konnte, auch wenn sie garantiert nicht dazu beitrugen, das Image der Stadt aufzupolieren. Sie hatten einfach Tradition und waren bei den Leuten äußerst beliebt.

Wie beispielsweise der *Esel auf dem Corso,* auch wenn es heutzutage im gesamten Stadtgebiet gar keine Esel mehr gab und man sie für teures Geld aus dem Süden heranschaffen musste (doch selbst dort waren sie immer schwerer zu finden, weil die Chinesen sämtliche Esel der Welt aufkauften, um aus der Haut eine Gelatine herzustellen, die ihres Erachtens ein ausgezeichnetes Mittel war, um die Blutzirkulation anzuregen). Aber das Fest des *Esels auf dem Corso* war bei Familien und Kindern ausgesprochen beliebt, ebenso wie der damit verbundene Markt, auf dem einheimische Gerichte und Spezialitäten verkauft wurden (auch sie wurden mittlerweile weitgehend aus ganz anderen Regionen importiert, leider). Folglich würde das Fest auch im kommenden Frühjahr wieder über die Bühne gehen, sehr zum Leidwesen all jener, die wie sie selbst viel lieber herausragendes städtisches Kunstschaffen fördern würden als ein traditionelles Heimatfest.

Noch schlimmer war es jedoch, wenn man genötigt war, weit belanglosere oder für die glanzvolle Geschichte der Stadt sogar peinliche Veranstaltungen zu unterstützen. Wie beispielsweise das Fest des Smoccarone, ein Weichkäse aus dem hügeligen Umland von Suverso (der im Übrigen durch eine absurde europäische Direktive vor ein paar Jahren fast verboten worden wäre). Auch zu diesem Fest kamen jedes Jahr eine Menge Leute nach Suverso, Alte und Junge, Familien, ganze Gruppen, weil sie unbedingt Ravioli mit Smoccarone, Focaccia mit Smoccarone, Gnocchi mit Smoccarone essen wollten und dazu einen Cabernet oder Merlot aus Plastikbechern trinken. Sogar ihr Vater, nur um mal ein Beispiel zu nennen, ein angesehener Notar in vierter Generation, war ganz versessen darauf. Ihre Mutter zum Glück weniger.

Auf jeden Fall bezogen sich die meisten Anträge, die bei ihr eingingen, auf eher uninteressante Veranstaltungen, sodass sie kaum einen Blick hineinwarf und das meiste rasch überflog. Das Fest des Spierapfels beispielsweise, gewidmet, wie es im Begleitbrief hieß, *der Frucht des* Sorbus domestica, *eines sehr alten, langsam wachsenden Baumes, der früher in ganz Italien verbreitet war, heute aber aufgrund seiner geringen Bedeutung für die Ernährung leider zunehmend in Vergessenheit gerät.* »Warum, um alles in der Welt, soll die Gemeinde Suverso wohl zwölftausend Euro zum Fenster rauswerfen, um eine Frucht zu feiern, für die sich niemand mehr interessiert, mein Gott?« Entsetzt über die Weltfremdheit mancher Leute, redet sie laut vor sich hin.

Oder der Antrag auf Finanzierung einer Veranstaltung zur Vorstellung des Romans *Justiz in Shorts* des Richters und Schriftstellers Sante Rufante, der in einem Brief des Verlegers beschrieben wurde als *bewegende Zeitreise in das antike Kalabrien und seine geheimnisvolle Atmosphäre, die Rufante einfühlsam und äußerst lebhaft schildert…* »Können Sie, verehrter Herr Verleger, mir vielleicht mal erklären, warum das ausgerechnet hier in Suverso jemanden interessieren soll?« Wieder schimpft sie laut vor sich hin, das durfte doch nicht wahr sein. »Was haben wir denn damit zu tun? Warum ausgerechnet bei uns, von siebentausendneunhundertvier Gemeinden, die es in Italien gibt? Oder hundertsieben Provinzhauptstädten? Ist das wirklich Ihr Ernst?«

Als sie gerade frisch im Amt war, empfand sie es als

große Ehre, wenn sie in einer Gemeinderatssitzung, in *Suverso Oggi*, einer Pressemitteilung oder dem Prospekt einer Initiative mit ihrem Titel als Vizebürgermeister oder Kulturstadtrat angesprochen wurde. Allerdings war es ein harter Kampf gewesen, die beiden Ämter mit Substanz zu füllen, um das Klischee zu entkräften, wonach Politiker aus der Nationalunion als tumbe Höhlenbewohner galten, die von Kultur nichts verstanden. Keiner konnte ihr vorwerfen, sie sei ungebildet. Klar, Kunstgeschichte hatte sie nicht studiert, war aber immerhin in einem Haus voller Bücher aufgewachsen, bei Eltern, die sie zu jedem Rotary-Essen mitnahmen, zu jedem Konzert, jeder Theateraufführung oder Ausstellungseröffnung, die etwas zählte. Dazulernen konnte man immer, aber mit Sicherheit konnte ihr keiner der Vorgänger das Wasser reichen. Schon gar nicht Bubi Polesato, dieser Egomane mit seinen beiden tollen Doktortiteln in Philosophie und Literaturwissenschaft, der hatte doch nur Unheil angerichtet. Niveaulose, populistische Veranstaltungen wie der Discoabend auf der Piazza Granaria oder der *Graffiti Day* im Palazzo Molajoni, garniert mit hemmungslosen Besäufnissen, dem Konsum diverser Drogen und dem Beschmieren historischer Monumente. Dass einer wie er sich erdreistet hat, ihr Inkompetenz vorzuwerfen, beweist nur die Boshaftigkeit einer bestimmten linkslastigen Intelligenz, die glaubt, sie habe die Kultur gepachtet und könne darin beliebig schalten und walten, jeden unter Druck setzen und sich selbst und ihresgleichen hemmungslos bedienen. Dabei war sie natürlich auf einiges gefasst gewesen, auch ihre Eltern hatten sie gewarnt, vor allem ihre Mutter, doch auf ein solches Ausmaß an Missgunst und purer Gemeinheit, gemischt mit Sozialneid und einer guten Portion Sexismus, war sie einfach nicht vorbereitet gewesen. Und worin, bitte schön, sollte sie denn inkompetent sein? War sie denn durch ihre Berufserfahrung als Anwältin nicht viel besser qualifiziert als irgend so ein Typ, der sein Leben lang noch nichts anderes gemacht hatte, als dumm daherzureden? Mit zwei Doktortiteln, schön und gut, aber was bedeutete das schon, wenn es drauf ankam?

Jedenfalls gab es in der Gemeinde nie genügend Mittel für echte Kultur, bei jeder Ratssitzung musste man kämpfen, um ein Vorhaben durchzusetzen. Bei allem traten der Bürgermeister und die anderen Ratskollegen auf die Bremse, und die Opposition versuchte, den Antrag zu zerpflücken, um dich schlecht dastehen zu lassen. Dennoch hatte sie seit ihrer Amtsübernahme schon etliche relevante Projekte realisiert: Die Kataloge lagen vor, die Tatsachen sprachen für sich. Manches davon war vielleicht etwas gewagt, wie die Manet-Ausstellung letzten Oktober, wo es ihr gelungen war, Toyota als Sponsor mit ins Boot zu holen. Auch dabei ließ die Opposition kein gutes Haar an ihr, bloß weil im Atrium ein Prius Plug-in stand, der oben und an den Seiten mit einem Faksimile des berühmten *Le Déjeuner sur l'herbe* verkleidet war, und unter den Werken Schilder mit dem Logo der Firma hingen. Wieso freuten sie sich nicht, dass die Gemeindekasse dadurch entlastet wurde? Aber nein, ein Aufschrei der Empörung über die Profanierung, und kein bisschen Anerkennung dafür, dass sie eine bedeutende Ausstellung in die Stadt geholt hatte, ohne die Kasse ihres Ressorts zu leeren. Glücklicherweise hatten die Besucher weniger Skrupel: Die Zahlen belegen es.

Oder der Zyklus mit Klavierkonzerten von Chopin vor Weihnachten, im Einkaufszentrum La Sfinge, mit drei großen französischen und drei polnischen Solisten. Die Konzerte fanden großen Zuspruch, sehr viele Leute kamen und waren hellauf begeistert, doch diesmal empörten sich die Kritiker über die Wahl des Veranstaltungsortes, als wäre eine für die Gemeinde (beinah) kostenlose Veranstaltung kein Verdienst, sondern ein Vergehen!

Trotzdem, für sie stand fest: Wenn sich die Möglichkeit böte, sich mit der Präsentation eines bedeutenden Schriftstellers, der Ausstellung eines berühmten Malers oder Bildhauers, einer Theateraufführung mit bekannten Schauspielern, einem klassischen Ballett mit Staraufgebot oder dem Konzert eines erstklassigen Sängers zu schmücken, wäre sie sofort dabei und würde auch keinen Augenblick zögern, dafür die begrenzten Mittel ihres Ressorts einzusetzen. Potenzielle Sponsoren gab es ja reichlich: An umsatzstarken Firmen mangelte es in der Gemeinde nun wahrlich nicht. Man musste die Projekte nur richtig präsentieren, unbegründete Vorbehalte ausräumen. Klar, natürlich würde Suverso nie so berühmt und international bekannt werden wie andere Städte des Nordens, da musste man realistisch bleiben, auch wenn es zu den produktivsten Regionen Italiens zählte und nicht unwesentlich dazu beitrug, die Wirtschaft des ganzen Stiefels anzukurbeln. Und jedes Mal, wenn sie eine Bühne betrat, um ein paar einführende Worte zu sagen und sich bei den Sponsoren zu bedanken, erfüllte sie das unweigerlich mit einem gesunden Stolz.

Mittlerweile war sie deshalb auch fest entschlossen, das hatte sie gerade erst in einem Interview mit einem Regionalblatt bekräftigt, ihren pragmatischen Kurs fortzusetzen, ohne auf kulturelle Ambitionen zu verzichten. Mit anderen Worten: Traditionsreiche Veranstaltungen wie der *Esel auf dem Corso* oder das Fest des Smoccarone gingen in Ordnung, solange sie sich mit Manet und Chopin vereinbaren ließen.

Sie trinkt einen Schluck Kräutertee, der scharfe Ingwergeschmack prickelt angenehm in der Kehle, dann greift sie, eher mechanisch als zur Ablenkung, nach der Fernbedienung. Rasch zappt sie durch die Kanäle, doch sonntags um diese Uhrzeit ist das Programm ziemlich mau, es gibt nur Fußball, ein paar alte Filme und die üblichen Nachmittagstalkshows. So bleibt sie bei *Tutto qui!* hängen, auch wenn sie Roberta Riscatto noch nie leiden konnte, mit ihren pechschwarzen Haaren und ihrer an Magersucht grenzenden Dünnheit, die durch ihre eng anliegenden Kleidchen und auf den Leib geschneiderten Hosen nur noch mehr hervorgehoben wurde; dazu noch diese vorgetäuschte Herzlichkeit und falsche Anteilnahme, wo es doch sonnenklar war, dass sie sich in dem Unglück der anderen suhlte und jede Träne, jeden Schreckensschrei bis zum Letzten ausquetschte. Und dann noch diese unsägliche Veronica Del Muciaro, grauenhaft, die konnte sie schon gar nicht ab, diese affektierte Art zu reden, mit geschliffenen *Rs* und gehämmerten *Ts*, jederzeit bereit, sich immer und überall einzumischen, und dann so zu tun, als würde sie in einem Familienstreit vermitteln, während sie ihn tatsächlich nur noch mehr anheizte. Hartnäckig und aufdringlich, hat sie die schlechte Angewohnheit, widerspenstigen Gesprächspartnern die Hand auf den Arm oder die Schulter zu legen.

Der Riscatto gegenüber, die sie aus dem Studio fernsteuerte, war sie lammfromm, aber es war sonnenklar, dass sie innerlich mit den Hufen scharrte und nur darauf wartete, richtig loszulegen. Außerdem stammte sie aus Suverso: Ihr Vater, Arminio Del Muciaro, besaß ein großes Käsegeschäft. Allerdings kannte Annalisa sie nur vom Sehen, ein paarmal war sie ihr im Zentrum über den Weg gelaufen, Guten Tag und Guten Abend, das war's, aber von hier berichtet hatte sie nur selten. Ein untrügliches Anzeichen dafür, dass in der Stadt Gott sei Dank so gut wie nichts passierte, das grotesk und blutrünstig genug war, um es in die Sendung zu schaffen; und an kulturellen Ereignissen hatte die Riscatto nun wahrlich kein Interesse.

Doch jetzt erscheint die Del Muciaro auf dem Bildschirm, aufgedonnert bis zum Gehtnichtmehr in einer silbernen Daunenjacke, und darunter ist ein Schriftzug eingeblendet: »Cosmarate – das Traumtheater.«

Plötzlich ist Annalisa Sarmani ganz Ohr, denn die Gemeinde Cosmarate di Sopra e di Sotto liegt in der Provinz Suverso, sie stellt die Tasse ab, streckt sich und macht den Ton lauter.

Mit ihrem üblichen maschinengewehrartigen Stakkato redet die Del Muciaro auf einen seltsam eleganten Typen mit grau meliertem Lockenkopf und durchdringendem Blick ein. »Signor Guidarini, dürfen wir Sie mit Marchese anreden?«

»Lieber nicht.« Der Typ hat einen Akzent, der nicht von hier scheint, vielleicht ein halber Ausländer. »Im Übrigen wurden Adelstitel in Italien 1948 abgeschafft.«

»Also, Marchese Guidarini!« Die Del Muciaro achtet

nicht im Geringsten auf die Worte ihres Gesprächspartners, konzentriert sich mehr auf die Kamera als auf ihn. Sie beschreibt einen Bogen mit der Hand. »Erzählen Sie uns jetzt von Ihrer spektakulären Entdeckung?«

»Das ist keine Neuentdeckung, sondern ein Wiederfinden.« Guidarini macht ein nachdenkliches Gesicht, was in starkem Kontrast steht zu dem aufgeregten der Journalistin. Die Kamera erweitert den Bildausschnitt, man sieht Säulen aus grauem Stein, in zwei Reihen übereinander und halbkreisförmig angeordnete Stufen, ebenfalls aus Stein, die sich in die abschüssige, von Bäumen umstandene Mulde des Hügels schmiegen: ein antikes Theater im griechischen Stil, ungewöhnlich gut erhalten.

»Entschuldige, Veronica, aber das ist un-glaub-lich! Ich weiß nicht, ob ihr zu Hause das richtig erkennen könnt, aber das ist wirklich ir-re!«

»Ein Wiederfinden.« Guidarini besteht hartnäckig auf seiner Definition.

»Aus welcher Zeit, Marchese?« Die Riscatto brüllt jetzt laut, damit der Gesprächspartner sie über eine Entfernung von Hunderten von Kilometern auch ja hört.

Guidarini macht eine Handbewegung, die alles und nichts bedeuten kann.

»So alt wie das Kolosseum vielleicht, nur um eine ungefähre Vorstellung zu haben?« Die Riscatto guckt in die Kamera wie eine, die unbedingt alles wissen will.

Guidarini schüttelt lächelnd den Kopf. »Mit dem Bau des Kolosseums wurde zweiundsiebzig nach Christus begonnen. Und außerdem ist es ein *Amphitheater*.«

»Mich persönlich erinnert es stark an das Theater in Taormina!« Na klar, das musste ja kommen, dort moderierte sie jeden Sommer ein Schlagerfestival.

»Na ja, die Anlage ist zweifellos hellenistisch.« Guidarini grinst leicht sarkastisch.

Und jetzt war es so weit, die Del Muciaro legte ihm die Hand auf den Arm. »Erzählen Sie uns, wie Sie es wiedergefunden haben, Marchese!«

»Das war eine schwere Arbeit.« Guidarini lässt den Blick schweifen und macht dabei ein Gesicht wie ein intellektueller Rockstar. »Es lag unter einer zwei Meter dicken Erdschicht begraben, die mit dornigem Gebüsch und Sträuchern überwuchert war.«

»Und wer hat die ganze Arbeit gemacht?« Die Del Muciaro hält ihm das Mikro vor die Nase.

»Ich, mit Unterstützung von ein paar Helfern.« Guidarini zuckt die Schultern. Man sieht drei eigenartige Hunde um die beiden herumtänzeln, einer schnüffelt bei der Del Muciaro zwischen den Beinen.

»Verzeihung, aber stimmt es, dass der Marchese auch Archäologe ist?« Roberta Riscatto scheint sich gleichzeitig an Guidarini, die Del Muciaro und die Fernsehzuschauer zu wenden. Als sie keine Antwort bekommt, hebt sie die Stimme. »Veronica, hört ihr mich? Marchese, sind Sie auch Archäologe?«

Die Del Muciaro nickt, offensichtlich kennt sie schon die Antwort.

»Nicht auch, ich *bin* Archäologe.« Jetzt lächelt Guidarini nicht mehr.

»Ich verstehe nicht recht, soll das heißen, dass Sie bei diesem unglaublichen Unternehmen keinerlei Hilfe von den Behörden bekommen haben?« Langsam wird der Ton schneidend, wie immer, wenn sie zu einer ihrer wilden Verbalattacken ansetzt.

Die Del Muciaro entzieht sich der Hundeschnauze, wanzt sich an Guidarini ran. »Stimmt es, dass Sie die Kosten ganz allein tragen mussten?«

Guidarini nickt.

Fassungslos steht die Riscatto mit offenem Mund im Studio, als fehlten ihr die Worte. Sie lässt zwei Sekunden verstreichen, dann marschiert sie mit erhobenem Zeigefinger auf die Kamera zu. »Kurze Werbepause. Danach möchte ich von dem Marchese wissen, wieso er von den Behörden im Stich gelassen wurde! Bleiben Sie dran, in zwei Minuten geht's weiter!«

Der Ton wird lauter, es kommt eine Werbung für Kinderschokoriegel, die offenbar die Eigenschaft besitzen, augenblicklich die ideale Familie zu erschaffen, inklusive lachender Großeltern mit schönen weißen Haaren und Eltern, die unbegrenzt Zeit haben, und alle sitzen gemeinsam in einem farbenprächtigen Garten und amüsieren sich köstlich.

Annalisa Sarmani greift nach dem Handy, tippt »Guiscardo Guidarini« in die Suchmaschine ein: Angezeigt werden die Seite eines etymologisch-semantischen Wörterbuchs der italienischen Familiennamen, das Cover eines historischen Romans mit mittelalterlichem Ritterhelm, ein Wikipedia-Eintrag mit äußerst mageren biografischen Angaben, in dem von Ausgrabungen im Nahen Osten und polemischen Auseinandersetzungen unter Archäologen die Rede ist, die Titel einiger Aufsätze, die zu lesen sie momentan weder Zeit noch Lust hat. Sie überlegt krampfhaft, ob ihr in Suverso je ein Guidarini über den Weg gelaufen ist oder ob sie den Namen bei ihren Eltern vielleicht schon mal gehört hat; irgendwie kommt er ihr bekannt vor. Fest steht nur, dass sie allmählich nervös wird: Das Zimmer scheint ihr überheizt, die Couch zu weich. Am liebsten würde sie aufstehen, schafft es aber nicht rechtzeitig, denn jetzt ist der Werbeblock zu Ende, und auf dem Bildschirm erscheint die Luftaufnahme eines halbrunden antiken Theaters, begleitet von Klaviermusik.

»Da sind wir wieder! Herzlich willkommen zurück!« Roberta Riscatto durchquert das Studio, während hinter ihr die Aufnahmen des antiken Theaters eingeblendet werden. »Unser Thema ist heute dieses fantastische antike Theater, das in den Hügeln der Provinz Suverso entdeckt wurde, und zwar von einer ebenso außergewöhnlichen Persönlichkeit, dem Marchese Guidarini!«

Auf dem Bildschirm sieht man Veronica Del Muciaro mit dem Mikro in der Hand, wie sie sich gerade den Kopfhörer aufsetzt.

»Veronicaaa?«, flötet die Riscatto zuckersüß. »Veronica, kannst du mich hören?«

»Ja, Roberta, ich höre dich!« Auf Veronicas Zeichen hin ändert der Kameramann die Einstellung, sodass auch Guidarini, die eigenartigen Hunde, ein paar Säulen und Statuen mit Tierköpfen ins Bild kommen.

»Veronica, wir waren bei der Frage stehengeblieben, wieso die Behörden den Marchese bei seinem gigantischen Unternehmen alleingelassen haben.« Ja, die Riscatto lief sich eindeutig warm für eine ihrer üblichen Hetzreden.

»Wieso haben die Behörden Sie denn alleingelassen?«

Veronica wiederholt die Frage: ein bewährtes Spiel zwischen den beiden.

»Welche Behörden denn?« Guidarini beißt die Zähne zusammen und lächelt gequält, während die Kamera sein Gesicht in Großaufnahme zeigt.

»Na die, die für eine derartige Entdeckung zuständig sind!« Die Riscatto wird laut. »Die, die wir mit unseren Steuern bezahlen!«

»Das Amt für Denkmalpflege, der Bürgermeister dieser gesegneten Stadt! Wo waren sie, während Sie jahrelang geschuftet haben, Marchese?« Sie hält ihm erneut das Mikro hin.

»Ach so, die, die sind spitze.« Guidarini schüttelt den Kopf.

»Entschuldigt bitte, aber ich finde die ganze Sache einfach un-ge-heu-er-lich!« Die Riscatto simuliert perfekt den empörten Ausdruck. »Es ist doch vollkommen absurd, wenn ein einzelner Bürger, selbst wenn er Marchese oder sonst was ist, genötigt wird, als Privatmann Zeit, Mühe und Geld aufzuwenden, um ein bedeutendes Kunstwerk von öffentlichem Interesse wie das, was wir hier sehen, ans Licht zu bringen!«

Auf der antiken Bühne nickt die Del Muciaro heftig mit dem Kopf, gibt dem Kameramann erneut Zeichen, die Einstellung zu erweitern. »Genau so ist es, Roberta, ohne den Marchese hätten wir dieses Wunderwerk nie zu Gesicht bekommen! Und unsere Zuschauer zu Hause erst recht nicht!«

»Wisst ihr was? Ich finde, das ist eine echte Schande!« Die Riscatto klingt richtig empört, auch wenn man angesichts der Themen, mit denen sie sich gewöhnlich beschäftigt, durchaus daran zweifeln kann, dass ihr ein antikes Theater tatsächlich derart am Herzen liegt. »Das ist einer der vielen Skandale in unserem Land!« Während sie im Studio zur Seite blickt, vermutlich kommen von dort Vorschläge der Mitarbeiter, spult sie sich noch mehr auf. »In Italien haben wir mehr Kunstschätze als jedes andere Land, nennt mir irgendein Land, das genauso viele hat! Und wir wissen sie nicht im Geringsten zu würdigen, wie sie es verdienen! Was meint der Marchese dazu?«

»Genau, Roberta.« Die Del Muciaro stimmt zu, auch wenn sie es offenbar gar nicht gehört hat, denn Guidarini zeigt ihr gerade irgendetwas auf den Hügeln.

»Veronica, ich habe gefragt, was der Marchese davon hält.« Die Riscatto verliert die Geduld, wie immer, wenn die Verständigung mit ihrer Korrespondentin nicht augenblicklich funktioniert. »Dann frage ich ihn eben selbst! Marchese, was halten Sie davon, dass die Institutionen sich um nichts gekümmert haben?«

Die Del Muciaro hält Guidarini das Mikrofon hin.

»Meiner Meinung nach sind sie zu sehr damit beschäftigt, die Bauspekulation zu begünstigen.« Guidarini zeigt auf die Umgebung, aber die Kamera bleibt bei ihm. »Die ganze Gegend strotzt nur so vor haarsträubenden Beispielen für illegale Bautätigkeit und Verschandlung der Landschaft, wie übrigens in ganz Italien. Es ist schon kriminell, hier kann jeder bauen, was und wie er will, ganz egal, ob es hierher passt. Ein Ausbund an Geschmacklosigkeit!«

»Aber ich verstehe das nicht, wie kann das sein, hier geht es immerhin um ein antikes Baudenkmal von enormem öffentlichem Interesse!« Die Riscatto geht nicht im Geringsten auf Guidarinis Äußerung ein, fährt ungerührt mit dem Plädoyer fort, das sie sich vorgenommen hat.

»Ja genau, Roberta!« Die Del Muciaro beeilt sich, ihrer Chefin zuzustimmen, auch sie ignoriert vollkommen die Kritik, die der Interviewte gerade geäußert hat.

»Der Marchese wurde von den Zuständigen alleingelassen, ohne die geringste Unterstützung!«

Die Riscatto sieht direkt in die Kamera, fast könnte man meinen, sie hätte sogar Tränen in den Augen wegen dieser unglaublichen Ungerechtigkeit. »Mir fehlen die Worte! Echt!«

»Marchese, was sagen Sie zu dieser Rekonstruktion der Fakten?« Wieder hält sie Guidarini das Mikrofon hin.

»Was ich gerade schon gesagt habe, von euch aber komplett ignoriert wurde.« Jetzt ist Guidarini nicht mehr zu stoppen. »Ihr solltet lieber mal das Horrorkabinett dokumentieren, das die Landschaft verschandelt, direkt hinter meiner Grundstücksgrenze. Die Spielhalle beispielsweise, ein echtes Monstrum, ein Riesencontainer für siebenhundert Spielsüchtige! Oder die scheußlichen Einfamilienhäuser, egal ob groß oder klein, die hässlichen Fabrikhallen, Tankstellen und andere Sauereien aus Zement, die ungebremst hochgezogen werden! Und das ist nur ein winziges Eckchen einer Welt, die immer weiter hemmungslos verschandelt, ausgebeutet und ausgeplündert wird, ohne einen Gedanken an das Überleben der menschlichen Gattung zu verschwenden!«

»Aber entscheidend ist doch, dass Sie sich nicht haben entmutigen lassen, Marchese!« Die Entrüstung der Riscatto flaut schon ab, genauso wie ihr Interesse, weil sie inzwischen begriffen hat, dass sie sich hier auf vermintes Gelände begibt: Deshalb strebt sie unaufhaltsam auf ein versöhnliches Ende der Übertragung zu.

»Genau!« Die Del Muciaro greift die Message auf. »Das Wichtigste ist, dass es Ihnen trotz allem gelungen ist, diesen archäologischen Schatz zu bergen, Marchese!«

»Das ist wirklich ein starkes Stück, einfach so zu tun, als hätte ich überhaupt nichts gesagt …« Offensichtlich hat Guidarini nicht die geringste Lust, das Spiel mitzuspielen, aber die Del Muciaro nimmt ihm das Mikrofon weg.

Im Studio schlägt die Riscatto nun einen abschließenden Ton an. »Also, jetzt hoffen wir mal, dass die zuständigen Behörden nun endlich aufwachen und den Marchese zu-künftig angemessen unterstützen, wir jedenfalls werden das Traumtheater in Cosmarate nicht aus den Augen verlieren und über die weitere Entwicklung ausführlich berichten! Wir freuen uns, dass wir Ihnen als Erste über diese außer-gewöhnliche Entdeckung berichten konnten!« Jetzt kann sie es kaum noch erwarten, die Sache abzuhaken, wie sie es bei jedem x-beliebigen Thema macht, sei es ein Streit un-ter Schlagersängern oder der abscheulichste Frauenmord. »Leider müssen wir jetzt weitermachen!«

Veronica Del Muciaro scheint enttäuscht über das ab-rupte Ende der Übertragung: Sie presst die Hand auf den Kopfhörer, steht reglos auf der Bühne des antiken Theaters, mit Guidarini und seinen Hunden.

Im Studio erhebt sich Applaus, während Roberta Ris-catto vor Verblüffung leicht komisch guckt, weil ihr ein Typ mit einer dicken Schlange um den Hals entgegenkommt. »Also, das ist Mario aus Forlì, mit seiner Freundin, der Pythonschlange! Puh, ganz schön angsteinflößend! Wie heißt denn das Tierchen?«

»Totò«, sagt Mario.

Die Riscatto geht auf die Kamera zu, mit dem Blick eines gutmütigen Killers. »In zwei Minuten sind wir wieder da, dann erzählt uns Mario alles über Totò! Bleiben Sie dran!«

Annalisa Sarmani drückt die Austaste der Fernbedienung. Sie steht auf, durchquert das Wohnzimmer mit wachsender Unruhe, die in die Beine fährt, den Atem verkürzt, das Herz schneller schlagen lässt.

Sieben

Massimo Bozzolato, der Bürgermeister von Cosmarate di Sopra e di Sotto, sitzt noch immer halb benommen zwischen Cattelan und Cuspari am großen Bauerntisch im Restaurant Il Cacciatore im Ortsteil Privotto, nach einem üppigen Essen mit gut sortierter Aufschnittplatte, Mixed Pickles, Kutteln, Tagliatelle mit Rehragout, Hasenbraten mit Polenta, gegrillter Wildschweinbratwurst, Ofenkartoffeln, Ofenkürbis, Butterspinat, sautiertem Brokkoli, Smoccarone, Tiramisu, Espresso macchiato, Amaro. Vom Cabernet des Hauses haben sie vier Flaschen geleert, zu fünft! Fulcaro telefoniert mit seiner Frau, die wie immer nervt, Gobbato schläft mit verschränkten Armen auf dem Tisch wie in der Schule; es ist schon drei Uhr durch, trotzdem schafft es noch immer keiner aufzustehen. So üppig aß er normalerweise sonst nie, nur sonntags eben, wenn er mit seinen Freunden auf die Jagd ging. An den anderen sechs Tagen nahm er mittags höchstens ein Primo und ein Secondo (plus Nachtisch) in der Trattoria La Zappa d'Oro, nur ein paar Schritte vom Rathaus entfernt. Manchmal kam es sogar vor, dass er sich aus Zeitmangel ein paar belegte Brötchen oder Tramezzini ins Büro bringen ließ, die er dann zwischen zwei Sitzungen hastig verschlang und mit Mineralwasser hinunterspülte. Und auch beim Abendessen kam er nicht auf seine Kosten; wenn er nach einem langen Arbeitstag, oft extrem gestresst, weil er vollauf damit beschäftigt war, den heillos zerstrittenen Gemeinderat zusammenzuhalten, hungrig nach Hause kam, setzte Gianna mit ihrem Schlankheitswahn ihm meist nur ein dünnes, kalorienarmes Getreidesüppchen und einen gesunden Bittersalat vor und machte ihm dann auch noch Schuldgefühle, wenn ihm der Magen knurrte. Also, war es da nicht sein gutes Recht, wenigstens sonntags, wenn er mit Freunden auf die Jagd ging, ein bisschen über die Stränge zu schlagen? Ein paar Gramm Fett zu viel konnte man für das allgemeine Wohlbefinden doch wohl in Kauf nehmen, oder?

Außerdem dauerte die Jagdzeit ja gar nicht das ganze Jahr, und das befriedigende Gefühl eines prall gefüllten Jagdbeutels wurde auch immer seltener. Würden sie nur das verzehren, was sie selbst erlegten, wären sie alle rank und schlank. Heute zum Beispiel hatten sie, nachdem sie in aller Herrgottsfrühe aufgestanden waren, um die besten Stunden zu nutzen, zu fünft drei Drosseln (eine er), eine Amsel, eine Wacholderdrossel, einen Sumpfläufer und einen Eichelhäher erlegt. Plus eine Rabenkrähe, aber die hatte Cattelan nur aus Spaß am Schießen abgeknallt und dann liegen lassen. Na ja, im Grunde ging er ja auch gar nicht mit, um Gott weiß welche Beute zu erlegen, sondern in erster Linie, um sich in der Natur ein wenig Bewegung zu verschaffen und mit seinen Freunden zu treffen, von denen er unter anderem auch gewählt und unterstützt wurde. Und auch, um wenigstens zeitweise den Problemen der Arbeit zu entfliehen und dem zermürbenden Kleinkrieg zu Hause. Wäre es nach ihm gegangen, hätte er auf diese sonntäglichen Märsche bergauf, bergab durch die Hügel auch gut verzichten können, liebend gern wäre er zu Hause vorm Fernseher sitzen geblieben, aber sein Arzt hat sie ihm eindringlich empfohlen, wegen des hohen Blutdrucks, der hohen Cholesterinwerte, des hohen Triglyzeridspiegels und sonstiger Pipapos, wegen des erhöhten Infarktrisikos. Außerdem hat er seit einigen Jahren eigentlich Mitleid mit den erlegten Tieren, auch wenn er das den anderen gegenüber natürlich nicht offen zugeben kann. Heute Morgen zum Beispiel hat er sich ziemlich mies gefühlt, als er die tote Drossel, so federleicht und noch ganz warm, in der Hand hielt. Plötzlich fand er es gemein, die arme Drossel einfach mitten im Flug abzuknallen, richtig feige war das, aus purem Neid auf ein Wesen zu schießen, nur weil es frei und ungebunden zwischen den Bäumen herumflatterte. Komisch eigentlich, schließlich war er doch schon als Kind mit seinem Vater und seinem Onkel auf die Jagd gegangen, das war in dieser Gegend Tradition und bildete zudem die Grundlage der regionalen Küche. Wie sollte man denn Hasenragout mit Polenta ohne Hasen machen? Oder Tagliatelle mit Wildschweinragout ohne Wildschwein? Oder Drosselspieße ohne Drosseln? Tatsache war jedenfalls, dass er beim Erlegen der Tiere ein schlechtes Gewissen hatte. Beim Essen nicht, aber beim Schießen schon. Mal abgesehen davon, dass nach Umfragen die Hälfte der Wende®-Wähler angeblich die Jagd ablehnte, da musste man schon aufpassen, dass man nicht allzu oft mit einem Gewehr in der Hand gesehen wurde.

Apropos häuslicher Kleinkrieg, jetzt klingelt das Handy in der Jacke über der Stuhllehne, garantiert seine Frau. Das Problem ist nur, dass diese Jägerjacken dermaßen viele Ta schen haben, dass er, unter anderem auch weil er vom Wein und vom Essen immer noch ziemlich benommen ist, nicht sofort die richtige findet. »Bestimmt deine Frau, willst du denn nicht rangehen?« Cattelan stichelt, er kann es einfach nicht lassen.

Als er endlich das Handy herausgefummelt hat und es ans rechte Ohr hält, hört er im Geiste schon, wie Gianna sich darüber beschwert, dass er sie wieder einmal am Sonntag alleingelassen oder womöglich gar einen wichtigen Jahrestag, beispielsweise ihren ersten Kuss, vergessen hat. Doch auf dem Display steht eine unbekannte Nummer, deshalb antwortet er ziemlich misstrauisch. »Wer ist da?«

»Spreche ich mit Bürgermeister Bozzolato?« Die Dame am anderen Ende scheint nicht sicher zu sein, die richtige Person angerufen zu haben.

»Wer will das wissen?« Jetzt klingt Bozzolato schon leicht ungehalten, denn der Wahlslogan vom »Bürgermeister rund um die Uhr im Dienst der Bürger« ist zwar gut und schön, aber sonntags hat doch selbst ein Bürgermeister im Dienst der Bürger wohl das Recht, wenigstens ein paar Stunden seine Ruhe zu haben.

»Hier ist Annalisa Sarmani.« Die Stimme klingt höflich. »Vizebürgermeister und Stadtrat für Kultur und Tourismus von Suverso.«

»Ach, hallo.« Bozzolato gibt sich Mühe, den unwirschen Ton von vorher durch ein Minimum an Höflichkeit zu überspielen. Irgendwo war er ihr schon mal begegnet, bei einer gemeindeübergreifenden Sitzung vielleicht, auch wenn er nicht mehr wusste, wann genau. Eine schöne Frau, elegant, aus guter Familie.

»Entschuldigen Sie bitte, wenn ich Sie am Sonntag beläs-
tige.« Ja, diese Sarmani hat wirklich Klasse, gute Manieren
und weiß, was sich gehört.

»Kein Problem.« Bozzolato fühlt sich leicht unbehaglich, weil sie sich unter Kollegen normalerweise duzen,
unabhängig von der Parteizugehörigkeit, und er jetzt nicht
genau weiß, ob sie ihn aus Höflichkeit siezt oder weil sie
auf Abstand gehen will.

»Ich habe mir Ihre Privatnummer geben lassen, weil ich
dringend mit Ihnen reden muss.«

»Was willst du denn?« Bozzolato geht zum Du über, um
die Befangenheit zu überwinden. Jetzt weiß er auch wieder,
wo er sie schon mal gesehen hat. »Wir haben uns bei der
Sitzung mit Fuscadori und den anderen Bürgermeistern der
Provinz gesehen, kurz vor Weihnachten, nicht wahr?«

»Ja, ja sicher. Ich erinnere mich.« Am Tonfall kann man
hören, dass sie sich überhaupt nicht erinnert.

Im Übrigen haben ihre Parteien bis letzten Sommer gemeinsam regiert, waren jetzt aber heillos zerstritten: Das
Unbehagen ist also nicht nur persönlich, sondern auch
politisch.

»Ich rufe an, weil ich von dir dringend ein paar Informationen brauche.« Auch die Sarmani geht umstandslos zum
Du über, besser so.

»Und worüber?« Bozzolato steht auf, weil er nicht will,
dass Cattelan und Cuspari, die alten Plaudertaschen, mit-
hören, die können einen nämlich ganz schön löchern, wollen immer ganz genau wissen, was im Rathaus vorgeht oder
auch nicht.

»Über euer antikes Theater.«

»Welches antike Theater denn?« Bozzolato geht zur Tür, um den Blicken seiner beiden Jagdgenossen zu entkommen, die ihn neugierig anstarren.

»Wie, welches?« Die Sarmani verschärft den Ton. »Entschuldige mal, wie viele antike Theater habt ihr denn in Cosmarate?«

»Gar keins.« Schon bereut er sein Entgegenkommen: Jetzt wäre ihm die anfängliche Distanziertheit fast lieber, vielleicht wäre es doch besser gewesen, beim Sie zu bleiben.

»Jetzt pass mal auf, Bürgermeister.« Unter dem Samt guter Manieren verbergen sich scharfe Kanten, das hört man. »Bloß weil wir jetzt politische Gegner sind, heißt das noch lange nicht, dass wir auf lokaler Ebene nicht kooperieren können.«

»So ist es, da haben wir doch immer kooperiert.« Theoretisch stimmte das zwar, praktisch war es aber so, dass Suverso gegenüber den kleineren Gemeinden eine fast unerträgliche Überheblichkeit an den Tag legte.

»Und was soll das dann?« Ihr Ton wird immer gereizter. »Bildet ihr euch etwa ein, ihr könntet eine so bedeutende Ausgrabung allein betreiben? Wo ihr doch keinen Finger gekrümmt habt, um den Eigentümer des Grundstücks bei den Arbeiten zu unterstützen? Und alles, ohne uns einzubeziehen? Ja, sogar ohne uns überhaupt zu *informieren*?«

»Was denn für eine Ausgrabung, Sarmani? Was für ein Eigentümer? Was für ein Grundstück?« Alles, was ihm einfällt, ist die aufgelassene Möbelfabrik im Ortsteil Cuva, und da, das stimmt, wollte er nun wirklich nicht, dass irgendjemand davon erfuhr.

»Du weißt doch besser als ich, dass ihr für so ein Projekt

gar nicht die entsprechenden Ressourcen habt!« Der Ton der Sarmani wird immer patziger. »Der einzig mögliche Weg ist, mit uns zusammenzuarbeiten, Synergie!«

»Synergie, natürlich!« Angesichts des belehrenden Tonfalls wird auch Bozzolato immer ungehaltener. »Aber wenn es darum geht, Cosmarate an das Breitbandnetz anzuschließen, wo bleibt denn da die Synergie, Frau Stadträtin, können Sie mir das mal erklären?« Wenn man als Politiker, das hat er schon lange begriffen, bei irgendeiner Sache nicht mitreden kann, empfiehlt es sich, möglichst schnell das Thema zu wechseln. Zumal es für Kritik an der Provinzhauptstadt wahrlich eine Menge gute Gründe gab: Er brauchte nur darüber nachzudenken, schon fielen ihm auf Anhieb Dutzende ein.

»Was hat denn das Breitbandnetz damit zu tun?« Der Hochmut war nicht zu überhören. »Wir haben doch einen Zeitplan für die Digitalisierung der Provinz aufgestellt, das müsstest du doch eigentlich wissen!«

»Ja, ja, natürlich, der Zeitplan!« Er lässt die freie Hand in der Luft kreisen, auch wenn die Sarmani das natürlich nicht sehen kann. »Warte und hoffe! Dasselbe gilt für den Landeplatz für Rettungshubschrauber! Da habt ihr auf unsere wiederholten Eingaben nicht einmal geantwortet!«

»Aber von euch sind es doch bloß *fünfzehn Kilometer* bis zum Krankenhaus!« Die Sarmani ist aufgebracht, von guter Erziehung keine Spur mehr. »Kannst du mir mal erklären, wozu ihr da einen Landeplatz für Rettungshubschrauber braucht, Bozzolato?«

»Falls ein Erdrutsch mal die Straße blockiert, zum Beispiel. Oder falls wir mal eingeschneit sind.« Während er redet, fallen ihm tausend andere Punkte ein, um die es mit Suverso seit Jahrzehnten Streit gibt. »Sogar den ärztlichen Notdienst habt ihr uns gestrichen! Und für unsere Volksfeste nicht einen einzigen müden Euro rausgerückt!«

»Jetzt fang bloß nicht wieder damit an, also wirklich!« Die Sarmani wird richtig aggressiv. »Und hör bitte auf, vom Thema abzulenken! Ich habe nach dem antiken Theater gefragt und ich verlange eine Antwort!«

»Ich habe keine Ahnung, wovon du überhaupt redest, Sarmani!« Er ist völlig verschwitzt, teils wegen der Bullenhitze im Restaurant, teils wegen der absurden Wendung des Telefongesprächs, teils weil er zu viel gegessen hat, teils weil es ihm absolut gegen den Strich ging, sich mit einer politischen Gegnerin auseinandersetzen zu müssen, ohne irgendwas Konkretes in der Hand zu haben. Das war, als wollte man ohne technische Daten eine Landmaschine verkaufen, ein schweres Handicap.

»Das finde ich aber merkwürdig, Bozzolato, offen gesagt sogar ziemlich merkwürdig!« Dabei betont sie seinen Namen, als wäre es eine Beleidigung. »Vor allem jetzt, wo Millionen Menschen das Theater im Fernsehen gesehen haben!«

»Warte mal kurz!« Bozzolato geht hinaus auf die Straße; durch die Kälte wird seine Aufregung noch gesteigert. »Würdest du mir bitte mal erklären, Sarmani, was es mit dieser Geschichte auf sich hat?«

»Wie bitte? Wenn hier einer was erklären muss, dann ja wohl *du*!« Inzwischen wettert sie lautstark. »Da wird in eurer Gemeinde eine Kulturstätte von nationaler, oder vielmehr *internationaler* Bedeutung entdeckt, und ihr bildet euch tatsächlich ein, Cosmarate di Sopra e di Sotto könnte sie allein betreiben? Seid ihr eigentlich vollkommen übergeschnappt?!«

»Jetzt mach mal halblang, Sarmani!« Bozzolato ist kurz davor, aus der Haut zu fahren, einerseits weil diese Sarmani ihn derart respektlos behandelt, vor allem aber, weil er immer noch nicht weiß, wovon sie eigentlich redet.

»Papperlapapp! Entschuldige, aber das ist doch Wahnsinn!« Die Sarmani kann sich nicht mehr bremsen. »Ihr mit eurem angeblichen Marchese!«

»Welcher Marchese?!« Jetzt brüllt auch er. Sein Blutdruck steigt besorgniserregend, er spürt, wie es in den Schläfen pocht: Sein Arzt hat zwar gesagt, er dürfe sich nicht aufregen, aber das sagt sich so leicht. »Was laberst du da eigentlich, Assessora?!«

»Assessore, wenn ich bitten darf!« Die Stimme der Sarmani überschlägt sich. »Ich habe angerufen, weil ich die Sache lieber zuerst mit dir klären wollte, aber jetzt muss ich mich wohl notgedrungen an das Amt für Denkmalpflege und das Zentralinstitut für Archäologie wenden! Ich werde mit dem Kulturminister sprechen! Dann sehen wir weiter!«

»Rede doch, mit wem du willst, Sarmani!« Rumbrüllen kann er auch, wollen doch mal sehen, wer am lautesten brüllt, er jedenfalls war nicht bereit, sich von einer aus Suverso so behandeln zu lassen. »Mit deiner Tante oder mit deiner Oma, wenn du willst!«

»So eine Unverschämtheit! Was fällt dir eigentlich ein?« Die Sarmani legt auf, aber was hatte sie denn erwartet? Da zeigte sich mal wieder die maßlose Arroganz der Suversesi gegenüber den kleineren Gemeinden!

Wie angewurzelt steht Bozzolato da und starrt in den Wald auf der anderen Straßenseite, vor lauter Stress krampft sich sein Magen zusammen, und die Kälte blockiert die Verdauung. Seine Gedanken springen hin und her, verzweifelt versucht er das Puzzle zusammenzusetzen, das Geheimnis zu entschlüsseln, um nicht abgehängt zu werden. Der einzige Marchese hier in der Gegend, der ihm einfällt, ist dieser ausgeflippte Guidarini, mit seinen Eingaben und Anzeigen wegen angeblich illegaler Bautätigkeit. Da fällt ihm plötzlich wieder ein, was Lovato ihm kürzlich über verdächtigen LKW-Verkehr auf Guidarinis Anwesen erzählt hat. Sofort versucht er ihn anzurufen: besetzt. Neuer Versuch: besetzt. Neuer Versuch: besetzt.

Frustriert dreht Bozzolato sich um und geht zurück in die Wärme und den Essensdunst des Restaurants, die Lust, mit den Freunden zu plaudern, ist ihm vergangen; stattdessen spürt er, wie sein Kampfgeist erwacht, der Wille, es dem politischen Gegner mal richtig zu zeigen.

Acht

Immer wenn Veronica Del Muciaro zum Friseur ging, wurde sie unweigerlich von Selbstzweifeln heimgesucht. Was sie beunruhigte, war weniger der Vergleich mit den perfekten Frauen auf den Fotos an der Wand oder den normalen, weitaus weniger perfekten Frauen, die neben ihr saßen, um sich die Haare schneiden, färben oder legen zu lassen. Ihr Unbehagen rührte daher, dass sie beim Friseur dazu verdonnert war, sich zwei Stunden lang selbst im Spiegel zu sehen. Tja, sie mochte ihr Spiegelbild halt nicht, weder im Bad noch in einem Bekleidungsgeschäft noch im Rückspiegel im Auto. Aber beim Friseur war es noch schlimmer, denn da war sie einer ganzen *Wand* von Spiegeln ausgeliefert: eine Situation wie geschaffen, um ihre Selbstzweifel noch zu steigern.

Deshalb versucht sie jetzt, möglichst gar nicht hinzusehen und sich auf die Hände von Simone, ihrem Lieblingsfriseur, zu konzentrieren, der ihr sanft über die Haare streicht und ihr dabei ins Ohr flüstert. »Ich habe das Video gesehen, Schätzchen! Was machst du denn für Sachen? Du hast mir einen ganz schönen Schreck eingejagt mit dieser Brioche!«

»Zum Glück war ja ein Schutzengel zur Stelle.«

»Eher ein Märchenprinz, wenn du mich fragst …«

Natürlich schwärmt Simone für den Marchese Guidarini, ebenso wie etliche Follower, die ihren Post kommentiert haben.

Doch wie in aller Welt sollte man es vor einem Spiegel anstellen, nicht hinzusehen, wie sollte man bei dieser unglaublichen Lichtflut der Verlockung widerstehen, schnell noch ein paar Selfies zu schießen? Die Versuchung war einfach zu groß; doch dann war sie meistens maßlos enttäuscht, denn diese Selfies hatten mit der echten Veronica, wie sie in natürlicher Größe vor ihr saß, überhaupt nichts gemein. Eigentlich müsste sie daran ja gewöhnt sein, aber so war es nicht. Wenn sie mal mit Freundinnen darüber sprach, was allerdings selten vorkam, lachten die ihr ins Gesicht. »Das wundert dich? Bei deiner Arbeit?« Na ja, die wussten aber auch nicht, dass sie bei der Arbeit, aber auch in den privaten Storys und Selfies, ihr *eigenes* Bild gestaltete. Mithilfe einer Menge von Filtern, einer hübschen Palette an Bearbeitungs- und Einstellungsmöglichkeiten, Spezialeffekten, Bildunterschriften, mit denen man manches betonen, aber auch manches kaschieren konnte. Ein blöder Spiegel hingegen hing einfach da und zeigte dir ungerührt ein banales, pseudoobjektives, pseudoneutrales Spiegelbild. Als hätten Spiegelhersteller und Spiegelnutzer es geradezu darauf abgesehen, einen aufs Schlimmste zu entstellen, mit der zynischen Entschuldigung »Tja, so bist du nun mal, da kann man halt nichts machen«.

Ob man mit sich selbst zufrieden war, spielte dabei überhaupt keine Rolle: Sie würde sich einfach besser fühlen, wäre da nicht dieser blöde Zeuge, der sie dauernd daran erinnerte, wie sie tatsächlich war, statt zu zeigen, wie sie sein wollte.

Die alte Geschichte, nichts Neues; schon als Kind mochte sie keine Fotos von sich, obwohl sie gern dafür *posierte*. Immer wenn der Fotograf (ihr Vater, ihr Freund, vielleicht sogar ein Profi) ihr das Ergebnis zeigte, ärgerte sie sich, weil die Veronica der Pose nicht der Veronica auf dem Foto entsprach. Daran hatte sie schwer gearbeitet, und inzwischen stimmten die beiden Veronicas in ihren Videos zwar noch nicht hundertprozentig überein, aber doch wenigstens zu neunzig Prozent. Ihr Verhältnis zu Spiegeln hatte sich dagegen überhaupt nicht verbessert, im Gegenteil.

Sie fragte sich, ob die anderen Frauen auf den Drehstühlen neben ihr sich in ihrer Haut wirklich so wohl fühlten, wie es den Anschein hatte, ob sie zufrieden waren mit ihren Wohnungen, Männern, Kindern, Schwiegereltern, Freunden, Jobs, Hobbys, Fernsehprogrammen (vielleicht sogar mit *Tutto qui!*). Oder war das alles nur gespielt? Kamen auch ihnen bisweilen ähnliche Selbstzweifel wie ihr selbst, hin und wieder zumindest? Gingen sie auch auf dünnem Eis, in ständiger Furcht, es könnte einbrechen?

Auf jeden Fall sitzt sie jetzt erst mal hier, mit einem Plastikumhang, der am Hals ein bisschen einschnürt, umgeben von Trockenhauben, Föhnen, Färbeschalen, Friseuren, die bei den Songs aus dem Radio mitsingen, aber mit falschem Text. Simone mit seinen Rehaugen und der samtigen Stimme bittet sie, zum Waschen mitzukommen, er lässt sie Platz nehmen, drückt vorsichtig den Kopf nach hinten in dieses Halswirbelkiller-Becken, dreht das Wasser auf. »Ist die Temperatur so richtig?«

»Ja, danke.« Sie antwortet automatisch, weil sie in Gedanken ist, dabei ist gar nichts gut: Sie verbrennt sich die

Kopfhaut. »Aua! Viel zu heiß!«, brüllt sie so laut, dass die anderen Kundinnen sich nach ihr umdrehen. Hier kennt sie fast jeder von Kind an, denn ökonomisch ist Suverso zwar eine florierende, wohlhabende Stadt, aber die soziale Kontrolle ist allgegenwärtig, jeder beobachtet jeden. Und alle haben sie schon Gott weiß wie oft in der Sendung von Roberta Riscatto gesehen, auch wenn sie es außerhalb dieser brodelnden Gerüchteküche womöglich nie zugeben würden. Simone reguliert die Wassertemperatur, aber schon wieder ist sie aufgefallen, schon wieder aus den falschen Gründen: Das ist echt ihr Karma.

Und ausgerechnet in dem Moment, als Simone endlich die Wassertemperatur reguliert hat und gerade mit dem Shampoo die Haare einseift, klingelt natürlich ihr Handy. Während sie mit der Hand danach tastet, bemerkt sie die Seitenblicke der anderen.

Auf dem Display steht *Tito Calpa;* sie schaltet den Lautsprecher ein, denn natürlich kann sie jetzt, wo Simone gerade dabei ist, ihr mit den Fingerkuppen gefühlvoll, aber energisch die Kopfhaut zu massieren, auf keinen Fall das Handy ans Ohr halten.

Calpa macht sofort Stress, seine überdrehte Hektik des Kokainkonsumenten teilt sich ihr mit und setzt sie unter Druck. »Wo steckst du, Muciaro?«

»Beim Friseur.« Sie versucht den Ton leiser zu stellen, aber es klappt nicht; außerdem hat sie Schaum in den Ohren und hört schlecht.

»Wo? Du musst lauter sprechen, ich kann dich nicht hören!« Die schrille Stimme mischt sich mit der Geräuschkulisse des Salons.

»Beim Friseur!« Sie bemüht sich normal zu sprechen, trotz der unmöglichen Position, nach hinten gelehnt, mit dem Umhang, der sie einschnürt, Haare und Ohren voller Schaum.

»Typisch Muciaro!« Das sagt er bei jeder Gelegenheit, immer kritisch, nie positiv. »Die Geschichte mit dem antiken Theater *geht ab wie eine Rakete,* und die Muciaro ist beim Friseur!«

»Aber entschuldige mal, woher soll ich das denn wissen, mir hat keiner was gesagt!« Sie versucht sich keine Schuldgefühle einreden zu lassen, denn nach der Sendung am Sonntag hat sie dauernd das Handy kontrolliert, aber es war nichts gekommen, weder Anrufe noch Nachrichten. »Und einen persönlichen Haarstylisten habe ich nicht. Soll ich in einer Livesendung etwa so zerzaust auftreten wie ein verirrtes Schaf?«

»Du bist alles andere als ein verirrtes Schaf, Muciaro! Jedenfalls rufe ich nicht an, um über deine Haare zu reden!«

»Logisch, also was willst du? Du hast gesagt, die Story mit dem antiken Theater geht ab wie eine Rakete, was soll das heißen?«

»Was das heißen soll? Eine Flut von Kommentaren in den sozialen Netzwerken! Alle wollen mehr darüber wissen! Über den Fund, über den Marchese, über die Untätigkeit der Behörden! Sogar deine Vizebürgermeisterin aus Suverso hat angerufen! Und der Bürgermeister von Casparate, oder wie das heißt.«

»*Cosmarate.*«

»Sag ich doch!« Nie würde Calpa einen Fehler zugeben, er war ein Meister darin, den Spieß umzudrehen. »Er ist stinksauer, weil er gar nicht gefragt wurde und keine Gelegenheit hatte, zu den Vorwürfen des Marchese Stellung zu nehmen!«

»Aber entschuldige mal, kein Mensch hat mir gesagt, ich soll den Bürgermeister interviewen!« Immer dasselbe in diesem Metier, wenn es gut lief, war es das Verdienst der Chefmoderatorin oder des Produzenten, doch wenn etwas schiefging, gab man ihr die Schuld.

»Ja schon, aber dein Marchese, der hat die Gemeindeverwaltung ganz schön runtergemacht, ohne die geringste Gegenrede!« Mit der Forderung nach Gegenrede war Calpa immer schnell bei der Hand, wenn es darum ging, ordentlich Zoff zu machen, um die Einschaltquoten zu erhöhen, aber Kritik an seinen Methoden würde er nie akzeptieren. »Der hat denen doch vorgeworfen, sie hätten deshalb nichts zur Wiederherstellung des antiken Theaters beigetragen, weil sie vollauf damit beschäftigt wären, die Bauspekulation und die Zerstörung der Landschaft zu fördern. Kein Wunder, dass der Bürgermeister stinksauer ist!«

»Aber es stimmt doch, dass sie keinen Finger gekrümmt und ihn mit der ganzen Sache alleingelassen haben!« Ihr Adrenalinspiegel steigt, wie immer, wenn man sie in die Enge treibt.

»Woher weißt du das, Muciaro?«

»Das hat der Marchese doch selbst gesagt! Und Roberta war auch entrüstet!« Durch die unnatürliche Haltung wird das Gefühl, sich verteidigen zu müssen, nur noch verschärft.

»Ich weiß, Muciaro!« Seine Angewohnheit, ihren Namen zu verunstalten, wirkt unter diesen Umständen noch perverser. »Aber jetzt muss auch der Bürgermeister mal zu Wort kommen. Wenn die beiden sich dann in die Wolle kriegen, umso besser!«

»Sicher.« Tatsächlich hat sich noch nie einer beschwert, wenn ihre Berichte Konflikte auslösten, höchstens das Gegenteil.

»Gut, hören wir also mal die Gegenseite!« Schon wieder die blöde Gegenseite, anscheinend sieht Calpa keine Veranlassung, sich eine andere rhetorische Figur auszudenken.

»Okay, dann machen wir also morgen ein Interview mit ihm?« Sie setzt alles daran, um in den Augen der Anwesenden wenigstens ein bisschen Würde zu bewahren.

»Wie, morgen, spinnst du, Muciaro? *Heute!*« Calpa fährt sie derart an, dass sie vor den wenigen Zuhörern nun endgültig das Gesicht verliert.

»Ei-ei-ein-verstanden!« Und prompt ist es wieder da, das Stottern: Der Stress ist einfach zu groß.

»Warte!« Die Quälerei geht noch weiter. »Roberta will dich sprechen!«

»Die Riscatto?!« Bei dem Namen hebt Simone förmlich ab, er hat ihr schon mehrfach gestanden, dass er sie wie eine Göttin verehrt. Die Kopfmassage hat er jedenfalls eingestellt, um sich ganz auf das Telefongespräch zu konzentrieren und gebannt zu lauschen, mit einem Dutzend anderer.

»Veronicaaa?« Wie gewohnt dehnt Roberta Riscatto den letzten Vokal.

»C-ciao Roberta!« Veronica Del Muciaro unternimmt eine übermenschliche Anstrengung, um normal zu reden, auch wenn ihre Lage allmählich unerträglich wird und sie von mehreren Seiten attackiert wird.

»Wir müssen die Gegenseite hören, zu der Sache mit dem antiken Theater!« Auch sie hat es mit der Gegenseite; und natürlich keine Begrüßung, geschweige denn ein Kompliment für die Sendung am Sonntag.

»Klar, Tito hat mir schon alles erklärt.«

»Gib's ihm, diesem Bürgermeister, damit er Gift und Galle spuckt!« Roberta Riscatto hat denselben brutalen Ton wie immer, außer wenn sie auf Sendung ist, dann mimt sie die Einfühlsame, die an den Problemen anderer Anteil nimmt.

»Natürlich.« Langsam dämmert ihr, dass sie sich demnächst einen neuen Friseur suchen muss, denn nach diesem Auftritt kann sie sich hier nicht mehr blicken lassen.

»Immer schön anstacheln! Ordentlich Zunder geben und provozieren! Konfrontier ihn noch mal mit den schlimmen Sachen, die der Marchese über ihn gesagt hat!« Als wüsste sie nicht, dass die ganze Sendung von Beschimpfungen und Gezeter verfeindeter Parteien lebt.

»Natürlich, Roberta.« Langsam verliert Veronica Del Muciaro die Geduld, kann es kaum noch ertragen, sich in dieser unmöglichen Haltung, mit dem Kopf im Nacken, ihre Arbeit erklären zu lassen, dazu noch vor Fremden, keine Minute länger.

»Du gehst um vierzehn Uhr zwanzig auf Sendung, gleich am Anfang!« Robertas Stimme ist rau wie ein Reibeisen.

»Okay.« Sie fragt sich, was Simone an so einer wohl so faszinierend fand, aber er war nur einer von Millionen Fans.

»Grüßt du sie von mir, Schätzchen?« Da ist er ja wieder. Er hat sie schon weiß Gott wie oft angefleht, mal ein Treffen mit Roberta zu arrangieren, damit er sich ein Autogramm geben lassen kann, und für ihn wäre es das Größte, ihr eines schönen Tages mal die Haare machen zu dürfen.

Die Riscatto ist jedenfalls schon weg, wie immer ohne zu grüßen. Jetzt ist Tito Calpa wieder dran: »Muciaro, hörst du mich?«

»Ja, ich höre dich! Und übrigens heiße ich Del Muciaro!« Vollkommen sinnlos, ein pathetischer Versuch.

»Als Kameramann schicken wir wieder Giulio!«

»Okay!«

»Als Hintergrund könnten wir uns den Ratssaal vorstellen! Oder auch die Piazza vor dem Rathaus, vorausgesetzt, es gibt eine Piazza!«

»Okay!« Sie versucht krampfhaft, sich aufzusetzen, aber Simone drückt ihr den Kopf nach unten.

»Und nicht vergessen, Muciaro, ordentlich einheizen, triezen, provozieren!« Calpa stachelt sie auf, als hätte die Riscatto noch nicht gereicht. »Kein Schmusekurs, klar?«

»Ja doch, ich weiß Bescheid!« Seit Jahren ist sie nun schon dabei, sie weiß genau, wie der Hase läuft. Sie spannt die Bauchmuskeln an, die dank Pilates (wenn sie denn mal dazu kommt) glücklicherweise einigermaßen trainiert sind, und richtet sich auf, obwohl Simone sie runterdrückt. Mit tropfenden Haaren schaut sie sich um und erkennt an den Seitenblicken der anderen Frauen, dass ihr Urteil vorwiegend negativ ausfällt. Aber ein Selfie macht sie trotzdem: So haben ihre Follower wenigstens was zu lachen. *Nicht mal Zeit für den Friseur, die Arbeit ruft!*, tippt sie schnell ein, fügt noch zwei oder drei Lach-Emojis hinzu und postet es sofort. Bestimmt werden einige Tausend Follower sie entzückend finden, einige Tausend werden sich mit ihr solidarisieren, einige Tausend werden sie trotzdem göttlich finden, einige Tausend werden sie bedauern oder als verwöhnt bezeichnen, einige Tausend mit den üblichen Obszönitäten um sich werfen. Aber so ist ihre Arbeit eben, inzwischen macht ihr das nichts mehr aus, auch wenn es sicher besser wäre, nicht ausgerechnet vor all diesen Spiegeln darüber nachzudenken.

»Aber Schätzchen!« Simones Stimme schwankt zwischen Besorgnis und Ablehnung. »Wir haben doch gerade erst angefangen!«

»Ausspülen, bitte, und trocken föhnen. Ich muss mich beeilen, du hast es ja selbst gehört!« Jetzt, das wird ihr plötzlich klar, klingt sie fast schon so wie Roberta Riscatto, aber unter diesen Umständen ist das ja wohl verständlich, nicht wahr?

Neun

Annalisa Sarmani steuert ihren Mercedes GLA durch die Kurven der Staatsstraße, die von Suverso nach Cosmarate hinaufführt. Der Anblick der hügeligen Landschaft ist sehr schön: Wenn sie die Stadt verließ, war sie immer wieder erstaunt, wie schnell man draußen in der freien Natur war. Von der Straße aus sah man hier und da herrliche Villen, die sich reiche Adelsfamilien aus Suverso im 18. Jahrhundert hatten erbauen lassen, um hier in den Sommermonaten, wenn es in der Stadt unerträglich heiß und stickig war, nach Abkühlung zu suchen. Die prächtigsten waren mit Skulpturenschmuck auf Begrenzungsmauern und Dächern versehen, verfügten über elegante Tore, hinter denen sich herrliche Parkanlagen erstreckten, mit jahrhundertealten Bäumen, sorgfältig geschnittenen Hecken, Springbrunnen und Buchsbaum-Labyrinthen, die sich die ehemaligen Herrschaften zum Vergnügen hatten anpflanzen lassen. Andere waren dem Verfall preisgegeben, häufig flankiert von hässlichen Neubauten. Fast überall war die Aussicht inzwischen durch Gewerbegebiete und die Autobahn unten in der nebligen Ebene ruiniert, aber bei einigen Villen hatte man immer noch eine schöne Aussicht auf die intakte Hügellandschaft. Na ja, natürlich standen hier auch eine Menge scheußliche Klötze aus den Sechziger-,

Siebziger- und Achtzigerjahren, mit scharfen Kanten und geschmacklosen Zäunen, die wie Pilze aus dem Boden geschossen waren, als hier draußen jeder bauen konnte, wie er wollte, wenn er einen Umschlag in die richtigen Hände legte. Und die Ortschaften waren auch nicht gerade malerisch, scheußliche graue Betonkisten mit glänzenden Tür- und Fensterrahmen aus beschichtetem Aluminium, schäbige Minimärkte, ausgediente, sich an Böschungen klammernde Fabrikhallen, Silos, Auto- und Karosseriewerkstätten mit ausgeblichenen Firmenschildern, Bars, denen man schon von außen ansah, dass sie immer leer waren bis auf zwei, drei alte Männer, die fluchend beim Kartenspiel hockten und ihren Wein tranken. Aber dann kam zum Glück wieder Natur, sanft gewellte Hügelkuppen, Weinberge und Olivenhaine in abgelegenen Tälern, dichte Wälder, auch wenn die Bäume jetzt im Januar kahl waren.

In der Gegend gab es auch diverse Restaurants, von anspruchsvoller Gastronomie über vermeintlich traditionelle Küche bis zu den spärlich gesäten Lokalen eines echten Agriturismo, wo Hühner, Enten und Truthähne auf dem Hof herumpickten; manchmal, wenn sie keine dringenden Verpflichtungen hatte und er nicht Golf spielen musste, kam sie sonntags mit ihrem Mann Gianmaria hierher. Doch von einem beschaulichen Sonntagsessen in entspannter Atmosphäre konnte dabei eigentlich keine Rede sein: Dauernd kontrollierten sie beide ihr Handy, gaben zwischendurch knappe Kommentare zum Essen ab, besprachen kurz, wie sich ihr Sohn Gianluca in der Schule machte, tauschten politische Einschätzungen, Mitteilungen über den neuesten Stand bei Notariats- und Gerichtskram, wiederkehrende Beschwerden über Kollegen und Rivalen aus dem Gemeinderat. Als wollten sie schnell noch die eheliche Kommunikationspflicht erfüllen, um ja kein schlechtes Gewissen zu haben, weil sie zu Hause nie über irgendetwas redeten. Als Gianluca noch klein war, hatten sie mehrfach erwogen, hierher in die Hügel zu ziehen, wegen der guten Luft und damit das Kind in einer gesünderen Umgebung aufwuchs, aber jedes Mal siegte die Bequemlichkeit einer Wohnung im Zentrum, da hatte man alles, was man brauchte, traditionsreiche Cafés, schöne Geschäfte, die jeweiligen Büros, die Privatschule direkt um die Ecke. Aber was sie beide am meisten abschreckte, auch wenn sie das nie offen zugaben, war die Vorstellung, plötzlich vom städtischen Leben abgeschnitten zu sein, allein auf sich gestellt, ohne Ausweg. Inzwischen war Gianluca so groß, dass er vom Landleben nichts mehr wissen wollte. Verständlich, was sollte ein Teenager hier oben in den Hügeln auch machen, ohne Treffpunkte mit Gleichaltrigen, ohne Möglichkeit, sich autonom zu bewegen, ohne schnelles Internet; das Thema war endgültig abgehakt.

Über den Weg brauchte sie sich keine Gedanken zu machen, das übernahm das Navi, und bis nach Cosmarate waren es tatsächlich nur fünfzehn Kilometer, ein Katzensprung, genau wie sie es diesem Esel von Bürgermeister gestern verklickert hat, als er ihr ernsthaft weismachen wollte, Cosmarate brauchte unbedingt einen Landeplatz für Rettungshubschrauber. Unersättlich, diese Bürgermeister, nie kriegten sie den Hals voll, wollte man tatsächlich sämtliche Wünsche aller Bürgermeister der Provinz erfüllen, dann gute Nacht. Und überhaupt, dauernd Ansprüche stellen und pausenlos nach Finanzhilfen von der Provinz schreien, darin waren sie echte Meister, wollten sich dann aber nicht in die Karten sehen lassen und ungestört ihr eigenes Süppchen kochen. Wie beispielsweise bei der Spielhalle, die sie hier in der Nähe irgendwo gebaut und damit die ganze Gegend verschandelt hatten, wie Guidarini in der Sendung der Riscatto zutreffend behauptet hat; oder der archäologische Fund, den sie kurzerhand geheim hielten, weil sie sich davon irgendwelche exklusiven Vorteile versprachen. Nur weil es zufällig in ihrer Gemeinde lag, glaubten sie offenbar, ein Vorrecht auf das antike Theater zu haben, und bildeten sich tatsächlich ein, sie könnten ganz allein darüber bestimmen. Einfach absurd. Genauso absurd wie die Tatsache, dass eine derart bedeutende Ausgrabung in einer schnöden TV-Talkshow am Sonntagnachmittag publik gemacht wurde anstatt an kompetenter Stelle. Wahrlich ein Zeichen der Zeit, die Massenkultur verdrängt die Hochkultur, der intellektuelle Diskurs verwandelt sich in ein Gezeter wie auf dem Hühnerhof, so wie gestern bei dem Telefongespräch mit diesem Schwachkopf von Bozzolato. Es war bedauerlich, dass sie sich auf das Niveau eines Dorfbürgermeisters herabgelassen hat, aber er hatte sie regelrecht zur Weißglut gebracht, mit dieser Mischung aus Inkompetenz und Arroganz, typisch Wende® eben.

Jetzt kommt das Ortsschild COSMARATE DI SOPRA E DI SOTTO, Partnerstadt *Cousmarais-sur-Lac*. Wow, echt international. Wer hätte das gedacht, bei diesem trostlosen Anblick hässlicher Häuser und ebenso deprimierenden Einblicken in abschüssige Querstraßen mit abenteuerlichen Winkeln?

Glücklicherweise war sie jetzt nicht mehr auf das Navi angewiesen, das sie womöglich, wie es mitunter vorkam, ins Nichts führen würde: Vor ihrer Abfahrt hatte sie nämlich im Stadtarchiv alles über die Villa Guidarini Valgrande herausgesucht, was es dort gab. Sehr aussagekräftig war das allerdings nicht, bis auf die Anschrift, eine summarische Beschreibung und einen Stich aus dem 18. Jahrhundert, mit der Ansicht einer eleganten Villa mit sorgfältig angelegtem Park, dem Namen und dem Wappen der Familie, ein Falke mit einer Ähre im Schnabel. Über ein antikes Theater hatte sie nichts gefunden, wahrscheinlich war es im 18. Jahrhundert schon lange in Vergessenheit geraten. Im Übrigen ruhte auch Suverso auf unsichtbaren historischen Schichten: Die gesamte römische Stadt lag ein paar Meter tiefer als die heutige Stadt. Vielleicht fand sich etwas mehr Material im Archiv der Gemeinde Cosmarate, vorausgesetzt, in so einem Kaff gab es überhaupt ein benutzbares Archiv.

Im Archiv war sie auch auf etliche Einschreiben aus den letzten drei Jahren gestoßen, die Guidarini bei der Gemeinde eingereicht und zur Kenntnisnahme vorsorglich auch an Suverso weitergeleitet hatte. Darin protestierte er immer heftiger gegen angebliche Fälle von Umweltzerstörung und illegaler Bautätigkeit in der Umgebung, darunter auch die berüchtigte Spielhalle. Auch eine Internetrecherche über Guidarini war nicht sehr ergiebig, doch in der Provinz Suverso kannte man sich, Gerüchte kursierten, es war allgemein bekannt, dass der alte Guidarini einen exzentrischen Lebensstil und ein überaus bewegtes Gefühlsleben hatte. Die Tatsache, dass es über den jungen Guidarini kaum Klatsch gab, hatte wohl damit zu tun, dass er den größten Teil seines Lebens im Ausland verbracht hatte und erst nach dem Tod des Vaters, zu dem er wohl ein ausgesprochen schlechtes Verhältnis hatte, zurückgekommen war. Eine Telefonnummer hatte sie nicht gefunden, auch keine E-Mail-Adresse: Deshalb hatte sie keine andere Wahl, als sich auf den Weg zu machen und persönlich hierherzukommen, auch wenn das nun wahrlich nicht ihr Stil war.

Langsam fährt sie eine steile, kurvige Straße hinunter, an Zufahrten zu mehr oder weniger neuen Häusern vorbei, die stilistisch vom Bunker über die Almhütte bis zum pseudokalifornischen Angeberbungalow der Achtzigerjahre reichen und Leuten gehören, die zwar viel Geld, aber keinen Geschmack haben und denen die Gemeinde vermutlich keinen Knüppel zwischen die Beine werfen wollte. Vor den Garagen stehen große schwarze oder silberne suvs, überall hängen Warnschilder mit der Aufschrift *Vorsicht, bissiger Hund!* und dem Bild knurrender Riesenhunde. Ein Ort, an dem falsche Träume Selbstmord begehen: Dieser Satz kommt ihr in den Sinn.

Ganz in Gedanken fährt sie weiter bergab, doch jetzt sind die Hausnummern auf der linken Seite schon zu hoch, offenbar ist sie an dem Anwesen des Marchese vorbeigefahren, ohne es zu merken. Das passierte ihr oft, wenn sie nach einer unbekannten Adresse suchte: Immer war da eine Art schwarzes Loch, das die richtige Nummer verschluckte. Sie fragt sich, ob es in ihrem Leben vielleicht ähnlich abgelaufen ist, ob sie womöglich an den richtigen Entscheidungen vorbeigefahren ist, ohne es zu merken, weil sie nicht aufgepasst hat oder sie nicht sehen wollte aus Ungeduld, Zerstreutheit, Wohlerzogenheit, fehlender Courage.

Sie bremst, aber hier kann man nicht wenden, deshalb legt sie den Rückwärtsgang ein, fährt vorsichtig zurück und hofft inständig, dass kein barbarischer Einheimischer in seinem Riesen-Pick-up angerast kommt und ihr hinten drauffährt. Nach ein paar hundert Metern bleibt sie wieder stehen, weil die sichtbaren Hausnummern jetzt niedriger sind als die, die sie sucht. Folglich muss die Villa Guidarini hinter dem großen geschlossenen Tor ohne jede Beschriftung liegen, das an beiden Seiten von einer hohen Steinmauer eingerahmt wird. Von der Straße aus ist nichts zu sehen, wegen der Lage, der hohen Mauer, der großen, vermutlich jahrhundertealten Bäume, wahrscheinlich Steineichen, wenn sie sich nicht irrt.

Sie macht den Motor aus, holt aus der Tasche das Blatt, das sie ausgedruckt hat, mit den spärlichen Informationen über die Villa. Spärlich und blass, weil ihre Sekretärin die Druckerpatronen immer zu spät auswechselt, und nur, wenn sie sich beschwert. Der schlecht lesbare Text lautet:

VILLA GUIDARINI VALGRANDE, GENANNT DIE MULDE, COSMARATE DI SOPRA

Von dem Rechtsgelehrten Giambattista Vigoni Barca aus Suverso 1543 in Auftrag gegeben, wurde die Villa, gelegen in der Gemeinde Cosmarate di Sopra e di Sotto (Provinz Suverso), von dem Architekten Felice Tullian, genannt Il Pigna, entworfen. 1612 in den Besitz von Piergiorgio Rocari Zamparato übergegangen, wurde sie 1704 von Guidobaldo Guidarini di Valgrande erworben und befindet sich noch heute im Besitz der Familie. Wahrscheinlich geht der Name *La Conca,* was so viel wie Mulde bedeutet, auf die natürliche Beschaffenheit des angrenzenden Geländes zurück.

Wirklich nicht viel. Annalisa Sarmani wirft einen Blick in den Rückspiegel: alles in Ordnung. Sie trägt einen dunkelblauen Mantel, der ihr gut steht, darunter einen ebenfalls dunkelblauen Rollkragenpullover, eine graue Hose, schwarze Stiefeletten mit Fünf-Zentimeter-Absatz. Eine harmonische Kombination aus elegant und nüchtern, nichts Auffälliges, aber auch nicht nachlässig. Das ändert jedoch nichts daran, dass es ihr peinlich ist, einen Unbekannten ohne Verabredung zu Hause aufzusuchen, umso mehr als es offensichtlich ist, dass besagter Unbekannter überhaupt keinen Wert darauf legt, Besuch zu empfangen. Aber die Zeit drängt, und Alternativen gibt es keine. Rasch überfliegt sie noch einmal das andere Blatt, das sie im Büro ausgedruckt hat, um wenigstens etwas in der Hand zu haben.

Kulturgüter. Schutz archäologischer Funde und Einschränkung der Verfügungsgewalt des Eigentümers
Oberkategorie: Kulturgüter
Kategorie: Verwaltungsrecht TAR

TAR Lombardei, Sek. 1, Brescia, Nr. 682, vom 11. Juli 2019
Schutz archäologischer Funde und Einschränkung der Verfügungsgewalt des Eigentümers

Bezüglich des archäologischen Denkmalschutzes bestätigt dieses Gericht, dass der archäologische Untergrund eines Grundstücks nicht wertmäßig beziffert werden kann und nicht Bestandteil des Eigentums ist, und zwar deshalb, weil »im Untergrund gefundene Dinge von historischem, archäologischem, paläethnologischem, paläontologischem und künstlerischem [...] Wert« unveräußerlicher Bestandteil des Staatsvermögens sind (§ 826 ff. sowie § 44–49, Gesetz 1089/1939) und das Vorhandensein derartiger Güter von anerkannt archäologischem Interesse im Untergrund die Verfügungsgewalt des Eigentümers über den Boden – ohne Entschädigungsansprüche – einschränkt (§ 840 ff.). Folglich fällt der Schutz archäologischer Funde nicht unter die Schutzmaßnahmen einzelner Güter, die enteignet oder für nicht bebaubar erklärt werden können, sondern ist, im Unterschied zu letzteren, Bestandteil gesetzlicher Eigentumsbeschränkungen und hat normative Kraft, als gesetzlich festgelegte Schutzzone im Sinne des § 42, Absatz 2, Verfassung, um mittels direkter oder behördlich angeordneter Eingriffe unumschränkten Zugang zu gewähren und dadurch sicherzustellen, dass das Privateigentum im Interesse der Allgemeinheit uneingeschränkt genutzt werden kann.

Und so weiter, und so weiter. Der springende Punkt ist die Zeile *unveräußerlicher Bestandteil des Staatsvermögens* ... Sie atmet noch einmal tief durch und steigt aus.

Zehn

In der rechteckigen Reithalle lässt Guiscardo Guidarini den grauen Lusitano-Hengst Nuño im Kreis laufen. Da ihm die Gemeinde aus Rache für seine wiederholten Anzeigen wegen illegaler Bautätigkeit in der Umgebung die Genehmigung für ein neues Dach verweigert, muss er notgedrungen improvisieren; doch jedes Mal, wenn er aufs Pferd steigt, steigt auch seine Wut auf diese unfähigen, korrupten Typen von der Gemeindeverwaltung. Auch das Pferd ist traumatisiert, weil so ein Kretin aus Verona versucht hat, es mit Gewalt zur Hohen Schule der Dressur abzurichten, und jetzt brauchte man eine Engelsgeduld, um ihm neues Selbstvertrauen einzuflößen und ihm beizubringen, sich ganz natürlich zu bewegen, nicht so verkrampft wie ein dressierter Zirkusgaul, der schon am ganzen Leib zittert wie Espenlaub, wenn man ihn auch nur mit den Fersen streift.

Aber jetzt taucht Agnese auf und wedelt aufgeregt mit den Händen. »Guiii?!«

Er stoppt das Pferd an der anderen Seite der Manege. »Was ist?«

Wieder fuchtelt Agnese mit den Armen. »Draußen ist die Vizebürgermeisterin und Kulturstadträtin von Suverso! Annalisa Sarmani heißt sie!«

»Und was will sie?«

»Dich sprechen!«

»Sag ihr, ich bin nicht da!« Um jede weitere Belästigung zu vermeiden, gibt er dem Pferd die Sporen.

»Aber sie sagt, es sei dringend!« Wie immer schwankt Agnese zwischen Beschützerinstinkt ihm gegenüber und der Höflichkeit gegenüber dem Rest der Welt.

»Ich habe keine Lust, mit irgendeiner Stadträtin zu reden!« Mit geballter Faust streichelt er Nuño den Hals, der zittert und zuckt mit den Ohren. Schon komisch, er versucht das Pferd zu beruhigen, und Agnese ihn.

Aber Agnese ist hartnäckig: Sie breitet die Arme aus und verstellt ihm den Weg. »Jetzt überleg doch mal, Gui, sollen etwa alle denken, dein einziger Kommunikationskanal mit der Welt sei *Tutto qui!*? Willst du diese Botschaft wirklich senden?«

»Ich will überhaupt keine Botschaft senden, Agne.«

»Aber die Botschaft verbreitet sich auch ohne dein Zutun.« Agnese ist ungehalten. »Im Internet wird schon alles Mögliche gepostet! Kommentare jeder Art, Ansichten deiner Kollegen, politische Polemiken! Das Theater ist zum Katalysator für Meinungen und Fake News geworden! Da wird doch tatsächlich behauptet, du hättest Statuen von unermesslichem Wert gefunden und sie an arabische Sammler verkauft! Oder hier liege eine ganze antike Stadt begraben, und die Regierung wolle das geheim halten! Wir können nicht einfach so tun, als wenn nichts wäre, die werden uns keine Ruhe lassen! Hören wir uns doch wenigstens mal an, was die lokalen Behörden vorhaben!«

Er seufzt. »Na gut, lass sie rein.« Nuño schnaubt, vielleicht aus Empathie.

Agnese geht zum Ausgang: halb erleichtert, halb besorgt. Vermitteln gehört zu ihrer Arbeit, aber leicht ist es nicht.

Guiscardo reitet ein paar Runden im Trab, wechselt dann in einen leichten Galopp, aber Nuño bleibt verkrampft, die Anspannung überträgt sich vom Pferd auf den Reiter und vom Reiter aufs Pferd, in einem perfekten Teufelskreis.

Agnese kommt zurück, gefolgt von einer ziemlich eleganten Signora in einem dunkelblauen, gut geschnittenen Mantel, leicht besorgt um ihre glänzenden Stiefeletten, die im Sand der Manege versinken und staubig werden.

Er beendet die Runde, stoppt das Pferd bei den beiden Frauen.

»Guiscardo Guidarini, Rechtsanwältin Annalisa Sarmani, Vizebürgermeisterin und Kulturstadträtin von Suverso.« Agnese begleitet die Vorstellung mit entsprechenden Gesten.

»Guten Tag.« Die Sarmani hebt die Hand zum Gruß, ihr Lächeln ist alles andere als entspannt.

»Ihnen auch einen guten Tag.« Guiscardo mustert sie von oben, ist beeindruckt von der Akkuratheit der Frisur, des Make-ups, der Kleidung, im Vergleich zur lässigen Natürlichkeit von Agnese. Er meint, die Anstrengung zu spüren, die dahintersteckt, die Mühen der Selbstdarstellung.

»Es tut mir leid, dass ich hier einfach so unangemeldet hereinplatze, aber ich muss Sie dringend sprechen und wusste nicht, wie ich Sie erreichen soll.« Leicht besorgt blickt die Sarmani auf das Pferd, bleibt in sicherer Entfernung stehen.

Nuño schnaubt, noch nervöser angesichts der Anwesenheit einer weiteren Person.

Guiscardo steigt ab, hält die Zügel mit der Linken und gibt der Signora die Hand.

Das Pferd schnaubt noch lauter, die Sarmani weicht zurück. »O Gott!«

Besänftigend legt er die Hand auf das Maul des Pferdes. »Keine Sorge, er hat mehr Angst als Sie.«

Es entsteht ein Moment peinlichen Schweigens, verlegener Blicke und Bewegungen, selbst Agnese wirkt unsicher in ihrer Rolle als Vermittlerin.

Eigentlich will Guiscardo die Stadträtin in ihrer Verlegenheit schmoren lassen, ist dafür aber zu ungeduldig. »Und worüber wollten Sie mit mir reden, Signora?«

»Über das antike Theater natürlich.« Dabei macht die Sarmani eine Handbewegung, als würde sie auf das Theater zeigen. »Ich habe es in dieser Fernsehsendung gesehen.«

»Nicht gerade die seriöseste Quelle.« Agnese fühlt sich verpflichtet, das klarzustellen.

»Jedenfalls eine sensationelle Entdeckung, ich war total platt, Kompliment.« Die Sarmani ist so begeistert wie erstaunt. »Ich hatte ja keine Ahnung.«

»Danke.« Guiscardo fühlt sich überhaupt nicht verpflichtet, irgendeine Erklärung abzugeben.

Die Sarmani deutet erneut aufs Geratewohl irgendwohin. »Dürfte ich es vielleicht mal sehen?«

Er wirft Agnese einen fragenden Blick zu, sie nickt leicht. Instinktiv würde er die Stadträtin am liebsten wegschicken, ohne ihr irgendwas zu zeigen, aber er zwingt sich, geduldig zu sein. Aus den Gründen, die Agnese vorgebracht hat? Um zu sehen, wohin die Umstände ihn bringen? »Na gut. Agne, schau doch mal, ob die Signora vielleicht einen Kaffee oder sonst irgendetwas möchte, ich bringe nur schnell das Pferd weg und komme dann nach.«

»Vielen Dank, aber bloß keine Umstände.« Hastig, als hätte sie Angst, womöglich zu viel zu verlangen, lehnt die Stadträtin das Angebot ab.

»Dann gehe ich mal vor.« Agnese führt sie aus der Reithalle.

Guiscardo bringt Nuño in den Stall zurück, nimmt Sattel und Zaumzeug ab, schüttet noch ein wenig Heu in die Futterkrippe und schließt die Tür. Es wird noch eine ganze Weile dauern, bis aus ihm wieder ein normales Pferd wird, wenn es überhaupt klappt.

Als er in den Park hinauskommt, befinden sich Agnese und die Stadträtin schon am anderen Ende des Rasens vor der Villa, mit den drei Hunden, die um die Unbekannte herumstromern und sie neugierig und misstrauisch beschnüffeln. Die Stadträtin ist keineswegs begeistert von deren Aufmerksamkeit, aber der Anblick des Theaters hält sie ganz gefangen. Als er dort ankommt, dreht sie sich tief beeindruckt um. »Das ist ja großartig, Dottor Guidarini! Unglaublich, und fast vollkommen intakt! Im Fernsehen konnte man die Proportionen gar nicht erkennen, und auch nicht, wie gut es erhalten ist!«

»Ich kann's mir vorstellen.« Auch er verfällt wieder einmal in ungläubiges Staunen angesichts der Harmonie der Halbkreise aus grauem Stein, die sich in die Hügelmulde schmiegen.

»Und diese Säulen, diese Statuen!« Die Sarmani deutet hierhin und dorthin. »Einfach überwältigend!«

»Ja, kann man so sagen.« Er muss wieder daran denken,

wie viel Mühe es gekostet hat, all das, was sie jetzt vor Augen haben, auszugraben und wiederherzustellen.

Die Stadträtin sieht ihn erneut an. »Aber wie kann es sein, dass ein solcher Ort vollkommen in Vergessenheit geraten ist?«

»Tja, Wind, Regen, Erdrutsche, Jahrzehnte der Achtlosigkeit, Borniertheit, Arroganz.« Er könnte die Liste beliebig verlängern, hält aber inne.

»Von wem?« Offenbar ist die Sarmani so erstaunt, dass ihr bürgerlicher Habitus ins Wanken gerät; sämtliche Statussymbole sind zwar da, die Perlenohrringe, Tennisarmband mit Diamanten, Markenklamotten, dennoch ist unverkennbar, dass da mehr ist, als man von einer Exponentin der Nationalunion erwarten würde.

»Meinem Vater und meinem Großvater zum Beispiel.« Obwohl er mit einer Fremden spricht, schafft er es nicht, weniger unerbittlich zu sein. »Sie haben einfach ihr schönes, nichtsnutziges Leben gelebt, ohne sich je darum zu kümmern, was hier drunter sein könnte. Es ist die Geschichte eines erstaunlichen Mangels an Aufmerksamkeit, ohne ein Fünkchen Neugier.«

»Und wie sind Sie daraufgekommen?« Immer noch ganz versunken, lässt die Sarmani den Blick erneut über das Theater schweifen.

»Es war ja da, ich brauchte nur zu graben.« Er zuckt nur die Achseln, obwohl er es eigentlich kindisch findet, eine Riesenarbeit als Kleinigkeit abzutun, zumal sie unsäglich viel Zeit, Mühe und Kopfzerbrechen gekostet hat.

»Ja, aber …« Die Sarmani zeigt auf die Zuschauerränge, die halbrunde Orchestra, die Rechtecke des Proszeniums und der Bühne, die Säulen, die Statuen. »Das können Sie doch unmöglich alles allein gemacht haben, nur mit den eigenen Händen!«

»Na ja.« Er dreht die Handflächen nach oben, lacht. »Agnese und Calixto, der Gärtner, haben mir geholfen. Außerdem haben wir einen Bagger gemietet und LKWs, um die Erde abzutransportieren. Erdrutsche haben die Sache erheblich erschwert. Drei Jahre haben wir gebraucht.«

»Ziemlich wenig, für eine derartige Riesenaktion!«

Offenbar hat die Sarmani echtes Interesse, damit hat er nicht gerechnet, ist fast gerührt. Oder es liegt an ihm, weil er bei jeder Frau, die nicht eindeutig abstoßend ist, zwanghaft nach positiven Seiten sucht.

»Wir haben nie eine Pause gemacht, bis letzte Woche.«

Dennoch wüsste er nicht zu sagen, wie oft er mit dem Gedanken gespielt hat, die Sache fallenzulassen und sich mit anderem zu beschäftigen.

»Aber warum haben Sie den Fund denn nicht den zuständigen Behörden gemeldet?«

»Weil es eine private Initiative war, auf einem privaten Grundstück.« So einfach war das, egal, wie viel Komplikationen dem vorausgegangen waren.

»Eine private Initiative, die allerdings einen Fund von enormem öffentlichem Interesse ans Licht gebracht hat!« Jetzt klingt ihre Stimme vorwurfsvoll. »Wieso haben Sie sich denn nicht an die Generaldirektion Archäologie und Landschaft gewandt? An das Zentralinstitut für Archäologie? An das Ministerium für Kulturgüter?«

»Wozu denn? Das war doch gar nicht nötig. Und außerdem hatte ich keine Lust dazu.«

»Wie kann man nur so unvernünftig sein, verzeihen Sie, Dottor Guidarini, wenn ich das so sage!« Die Sarmani ereifert sich, behält aber einen gemäßigten Ton bei. »Sie sind doch vom Fach, und gerade als Fachmann müssten Sie sich mit den vorgeschriebenen Abläufen doch weit besser auskennen als jeder andere.«

»Gerade weil ich mich auskenne, werte Signora.« Schon beim Gedanken daran kommt ihm das Lachen.

Agnese hat bisher geschwiegen, aber jetzt kann sie nicht mehr an sich halten. »Hätten wir uns an die Vorschriften gehalten, würden wir heute noch auf die Genehmigung für eine Sondierungsgrabung warten.«

Die Stadträtin seufzt. »Die Wartezeiten der staatlichen Bürokratie sind nun mal, wie sie sind, davon kann ich leider auch ein Lied singen. Aber das ändert nichts daran, dass die heimliche Ausgrabung illegal ist und Dottor Guidarini sich dadurch strafbar gemacht hat. Ich habe mir den entsprechenden Regierungserlass extra noch mal angesehen. Ich habe ihn hier auf dem Handy: Nr. 42 vom 22.01.2004, Artikel 88 und 89.«

»Und wie lautet er?« Er ist gespannt darauf, wie sich rechtliche Überlegungen bei einer Stadträtin, die zugleich Juristin ist, zwangsläufig über den gesunden Menschenverstand hinwegsetzen.

»Unmittelbar nach dem ersten Fund hätten Sie alles absperren und beim Zentralinstitut für Archäologie eine Konzession zur Erforschung und Ausgrabung des Fundes beantragen müssen. Dann hätten Sie dem ICA den Namen des Grabungsleiters und der leitenden Mitarbeiter mitteilen müssen, die Zusammensetzung des Teams in Bezug auf ihre Herkunft aus Universitäten, Forschungseinrichtungen, Freiberuflern, Kulturvereinen, gemeinnützigen Vereinen, Kooperativen mit der entsprechenden Versicherung, und schließlich die bereitgestellten Mittel aus dem Wirtschaftsplan. Aber ich sage es noch einmal, da sie selbst Archäologe sind, kennen Sie die Verfahrensvorschriften sicher besser als ich.« Und jetzt wird sie ernst. »Und die Vorschriften müssen eingehalten werden, egal, ob es uns nun gefällt oder nicht.«

»Die Vorschriften, natürlich.« Er bemüht sich um einen sarkastischen Ton, klingt aber zornig. »In Herculaneum wurde 1710 beim Bau eines Brunnens zufällig das römische Theater entdeckt. Heute, *dreihundert Jahre* nach Beginn der Ausgrabungen, in denen die Arbeiten tausendmal eingestellt wurden, liegt es immer noch unter dem Tuff begraben. Seit ein paar Jahren kann man zwar einiges besichtigen, doch dafür muss man sich durch enge unterirdische Gänge quetschen wie ein Maulwurf. Dort wurden die Vorschriften immer ausgesprochen skrupulös eingehalten, da können Sie sicher sein.«

»Mag sein, aber das ist noch lange keine Rechtfertigung für Ihr Verhalten.« Sie mustert ihn, halb verständnisvoll, halb tadelnd.

»Und in der Zwischenzeit haben sich Generationen von Anwohnern an Marmorstücken, Statuen, Säulen und Manufakten jeglicher Art bedient und alles, was sie finden konnten, weiterverkauft. Wenn Sie heute eine schöne Statue aus Herculaneum sehen möchten, müssen Sie ins Archäologische Museum nach *Dresden* fahren.«

Die Sarmani schüttelt den Kopf. »Wie dem auch sei,

jedenfalls muss man Ihnen zugutehalten, dass Sie in drei Jahren geschafft haben, was die in Herculaneum in drei Jahrhunderten nicht geschafft haben.«

»Hier war der Aufwand wesentlich geringer.« Guiscardo fragt sich, wieweit sie das überhaupt nachvollziehen kann.

»Und wir mussten keine Lava abtragen.« Wie immer vervollständigt Agnese das Bild. »Nur Erde, Schutt und Vegetation.«

Unschlüssig berührt die Stadträtin die Perle an ihrem Ohrring. »Dottor Guidarini, ich kann Ihre Zurückhaltung durchaus verstehen, Tatsache ist aber, dass Sie eine Straftat begangen haben, eine ziemlich schwere sogar.«

»Dann bin ich also ein Krimineller?«

Agnese wirft ihm einen strafenden Blick zu, sie findet das kein bisschen witzig.

Die Sarmani bleibt ernst. »Sie haben das Gesetz gebrochen, daran besteht kein Zweifel. *Mehrere* Gesetze sogar, um genau zu sein. Hätten Sie die Arbeiten nach dem ersten Fund sofort eingestellt und umgehend das Amt für Denkmalschutz verständigt, wären Sie jetzt nicht in dieser Lage.«

»Und was hätten die Ihrer Meinung nach gemacht?« Er will ihre intellektuelle Redlichkeit testen.

»Die hätten das Gelände für dreißig Tage oder länger gesperrt, um eine archäologische Prüfung durchzuführen.«

»*Oder länger,* genau. Von wegen dreißig Tage, die Sperrung hätte *Jahre* gedauert. Und dann hätten sie garantiert tollpatschige Praktikanten hergeschickt, unter der Leitung eines Holzkopfes aus der Archäologie-Behörde.«

»Aber entschuldigen Sie mal, Sie können nicht einfach

auf das Recht pfeifen, egal, was Sie von der Verwaltung halten!« Die Sarmani ist erneut entrüstet. »Wenn Sie sich schon nicht an den Staat wenden wollten, hätten Sie wenigstens die lokalen Behörden informieren können! Was weiß ich, zum Beispiel meinen Vorgänger in Suverso!«

»Haben Sie den vor Augen, Ihren Vorgänger?« Wieder muss er lachen.

»Na gut, da sind wir vielleicht sogar einer Meinung.« Jetzt muss auch sie lachen, strengt sich aber an, Haltung zu bewahren. »Aber vor Gericht gelten persönliche Animositäten nicht als mildernder Umstand. Warum haben Sie sich denn nach dem Regierungswechsel nicht einfach an mich gewandt?«

»Weil ich Sie noch nicht kannte. Und glauben Sie wirklich, dass die neue Regierung besser ist als ihre Vorgängerin?«

»Das will ich doch schwer hoffen! Vor allem hoffe ich, dass *ich* besser bin als mein Vorgänger!« Sie wirft sich stolz in die Brust. »Jedenfalls bin ich nicht einfach auf der Couch sitzen geblieben, als ich das antike Theater im Fernsehen gesehen habe! Am liebsten wäre ich auf der Stelle hergekommen, darauf habe ich nur verzichtet, weil ich Sie am Sonntag nicht belästigen wollte!«

Mit diesem Engagement, diesem flammenden Blick hat er nicht gerechnet; als Reaktion hat er den Impuls, sie zu provozieren. »Wirklich toll, Ihr Tatendrang ist wirklich zu bewundern.«

»Danke.« Sie nimmt ihn ernst. »Ich habe sofort diesen unfähigen Bürgermeister angerufen und ihm die Leviten gelesen!«

»Und wie hat er reagiert?«

»Er ist aus allen Wolken gefallen, als wüsste er überhaupt nicht, wovon ich rede!«

»Der ist wirklich ignorant und unfähig.« Er kann ihr Urteil nur bestätigen.

»Aber dass er nichts davon wusste, stimmt.« Agnese muss objektiv sein, sie kann nicht anders.

»Aber wie kann es sein, dass der Bürgermeister in einem Ort wie Cosmarate nicht mitbekommt, was einen Kilometer von seinem Rathaus entfernt vorgeht?«

»Kaum zu glauben, aber wahr.«

»Und die Nachbarn? Die haben nicht mitbekommen, dass hier drei Jahre lang gegraben wurde?«

Guiscardo deutet auf die tiefe Mulde, in der das Theater liegt, und die dichte Vegetation an der Außenmauer. »Von außen sieht man nichts, und wir waren immer sehr leise.«

Verblüfft lässt die Sarmani den Blick schweifen. »Und von dem lebhaften LKW-Verkehr hat keiner was gemerkt?«

»Irgendwas haben die bestimmt gesehen, hatten aber vermutlich genug mit ihren eigenen Machenschaften zu tun.« Dabei deutet er bergauf und bergab. »Haben Sie nicht die Scheußlichkeiten hier draußen gesehen? Seit Jahren geht das so, mit Unterstützung der Gemeindeverwaltung, egal welcher Couleur.«

Die Stadträtin antwortet nicht, aber ihr Gesicht sagt alles.

Ungeduldig deutet Agnese auf das Theater. »Wollen wir nicht hinuntergehen und es uns ansehen?«

»Ja, ja, natürlich! Vielen Dank!« Die Stadträtin geht

sofort los, auch um möglichst bald von Gui II wegzukom-
men, der sich jetzt ein bisschen zu intensiv für ihre Knöchel
interessiert.

Elf

Auf der Piazza del Favero unten vor dem Rathaus läuft Bozzolato unruhig hin und her, dreht sich jedes Mal um, wenn er ein Auto kommen oder wegfahren hört. Er holt das Handy heraus, steckt es wieder ein, holt es wieder raus, steckt es wieder ein. Er fährt sich mit den Händen durch die Haare (ziemlich spärlich, verdammt), betastet den Krawattenknoten, klopft mit der Hand die Mantelschultern ab. Oben im Bad des Büros hat er sich noch schnell die Zähne geputzt, um mögliche Reste des gerade beendeten Mittagessens zu entfernen. Den Schal hat er lieber oben am Kleiderständer hängen lassen, denn damit, schien ihm, würde er aussehen wie ein Politiker alten Stils, dabei will er doch jung und dynamisch rüberkommen, bürgernah. Deshalb ist er ja auch extra heruntergekommen, um das Fernsehteam draußen zu empfangen, statt oben im Warmen zu warten, gemütlich hinter dem Schreibtisch. Hier draußen ist es allerdings saukalt, er hat schon ein leichtes Kratzen im Hals. Bestimmt hat er sich am Sonntag auf der Jagd erkältet, erst das Gekraxel bergauf, bergab, und dann die Streiterei mit diesem Biest von Kulturstadträtin aus Suverso, ohne Jacke draußen in der Kälte, das hat ihm den Rest gegeben.

Nach unten beordert hat er auch die Stadträte Lovato (Bau) und Bedin (Haushalt) sowie den Polizeichef Covazzani und zwei oder drei Angestellte, um dem Fernsehzuschauer klarzumachen, dass er als Bürgermeister nicht allein dasteht, sondern eine ganze Verwaltung hinter sich hat, die ihn unterstützt und die Verantwortung mit ihm teilt. Alle waren bereitwillig mitgekommen, sobald bekannt wurde, dass das Fernsehen kommt, standen sie schon im Treppenhaus und konnten es kaum erwarten. Lovato natürlich als Erster, für ein bisschen Publicity würde der sogar seine Mutter umbringen. Aber auch die anderen konnten es kaum fassen, ins Fernsehen zu kommen, und sagten schnell noch Verwandten und Freunden Bescheid, als wären sie selbst die Hauptdarsteller. Die hatten ja keinen Schimmer, wie sehr er sich dafür ins Zeug legen musste, die Finger hat er sich wund gewählt und erst rumbrüllen müssen, um den Herrschaften von *Tutto qui!* die Möglichkeit abzutrotzen, sich gegen die unverschämten Vorwürfe dieses ausgeflippten Guidarini zu verteidigen. Einen halben Tag hatten sie ihn hingehalten, ihn von einer Sekretärin zum nächstbesten Assistenten weitergereicht; erst als er mit der Faust auf den Tisch haute und mit einer Klage drohte, bekam er eine Zusage. Aber die lieben Kollegen hielten all das natürlich für selbstverständlich, klar; da brauchte man sich nur anzusehen, wie sie schwatzend und lachend auf dem leeren Platz herumwuselten und ihm amüsierte und vorwurfsvolle Blicke zuwarfen, als sei es seine Schuld, dass sich immer noch niemand blicken ließ.

Jetzt zückt er zum x-ten Mal das Handy: schon zwanzig Minuten zu spät, und noch immer kein Anruf, keine SMS. Die vom Fernsehen scheinen tatsächlich zu glauben, sie könnten sich alles erlauben, kein Respekt vor den gewählten Volksvertretern. Eigentlich würde er am liebsten alles abblasen, sich in sein Büro zurückziehen und den Fernsehtypen vom Portier ausrichten lassen, leider habe der Bürgermeister jetzt keine Zeit mehr für sie, weil er Wichtigeres zu tun habe. Der Haken war nur, dass er es sich gerade jetzt, wo er durch die unverschämten Angriffe der Breitbändler und die absurden Diffamierungen Guidarinis schwer unter Beschuss stand, eigentlich nicht leisten konnte, auf einen Fernsehauftritt zu verzichten. Genau genommen hatte er gar keine Wahl, er musste diese Gelegenheit unbedingt nutzen, zumal das hier nicht irgendein mickriger Lokalsender war, sondern eine überregionale Sendung mit hohen Einschaltquoten. So eine Gelegenheit bot sich nicht alle Tage, hier war es eben nicht wie in Rom, wo Abgeordnete und Senatoren der Wende® von früh bis spät Interviews gaben, als hätten sie Gott weiß was zu verkünden, selbst wenn sie gar nichts zu sagen hatten. Aber trotzdem, sich derart zu verspäten, war schon ein starkes Stück, diese Fernsehtypen sind wirklich das Letzte. Unglaublich peinlich, das Ganze, und Lovato, Bedin, Covazzani und die anderen machen es noch schlimmer. »Was ist jetzt, Herr Bürgermeister, kommen die noch?«

»Ruhig Blut, Leute, bei einer Livesendung kommt schon mal was dazwischen!« Was Besseres fiel ihm in diesem Moment nicht ein. »Die kommen sicher gleich!« Er meidet den Blickkontakt, zückt das Handy, steckt es wieder weg.

Plötzlich fährt ein leicht verbeulter weißer Škoda vor, hält vor dem Rathaus. Auf der Beifahrerseite steigt eine attraktive blonde Frau aus, die Del Muciaro, Sonderkorrespondentin der Riscatto: Sie mustert das Rathaus, die Gruppe, die sie anhimmelt, geht auf Bozzolato zu. »Verzeihung, können Sie mir vielleicht sagen, wer der Bürgermeister ist?«

»Das bin ich, Signorina!« Bozzolato ist halb beleidigt, halb fasziniert, eine Fernsehgröße vor sich zu haben.

»Ah, sehr gut.« Sie bemerkt seine Irritation gar nicht, geht zum Auto und redet mit dem Typen am Steuer. »Der da ist es.«

Der Typ am Steuer steigt aus, groß und bärtig. Er wirft einen lustlosen Blick auf Bozzolato, einen lustlosen Blick auf den Platz, holt vom Rücksitz eine Videokamera, ein Stativ, einen Rucksack, eine Lampe, gibt der Del Muciaro Mikrofon und Ohrknopf.

Bozzolato guckt misstrauisch, die anderen Gemeindevertreter gaffen mit offenem Mund.

Endlich lässt sich die Del Muciaro dazu herab, mit einem routinemäßigen Lächeln auf ihn zuzugehen und ihm die Hand zu schütteln. »Guten Tag, Herr Bürgermeister, Veronica Del Muciaro.«

»Ich weiß, ich habe Sie gleich wiedererkannt.« Eigentlich gönnt er ihr diese Genugtuung nicht, wegen der Verspätung und der Respektlosigkeit, aber es geht mit ihm durch. Die Macht des Fernsehens, wie man so sagt. Da hast du Veronica Del Muciaro schon Gott weiß wie oft auf dem Bildschirm gesehen, und dann steht sie plötzlich in Fleisch und Blut vor dir, da bist du natürlich aufgeregt. Sie ist zwar kleiner als im Fernsehen, aber eine tolle Figur, die hat sie schon, das muss man ihr lassen: echt eine scharfe Braut, diese Krawallbiene.

»Freut mich, dass Sie ein Fan sind.« Sie vollführt eine halbe Drehung, lächelt auch den anderen Gemeindevertretern zu.

»Meine Frau guckt immer Ihre Sendung.« Bozzolato versucht ein Minimum an Distanz zurückzugewinnen, ein Minimum an amtlicher Würde zu wahren. Doch er hat dauernd Giannas Reaktion vor Augen, als sie hörte, dass die von *Tutto qui!* kommen, um ihn zu interviewen. »Das kann nicht sein!«, »Echt?« und »Schwör's!«, gefolgt von Luftsprüngen und Anrufen, um Verwandten und Freundinnen Bescheid zu sagen. Selbst er hat seine Familie informiert; garantiert sitzen Mama, Tante, Schwester und vielleicht sogar sein Vater wie gebannt vor der Mattscheibe.

»Geben Sie ihr einen Kuss von mir.« Die Del Muciaro verliert keine Zeit mit Gefühlsduselei, offenbar wird sie langsam nervös, redet ins Handy. »Ja, ja, ja.« Sie sieht alle Anwesenden an und klatscht in die Hände. »Los jetzt, in exakt acht Minuten gehen wir auf Sendung!«

»An uns liegt es nicht, wir stehen hier seit einer halben Stunde und warten.« Das sagt er bloß, um in den Augen der anderen nicht als Schwächling dazustehen. Eigentlich müsste er einen viel schärferen Ton anschlagen, aber es gelingt ihm nicht. Schon wieder die Macht des Fernsehens, die schüchtert halt ein.

Die Del Muciaro geht nicht darauf ein, läuft hektisch zwischen ihm und dem Kameramann hin und her, steckt sich den Knopf ins Ohr.

Lovato stürzt mit ausgestreckter Hand auf sie zu, Diskretion Fehlanzeige. »Sehr erfreut, Enzo Lovato, Baustadtrat! Tolle Sendung, Signorina Del Muciaro, Kompliment. Wir lassen keine Sendung aus, sind hellauf begeistert von Ihnen und der Riscatto, zwei schöne Frauen, die auch großartig moderieren!«

»Danke, vielen Dank. Aber jetzt müssen wir uns beeilen!« Sie geht nicht weiter darauf ein, vermutlich wird sie dauernd von allen Seiten mit Komplimenten überschüttet, deshalb ist es ihr egal. Sie wirft noch einen prüfenden Blick auf die Piazza, berät sich noch einmal mit dem Kameramann.

Auch Covazzani, Bedin und die anderen würden sich gerne vorstellen und ärgern sich jetzt ein bisschen, weil sie den richtigen Augenblick verpasst haben.

Die Del Muciaro rückt den Ohrknopf zurecht und redet mit dem Studio in Rom. »Ja, ja, ich kann dich hören. Wir sind so weit! Nein, nur Vertreter der Kommune. Ich weiß, aber was soll ich machen?« Sie blickt sich suchend um. »Wie kommt es denn, Herr Bürgermeister, dass außer euch kein Mensch auf dem Platz ist?«

Bozzolato verliert die Nerven. »Signorina, normale Menschen arbeiten um diese Zeit, klar?« Als sie ihn empört anschaut, bereut er es sofort.

Offenbar sind die Del Muciaro und ihre Vorgesetzten in Rom der Meinung, die Gemeindevertreter seien ausschließlich dazu da, den Fernsehmachern zu dienen und sich von ihnen beschimpfen zu lassen. Die Del Muciaro schüttelt den Kopf, gibt dem Kameramann Zeichen, der montiert seine Videokamera auf dem Stativ und filmt den leeren Platz sowie die Rathausfassade.

»Egal ob voll oder leer, das hier ist auf jeden Fall ein historischer Platz!« Bozzolato will ein Minimum an Respekt einfordern, versucht aber den Ton zu mäßigen. »Sogar Giuseppe Garibaldi war hier!«

Womöglich ist die Botschaft angekommen, denn die Del Muciaro drückt ihm versöhnlich den Arm. »Bitte nicht aufregen, Herr Bürgermeister!«

»Wieso das denn, das wäre ja noch schöner.« Trotz all der guten Vorsätze, ein bisschen grimmiger zu gucken, lächelt er. Aber das war ja wohl verständlich, schließlich trat er zum ersten Mal in einem nationalen Sender auf, und dann gleich noch in einer Sendung mit Rekordeinschaltquoten. Bislang beschränkte sich seine Erfahrung mit dem Fernsehen auf eine Wahlkampfrede auf TeleSuverso, ein relativ langes Interview anlässlich der Landwirtschaftsausstellung »Zwischen Sichel und Pflug« und drei Auftritte bei Volksfesten in Cosmarate, wo er allerdings nur wenige Sekunden zu sehen war. Sicher, einen Wahlaufruf für den Blog der Wende® hatte er auch gemacht, aber der zählte nicht richtig, auch wenn er mit einer Videokamera gefilmt wurde.

Wie eine Dirigentin gibt die Del Muciaro der Gemeindedelegation Anweisungen. »Stellt euch hinter den Bürgermeister, dann kommt ihr mit ins Bild.«

Die gehorchen, schnatternd und kichernd wie Neuntklässler, die sich zum Klassenfoto aufstellen.

Die Del Muciaro kontrolliert ihr Gesicht im Handybildschirm: Sie richtet sich die Haare, malt schnell noch einmal die Lippen nach. Sie gibt dem Kameramann Zeichen, testet das Mikrofon. »Eins, zwei, drei, Test! Sà, sà, sà, Test! Pá, pá, rrrà!«

»Okay, das reicht!« Der Kameramann scheint ungeduldig, hält aber die Klappe, weil er sich mit ihr nicht anlegen will.

»Also, Herr Bürgermeister, Sie stellen sich da hin, vor die anderen! Ja, da! Und bitte schön gerade stehen!« Inzwischen hat die Del Muciaro alles unter Kontrolle, reagiert auf die Anweisungen, die sie über Kopfhörer aus Rom erhält. »Ja, ja, wir sind so weit!«

»Die Handys!« Der Kameramann quakt wie ein Frosch.

»Handys aus oder im Flugmodus! Auch Sie, Herr Bürgermeister!« Ganz offensichtlich macht es der Del Muciaro großen Spaß, den halben Gemeinderat herumzukommandieren. »Und ihr kommt ein bisschen näher! Noch näher! So ist es gut!«

Nur allzu bereitwillig rücken sie dem Bürgermeister auf die Pelle: Lovato drückt sich sogar regelrecht an ihn, während er ununterbrochen mit Covazzani quatscht. Bozzolato teilt ein paar Ellbogenstöße und Fußtritte aus, um sie zurückzudrängen, aber die drängeln aufgeregt weiter.

»Fertig!« Eigentlich will die Del Muciaro gerade loslegen, drückt dann aber auf den Ohrstöpsel und hört sich an, was die aus Rom wollen. »Ja, Roberta! Ich sag's ihm!«

»Was ist denn jetzt schon wieder?« Langsam verliert der Kameramann die Geduld.

Auch Bozzolato würde am liebsten sofort loslegen, er steht unter Strom und kann es kaum erwarten, Fragen gekonnt zu beantworten, mögliche Fallen geschickt zu umgehen, klar und deutlich seine Gründe darzulegen.

»Herr Bürgermeister, Roberta hat mich zu Recht darauf

aufmerksam gemacht, dass Sie Ihre Schärpe vergessen haben!« Dabei fährt sie mit der Hand von der linken Schulter zur rechten Hüfte, damit auch der Dümmste sie versteht.

Schadenfroh wird in der Gruppe hinter ihm leise gekichert und sich gegenseitig in die Rippen geboxt: Schwachköpfe.

»Aber, Signorina!« Bozzolato spürt, wie er tatsächlich rot wird. »Die Schärpe wird doch nur bei offiziellen Anlässen getragen! Wir sind hier ja schließlich nicht bei einer Einweihung oder einer Hochzeit, oder bei der Wahl der Miss Italia!«

»Schön wär's!« Lovato natürlich, der musste überall seinen Senf dazugeben.

»Roberta, er will die Schärpe nicht anlegen!« Die Del Muciaro rechtfertigt sich vor ihrer Chefin im Studio in Rom. »Ich kann ihn ja schlecht zwingen, außerdem läuft uns die Zeit davon!«

»Was ist jetzt?« Der Kameramann wird immer ungeduldiger.

»Okay, okay! Wir sind so weit!« Die Del Muciaro richtet sich kerzengerade auf, wie elektrisiert.

»Nun macht schon!« Der Kameramann ist kurz davor, die Nerven zu verlieren.

Die Del Muciaro hält das Mikrofon an den Mund. »Wir stehen hier in Cosmarate auf der Piazza, und bei uns ist der Bürgermeister Massimo Bozzolato, der von mehreren Seiten hart dafür kritisiert wurde, dass die Gemeinde sich überhaupt nicht an der Ausgrabung des antiken Theaters beteiligt hat, das auf dem Grundstück des Marchese und

Archäologen Guiscardo Guidarini gefunden wurde. Herr Bürgermeister, was sagen Sie zu den Vorwürfen?« Sie hält ihm das Mikrofon hin.

»Also …« Bozzolato versucht seine Gedanken zu ordnen, denn die Geschichte mit der Schärpe hat ihn doch ein bisschen aus dem Konzept gebracht. »Ich möchte vorausschicken, dass ich die Sendung selbst nicht gesehen habe, weil ich zu der Zeit dienstliche Verpflichtungen hatte, aber mir wurde von den Äußerungen des Herrn Guidarini berichtet, die völlig absurd sind, weil …«

Die Del Muciaro nimmt ihm das Mikrofon weg, bevor er den Satz beenden kann. »Sie streiten also ab, dass der Marchese mit der Ausgrabung eines überaus bedeutenden archäologischen Fundes hier in der Gemeinde Cosmarate alleingelassen wurde?« Mit einem heftigen Ruck, fast als wollte sie ihm die Zähne einschlagen, hält sie ihm das Mikrofon wieder hin.

»Also, ich möchte die Zuschauer darauf hinweisen, dass dieser Gemeinderat erst seit zwei Jahren im Amt ist, und soweit ich weiß, wurde mit der Ausgrabung viel früher begonnen …«

»Vor *drei* Jahren, Herr Bürgermeister!« Die Del Muciaro betont die drei, als sei das allein schon ein Grund zur Anklage.

»Genau, und ich bin erst seit *zwei* Jahren im Amt!« Bozzolato blafft im selben Ton zurück, weil er begriffen hat, dass man hier nicht lange fackeln darf. »Und wer rechnen kann …«

Wieder entreißt die Del Muciaro ihm das Mikrofon. »Was uns interessiert, ist die Frage, ob Sie, Herr Bürgermeister, von der Existenz des antiken Theaters auf Ihrem Gemeindegebiet wussten oder nicht.«

Bozzolato ist unschlüssig, ob er mit Ja oder Nein antworten soll, denn zum ersten Mal davon gehört hat er zwar erst am letzten Sonntag, von diesem Biest aus Suverso, er will aber auch nicht dastehen wie einer, der nicht weiß, was in seiner Gemeinde vorgeht. »Natürlich haben wir davon gewusst!« Nicht zufällig benutzt er den Plural und dreht sich dabei halb zu Lovato um, um klarzustellen, dass die haltlosen Unterstellungen nicht ihn allein betreffen. Wer gemeinsam im Gemeindevorstand sitzt, trägt ja wohl auch gemeinsam die Verantwortung, ist doch wohl klar!

Lovato macht ein Gesicht, als ginge ihn das überhaupt nichts an; offensichtlich will er da auf gar keinen Fall mit hineingezogen werden.

»Aber wieso habt ihr dann überhaupt nichts unternommen?« Die Del Muciaro mimt halb das naive Dummerchen, halb die unerbittliche Anklägerin, halb lauscht sie unterwürfig den Anweisungen aus dem Kopfhörer, halb schlägt sie unbarmherzig auf den Gesprächspartner ein. »Wieso habt ihr einfach tatenlos zugesehen und den armen Marchese ganz allein auf den Kosten und Mühen sitzenlassen?«

»Also zum einen kann man uns nun wahrlich nicht die Versäumnisse unserer Vorgänger ankreiden …« Jetzt hat Bozzolato den Faden verloren, denn langsam, aber sicher kommt es ihm so vor, als hätte man ihn mit dem Interview in eine Falle gelockt, typisch Medien eben, von wegen die Gegenstimme zu Wort kommen lassen!

»Aber eine Antwort, die müssen Sie mir schon geben!«

Die Del Muciaro setzt ein superfalsches Lächeln auf. »Jetzt sagen Sie schon: Wieso habt ihr den Marchese im Stich gelassen, wenn ihr doch von dem Fund gewusst habt?«

»Wir haben keinen im Stich gelassen! Der Marchese hat uns nie um irgendwas gebeten!« Weil er sich zu Unrecht angegriffen fühlt, verschärft Bozzolato unwillkürlich den Ton, wettert wie damals im Wahlkampf gegen die Vertreter der alten Politik. »Dem feinen Herrn wäre doch im Traum nicht eingefallen, mit uns überhaupt Kontakt aufzunehmen!«

Wieder ein falsches Lächeln, wieder ein Griff zum Ohrstöpsel. »Ja, Roberta, ich frage ihn danach! Herr Bürgermeister, mal abgesehen davon, ob man Sie nun kontaktiert hat oder nicht, war Ihnen denn nicht klar, welche Bedeutung einem derartigen Kulturdenkmal zukommt, auf das ganz Italien heute zu Recht stolz sein kann? Ein antikes Theater, das mit Sicherheit in das UNESCO-Weltkulturerbe aufgenommen wird?«

»Also bitte, jetzt lassen wir doch mal die UNESCO aus dem Spiel, tun Sie mir den Gefallen! Wenn ein Privatmann auf seinem Grund und Boden Ausgrabungsarbeiten vornimmt, die man von außen gar nicht sieht, weil die Grundstücksmauer zweieinhalb Meter hoch ist, was soll eine Gemeinde denn da Ihrer Meinung nach machen?« Bozzolato wird lauter, weil er sich seiner Sache nicht ganz sicher ist. Genau wie damals im Wahlkampf, als sie versucht haben, ihm einen Strick daraus zu drehen, dass er bei hochkomplexen Fachfragen nicht mitreden konnte, die einschlägigen Haushaltszahlen und Ähnliches nicht parat hatte. Oder wie damals in der Berufsschule, wenn der Lehrer ihm die

Leviten las, weil er angeblich nicht gelernt hatte, was womöglich sogar zutraf.

»Stopp, so leicht kommen Sie nicht davon, Herr Bürgermeister, immerhin reden wir hier von einem Theater aus dem ersten oder zweiten Jahrhundert vor Christus, ist Ihnen das eigentlich klar?« Die Del Muciaro lässt nicht locker.

»Ob erstes oder zweites Jahrhundert wird sich zeigen!« Da Bozzolato in dieser Frage absolut unterbelichtet ist, muss er jetzt unbedingt das Thema wechseln. In der Politik ein bewährtes Mittel: Wenn die Fragen erdrückend werden, auf keinen Fall in die Enge drängen lassen, um jeden Preis verhindern, dass man mit dem Rücken zur Wand steht. Das war der Unterschied zwischen einem unerfahrenen Neuling und einem alten Hasen, der eine gibt sich Mühe zu antworten, während der andere es erst gar nicht versucht.

»Und weiter?« Die Del Muciaro lässt ihm keine Ruhe, hakt unerbittlich nach.

Sobald er wieder das Mikrofon hat, legt er schwungvoll los. »Ich möchte die Zuschauer zu Hause daran erinnern, dass wir von der Wende®, seit wir die Regierung stellen, eine Menge toller Sachen eingeführt haben: die Jugendprämie für alle unter fünfunddreißig, das präventive Arbeitslosengeld, das großzügige Angebot an Langzeitstudenten, ihnen die letzten vier Prüfungen und die Examensarbeit zu erlassen und mit der Note ›geht in Ordnung‹ abzuschließen, die Abschaffung des theoretischen Teils der Führerscheinprüfung, den Bonus ›Familie in spe‹ für Paare, die planen, in den nächsten zehn Jahren nach der ersten Zahlung ein Kind zu bekommen …«

Die Del Muciaro nimmt ihm das Mikrofon weg, bevor er

bei der Hälfte der Liste angekommen ist. »Und was hat das alles mit dem antiken Theater zu tun?«

»Eine ganze Menge, denn der einfache Bürger hat garantiert andere Sorgen als irgendwelche Marchesi und antike Theater!«

Die Del Muciaro schüttelt nur den Kopf, auf ihre ganz spezielle Art. »Wollen Sie damit etwa sagen, dass Kulturgüter den Bürgern schnuppe sind?«

»Das habe ich doch gar nicht gesagt!« Empört kreischt Bozzolato auf, merkt aber sofort, dass er sich mäßigen muss. »Wenn sich einer für Kunst engagiert, dann wohl mein Gemeinderat! Letzten Monat haben wir eine tolle Ausstellung über Silvano Panieri gezeigt, um nur ein Beispiel zu nennen! Im September haben wir im Palazzo Tani mit der Restaurierung begonnen! Außerdem haben wir in unserer Bibliothek sämtliche Originalhandschriften von Cesira Trocco, die hier in Cosmarate geboren wurde!« Verdammt hinterhältig, diese Journalisten, denen konnte man wirklich nicht trauen, da hatten die von Gusmondi LLC tatsächlich recht; es war naiv von ihm zu glauben, er könne in aller Ruhe seine Gründe darlegen und damit die absurden Vorwürfe von diesem Guidarini entkräften.

»Sie sind also tatsächlich der Ansicht, dass eine Ausstellung oder die Restaurierung eines Gebäudes wichtiger ist als der Fund eines antiken Theaters, das zum Weltkulturerbe der UNESCO gehört?« Die Del Muciaro setzt eine schockierte Miene auf, wieder durch und durch falsch.

Dir werd ich's zeigen, du mit deiner UNESCO! Bozzolato steht gehörig unter Strom, will es ihr heimzahlen, bekommt aber kein Mikrofon, das behält sie einfach.

»Jedenfalls werden Sie, Herr Bürgermeister, Gelegenheit haben, sich direkt mit dem Marchese Guidarini auseinanderzusetzen, in einer knappen Stunde!«

»Liebend gern, kein Problem!« Sein Problem ist nur, dass die Antwort keiner mehr hört, weil die Del Muciaro ihm das Mikrofon vorenthalten hat.

»Ja, Roberta! Okay! Wir sehen uns wieder in der zweiten Hälfte der Sendung, dann ist auch der Marchese Guidarini dabei, zu einem Streitgespräch mit dem hier anwesenden Bürgermeister!« Die Del Muciaro bleckt noch einmal die superweißen Zähne, der Kameramann nimmt noch ein paar Sekunden weiter auf.

Aber noch entsetzter ist Bozzolato, als er beim Umdrehen feststellen muss, dass die ganze Gemeindedelegation ausgelassen und quietschfidel in die Kamera guckt. Lovato winkt sogar zum Abschied. Gut zu wissen, dass man eine treu ergebene Truppe hat, die in schwierigen Momenten wie ein Mann hinter einem steht, echt.

Zwölf

Etwas verfroren von dem Treppauf, Treppab draußen im Theater und leicht verlegen geht Annalisa Sarmani durch die Glastür, die der Marchese ihr galant aufhält, und macht zögernd ein paar Schritte in den großen Salon der eleganten Villa aus dem 16. Jahrhundert. Auf dem geometrisch gemusterten Parkett liegen hier und da schwere, in kräftigem Preußischblau nachgefärbte Perserteppiche, die einen lebhaften Kontrast bilden zu den verblichenen Darstellungen mythologischer Szenen, mit denen das Deckengewölbe ausgemalt ist. Im Unterschied zur kühlen Eleganz der Architektur wirkt die Einrichtung eher exzentrisch: ein rotes Bergère-Dreisitzer-Sofa, zwei weiße Chaiselongues, ein Sessel von Alvar Aalto, ein Thonet-Schaukelstuhl, ein großer Tisch aus Kastanienholz, mit Stühlen in Gelb, Rot und Blau. Auf einem Couchtisch steht ein altes Grammofon mit Trichter, von der Decke baumelt ein Mobile mit goldenen Fischen, die sich beim leisesten Windhauch drehen und das Licht reflektieren. Ferner gibt es volle Bücherregale aus hellem Holz, an den Wänden hängen große Gemälde mit Enten im Flug über Seen mit Nymphen und Bambus, gemalt in einem eigenwillig naiven Stil, der zugleich realistisch, lebendig, präzise ist. In einem offenen Kamin brennt ein Feuer, auf dem steinernen Sims prangt das Familienwappen mit dem Falken, der eine Ähre im Schnabel hält. An den Glastüren hängen leicht verknitterte orangefarbene Vorhänge aus Rohseide; im Raum verteilt stehen Pflanzen: ein Zitronenbäumchen in einem großen blau-gelb bemalten Majolika-Übertopf, eine weitere Zitrusfrucht, die ihr unbekannt ist, und ein Ficus; weiter hinten ein Flügel. Das gesamte Interieur zeugt von einer Lebensart, die ihr völlig fremd ist, was sie noch befangener macht; alles höchst unkonventionell, aber gerade deshalb ausgesprochen interessant und faszinierend.

»Ist Ihnen kalt?« Guidarini sieht sie an, den Kopf leicht geneigt.

»Nein, warum?« Tatsächlich aber fühlt sie sich trotz des Mantels unbehaglich, irgendwie wehrlos ohne den Schutz der Rolle, mit der sie das Rathaus in Suverso verlassen hat.

»Nur so, es kam mir so vor.« Guidarini zieht die Winterjacke aus, wirft sie auf einen Stuhl: Er trägt einen roten Pullover mit orangefarbenen Streifen, schwarze Breeches über den Reitstiefeln, den malvenfarbenen Seidenschal behält er um. Aus einem Korb neben dem Kamin nimmt er ein paar Holzscheite und legt sie ins Feuer, bleibt dann davor hocken und beobachtet, wie die Flammen sie langsam umzüngeln.

»Wunderschön, das Haus.« Annalisa Sarmani folgt dem Gebot der Höflichkeit, ist jedoch, je länger sie den Salon betrachtet, zunehmend irritiert durch die schwer einzuordnende Mischung aus voll und leer, alt und neu, nicht zusammenpassend und trotzdem harmonierend.

»Danke.« Auch seine Bewegungen haben etwas Sprunghaftes, sind genauso widersprüchlich wie die Einrichtung, sein Blick und sein Gesichtsausdruck sind mal entschieden, mal unsicher, eine wechselhafte Mischung aus Eleganz und Bestimmtheit.

Sie schiebt den Vorhang beiseite und schaut hinaus: Draußen auf dem Rasen jagen die drei Hunde einander, stumm.

Guidarini sieht sie forschend an, scheint darauf zu warten, dass sie etwas sagt.

Sie gibt sich einen Ruck, durchbricht die peinliche Stille: Das hat sie als Rechtsanwältin gelernt, lange bevor sie in die Politik gegangen ist. »Darf ich fragen, was Sie jetzt nach unserem Gespräch vorhin mit dem antiken Theater vorhaben?«

Er hat diese spezielle Art, sie anzusehen, diesen warmen Glanz in den Augen.

Sie macht weiter, um zu verhindern, dass Unbehagen und Unsicherheit sich ausbreiten. »Ich meine ja nur, es handelt sich um einen bedeutenden Fund, das brauche ich Ihnen ja wohl nicht zu sagen! Das Theater ist eine Seltenheit, hier im Norden gibt es, soweit ich weiß, nichts Vergleichbares! Ich kann mir nicht vorstellen, dass Sie es erst in einem niveaulosen Fernsehprogramm publik machen, um es dann für sich zu behalten! Selbst wenn Sie es könnten, was nicht der Fall ist, wie ich ja schon erklärt habe, wäre es absurd!«

»Und was soll ich Ihrer Ansicht nach jetzt tun?« Er beobachtet sie genau, wobei im Unklaren bleibt, ob er sie provozieren, aus der Deckung locken will, um erst dann zu entscheiden, wie er darauf reagieren soll.

»Na ja, was Sie *hätten tun sollen,* habe ich ja schon ge-

sagt, und das wussten Sie ja auch selbst!« Sie ereifert sich
mehr, als sie eigentlich will.

»Ja sicher, fragt sich nur, was ich *jetzt* tun soll.«

»Ich will ganz offen sein, Sie können sich jetzt keinen
Fehler mehr erlauben!«

»Dann sagen Sie mir doch mal, was richtig ist. Ich bin
ganz Ohr.«

»Als Erstes müssen Sie das Ausgrabungsareal an einen
seriösen Träger abtreten, der in der Lage ist, das ganze Ma-
nagement zu übernehmen.«

»Heißt das an Ihre Gemeinde?« Da, jetzt provoziert er
wieder, dieses verstohlene Lächeln um den Mund, dieser
leicht spöttische Unterton, hinter dem sich vielleicht aber
auch echte Neugier verbirgt.

»Also entschuldigen Sie mal, Sie werden doch nicht allen
Ernstes glauben, Sie als Privatmann könnten so eine große
Sache ganz allein managen! Das ist ja kein Safari-Zoo, in
den man sonntags mit der Familie eine Spritztour macht.
Und auch keine private Gemäldesammlung, durch die man
Besucher führt!« Guidarinis Verhalten bot eine Menge
Zündstoff, sie echauffiert sich immer mehr.

»Aber ich will doch überhaupt nichts managen. Das
Wort gefällt mir nicht, und was es bedeutet, noch weniger.«

»Was denn sonst?« Sie weiß genau, dass sie ruhig bleiben
muss, wo sie doch recht hat, aber es fällt ihr schwer.

»Alles so lassen, wie es ist.«

»Aber es geht hier immerhin um ein antikes Theater von
enormem öffentlichem Interesse! Das kann man nicht, wie
Sie sich auszudrücken pflegen, einfach so lassen, wie es ist,
ausgeschlossen!«

Aber so leicht gibt er nicht auf. »Mag sein, aber zufälligerweise liegt das Theater nun mal auf meinem Grund und Boden, und ich habe es ausgegraben, ohne irgendjemand um Hilfe zu bitten.«

»Das war, wie gesagt, ein Fehler. Wenn auch eine verdienstvolle Tat, die Anerkennung verdient.« Sie zwingt sich, an seine Vernunft zu appellieren, vorausgesetzt er hat so etwas überhaupt. »Aber Sie wissen doch besser als ich, der einzig praktikable Weg, um endlose, nervtötende Rechtsstreitigkeiten zu vermeiden, besteht darin, sich unter die Schirmherrschaft der Gemeinde Suverso zu begeben.«

»Und wenn ich nun beides nicht will, weder endlose, nervtötende Rechtsstreitigkeiten noch irgendeine Schirmherrschaft?«

Sein Verhalten wirkt wie eine Mischung aus anarchistischer Ungeduld, aristokratischer Arroganz, kindischem Trotz und Realitätsferne.

»Tut mir leid, aber jetzt, wo Millionen Menschen das antike Theater im Fernsehen gesehen haben, werden Sie sich der Sache stellen müssen, so oder so.« Sie lächelt ihn an, muss sich aber schwer beherrschen, um nicht aufzuspringen und fluchtartig die Villa zu verlassen, um ihn beim Amt für Denkmalschutz, bei der Staatsanwaltschaft oder sonst wem anzuzeigen.

Schweigend sieht er sie an; doch die provozierende Ironie ist immer noch da, in den Augen, um den Mund.

»Ich bin meinerseits bereit, sämtliche Mittel aus dem Budget der Gemeinde und des Kulturressorts lockerzumachen, aber dafür müssen wir unbedingt eine Einheitsfront bilden.«

»Soso, eine Einheitsfront? Interessant. Ausgerechnet mit der Vertreterin einer Partei, die es nicht mal für nötig hält, die Kultur in ihrem Programm überhaupt zu erwähnen! Das allein zeigt doch, wie sehr eurem Vorsitzenden Noseletti die Kultur am Herzen liegt!«

»Aber ich bitte Sie, Dottor Guidarini, lassen Sie doch unseren Parteichef aus dem Spiel.« Jetzt redet sie eher wie eine Anwältin mit ihrem Mandanten. »Fakt ist, dass Sie sich durch Ihr eigenmächtiges Vorgehen in eine äußerst schwierige Lage gebracht haben, und das wissen Sie genau. Womöglich, oder vielmehr höchstwahrscheinlich, droht Ihnen jetzt die Beschlagnahmung des Geländes, die Eröffnung eines Strafverfahrens und so weiter. Das brauche ich Ihnen ja wohl nicht zu erklären, wir sind ja nicht von gestern.«

»Der einzige Ausweg wäre also, euch das Theater zu übergeben?«

»Nicht wäre, *ist.* Wir als Gemeinde Suverso regeln dann mit dem Kulturministerium, dem Denkmalschutzamt und weiteren Einrichtungen alles, was Konzessionen, Lizenzen, Genehmigungen und Ähnliches betrifft. Ihnen dürfte doch klar sein, dass man durch Nachverhandlungen auf institutioneller Ebene eine Sonderregelung erwirken kann, dadurch würde eine ganz neue Lage entstehen. Die Alternative ist, dass Sie nicht mehr Herr im eigenen Haus sind und zusätzlich noch mit den genannten Rechtsstreitigkeiten konfrontiert werden. Deshalb habe ich auch von Einheitsfront gesprochen.«

»Einheitsfront mit der Gemeinde, hört sich gut an!« Er lacht.

Sie lächelt schwach. »Egal wie sich das anhört, es ist der einzige Weg, wenn man nur ein bisschen nachdenkt!«

Guidarini neigt leicht den Kopf. »Und wenn ich Ja sagen würde?«

Annalisa Sarmani hat das Gefühl, einen Durchbruch erzielt zu haben. »Ich würde das Thema sofort im Gemeinderat ansprechen. Die nächste Sitzung ist schon morgen, da könnte ich es per Eilantrag auf die Tagesordnung setzen.«

»Ach ja?« Es scheint, als würde er tatsächlich versuchen das erforderliche Vorgehen zu verstehen, vielleicht auch, sie zu verstehen. »Sofort?«

»Natürlich sofort!« Spontan legt sie jetzt so viel Überzeugungskraft in die Stimme wie bei ihren Plädoyers vor Gericht. »Und nicht nur das, ich würde Sie auch bitten, selbst zu kommen und alle verfügbaren Unterlagen mitzubringen, um dem Gemeinderat das antike Theater zu präsentieren.«

»Weil die nicht die leiseste Ahnung haben, was ein antikes Theater überhaupt ist, stimmt's?«

»Sagen wir mal, sie sind nicht sehr beschlagen.« Sie versucht das Image ihres Gemeinderates zu schützen, so gut es eben geht. »Jedenfalls ist es entscheidend, dass Sie dabei sind, zum einen, um über die Ausgrabung zu informieren, aber auch, um Ihre Absicht zu bekräftigen, uns mit dem Betrieb zu betrauen. An diesem Punkt dürfen wir keine Zeit mehr verlieren, keinen halben Tag, ich hoffe, das ist Ihnen klar!«

Er nickt, sein Blick prickelt auf ihrer Haut. Er macht eine Handbewegung, als wollte er das Thema Theater und alles, was damit zu tun hat, abhaken. »Möchten Sie einen Mate?«

Der abrupte Themenwechsel hat sie auf dem falschen Fuß erwischt. »Ja, gern.«

»Ich sage Agnese Bescheid.« Guidarini durchquert den Raum und verschwindet durch eine Tür.

Kaum ist sie allein, wird ihr plötzlich klar, dass sie einen Fehler gemacht hat: Sie hätte dankend ablehnen und sich auf der Stelle verabschieden sollen, statt unter einem Vorwand noch länger in einem Haus zu bleiben, in das sie ohne Einladung und aus keineswegs privaten Gründen hereingeschneit war. Zudem kommen ihr Zweifel, was es mit dem Mate auf sich hat, womöglich war das eine psychotrope oder jedenfalls illegale Substanz; irgendwo hatte sie schon davon gehört, weiß aber nicht mehr genau, in welchem Zusammenhang. Das wäre natürlich reichlich paradox, wo ihre Partei doch offiziell die Schließung sämtlicher Geschäfte fordert, in denen Cannabis *light* verkauft wird. Das hätte gerade noch gefehlt, wenn ausgerechnet die Vizebürgermeisterin und Kulturstadträtin von Suverso, einer nicht ganz unbedeutenden Stadt des Nordens, dabei erwischt würde, wie sie illegale Drogen konsumiert, zu allem Überfluss noch in Gesellschaft eines Marchese, der für eine illegale Ausgrabung verantwortlich ist. Eilig tippt sie *Mate* ins Handy ein: zum Glück eine harmlose Pflanze (wissenschaftliche Bezeichnung *Ilex paraguariensis*). In Südamerika bereitet man aus den Blättern einen Tee zu, der zwar anregend ist, aber gesetzlich nicht verboten.

Eigentlich war alles klar, was sie sehen wollte, hat sie gesehen, was sie zu sagen hatte, hat sie gesagt, wenn auch nicht in offizieller Form und ohne verbindliche Zusage: also kein Grund, noch länger zu bleiben. Fest stand aber auch, dass das antike Theater über den Sensationsbericht der Riscatto und die ersten spontanen Expertenkommentare hinaus weiterhin für Aufsehen sorgen würde. Plötzlich würden Suverso und die ganze Gegend im Rampenlicht stehen, mit Auswirkungen auf das lokale politische Kräfteverhältnis, auf die Besucherströme und wer weiß was noch. Die Zeit drängte, sie musste unbedingt umgehend die Schirmherrschaft unter Dach und Fach bringen, bevor diese Dumpfbacken aus Cosmarate mit einem eigenen Vorschlag daherkamen. Darüber hinaus war ebenso klar, dass es kein Spaziergang würde, den Gemeinderat zur Bereitstellung der erforderlichen Mittel zu bewegen, vor allem angesichts seiner von Guidarini zu Recht konstatierten Kulturferne. Wäre es da nicht vielleicht sinnvoll, sich auf höherer Parteiebene Unterstützung zu suchen? Aber bei wem, wo es auch dort von Kulturbanausen nur so wimmelte? Und wie sollte sie bloß mit diesem merkwürdigen Marchese und Archäologen umgehen? Sollte sie sich mit ihm verbünden oder ihn lieber entmachten? Aber der machte nun wahrlich nicht den Eindruck, als ließe er sich das ohne Weiteres gefallen, und die Tatsache, dass er das Theater aus eigener Kraft in nur drei Jahren ausgegraben hatte, sagte ja wohl alles über seine Entschlossenheit. Aber wieso hatte er alles geheim gehalten, was waren wohl seine wahren Gründe? Extreme Ungeduld? Mangelndes Vertrauen in die zuständigen Behörden? Oder vielleicht beides und wer weiß was noch?

Da ist er wieder und mustert sie, als könne er ihre Gedanken lesen.

Sie tritt an ein Gemälde mit einem Fischschwarm heran:

in allen Blautönen, von der Dunkelheit auf dem Grund hinauf ins Licht an der Oberfläche. »Interessante Perspektive, von unten nach oben!«

»Wie in der Gemeinde, die Sie vertreten, nicht wahr?« Guidarini lächelt schalkhaft, seine Augen blitzen vergnügt.

»Tja.« Sie lacht gequält, schaut auf die Uhr.

»Aber jetzt müssen Sie mich entschuldigen, ich muss unbedingt gehen.«

»Aber der Mate kommt gleich!« Er schaut zur Tür. »Agnese?«

Im selben Augenblick kommt Agnese herein und bringt ein Tablett mit zwei kleinen kugelförmigen Gefäßen mit Trinkhalmen aus Metall und einem Teller Kekse.

Annalisa Sarmani fühlt sich durch ihre Anwesenheit entlastet, warum auch immer.

»Aber willst du uns denn nicht Gesellschaft leisten, Agne?«

»Nein, nein, ich muss jetzt die Hunde füttern.« Agnese ist kurz angebunden, geht gleich wieder zur Tür, als wollte sie nicht stören.

Mit einladender Geste weist Guidarini auf das rote Sofa. Er selbst lässt sich in einen Sessel fallen, hängt ein Bein über die Armlehne.

Annalisa Sarmani zieht den Mantel aus und bereut es sofort, dann setzt sie sich und bereut auch das sofort.

Guidarini reicht ihr einen der kugelförmigen Behälter: ein kleiner getrockneter Kürbis. »Der Trinkhalm dient auch als Filter, er nennt sich *bombilla*.«

Ein bisschen unsicher hält sie den warmen Kürbis in der kalten Hand.

Guidarini nickt ihr aufmunternd zu, nimmt einen Schluck.

Sie folgt seinem Beispiel, angenehm überrascht von dem leicht bitteren Geschmack nach gerösteten oder fermentierten Blättern. Aber sie fühlt sich ausgeliefert, ohne den Schutz ihrer Rolle und jetzt sogar noch ohne Mantel.

»Meine Mutter war Argentinierin.« Zu ihrer Verwirrung wechselt Guidarini plötzlich auf eine ganz andere Ebene.

»Wirklich?« Blöde Frage, klar; jetzt fällt es ihr wieder ein, irgendwann hat sie schon mal davon gehört, dass der alte Marchese mit einer Südamerikanerin verheiratet war, vermutlich bei einem langweiligen Essen bei ihren Eltern.

Für einen Augenblick scheint ein Schatten über sein Gesicht zu huschen, doch dann hellt sich die Miene wieder auf. »Der Mate-Tee ist so tief in der argentinischen Kultur verankert, dass er sogar im Zentrum diverser Redensarten steht.«

»Zum Beispiel?« Sie nimmt noch einen Schluck aus der *bombilla*.

»A mate convivado, no se mira la yerba.«

Verblüfft nimmt sie wahr, wie seine Stimme sich verändert, wenn er spanisch spricht. »Und was bedeutet das?«

»In etwa das Gleiche wie ›Einem geschenkten Gaul schaut man nicht ins Maul‹, mehr oder weniger.« Am linken Ringfinger trägt er einen silbernen Ring mit Türkisstein, am rechten Handgelenk ein großmaschiges Kettenarmband, ebenfalls aus Rohsilber, das aussieht wie eine Fessel.

Sie fürchtet, womöglich zu viel Interesse an ihm zu zeigen. »Haben Sie lange in Argentinien gelebt?«

»Nein.« Guidarini schüttelt unmerklich den Kopf. »Ich bin nur einige Male hingefahren, um meine Mutter zu besuchen, nachdem sie uns verlassen hat.«

Annalisa Sarmani nickt; sie glaubt, sich vage zu erinnern. Verblasste Fragmente, Teil dessen, was in einer Stadt wie Suverso so an Gerüchten zirkuliert.

»Zuletzt war ich vor zehn Jahren da, zu ihrer Beerdigung. Sie hat sich umgebracht.« Anscheinend findet Guidarini nichts dabei, einer Unbekannten derart persönliche und schmerzhafte Dinge anzuvertrauen, als spräche er mit einer alten Freundin. Auch das reichlich irritierend.

Sie macht ein mitfühlendes Gesicht, weiß aber nicht recht, was sie sagen soll. Das passierte ihr selten.

Wie in einem Anflug von Trauer bedeckt er mit den Händen das Gesicht, reißt sie dann aber ruckartig wieder weg, als wollte er die Worte verscheuchen, die noch immer schwer in der Luft hängen.

»Das Interessanteste am Mate ist seine Geheimsprache.«

»Und das wäre?« Sie hat das Gefühl, ihr Herz schlage schneller: sicher der anregende Effekt des Mate.

»Ein süßer Mate bedeutet Freundschaft, ein *sehr* süßer Liebe.« Guidarini zählt an den Fingern auf. »Ein Mate mit Tee heißt ›Ich bin verärgert‹. Ein kalter ›Ich verachte dich‹. Ein kochender ›Ich hasse dich‹. Einer mit Kaffee ›Ich verzeihe dir‹. Ein stark verlängerter Boshaftigkeit …«

»Und ein sehr starker?« Sie muss einfach fragen, auch wenn sie das Gefühl hat, jede Frage könne gefährlich werden.

»Ein sehr starker bedeutet ›Ich mag deine Gesellschaft‹.« Er grinst.

Sie spürt, wie eine Hitzewelle ihr von den Füßen bis in den Kopf steigt; sie wiegt den kleinen Kürbis in der Hand und versucht abzuschätzen, wie viel Flüssigkeit er wohl enthält, worin seine geheime Botschaft besteht. Doch dann hat sie plötzlich das Gefühl, augenblicklich reagieren zu müssen: Sie schaut auf die Uhr, springt auf. »Ich muss unbedingt gehen!«

Auch Guidarini springt auf, nimmt ihren Mantel und hilft ihr hinein, mit derselben natürlichen Galanterie, mit der er ihr zuvor die Tür aufgehalten hat.

Sie lässt sich helfen, der rechte Arm verfehlt zweimal den Ärmel; dann greift sie genauso unbeholfen nach ihrer Tasche.

Ohne Winterjacke geleitet Guidarini sie zur Glastür und hinaus auf den Rasen, wo die drei Hunde sofort in großem Tempo angelaufen kommen. Etwa hundert Meter entfernt steht Agnese am Tor, augenscheinlich sehr aufgeregt.

Annalisa Sarmani bleibt stehen. »Aber jetzt weiß ich immer noch nicht, was Sie vorhaben, bis zur Ratssitzung morgen früh muss ich das unbedingt wissen.«

Unschlüssig fährt er mit der Hand durch die lockigen Haare. »Kann ich noch bis morgen darüber nachdenken?«

»Höchstens bis morgen früh um acht. Auf jeden Fall lasse ich das antike Theater auf die Tagesordnung setzen. Trotzdem muss ich bis dahin wissen, ob wir eine Abmachung haben oder nicht. Unser Handlungsspielraum schrumpft mit jeder Minute, die vergeht.« Tatsächlich scheint die Zeit in ihnen und um sie herum unaufhaltsam davonzurasen; ihr Herz klopft immer noch heftig. Sie reicht ihm die Hand.

Er ergreift sie, beugt sich mit absoluter Natürlichkeit vor, umarmt sie.

Sie ist so überrumpelt, dass sie reglos verharrt wie ein ausgestopftes Tier. Einen Augenblick nur, dann macht sie sich los, wendet den Blick ab, geht mit hochrotem Kopf entschlossen auf das Tor zu, ohne sich noch einmal umzudrehen.

Dreizehn

Rasch wirft Veronica Del Muciaro einen prüfenden Blick auf das geschlossene Tor und die Mauer, die das Grundstück des Marchese vor neugierigen Blicken abschirmen, wendet sich dann aber gleich wieder den vielen Autos und Menschen auf der abschüssigen Straße davor zu und schaut zu Giulio, dem Kameramann, mit Equipment, Stativ, Videokamera und Scheinwerfer hinüber. Der Bürgermeister von Cosmarate hat darauf bestanden, dass der Polizeichef und ein paar Stadträte mitkommen; er scheint noch nervöser als vorhin vor dem Rathaus; während sie zu Fuß hierhergegangen sind, hat er sich darüber beschwert, dass er gar keine Gelegenheit hatte, seine Position umfassend darzustellen. Es ist immer schwierig, den Gästen die Sache mit den Zeiten beim Fernsehen zu vermitteln, sie glauben jedes Mal, sie hätten Zeit für eine Rede oder einen Vortrag, und sind dann sauer, wenn sie merken, dass es nicht so ist.

Vor Ort sind außerdem ein Lockenkopf von Radio Suverso, eine junge Frau, die einen Blog über Suverso schreibt, zwei Jungs vom Archäologie-Blog *Avventure di scavo,* ein Journalist vom *Corriere del Nord,* eine Journalistin vom *Giornale di Suverso.* Dass die Entdeckung des antiken Theaters Aufsehen erregte, war unvermeidlich, und bald würde es noch viel mehr Aufsehen geben, wenn andere

Journalisten und Medienvertreter erst einmal aufwachten. Entscheidend aber war, dass sie von *Tutto qui!* als Erste darüber berichtet hatten, und diesen Vorsprung galt es nun, wie Tito Calpa zu sagen pflegte, weidlich auszuschlachten; Calpa war zwar ein Kotzbrocken, aber sein Metier, das beherrschte er nun mal aus dem Effeff. Fest stand, dass sie das Theater entdeckt hatte, das konnte keiner abstreiten, dafür gab es sogar Videobeweise. Und zum Marchese hatte sie ohnehin eine ganz besondere Beziehung, sonst hätte er sie ja wohl kaum empfangen und ihr ein Liveinterview gewährt. Sie war ihm dankbar, weil er ihr das Leben gerettet hatte, aber auch er hatte allen Grund, ihr dankbar zu sein, weil sie ihm Gelegenheit gegeben hatte, als Wohltäter dazustehen, und zwar nicht etwa im Geheimen oder vor ein paar Barbesuchern, sondern vor Tausenden und Abertausenden von Followern, die auf die Story mit Herzchen und rührenden Kommentaren reagierten, und vor Millionen Fernsehzuschauern noch dazu.

Angelockt durch die Menschenansammlung, sind jetzt auch die Nachbarn herausgekommen: ein Ehepaar, sie voller Falten mit Zigarette in der Hand, er kleiner und glatter mit einem Rottweiler an der Leine. Vorsichtshalber nutzt Veronica die Gelegenheit, auch ihnen ein paar Fragen zu stellen, vielleicht gaben sie ja etwas preis, das im Zusammenhang mit dem Streitgespräch Marchese – Bürgermeister von Nutzen war, aber die beiden wollen sich nicht kompromittieren und behaupten steif und fest, von der Existenz des Theaters nichts gewusst zu haben. Doch indirekt wird deutlich, dass der Marchese kein besonders gutes Verhältnis zu den Nachbarn hat, wegen seines Nonkonformismus, vor allem aber, weil er immer wieder Anzeige erstattet hat wegen illegaler oder umweltzerstörender Bautätigkeit in der Umgebung.

Vor dem Tor wird die Lage immer absurder, das Gedränge nimmt zu, jeder will der Erste sein: Alle werden zunehmend nervöser, kontrollieren dauernd ihre Handys und gucken pausenlos auf die Uhr. Alle paar Minuten ruft Tito Calpa aus Rom an, um nachzufragen, ob sie schon drin sind und auf der Bühne des Theaters stehen. »Noch nicht«, kann sie nur sagen und erneut am Tor klingeln. Auch die andern, der Lockenkopf vom Radio, die Jungs vom Blog, die Kollegen vom *Corriere del Nord* und dem *Giornale di Suverso,* haben schon geklingelt, mit dem Ohr am Tor gelauscht, ob sich auf der anderen Seite etwas tut, haben schon den Bürgermeister befragt. Der antwortet bereitwillig, obwohl inzwischen klar ist, dass er überhaupt nichts weiß; trotzdem achtet er darauf, nicht zu übertreiben, und beschränkt sich darauf, seinen Vorgängern die Schuld in die Schuhe zu schieben. Wie alle anderen kontrolliert er das Tor, guckt mal zum Polizeichef, dann wieder zu ihr.

Je näher der Zeitpunkt der Liveschaltung rückt, desto aufgeregter wird sie; sie drückt erneut den Klingelknopf. »Noch mal Veronica Del Muciaro von *Tutto qui!*. Ich muss unbedingt den Marchese sprechen! Dringend, in wenigen Minuten sind wir auf Sendung! Hallo, ist da jemand? Bitte melden Sie sich!«

Wieder keine Antwort, doch wenige Sekunden später schnappt das Schloss auf, das Tor öffnet sich. Veronica Del Muciaro schnellt nach vorn, und auch die anderen drängeln und schieben sich ungestüm vorwärts.

Doch anstelle des erwarteten Marchese kommt eine elegante Dame im dunkelblauen Mantel heraus, bleibt entsetzt stehen, als sie die vielen Leute sieht, die sie anstarren.

Veronica Del Muciaro braucht einen Moment, um sie zu erkennen: Es ist Annalisa Sarmani, Vizebürgermeisterin und Kulturstadträtin von Suverso.

Die Frau vom *Giornale di Suverso* nutzt die momentane Verwirrung und prescht mit vorgehaltenem Handy vor. »Frau Sarmani, gibt es schon was Neues zum antiken Theater? Wird die Gemeinde Suverso es übernehmen, haben Sie schon eine Vereinbarung mit dem Marchese?«

Auch die anderen strecken ihr hektisch Handys und Mikrofone entgegen, als stünden sie mitten in einer akuten Regierungskrise vor Montecitorio. »Frau Stadträtin! Wann wird das Theater für Besucher geöffnet? Können Sie uns schon einen Termin nennen?«

Aber so leicht lässt sich Veronica Del Muciaro nicht ausbooten: Mit den Ellbogen kämpft sie sich nach vorn durch, drängt sich vor die anderen und bildet mit dem Körper eine Barriere, um die Sarmani abzuschirmen. »Frau Sarmani, Sie müssen zuerst mit uns sprechen, unbedingt, wir gehen gleich auf Sendung!«

Immer noch leicht irritiert, schaut sich die Sarmani in der allgemeinen Aufregung um, fasst sich aber rasch und setzt eine offizielle Miene auf. »Im Augenblick kann ich noch gar nichts sagen, aber in Kürze werden wir eine Pressekonferenz geben!«

Veronica Del Muciaro lässt nicht locker, bedrängt sie weiter. »Bitte, Frau Stadträtin, bloß noch ein paar Minuten, dann sind wir auf Sendung, nur ein paar Worte!«

Die Sarmani schüttelt den Kopf, lächelt höflich wie eine

gute Anwältin und Politikerin. »Tut mir leid, mehr kann ich Ihnen im Moment wirklich nicht sagen. Genaueres werden wir in Kürze bekannt gegeben, auf Wiedersehen!«

Veronica und die anderen versuchen noch sie aufzuhalten, doch die Sarmani senkt den Kopf und bahnt sich einen Weg durch das Gedränge.

Aber bevor sie den am Straßenrand geparkten Mercedes erreicht, fängt Bürgermeister Bozzolato sie ab. »Hey, Sarmani, nicht so schnell! Was ist denn das für ne Geschichte mit der Übernahme des Theaters? Was werdet ihr in Kürze bekannt geben?«

Journalisten und Blogger stürzen sich begeistert auf diese überraschende Wende; durch frenetisches Winken fordert die Del Muciaro den Kameramann auf, den Augenblick nicht zu verpassen, zum Glück hat er die Kamera schon geschultert und kann sofort loslegen. Die Liveschaltung hat begonnen, wenn auch ein bisschen anders als geplant, aber das Timing stimmt!

Die Sarmani würdigt Bozzolato kaum eines Blickes, guckt augenblicklich weg. »Verzeihung, lassen Sie mich bitte durch.« Sie steigt ein.

Erbost versucht Bozzolato, sie am Schließen der Tür zu hindern, aber sie reißt sie ihm aus der Hand. Er verliert die Fassung und fängt an zu kreischen, keine Ahnung, ob er weiß, dass er von allen Seiten gefilmt wird. »Das antike Theater gehört Cosmarate! Bildet euch bloß nicht ein, ihr könntet einfach herkommen und tun und lassen, was ihr wollt, bloß weil ihr aus der Provinzhauptstadt seid!«

Ungerührt lässt die Sarmani den Motor an und fährt ohne ein Wort vorsichtig los, um niemanden anzufahren.

Alle Anwesenden versuchen sie daran zu hindern, Bozzolato schlägt sogar mit der flachen Hand ans Fenster.

Veronica Del Muciaro hält ihm das Mikro hin, feuert ihn zusätzlich an. »Stopp! Sie müssen sie stoppen!«

Bozzolato lässt sich das nicht zweimal sagen, umklammert den Griff, brüllt. »Was soll das, Sarmani, willst du türmen?«

Die Sarmani gibt Gas, bahnt sich einen Weg durch die schreiende, gestikulierende Menge, der Kameramann kann sie nur noch im Vorbeifahren filmen, bevor der Mercedes den Berg hinauffährt und hinter der Kurve verschwindet.

Mit hochrotem Kopf wendet sich Bozzolato an die Journalisten und Blogger. »So eine Frechheit! Da kann man mal wieder sehen, wie die Nationalunion mit kleinen Gemeinden umgeht! Ihr habt es ja selbst gesehen! Von wegen Zusammenarbeit!«

Veronica Del Muciaro stellt sich vor die Kamera und redet den Umständen entsprechend atemlos. »Hallo Roberta, wir stehen hier in Cosmarate vor dem Anwesen des Marchese Guidarini, und gerade ist Annalisa Sarmani, die Vizebürgermeisterin und Kulturstadträtin von Suverso, aus dem Tor gekommen und wortlos an uns vorbeigerauscht! Das hat dem Bürgermeister von Cosmarate gar nicht gefallen. Stimmt's, Herr Bürgermeister? Wie kommt es eigentlich, dass die Sarmani vom Marchese empfangen wird, während man Ihnen bisher den Zutritt verweigert?«

Bozzolato muss man nicht mehr aufwiegeln, der ist ohnehin schon auf hundertachtzig und zetert gleich lauthals los. »Was die Sarmani da drin gemacht hat, das kann ich euch sagen! Die versucht mit allen Mitteln uns, der zuständigen Gemeinde, das antike Theater abzuluchsen!«

»Auf jeden Fall haben Sie jetzt Gelegenheit, sich direkt mit dem Marchese auseinanderzusetzen!« Sie versucht das Feuer zu schüren, ohne das angelehnte Tor aus den Augen zu lassen.

Der Bürgermeister ist dermaßen außer sich, dass er gar nicht mehr zuhört. »Die sind sich doch für keine Sauerei zu schade! Typisch Suverso! Aber damit kommen sie bei uns nicht durch!«

Damit die Kontroverse richtig in Gang kommt, muss man jetzt unbedingt den Marchese dazu bewegen, dass er herauskommt oder sie einlässt. Veronica Del Muciaro gibt Giulio ein Zeichen, arbeitet sich durch den Pulk von Kollegen und Schaulustigen bis zum Tor vor. Um auf das Grundstück zu gelangen, zwängt sie sich in den Spalt der offenen Tür und achtet darauf, der Kamera nicht die Sicht zu verstellen.

Direkt hinter dem Tor steht Agnese, Guidarinis Assistentin, und ein paar Meter weiter der Marchese mit den Hunden, die wegen des ganzen Durcheinanders aufgeregt um ihn herumtollen.

»Marchese, gerade haben wir die Vizebürgermeisterin von Suverso herauskommen sehen! Haben Sie denn mit ihr schon eine Vereinbarung?«

Um in den Park zu kommen, drückt sie gegen das Tor, doch Agnese hat ungeahnte Kräfte und hält dagegen.

Guidarini schüttelt den Kopf. »Mit euch rede ich kein Wort mehr.«

»Doch, das werden Sie aber müssen, hier bei mir ist

nämlich der Bürgermeister von Cosmarate, dem gefällt die ganze Sache gar nicht, der will unbedingt mit Ihnen reden und ist extra deswegen hergekommen.« Veronicas Ton wird bissiger, auch wenn ihre Lage, so halb eingequetscht zwischen den Torflügeln, nicht gerade hilfreich ist. »Jetzt habt ihr Gelegenheit zu einer direkten Auseinandersetzung.«

»Und womit soll ich mich auseinandersetzen? Mit einer absoluten Null?« Guidarini grinst ironisch.

»Hey, wen meinst du damit?« Bozzolato steht direkt hinter ihr und drängt in Richtung Guidarini. »Das antike Theater gehört zum Gemeindegebiet von Cosmarate, folglich haben die Bürger von Cosmarate Anspruch darauf! Deshalb haben Sie gar kein Recht, nach Belieben mit Suverso herumzumauscheln und uns auf der Nase herumzutanzen!«

Wieder grinst Guidarini und pustet ihm wortlos ein Luftküsschen zu.

Zum Glück hat Giulio die Szene im Kasten, und auch die Reaktion des Bürgermeisters.

»Was fällt dir eigentlich ein?« Bozzolato spult sich noch mehr auf. »Ich lasse dir die ganze Bude beschlagnahmen, du Mistkerl!«

Guidarini verbeugt sich wie ein Schauspieler, bevor der Vorhang zugeht, offenbar hat er ein Faible für Provokationen.

Bozzolato ist sprachlos, die Journalisten und Blogger brechen in Lachen aus, sie breitet achselzuckend die Arme aus, als wollte sie sagen ›So läuft das hier‹.

Agnese nutzt die Gelegenheit, befördert sie mit einem energischen Stoß hinaus und schlägt allen, dem Bürgermeister, Journalisten, Bloggern, Nachbarn, Giulio, der weiter draufhält, Roberta Riscatto, der Livesendung, kurzerhand die Tür vor der Nase zu.

Vierzehn

Im Fitnessraum der Villa macht Guiscardo Guidarini Liegestütze, während Agnese ein paar Meter entfernt schnell auf einem Laufband walkt. Beide tragen Aikido-Anzüge, bestehend aus weißem *Keikogi* und schwarzem *Hakama*, und haben um die Taille einen schwarzen Dan geschlungen. Aus den Boxen der Stereoanlage kommt Blues / Rock / Jazz, für sie zu laut, für ihn zu leise: *Live at Rockpalast* von Robben Ford. Seit einer guten Stunde will er heute Abend immer dieselben drei Stücke hören: *Riley B. King, Don't Deny Your Love* und *Cannonball Shuffle,* was dazu führt, dass er ungefähr jede Viertelstunde die Taste drücken muss, damit die Sequenz wieder von vorn abgespielt wird.

»Schon wieder dasselbe, wie oft denn noch?« Jedes Mal, wenn er wieder von vorne anfängt statt weiterlaufen zu lassen, protestiert Agnese. Auch wenn sie im Grunde weiß, dass es sinnlos ist, sie kennt ihn einfach zu gut.

Während er mit der Übung fortfährt und die Muskeln langsam zu brennen beginnen, beobachtet er sie: gedankenverloren, energiegeladen, flüssig in der Bewegung. Noch immer hat er ein lebhaftes Bild ihrer ersten Begegnung vor Augen: Es war in Paris bei einem äthiopischen Essen, wo man auf Teppichen vor einem farbenfrohen, intensiv nach

Gewürzen duftenden, üppigen *Yetsom Beyaynetu* saß, das auf einem weichen, porösen *Injera* aus Teffmehl serviert wurde. Es war derselbe Abend, an dem er auch Renée, seine zukünftige Frau, kennenlernte. Wirklich eine merkwürdige Koinzidenz von zwei Ereignissen, die für sein Leben entscheidend waren, eine katastrophale Ehe und die engste, dauerhafteste Freundschaft, die er je gehabt hat.

Auch sie sieht ab und zu herüber, während sie in gleichmäßigem Rhythmus auf dem Laufband geht, um wie so oft seinen Gemütszustand zu kontrollieren, immer in Sorge, seine Stimmung könnte plötzlich kippen. Trotz mancher Turbulenzen in ihrem Leben ist Agnese zentriert und steht mit beiden Beinen fest auf dem Boden, eine wesentliche Voraussetzung für ihre Rollenteilung.

Agnese ist die einzige Frau, mit der er es je geschafft hat, eine freundschaftliche Beziehung aufrechtzuerhalten, ohne alles durch emotionale Implikationen zu verderben. Einen Ausrutscher hat es, um bei der Wahrheit zu bleiben, allerdings auch gegeben, und zwar in der Zeit der Trennung von Renée, als er stark verängstigt und desorientiert war. Aber irgendwie hatte es damals nicht gepasst, weil er emotional zu aufgewühlt war, zu mitgenommen von dem Gefühl des Scheiterns, zu sehr von der Furcht erfüllt, weiteren Schaden anzurichten. Damals hatten sie beide geglaubt, sie könnten diese eine Nacht amouröser Verwirrung abhaken und weiter Freunde bleiben, aber so war es nicht. Die Episode hatte einen Riss hinterlassen, in dem sich nach und nach Verlegenheit, Missverständnisse, Groll und bei Agnese irgendwann sogar unverhohlene Feindseligkeit einnisteten, was dazu führte, dass sie wegen dummer Kleinigkeiten, aber auch wegen wichtiger Sachen, dauernd in Streit gerieten. Bis Agnese eines Tages genug hatte und nach Indien ging, um in ihren Worten »sich selbst zu finden«, eine ungewohnt banale Ausdrucksweise, vielleicht aber mit Absicht gewählt.

Wenn man sie jetzt so selbst- und trittsicher auf dem Laufband sah, konnte man sich gar nicht mehr vorstellen, dass sie damals in diesem Ashram in Goa umstandslos in die Rolle der ergebenen Jüngerin eines betrügerischen und Frauen belästigenden Gurus geschlüpft war. Dass sie auf einen Schlag jedes Selbstvertrauen, jede kritische Distanz und jeden Sinn für Humor verloren haben sollte, schien ihm damals so unvorstellbar, dass er irgendwann, durch den Ton ihrer Briefe alarmiert, ins Flugzeug stieg und selbst nach Indien flog, um sie da rauszuholen, mit einem legendären Auftritt mitten in der transzendentalen Meditation, direkt vor den Augen von zwanzig konsternierten Jüngern. Er muss noch heute grinsen, wenn er daran denkt, wie ihm der Guru laut fluchend eine lotusförmige Zierfigur entgegenschleuderte, zum Glück ohne zu treffen, und damit in wenigen Sekunden seine in Jahren der Mystifizierung aufgebaute Glaubwürdigkeit in die Brüche ging. Unzählige Male ist er in der Erinnerung ihre Rückreise durchgegangen: die verstohlenen Blicke, das verlegene Grinsen, das Händchenhalten über dem Indischen Ozean, das heimliche Versprechen, ihre Freundschaft nie wieder durch andere leicht entflammbare, gefährliche Gefühle aufs Spiel zu setzen.

Das hinderte ihn aber keineswegs daran, sich und anderen weiterhin das Leben schwerzumachen, weil er es sich einfach nicht abgewöhnen konnte, bei Frauen, die ihm begegneten, immer wieder eigentlich klare Grenzen zu überschreiten. Er konnte nicht anders, es war wie eine Art Berufung, in der weiblichen Seele Erwartungen zu wecken und zu befriedigen; das geschah nicht aus Berechnung oder Kalkül und brachte ihm oft sogar mehr Nachteile als Vorteile. Aber es war nun mal ein Grundzug seines Charakters: Vielleicht hatte es mit der emotionalen Distanz zu tun, die er als Kind bei seiner durch die unglückliche Ehe irgendwie gehemmten Mutter gespürt hatte. Oder er hatte einfach einen angeborenen Hang zum Narzissmus, der schwer zu kontrollieren und noch schwerer einzugestehen war. Was hatte ihn zum Beispiel dazu getrieben, die Kulturstadträtin von Suverso zu umarmen, unter Bedingungen, wo das völlig unangebracht war? Und doch war die Umarmung keineswegs geplant: Sie war einfach passiert im Überschwang der Gefühle, auch wenn er sich nicht vorstellen kann, wie das wohl bei ihr angekommen ist.

Guiscardo springt auf, macht drei Sätze von zweiundzwanzig Squats, lässt die Arme zum Rhythmus der Musik kreisen und den gesenkten Kopf hin und her rollen. Dabei fällt ihm ein, was sein Aikido-Lehrer immer gesagt hat: »Stell dir vor, du würdest mit dem Kinn langsam die Schlüsselbeine polieren.« Die Bewegung selbst läuft tadellos, nur mit dem »langsam« hat er so seine Probleme, wegen seiner inneren Ungeduld. Der Hauptgrund, warum er mit diesen Übungen angefangen hat, war das Streben nach Harmonie, Leichtigkeit und Eleganz, verbunden mit Kraft und Entschlossenheit. »Den Körper einsetzen, um dem Geist zu körperlichem Ausdruck zu verhelfen«, wie Sensei Ueshiba Morihei, der Begründer der Disziplin, sagt. »Je nach den

Umständen müsst ihr hart sein wie ein Diamant, biegsam wie eine Weide, fließend wie Wasser, leer wie der Raum.« Das hat ihn am Anfang total fasziniert und fasziniert ihn noch immer: Ritualisierung und Gelassenheit, zwei Dinge, die ihm eigentlich fremd sind, ihn aber aus demselben Grund anziehen.

Agnese stoppt das Laufband, steigt herunter und versucht durch die laute Musik zu ihm durchzudringen.

»Was willst du?« Die Irritation in seiner Stimme ist das genaue Gegenteil der Ruhe, die er eigentlich sucht.

»Wollen wir?« Agnese grimassiert mit dem Mund, damit er von den Lippen ablesen kann.

Widerstrebend stellt er die Musik ab, als wäre nicht er derjenige, der sonst jeden Abend einen Kampf wollte, und als hätte sie nicht vor Jahren mit Aikido angefangen, um mithalten zu können.

Beide stellen sich auf der Tatami auf, barfuß, die Füße schulterbreit. Dann knien sie nieder, setzen sich auf die Fersen, mit geradem Rücken, legen die Hände mit gestreckten Armen auf die Oberschenkel. Dann wandern die Handflächen zum Boden, Zeigefinger an Zeigefinger und Daumen an Daumen, um ein Dreieck zu bilden, dann beugen sie die Arme, mit den Ellbogen nach außen, bis die Stirn fast den Boden berührt. Dort verharren sie zwei Sekunden, richten sich wieder auf und fixieren einander.

Aber er hat keine Lust, will einfach nicht: Ihm fehlt die Distanz, und die Harmonie würde er nicht einmal am Schwanz erwischen. »Ich hab keine Lust!« Laut brüllend starrt er Agnese herausfordernd an. »Komm, lass uns lieber Popcorn machen!«

»Popcorn?« Ungläubig neigt Agnese den Kopf, aber ihre Verblüffung dauert nicht mal eine Sekunde. »Und dazu einen Spritz?«

»Prosecco mit Bitter, ich brauch was zum Aufmuntern!« Er ist erleichtert, wie immer, wenn er im letzten Moment die Kurve gekriegt hat, ohne eine Katastrophe heraufzubeschwören. Ihm fällt noch ein Satz von Ueshiba ein: »In der Kampfkunst gibt es keinen Wettstreit, ein wahrer Krieger ist unbesiegbar, weil er gegen nichts kämpft. Siegen bedeutet, den Geist des Streits zu besiegen, den wir in uns tragen.« Noch so eine schöne Maxime, die jedoch jedes Mal wieder in die Ferne rückte, sobald er glaubte, ihr nahezukommen.

In der Küche holt Agnese ein Glas mit Popcorn-Mais aus dem Schrank, stellt einen Stahltopf auf den Herd. Sie gießt einen Esslöffel Olivenöl hinein, schaltet die Hitze hoch und wirft ein Maiskorn hinein, dann dreht sie sich zu ihm um. »Und was gedenkst du morgen früh zu tun?«

Er stellt zwei Stielgläser aus Kristall auf den Holztisch, lässt in jedes drei Eiswürfel fallen, freut sich über das angenehm klingende Geräusch, wenn Eiswürfel auf Glas treffen. »Ich glaube, ich werde mir noch mal das spanische Pferd vornehmen, da gibt es bislang kaum Fortschritte. Echt eine harte Geduldsprobe.«

»*Du* bist eine harte Geduldsprobe!« Agnese ist ganz rot im Gesicht, vielleicht aber auch von der Anstrengung beim Laufen.

»Wieso denn?« Er merkt, wie naiv das klingt, vielleicht sogar irritierend.

»Wieso? Weil morgen im Gemeinderat von Suverso über

die Theaterfrage diskutiert wird. Und die Stadträtin muss bis acht Uhr wissen, ob du kommst. Das hast du mir selbst erzählt!«

»Aber es existiert doch gar keine Theaterfrage. Ich will mit dem Theater überhaupt nichts machen, basta.« Er nimmt die Bitter-Flasche und gießt zwei Fingerbreit auf die Eiswürfel.

»Aber Gui, die Frage existiert, seit das Theater in dieser blöden Fernsehsendung zu sehen war! Alle haben sich draufgestürzt, das hast du doch gesehen!« Agnese heizt sich auf wie das Öl im Topf.

»Ich weiß.« Zweifellos hat sie einen besseren Überblick als er mit seinem Hang, unerfreuliche Gedanken zu verdrängen.

Paff, das Reiskorn explodiert und springt aus dem Topf wie eine weiße Blume. Agnese nimmt zwei Handvoll der gelben Maiskörner, wirft sie ins heiße Öl und legt den Glasdeckel auf.

Guiscardo versucht nachzudenken, ist aber durch die Zubereitung des Drinks abgelenkt. »Aber man muss sich hüten, in den Lauf der Dinge einzugreifen.«

»Hör auf damit, Gui, deine fatalistische Philosophie kannst du dir abschminken!« Agnese ist ziemlich aufgebracht, während die Maiskörner zu platzen anfangen. »Inzwischen ist das Theater schon zum Zankapfel geworden, zwischen Cosmarate und Suverso, zwischen Wende® und Union! Um es als reine Privatsache zu behandeln, dafür ist es jetzt zu spät! Bald wird es uns um die Ohren fliegen wie das Popcorn hier und Unheil anrichten!«

Er gießt den Prosecco in die Gläser, beobachtet, wie

sich Karmesinrot und Gold vermischen, wie die Bläschen aufsteigen und mit leisem Sprudeln an der Oberfläche zerplatzen. Die Verdrängung unerfreulicher Gedanken zieht sich wie ein roter Faden durch sein Leben und hat Dinge oft komplizierter und anstrengender gemacht, als sie ursprünglich waren. Aber jetzt hat er wirklich keine Lust, darüber nachzudenken.

Agnese beobachtet, wie die Maiskörner sich in kleine weiße Wölkchen verwandeln und gegen den Glasdeckel spritzen, *tap tap tap*, wie ein unerklärliches Phänomen, und dabei rüttelt sie die Pfanne. »In den letzten Stunden habe ich pausenlos E-Mails und Anrufe erhalten! Alle wollen die Ausgrabung besichtigen, einen Reporter herschicken! Sie wollen Interviews, Stellungnahmen, Fotos, Pläne!«

Er reicht ihr ein Glas, wartet, bis sie es annimmt, stößt mit ihr an. »Erst mal *cin cin!*«

»Ja, *cin cin!*« Agnese schüttelt den Kopf.

Beide nehmen einen großen Schluck, schlürfen die bittersüße Mischung in der Küche, die sich mit dem Geruch nach Kino füllt.

»Jedenfalls musst du vorsichtig sein mit deiner Stadträtin!«

»Entschuldige mal, wieso denn *meine* Stadträtin?« Wieder denkt er an die spontane Umarmung, an die vor Schreck geweiteten Pupillen, in die er aus nächster Nähe gesehen hat, an diesem Nachmittag, als es schon langsam dunkel wurde.

»Du warst ausgesprochen zuvorkommend!« Agnese lacht, während sie das Popcorn in eine Glasschüssel füllt, aber da ist ein ernster Unterton.

»Ich war doch nur höflich, Agne.«

»Du warst *mehr* als höflich, Gui.« Wahrscheinlich ist Agnese der einzige Mensch, der sein Verhalten zutreffend zu interpretieren weiß.

»Irgendwie schien sie mir nur ein besserer Mensch, als ich erwartet hätte, okay?« Er verzichtet darauf, ihr was vorzumachen: So läuft es immer zwischen ihnen. »Mit authentischen Absichten, die an die Grenzen ihrer Rolle stoßen wie dein Popcorn an den Glasdeckel.«

»Und deswegen willst du sie unterstützen.«

»Vielleicht.«

»Obwohl du weißt, dass du sie damit in eine unmögliche Lage bringst.«

»Nicht unbedingt.«

»Auf jeden Fall, Gui. Und das weißt du auch.«

»Ich weiß gar nichts, Agne. Das weißt du doch.«

»Ganz schön bequem.«

»Das Gegenteil von bequem.«

Agnese streut Salz über das Popcorn. »Auch wenn du nicht hingehst, sie wird das Thema im Gemeinderat auf jeden Fall ansprechen! Und dann bricht alles über uns herein! Du musst dich so oder so entscheiden, du kannst dich nicht raushalten!«

»Was würdest du tun?«

»Mich darfst du nicht fragen, Gui. Das Theater hat so viel mit deinen Wurzeln zu tun, das musst du wirklich allein entscheiden.«

»Na, vielen Dank.« Er nimmt noch einen Schluck: kostet den Wechsel von süß und bitter, das leichte Kribbeln, das die Entscheidung beflügelt. Langsam spürt er, wie sein Widerstand schwindet, ein leichtes Fieber ergreift ihn. »Hör mal, ich habe nie irgendwas vorab entschieden, das weißt du genau! Nicht als wir nach dem Tod meines Vaters hierhergezogen sind! Nicht als wir mit der Ausgrabung angefangen haben! Nicht als ich geheiratet habe! Am Abend vorher hatte ich keine Ahnung, was ich am nächsten Morgen tun würde!«

»Tja, und was dabei herauskommt, hat man ja gesehen!« Agnese stopft sich eine Handvoll Popcorn in den Mund, schiebt ihm die Schüssel zu.

Er ergreift mit Daumen und Zeigefinger ein Korn, wirft es in die Luft und fängt es mit dem Mund auf.

Fünfzehn

Annalisa Sarmani steht im Rathaus von Suverso im ersten Stock und wirft einen Blick in den Ratssaal. Vier Kollegen haben schon an dem langen hufeisenförmigen Tisch Platz genommen und sitzen auf den für Ratsmitglieder reservierten hochlehnigen und mit Intarsien verzierten Stühlen. Einige diskutieren stehend miteinander oder schauen aufs Handy, die von der Opposition palavern an den Seiten. Zweifellos verkörpert der Saal würdevoll die noble Vergangenheit der Stadt und ihre aktuelle Bedeutung als wichtiges Zugpferd der regionalen Ökonomie. Ebenso florierend wie weit bekanntere Nachbargemeinden, liegt Suverso im Zentrum einer Provinz, die mit ihren Unternehmen einen Umsatz generiert, um den die hoch entwickelten Gebiete in Deutschland sie beneiden.

Die Sekretärin huscht aus dem Saal und kommt zu ihr auf den Flur.

»Der Bürgermeister?« Annalisa Sarmani hat schon gesehen, dass Fuscadori nicht im Saal ist, will aber sichergehen.

»Wurde noch nicht gesichtet.« Lucia hat einen entschuldigenden Ton, als müsste der Bürgermeister erst noch die Welt retten. Dabei war er tatsächlich noch kein einziges Mal pünktlich: Er lässt die anderen gern warten, um zu demonstrieren, dass er der Hahn im Hühnerhof ist.

»Na gut, dann genehmige ich mir auch ein akademisches Viertel.« Annalisa Sarmani wirft einen Blick zum Eingang: auch von Guidarini natürlich keine Spur. Sie geht den Gang hinunter, betritt die Toilette.

Als sie in den Spiegel schaut, ist alles in Ordnung: graues Kostüm, weiße Bluse, kurze Perlenkette, damit konnte man nichts falsch machen. Leichtes Make-up, der Rolle und der Situation angemessen, auch wenn manche ihrer Kolleginnen in anderen Gemeinden oder sogar im Parlament sich kleiden und schminken, als würden sie im Bordell arbeiten, oder wenigstens in einer Varieté-Show im Fernsehen. Sie hat sich immer für ein relativ schlichtes Auftreten entschieden, aber als einzige Frau im Stadtrat ist es gar nicht so einfach, die richtige Balance zwischen der Würde des Amtes und einem Minimum an weiblicher Anmut zu finden.

Sie holt den Parfümzerstäuber aus der Tasche, sprüht zweimal in die Luft und stellt sich in die unsichtbare Wolke aus Maiglöckchen, Jasmin und Ambra. Sie zieht die Lippen in Pfirsichrosa nach, holt die Puderdose heraus und fährt mit dem Pinsel leicht über die Wangenknochen. Sie spürt ein eigenartiges Erschauern, hat das Gefühl, ihre Gesichtshaut erinnere sich an Guidarinis Umarmung gestern. Dieses Verhalten war derart überraschend und unangebracht, dass sie in dem Moment gar nicht wusste, wie sie darauf reagieren sollte, und auch später wusste sie nicht, wie es dazu gekommen war und was sie davon halten sollte. Zweifellos ein interessanter Mann, auch attraktiv, wenn man so will, mit dem Gehabe eines heimatlosen Kriegers, durch Geburt privilegiert und vom Leben schlecht behandelt. Ja, sie war beeindruckt von der natürlichen Eleganz, mit der er auf der Reitbahn der Villa seiner Vorfahren ritt, und von der zurückhaltenden Höflichkeit, mit der er ihr das antike Theater gezeigt hatte, das er offenbar nur für sich ausgegraben und vor der Welt geheim gehalten hatte wie eine Privatsache. Gespannt hatte sie ihm zugehört, verblüfft festgestellt, wie sich das Timbre seiner Stimme veränderte, als er ins Spanische wechselte, wie sprunghaft er von formaler Distanziertheit auf entwaffnende Offenheit umschalten konnte. Irgendwie war er unberechenbar, wechselte dauernd die Frequenz, sodass man nie richtigen Empfang hatte. Sein bizarres Hin und Her von Offenheit und Misstrauen, Distanz und Vertrautheit hatte sie daran gehindert, ihm klipp und klar ein Angebot für die Betreibung des Theaters zu unterbreiten und eine verbindliche Zusage zu bekommen. Aber wieso hatte er sie umarmt? War das ein inakzeptabler Annäherungsversuch eines nur allzu selbstsicheren Mannes? Machte er das womöglich bei jeder Frau, die sich auf sein Territorium vorwagte? War das eine Methode, um ihre Reaktion zu testen und damit die Möglichkeit eines gemeinsamen Vorgehens auszuloten? Oder war es nur kommunikativer Überschwang, übertrieben womöglich, aber ohne jede Zweideutigkeit? Konnte es sein, dass sie aus purer Neugier vielleicht unfreiwillig Signale von Bereitschaft und Ermutigung ausgesandt hatte? Vielleicht unter dem Einfluss des Mate mit seinen anregenden Eigenschaften und seiner Geheimsprache? Und warum hatte eine zwar unangebrachte, insgesamt aber doch eher harmlose Geste bei ihr einen emotionalen und taktilen Eindruck hinterlassen, der sie immer noch verwirrte?

Jedenfalls hatte es Guidarini nicht für nötig gehalten,

sich heute Morgen bei ihr zu melden, sodass ihr nichts anderes übriggeblieben war, als selbst anzurufen, um sich bei Agnese danach zu erkundigen, was er nun vorhabe. Er sei nicht da, so die Assistentin, und habe ihr auch nichts gesagt. Dabei klang sie ziemlich konsterniert, trotz aller Ergebenheit ihrem Freund und Arbeitgeber gegenüber. Folglich hatte sie das Thema auf die Tagesordnung gesetzt, viel zu spät und ohne verbindliche Zusage des Besitzers. Konnte es vielleicht sein, dass er doch noch kam? Dass er die Schirmherrschaft von Suverso akzeptieren und ihr helfen würde, den Gemeinderat davon zu überzeugen, das Vorhaben zu sponsern? Schwer zu sagen, bei so einem wusste man nie, doch im Grunde war es eher unwahrscheinlich, dass er Farbe bekennen würde, bestimmt würde er bei seiner Verweigerungshaltung bleiben und die Sache weiterhin als Privatangelegenheit betrachten.

Annalisa Sarmani verlässt die Toilette, geht nervös den Flur hinunter. Auf einmal wird ihr bewusst, dass sie es trotz aller Unwägbarkeiten und offensichtlicher Risiken ausgesprochen verlockend findet, sich als maßgebliche Wegbereiterin einer derart bedeutenden Ausgrabung einen Namen zu machen. Auf jeden Fall würde das wesentlich mehr hermachen als jede noch so prestigeträchtige Ausstellung; die fand irgendwann statt, zog vielleicht sogar eine Menge Besucher an, dauerte aber höchstens zwei Wochen, danach wieder leere Säle, leere Wände, verpackte Kunstwerke, die auf ihren Rücktransport warteten, alles, was davon übrig blieb, waren ein Katalog, Prospekte und die übliche Kritik. Dagegen war der Fund eines antiken Theaters, nach Expertenmeinung ein Unikum in ganz Norditalien, eine echte Sensation, die Suverso ins Scheinwerferlicht rücken und Besucher aus dem ganzen Land, ja aus der ganzen Welt anziehen würde. In Kürze würde es darüber jede Menge Material geben, Dokumentarfilme, Bildbände, Plakate, Werbung, zahllose Erinnerungsfotos; und dieses Theater lag in den Hügeln um Suverso, keine fünfzehn Kilometer von hier. Und da die Gemeinde Cosmarate, wie man gesehen hat, weder über die Fähigkeiten noch die Mittel verfügt, sich darum zu kümmern, wird sie die Trägerschaft zwangsläufig an die Provinzhauptstadt abgeben müssen. Wenn es ihr gelänge, eine Vereinbarung mit Guidarini zu treffen, wäre das für sie ein persönlicher Triumph, die beste Voraussetzung für eine erfolgreiche Karriere. Im Geiste sieht sie schon die dummen Gesichter all derer, die sie der Unfähigkeit bezichtigt haben, aus Neid, Voreingenommenheit, Rivalität, Illoyalität!

Sie geht in den Sitzungssaal zurück: Inzwischen ist auch der Bürgermeister Fuscadori eingetroffen, lehnt an der Schmalseite des Tisches, umringt von seinen Kumpanen. Garantiert wird er versuchen ihr Knüppel zwischen die Beine zu werfen, um zu verhindern, dass sie eine gute Figur macht und ihn womöglich in den Schatten stellt.

Genau so ist es: Kaum sieht er sie kommen, ergeht er sich in sarkastischen Willkommensgesten, als würde er Rosenblätter streuen vor einer launischen Königin. »Ah, die Dottoressa Sarmani beehrt uns mit ihrer Anwesenheit!«

»Eigentlich bin ich schon seit zwanzig Minuten hier.« Sie klopft mit zwei Fingern auf die Piaget am Handgelenk, will sich aber nicht durch die üblichen Provokationen inklusive Gekicher ihrer Ratskollegen ablenken lassen. Keiner von denen hat je verwunden, dass sie Vizebürgermeisterin geworden ist, obwohl ihre Nominierung genau darauf zielte klarzumachen, dass die Nationalunion kein reiner Männerverein ist.

Tavani, der Vorsitzende des Gemeinderates, ruft zur Ordnung, alle nehmen ihre Plätze ein und konzentrieren sich; um die Anwesenheit zu prüfen, wird die Liste der Mitglieder verlesen. Fuscadori sitzt vor dem Stadtbanner, der Fahne Italiens und der EU, sie rechts von ihm. Im Zuschauerraum hocken die üblichen Verdächtigen, die sich keine Sitzung entgehen lassen. Tavani leiert die gewohnten Eröffnungsfloskeln herunter, liest dann die Tagesordnung vor.

Fuscadori eröffnet die Diskussion und erteilt dem Sportstadtrat Livio Tagliapietra das Wort, der mit monotoner Stimme die Begründung für die Auszeichnung von Carletto Zufolon verliest, dem Marathonläufer aus Suverso, der seiner Heimatstadt zu internationalem Ruhm verholfen hat. Verhaltener Applaus, dann folgt die Verleihung der Medaille und der Urkunde, dann geht man zum nächsten Punkt der Tagesordnung über, alles zäh wie immer, als koste jeder Schritt unendliche Mühe.

Als der Punkt »antikes Theater in Cosmarate« aufgerufen wird, erhebt sich rund um den Tisch ein Getuschel, aus dem Halbsätze und einzelne Worte heraustechen: »*Tutto qui!*«, »Roberta Riscatto …«, »Guidarini …«, »Bozzolato ist stinksauer …«, »Gehst du schon?«, »Journalisten …«

Mit ironischer Miene wendet sich Fuscadori an seine Vize. »Wir haben dich gestern im Fernsehen gesehen, vor dem Haus des Marchese!«

»Ja genau, ich war dort, um die Möglichkeit einer Vereinbarung über das antike Theater zu checken.« Auf keinen Fall will sie sich für eine Initiative rechtfertigen, die der Gemeinde zugutekommt, aber das ist leichter gesagt als getan.

Von ihren Kollegen und von der Opposition hagelt es erneut Grinsen und Grimassen, das war zu erwarten.

Todernst, fast im Gegensatz zur allgemeinen Heiterkeit, äußert sich Cumiotto, der Finanzstadtrat. »Verzeihung, aber wann wurde dieser Punkt auf die Tagesordnung gesetzt?«

»Gestern Nachmittag.« Annalisa Sarmani antwortet prompt.

»Aber so geht das nicht!« Cumiotto zieht eine Kopie der Geschäftsordnung heraus und blättert hektisch darin. »Artikel 13, Absatz 6: Die Liste der Themen, die im Gemeinderat behandelt werden sollen, muss mindestens einen Tag vor der Sitzung durch Aushang bekannt gegeben werden. In diesem Fall sind noch keine vierundzwanzig Stunden vergangen!«

»Ja, aber die Sache duldet absolut keinen Aufschub.« Auf keinen Fall darf sie sich auf dem falschen Fuß erwischen lassen, vor allem wo das Gesamtklima noch ungünstiger ist, als sie erwartet hat.

»Und was ist daran so dringend, Sarmani?« Fuscadori legt dasselbe selbstgefällige Verhalten an den Tag, mit dem er schon drei Viertel ihrer Anträge für Ausstellungen, Konzerte und andere Veranstaltungen mit minimalem kulturellem Anspruch zu Fall gebracht hat.

»Und was ist der Knackpunkt?« Cumiotto legt noch nach, wie immer.

»Der Knackpunkt ist die langsame Reaktionsgeschwindigkeit.« Annalisa Sarmani hasst den Ausdruck »Knackpunkt«, weil er alles und nichts bedeutet, aber das war jetzt nicht der Moment für sprachliche Feinheiten. »Wenn wir nicht sofort etwas unternehmen, reißt sich Cosmarate das antike Theater unter den Nagel, schließlich liegt es auf ihrem Gemeindegebiet, und dann gute Nacht.«

»Und was wäre daran so schlimm? Keine Ahnung, ich frag nur mal.« Beifall heischend sieht Fuscadori sich um.

Todaro und ein paar andere von der Opposition greifen die Vorlage begierig auf. »Wenn das Theater zur Gemeinde Cosmarate gehört, dann ist Cosmarate zuständig!«

»Natürlich wäre das schlimm, sehr schlimm sogar!« Annalisa Sarmani versucht die Stimmen zu ignorieren, die aus purer Bequemlichkeit sogar gegen die Interessen der eigenen Stadt handeln würden. »Damit würden wir nämlich die einmalige Chance vergeben, Suverso mit einer bedeutenden archäologischen Fundstätte zu verknüpfen!«

Fuscadori stöhnt. »Also wirklich, an Kulturgütern fehlt es uns nun wahrlich nicht! Palazzo Turiotti, Palazzo Molajoni, die Kuppel des Cimi, Piazza Granaria, Piazza dei Pochi, den Farlazza-Turm, die Santa-Claudia-Brücke, wir haben schon fast zu viel an schönen Sachen!«

»Schon, aber kein antikes Theater!« Bei so viel Banausentum hat Annalisa Sarmani Mühe, die Nerven zu behalten, macht aber tapfer weiter. »Das ist ein einzigartiger Fund, so etwas gibt es in ganz Norditalien nicht! Ein außergewöhnliches Zeugnis der Völker, die vor Tausenden von Jahren hier gelebt haben! Damit können wir sogar im Ausland punkten! Wollen wir es wirklich zulassen, dass die Wendehälse aus Cosmarate den Ruhm absahnen?«

»Das steht ihnen zu!« Wieder erhebt Todaro von der Opposition die Stimme, gegen die Interessen der eigenen Gemeinde.

Fuscadori scheint nicht besonders beeindruckt von dem Plädoyer zugunsten des Theaters, schaut wieder fragend in die Runde. »Und überhaupt, hat es jemand schon mal gesehen, dieses antike Theater, außer in der Sendung der Riscatto? Gibt es denn Unterlagen, eine Fotodokumentation? Karten, Pläne, irgendetwas?«

»Na ja, bisher noch nicht …« Plötzlich fühlt Annalisa Sarmani sich ertappt, auch wenn sie glaubt, dass die Dringlichkeit sie zum Teil entschuldigt. »Aber selbstverständlich werde ich das Erforderliche umgehend besorgen …«

»Sehr gut, dann machen wir es so, wir sprechen uns wieder, wenn du dem Gemeinderat etwas Konkretes vorlegen kannst, okay?« Dabei klingt er eher einschüchternd als ironisch. Aber wen wundert's, schließlich war er mit einem Programm gewählt worden, in dem die Kultur überhaupt nicht vorkam.

Cumiotto versetzt ihr den Gnadenstoß. »Und überhaupt, wer weiß, welche Kosten dabei auf die Gemeinde zukommen würden.«

»Die Kosten sind minimal!« Annalisa Sarmani macht einen letzten verzweifelten Versuch. »Der Grundstückseigentümer hat bereits sämtliche Kosten für die Ausgrabung und die Herrichtung des Geländes übernommen und stellt keinerlei Ansprüche. Außerdem könnten wir bei so einem bedeutenden archäologischen Fund zweifellos EU-Gelder beantragen!«

»Jaja, EU-Gelder, darauf kann man bekanntlich warten,

bis man schwarz wird.« Natürlich fällt Cumiotto ihr in den Rücken.

»Ganz zu schweigen von dem wirtschaftlichen Aufschwung, den das Theater zweifellos mit sich bringen würde.« Annalisa Sarmani hofft mit anderen Argumenten eine Bresche in die kompakte Front der Dumpfbacken zu schlagen. »Eine solche Anlage eignet sich hervorragend für Konzerte, Theateraufführungen und andere Kulturevents!«

»Ja, natürlich, ich sehe schon die vollen Touristenbusse in Cosmarate!« Fuscadori gluckst vor Vergnügen, abscheulich, und dazu dieser ironische Blick.

Von den anderen Ratsmitgliedern hagelt es dumme Sprüche und Augenzwinkern, wie immer, wenn sie das Wort ergreift. Der treffende Begriff dafür: *Mobbing,* und das von Anfang an. Nur um sich nicht unterkriegen zu lassen hat sie immer weitergemacht, aus Prinzip und persönlichem Ehrgeiz, um sich und ihrer Familie zu beweisen, dass die Entscheidung, in die Politik zu gehen, kein Fehler war. Aber sich unter diesen Umständen für Kultur einzusetzen war nicht leicht, es war wie gegen den Strom zu schwimmen. Hätte sie eine Erhöhung der Ausgaben für das Smoccarone-Fest auf die Tagesordnung gesetzt, ja dann hätten ihr alle, inklusive Opposition, begeistert zugestimmt.

»Und entschuldige mal, Sarmani!« Jetzt hat Fuscadori die Finger feigenförmig zusammengelegt und schüttelt vulgär die Hand. »Der Eigentümer, dieser Marchese, wer ist das überhaupt? Wieso hat der sich bei uns noch gar nicht gemeldet? Der hätte doch wenigstens mal eine Absichtserklärung schicken können. Und wo sind eigentlich die Sachverständigengutachten, die entsprechenden Bescheinigungen? Sollen wir als Gemeinde vielleicht irgendwas absegnen, was wir nur im Fernsehen gesehen haben?«

»Wie ihr wisst, habe ich mit dem Eigentümer persönlich gesprochen.« Annalisa Sarmani versucht dagegenzuhalten, mit aller Entschiedenheit, die sie aufbringen kann, obwohl sie langsam das Gefühl hat, dass ihr der Boden unter den Füßen weggezogen wird.

»Das war nicht zu übersehen.« Wieder zwinkert er anzüglich.

»Ich habe ihn gebeten, hier in die Sitzung zu kommen, um seinen Fund persönlich zu erläutern.« Annalisa Sarmani spürt, wie ihr die Röte ins Gesicht steigt, was ihre Verlegenheit noch erhöht.

»Und wo ist er?« Fuscadori tut so, als würde er im Saal nach ihm suchen. »Ich kann ihn nicht sehen, hat er sich vielleicht irgendwo versteckt?«

»Hat er dir wenigstens irgendwas juristisch Verbindliches unterschrieben?« Cumiotto steht Fuscadori bei, nach der Logik der Herde. »Eine kostenlose Konzession, ein Antrag auf Schirmherrschaft?«

Sie schüttelt langsam den Kopf, hat das Gefühl, gar nichts in der Hand zu haben, um ihr Anliegen zu untermauern. Sie fühlt sich vollkommen hilflos.

»Na gut, dann schlage ich vor, wir machen jetzt weiter, wenn alle einverstanden sind.« Fuscadori schlägt mit der Hand auf die alte Nussholzplatte, damit ist das Thema für ihn erledigt. Einige Stadträte konsultieren die Tagesordnung, andere reden über Themen, die sie weitaus mehr interessieren.

Sie fühlt sich vollkommen erschöpft, als würde die

Schwerkraft sie unwiderruflich auf den Stuhl niederdrücken. Sie hat die Partie verloren, weil sie zu ungeduldig war, vielleicht aber auch, weil ihr ein paar unverzichtbare Requisiten gefehlt haben. Erst jetzt kommt ihr zu Bewusstsein, dass sie einiges versäumt hat: Sie hätte das Terrain besser vorbereiten, hätte Bündnisse schmieden, die Kanten glätten, die Vorteile für ihre Kollegen herausarbeiten müssen, hätte sie bei ihrem persönlichen Ehrgeiz packen und ihre Gier nach Medienaufmerksamkeit ausnutzen müssen.

Aber jetzt drehen sich plötzlich alle Köpfe neugierig zur Tür. Auch sie dreht sich um und sieht Guiscardo Guidarini mit entschlossener Miene hereinkommen, in einem Aufzug, der halb an einen Renaissance-Helden, halb an einen Rockstar erinnert: kleiner grauer Kalpak mit schwarzer Krempe, Schal in Orange-Türkis, schwarzer Umhang, schwarze Reithose, hohe Reitstiefel. Unter dem Arm hat er zwei lange Papprollen. Seine Mitarbeiterin Agnese folgt ihm mit einer schweren Umhängetasche, mustert ein wenig ängstlich den Ratssaal. Annalisa Sarmani fällt ein Stein vom Herzen, die Augen füllen sich mit dummen, unkontrollierbaren Tränen.

Sechzehn

Massimo Bozzolato sitzt in seinem Alfa Romeo Giulia und rast wie ein Verrückter das letzte Stück von Cosmarate nach Suverso. Die Strecke könnte er mit geschlossenen Augen fahren, er kennt sie in- und auswendig: Auf gerader Strecke reizt er die 160 PS des 2000 Turbo Diesel bis zum Anschlag aus, schaltet in den Abwärtskurven zurück, sodass der Motor aufjault, klammert sich ans Steuer und wird nach rechts und links geworfen. Als er den südlichen Stadtrand von Suverso erreicht, verringert er leicht die Geschwindigkeit, landet aber im Verkehr der Umgehungsstraße und muss im Zickzack den Weicheiern ausweichen, die an den Ampeln stehen bleiben, als wären die Reifen festgeklebt. Am liebsten würde er sie mit der Stoßstange rammen und seitlich von der Straße schieben; er ist kurzatmig, sein Herz rast.

In diesem Zustand ist er seit einer guten Viertelstunde, seit sein Parteigenosse Todaro ihm am Telefon mitgeteilt hat, dass die Sarmani, dieses Biest, sich gerade erdreistet hat, ihrem Gemeinderat einen Antrag auf Übernahme des antiken Theaters vorzulegen, mit einem Wort: die Gemeinde Cosmarate als rechtmäßige Besitzerin kurzerhand zu enteignen. Damit war jetzt auch zweifelsfrei erwiesen, warum es ihr derart peinlich war, dass vor dem Tor von Guidarini die Fernsehkameras auf sie warteten. Momentan sah es laut Todaro so aus, als wäre Guidarini gerade mit Karten und Fotos hereingekommen, um sie zu unterstützen. Damit stand ja wohl fest, dass er und die Sarmani ein Komplott geschmiedet hatten, zum Nachteil der Bürger von Cosmarate, einschließlich des Bürgermeisters.

Wütend tritt Bozzolato aufs Gas, überholt zwei Autos, die vor einer Ampel herumtrödeln, fährt bei Gelb-fast-Rot durch, scheißegal, falls er ein Strafmandat bekam, würde er Covazzani bitten, das mit seinen Kollegen aus Suverso in Ordnung zu bringen, unter Polizeichefs konnte man eine solche Gefälligkeit ja wohl erwarten. Auf der relativ freien Uferstraße gibt er erneut Gas und verfehlt um Haaresbreite einen zu allem Überfluss noch dunkel gekleideten Schwarzen Mann, der, unschlüssig, ob er die Straße überqueren soll, an einem Zebrastreifen steht. Verfehlt um Haaresbreite auch eine alte Frau, die unschlüssig mit ihrem Einkaufswagen am Bordstein steht, biegt dann mit hoher Geschwindigkeit in die Fußgängerzone ein (auch ein Fall für Covazzani, falls die Videokameras zufällig sein Kennzeichen aufzeichnen). Dann fährt er auf die Piazza dei Pochi, bremst ein paar Meter vom Rathauseingang, lässt den Giulia im absoluten Halteverbot stehen (wird schon gut gehen, sonst wie oben), springt heraus, stürmt durch das Tor, an einem großen, kräftigen Wachtmeister vorbei, der mit dummem Gesicht die vorbeigehenden Leute anglotzt, rennt die Treppe zum Ratssaal hinauf.

Der riesige antike Saal scheint wie geschaffen, um Suversos Überlegenheit über alle anderen Gemeinden der Provinz zu demonstrieren, sehr hohe Kassettendecke, riesige

Fenster mit roten Samtvorhängen, der u-förmige, in Jahrhunderten nachgedunkelte Holztisch, die hochlehnigen, über und über mit Intarsien verzierten Prachtstühle für die Gemeinderäte. Mit der goldgelben Polsterung und den geschnitzten Löwenköpfen an den Armlehnen sehen die beiden für den Bürgermeister und den Vize reservierten Plätze aus wie Thronsessel.

Aber im Moment ist ihm der Saal so was von egal, den kannte er ja schon von diversen interkommunalen Sitzungen; was ihn jetzt noch mehr in Rage bringt, ist das Schauspiel, das sich ihm hier bietet: Fuscadori, die Sarmani und die anderen Gemeinderäte thronen auf den Prachtstühlen, um den Tisch herum stehen ein paar Leute, daneben zwei Saaldiener in Uniform. Wie gebannt lauschen alle dem Marchese, der in filmreifer Verkleidung eine technische Zeichnung erläutert, die von einer Frau mit kurzen Haaren, vermutlich seine Assistentin, auf dem Tisch ausgebreitet wird. »... Das hier sind die Parodoi, die seitlichen Zugänge zur Orchestra, die den Chören zu Auftritt und Abgang dienten ...« Wie in der Schule zeigt er mit dem Finger hierhin und dorthin, die Ratsmitglieder hören schweigend zu und bewundern, was nur das berüchtigte antike Theater von Cosmarate sein kann.

Bozzolato wird fuchsteufelswild, noch schlimmer als vorhin, als er von Todaro von dem geplanten Handstreich erfahren hat. Er kann nicht mehr an sich halten, keine Minute länger schweigend zuhören, um womöglich mehr zu erfahren. Ihm steigt das Blut zu Kopf, er stürzt zum Tisch, fuchtelt mit den Armen und brüllt: »Das antike Theater liegt auf dem Gemeindegebiet von Cosmarate, folglich ist

186

für seinen Betrieb einzig und allein die Gemeinde Cosmarate zuständig! Suverso hat kein Recht der Welt, es für sich zu beanspruchen!«

Alle Anwesenden drehen sich um und sehen ihn irritiert an, als wollten sie sagen: »Wer erlaubt sich hier zu stören?« Alle tun empört, dass ein gewählter Volksvertreter es wagt, hier uneingeladen einzudringen und den wunderbaren Vortrag des Herrn Marchese Guidarini zu stören.

»Ihr braucht gar nicht so blöd zu gucken, ich habe euch auf frischer Tat ertappt!« Bozzolato wird noch lauter. »Das antike Theater in Cosmarate gehört uns, basta! Punkt! Ende der Diskussion! Das habe ich auch im Fernsehen gesagt!«

Die Sarmani guckt noch irritierter als die anderen, Fuscadori verzieht höhnisch das Gesicht. »Ich weiß zwar nicht, wer dieser Herr ist, der hier rumschreit, aber ich fordere ihn auf, ein Minimum an Respekt vor diesem Ort zu zeigen!«

»Ja, ein Minimum an Anstand!« Ein Ratsmitglied stimmt sofort eifrig zu.

»Respekt und Anstand, das müsst gerade ihr sagen!« Bozzolato lässt sich nicht einschüchtern. »Dieser Herr ist dein Kollege, Fuscadori, das weißt du ganz genau! Dieser Herr ist der Bürgermeister von Cosmarate!«

»Verhalten und Tonfall sind unannehmbar! So was muss ich mir nicht bieten lassen!« Fuscadori quakt laut wie eine fette Kröte. »Und das von einer kleinen, unbedeutenden Gemeinde!«

»Genau!« Die Sarmani unterstützt ihn. »Wirklich unverschämt!«

»Unverschämt seid ihr!« Bozzolato schlägt zurück. »Und schamlose Diebe!«

»Dafür bekommst du eine Anzeige!« Schlagartig geht Fuscadori zum Du über, hat vor Wut Schaum in den Mundwinkeln.

»Ich beantrage, die Worte dieses Herrn ins Protokoll aufzunehmen!« Ein weiterer Stadtrat, der aussieht wie ein bösartiges Kamel, gibt seinen Senf dazu.

Sogar Todaro, der ihn doch erst darüber informiert hat, dass hier eine Schweinerei im Gange war, bedeutet ihm verstohlen, damit die anderen nichts merken, er solle sich beruhigen.

Als Bozzolato sieht, dass man ihn als Dorftrampel behandeln will, der das Fest der Herrschaften stört, platzt ihm endgültig der Kragen. »Die Bürger von Cosmarate sind absolut nicht gewillt, sich ein antikes Theater vor der Nase wegschnappen zu lassen, das ihnen rechtmäßig zusteht!«

»Klar, vor allem wo ihr doch überhaupt keine Ahnung davon hattet, dass es überhaupt existiert!« Die Sarmani ist jetzt noch bissiger als am Telefon. »Als ich am Sonntag angerufen habe, um ein paar Informationen einzuholen, sind Sie aus allen Wolken gefallen, Sie wussten doch gar nicht, wovon ich überhaupt rede!«

»Nein, nein, nein, das stimmt doch gar nicht!« Bozzolato wird immer giftiger. »Du bist ein richtiges Miststück, Sarmani!«

»So etwas muss ich mir nun wirklich nicht bieten lassen!« Fragend sieht die Sarmani ihre Kollegen an. »Und der Gemeinderat hoffentlich auch nicht.«

»Absolut inakzeptabel!« Fuscadori fühlt sich genötigt

ihr beizupflichten, auch wenn sie ihm vermutlich nicht gerade sympathisch ist.

»Dass du von dem Theater keinen blassen Schimmer hattest, das konnte man ja sogar im Fernsehen sehen!« Ein Stadtrat mit gelben Haaren und gelbem Bart kläfft ihn an. »Du warst doch gar nicht in der Lage, die Fragen der Riscatto zu beantworten!«

»Du hast doch nur sinnloses Zeug gestammelt, eine Schande!« Ein weiterer Stadtrat mit Eselsgesicht stimmt ein.

»Nein, nein, nein, das ist doch gar nicht wahr! Es ist nur so, dass ich noch nicht im Bilde war, weil der Herr Marchese sich zu fein war, uns zu informieren!« Bozzolato brüllt immer lauter, fuchtelt mit den Händen, hüpft auf der Stelle. »Jahrelang hat er eigenmächtig ausgegraben und tonnenweise Erde abgefahren, einfach so, ohne jede Genehmigung, und hat nicht mal im Traum daran gedacht, die kompetente Gemeinde zu verständigen!«

»Sie meinen wohl die *in*kompetente Gemeinde!« Lachend zupft Guidarini den Schal zurecht. Unglaublich, der Typ, wie er es immer wieder schaffte, einen auf die Palme zu treiben. Genau so wie in der Liveübertragung, als er ihm eine Kusshand zugeworfen hat. Eine lebende Provokation, der Typ, da musste man doch einfach ausflippen.

»Was ist denn daran so komisch?« Bozzolato kann nicht mehr an sich halten. »Hey du, kannst du mir das mal sagen?«

Von seinem blöden Thronsessel guckt Fuscadori in die Runde und weist ihn scharf zurecht. »Bozzolato, jetzt reiß dich aber mal zusammen!«

»Wenn sich hier einer zusammenreißen muss, dann du, Fuscadori!« Bozzolato kreischt immer lauter und spuckt sogar leicht. »Als Bürgermeister von Cosmarate kann ich auf keinen Fall hinnehmen, dass ihr euch aufführt wie der Fuchs im Hühnerstall!«

»Derart ausfällige Bemerkungen werde ich nicht länger dulden!« Auch Fuscadori brüllt jetzt. »Schließlich ist das hier die Ratssitzung einer seriösen Gemeinde, keine Parteiversammlung der Wendehälse!«

»Einer Gemeinde von Hühnerdieben, würde ich sagen! Und bis letztes Jahr wart ihr doch nur liebend gern bereit, mit uns die Regierung zu bilden!« Sollte das ein Wettkampf werden, wer am lautesten schreien kann, dem würde Bozzolato sich ohne Weiteres stellen, wer gewinnt, würde man dann ja schon sehen. Im Wahlkampf jedenfalls hat sein Gebrüll immer bestens funktioniert, das Publikum ist, wie man so sagt, immer begeistert mitgegangen.

Guidarini steht da und grinst ihn spöttisch an: Es ist wirklich zum Verrücktwerden.

»Und du, hör gefälligst auf, wie ein Affe zu grinsen!« Bozzolato ist schon fast heiser, aber wenn er in die Gesichter der kichernden Ratsmitglieder sieht, kommt ihm die Galle hoch. »Und ihr, wieso grunzt ihr wie die Schweine am Trog? Könnt ihr mir das vielleicht mal sagen?«

Fuscadori gibt den Uniformierten ein Zeichen. »Würdet ihr diesen Herrn bitte hinausbegleiten? Er stört mit seinem peinlichen Benehmen die Sitzung.«

»Dieser Herr, dieser Herr, was soll denn das saublöde Gerede? Verdammt, Fuscadori, was soll denn das?«

Die Uniformierten, Typ Rausschmeißer in einer Disco,

gehen auf Bozzolato zu. Einer packt ihn am Arm, vor den Augen sämtlicher Ratsmitglieder, die halb empört, halb belustigt zusehen.

Aber Bozzolato schüttelt ihn ab und reißt sich los. »Wenn du mich noch einmal anfasst, verpasse ich dir einen Kinnhaken! Und dir auch, Fuscadori!«

»Auch dieser Satz kommt ins Protokoll!« Fuscadori legt nach. »Und dann gibt's eine Anzeige!«

Der erste Uniformierte rückt erneut vor, der zweite steht ihm bei. Inzwischen ist die Lage für die Bürger von Cosmarate und ihren Vertreter derart verfahren, dass ihm keine andere Wahl bleibt, als auf dem Absatz kehrtzumachen, schnellstens das Weite zu suchen und nach Hause zurückzukehren, um sich eine Strategie zu überlegen, wie man es dieser Horde von Gaunern am besten heimzahlen kann.

Bozzolato macht auf dem Absatz kehrt und geht zum Ausgang, um weder den Uniformierten die Genugtuung zu geben, ihn hinauszuschleifen, noch allen anderen, dabei zuzusehen, wie er hinausgeschleift wird. Erst als er schon an der Tür ist, geht es noch einmal mit ihm durch, und er brüllt aus vollem Hals, fast so laut wie aus einem Megafon: »Diesen Tag könnt ihr euch im Kalender anstreichen, denn ab heute ist endgültig Schluss damit, dass Suverso den kleineren Gemeinden auf der Nase herumtanzt!«

Danach eilt er im Sturmschritt die Treppe hinunter, auf jeder Stufe eine Verwünschung murmelnd gegen diesen Dieb Fuscadori und dieses Biest Sarmani und diesen Clown Guidarini und diesen Feigling Todaro, der sich am Telefon aufspielte wie ein Geheimagent, der geheime Informationen weitergab, dann aber zehn Minuten später kein Sterbenswort herausbrachte, nur stumm auf der Seite der Opposition an diesem blöden Tisch hockte, kein Wort der Solidarität unter Parteifreunden, so ein widerlicher Schleimer.

Mit hochrotem Kopf tritt er in das kalte Licht auf der Piazza dei Pochi hinaus und sieht den Strafzettel, der unter dem Scheibenwischer des Giulia klemmt. Wütend reißt er ihn herunter, sieht sich suchend um, ob dieser Bastard von Wachtmeister noch irgendwo zu sehen ist, denn selbst wenn Covazzani die Sache mit seinem Kollegen regeln kann (hoffentlich), ist er doch stinksauer. Das war eine gezielte Gemeinheit, eine demonstrative Geste interkommunaler Feindseligkeit. Auf dem Platz ist keine Uniform zu sehen, deshalb geht er noch mal ins Rathaus zurück, wo er dem großen, kräftigen Wachtmeister mit dem Strafzettel vor der Nase herumwedelt. »Waren Sie das? Los, antworten Sie gefälligst, verdammt noch mal!«

Ungerührt mustert ihn der Schrank von oben bis unten, hält es aber nicht für nötig, auch nur ein Wort an ihn zu verschwenden.

Bozzolato geht wieder hinaus, sieht sich um, zerreißt den Strafzettel zwei-, drei-, viermal, wirft ihn auf das Pflaster, steigt ein und lässt den Motor an. Besonders gemocht hatte er die Suversesi noch nie, im Gegenteil, eigentlich hatte er sie schon als Kind gehasst, wenn seine Mutter ihn manchmal mitnahm, um ihm die schicken Geschäfte zu zeigen und in einem schicken Café vielleicht mal einen Krapfen mit Crema zu essen, am Samstagnachmittag. Aber jetzt wo es drauf ankam, stellt sich heraus, dass sie noch viel schlimmer sind, als er dachte. So eine elende Saubande, die Einwohner der Provinzhauptstadt.

Siebzehn

Während Veronica Del Muciaro auf dem Klingelschild neben dem Eingang des kleinen, ziegelroten Gebäudes im Zentrum von Bologna nach dem Namen Tossini sucht, lädt Christian auf dem Bürgersteig das Equipment für die Liveschalte aus dem Auto. Auch wenn die Kameramänner je nach Verfügbarkeit und Einsatzort dauernd wechselten, unterschieden sie sich eigentlich kaum, einer war so gut wie der andere. Inzwischen kam sie ganz gut zurecht mit diesen Typen, die oft ein bisschen mürrisch und grob wirkten, am Anfang vielleicht sogar den Hartgesottenen spielten, aber im Grunde herzensgut waren, wenn man sie nur richtig anpackte. Im Übrigen hatte sie sich inzwischen selbst ein gewisses Machogehabe zugelegt, auch wenn sie durch hohe Absätze, Kleidung, Make-up, Frisur bei den Zuschauern womöglich als superweiblich rüberkam. Wenn die wüssten, wie es zuging, wenn man stundenlang im Auto saß, in der Raststätte ein Brötchen runterwürgte und immer nur über die Arbeit reden konnte, denn andere Gesprächsthemen gab es nicht. Was würden wohl ihre treuesten Fans dazu sagen, die ihr Blumensträuße und Liebeserklärungen schickten? (Mitunter grenzte das schon an Stalking, aber geschmeichelt fühlte sie sich trotzdem.)

Ein Quäntchen Weiblichkeit hat sie sich unter dem Deckmantel des Machogehabes natürlich bewahrt; das war unverzichtbar, nicht nur beruflich, sondern auch für das Überleben allgemein. Schon als Kind hatte sie begriffen, dass sie tough sein musste, um zu bekommen, was sie wollte, von ihren Eltern, den Freundinnen und in der Schule. Und sie war tough, auch wenn sie in neun von zehn Fällen den richtigen Augenblick verpasst hatte, auch wenn sie mit dem Stottern zu kämpfen hatte. Aber genauso früh hatte sie begriffen, dass es manchmal besser war, die kleine schwache Frau zu spielen, die bei einem großen starken Mann Schutz und Hilfe sucht. Manchmal klappte es, manchmal überhaupt nicht, hatte aber oft den Effekt, dass die Männer es als eine Art Freibrief auffassten, sie schlecht zu behandeln. Als Reaktion darauf wurde sie dann bockig, was bei Männern oft das Gegenteil dessen bewirkte, was sie eigentlich erreichen wollte. Ideal wäre es, wenn sie die beiden Seiten je nach Erfordernis dosieren könnte, aber tatsächlich war die toughe Seite oft nützlicher, so war das nun mal. Zweifellos hat die Arbeit für *Tutto qui!* beträchtlich dazu beigetragen, sie noch härter zu machen, das stand fest. Allein die Tatsache, jeden Tag mit einem Sadisten wie Tito Calpa zu tun zu haben. Oder mit einer wie Roberta Riscatto. Für die Zuschauer mochte sie vielleicht wie eine schnurrende Katze aussehen, aber live war sie wie ein unberechenbarer Tiger, der einen sofort zerfleischte, sobald man versuchte, sich auf ihre Kosten zu profilieren, oder sobald irgendetwas schiefging, auch wenn es nicht deine Schuld war. Du gabst dein Bestes, doch dann holten diese knallroten, furchterregend spitzen Krallen plötzlich zu einem

Nackenschlag aus, und wenn du nicht blitzschnell in Deckung gingst, hattest du eine große Platzwunde und das Blut spritzte überallhin.

Aber jetzt braucht Christian eine Ewigkeit, um die Ausrüstung auszuladen, nachdem er schon eine halbe Stunde mit Rumfahren verplempert hat, um ja einen blau markierten Parkplatz zu finden, aus Angst vor einer Strafe, die ihm die Redaktion garantiert nicht erstatten würde, aber auch, weil er vom Charakter her ein ziemlicher Schlappschwanz ist. Außerdem wäscht er sich selten, wenn man mit ihm im Auto sitzt, stinkt er immer nach altem Schweiß.

Ihr Handy vibriert, es ist eine Nachricht gekommen. Von Tito Calpa natürlich: *Bist du bei dem Prof?* – *Natürlich*, antwortet sie sofort, auch wenn es nicht ganz stimmt, weil sie erst vor dem Haus sind. *On air in fünfzehn*, Calpa ist so blitzschnell wie sie, ein schöner Wettstreit. Wenn er fünfzehn sagte, bedeutete das mindestens zwanzig, er genoss es nämlich, wenn dir das Wasser bis zum Hals stand. Ein echter Stressbolzen. Andererseits war es aber auch so, dass gerade der wachsende Stress, neben der Unberechenbarkeit der Reaktionen und dem Fehlen eines Sicherheitsnetzes, das Prickelnde einer Livesendung ausmachte, das stand außer Frage.

»Chris, beeil dich! In zehn gehen wir auf Sendung!« Sie kann es sich nicht verkneifen, den Druck an den Kameramann weiterzugeben. Ihre Stimme krächzt, aber das war ihr Timbre, fast wie bei einer Raucherin, obwohl sie nie geraucht hat, denn als Jugendliche litt sie unter Asthma und ihre erste Zigarette war auch die letzte. Sie stellt die Kamera des Handys auf Selfie, kontrolliert rasch ihr Gesicht und drückt dann den Klingelknopf. »Hier ist Veronica Del Muciaro, von *Tutto qui!*.«

»Dritter Stock.« Keine große Herzlichkeit, aber zumindest springt die Tür sofort auf.

Während sie mit dem Aufzug nach oben fahren, kommt eine weitere Nachricht von Tito Calpa: *Fertig?* – *Ja,* tippt sie superschnell, auch wenn es wieder nicht ganz stimmt, aber fast.

Im dritten Stock öffnet ihnen ein Dienstmädchen mit weißer Schürze und Häubchen, wie man sie sonst nirgendwo mehr sieht, vielleicht arbeitet sie schon ein Leben lang für den Professor. Veronica Del Muciaro grüßt superhöflich, auch im Namen von Christian, der wie alle Kameraleute kaum Manieren hat.

Das Dienstmädchen führt sie durch einen langen Flur mit schrecklich deprimierenden, bestimmt aber äußerst wertvollen Gemälden: Ein namhafter Professor wie Pier Roberto Tossini würde sicher keine billigen Bilder aufhängen. So einen überhaupt vor die Kamera zu kriegen war eine Heidenarbeit, dazu musste man erst eine regelrechte Belagerung starten, dauernd anrufen und sich von Äußerungen wie ›auf keinen Fall‹, ›ich weiß nicht‹, ›in vier Wochen vielleicht‹ nicht abschrecken lassen; war der Widerstand dann gebrochen, wurde man leicht euphorisch, als hätte man eine Eroberung gemacht. Aber nur kurz, denn schnell stellte sich Mitleid mit der Person ein, die sich doch so tapfer gewehrt hatte, jetzt aber plötzlich wehrlos vor einem saß. Andrerseits war es aber auch so, dass die Leute sich bei *Tutto qui!* bereitwillig interviewen ließen, weil drei Millionen Zuschauer einfach zu verlockend waren. Folglich war Mitleid nicht angebracht, du warst ja nicht da, um sie bloßzustellen. Ob sie sich schadeten oder auch nicht, hing ganz allein von ihnen ab.

»Bitte sehr.« Mit einer einladenden Geste führt das Dienstmädchen sie in ein Wohn-Arbeitszimmer mit überquellenden Bücherregalen, vollgestellt mit Statuen, Statuetten, Gefäßen, Nippfiguren. »Und Vorsicht, bitte.« Dabei schaut sie skeptisch auf Christian, als sei sie fast sicher, dass er irgendein Stück von unschätzbarem Wert herunterfegen und zertrümmern würde.

»Keine Angst.« Fast übertrieben vorsichtig setzt Christian Kamera, Stativ, Scheinwerfer und Rucksack auf dem Perserteppich ab. Er wirkt ein bisschen eingeschüchtert durch all die Kostbarkeiten, er kommt aus bescheidenen Verhältnissen und ist an derartige Wohnungen nicht gewöhnt. Zum Glück beeilt er sich, baut alles zügig auf, denn auch er weiß, dass es ein böses Ende nimmt, wenn sie für die Schalte nicht rechtzeitig fertig werden. Er schultert den Rucksack, steckt den Kopfhörer ins Ohr, antwortet Calpa, der aus dem Studio mit ihm spricht. »Ja, ja, alles fertig.« Dann wendet er sich mit einer fragenden Handbewegung an sie, als wollte er sagen ›und wo ist der Professor?‹

Veronica Del Muciaro kontrolliert das Handy: noch sechs Minuten und von dem Professor keine Spur. Auf dem kleinen Monitor sieht man Roberta im Studio auf und ab gehen, zwei Studiogäste sitzen auch schon da. Eine neue Nachricht von Calpa, sie zuckt zusammen, obwohl sie damit gerechnet hat: *in zwei*. Das heißt in fünf, aber es wird knapp, wie jedes Mal unmittelbar vor der Liveschaltung bekommt sie Herzklopfen, vor Aufregung und aus Angst, dass im letzten Moment noch etwas schiefgeht. Rasch tippt sie *ok,* wirft Christian einen Blick zu, der zunehmend gestresst zurückschaut. Der blöde Professor lässt auf sich warten, auch wenn man jetzt hört, wie sich nebenan jemand zu schaffen macht. Sie wendet sich an das Dienstmädchen, das stocksteif dasteht und alles überwacht. »Wo ist der Professor?«

Wortlos hebt das Dienstmädchen resigniert die Arme, als wollte sie sagen: Ich kann nichts dafür, der Professor lässt sich weder stören noch antreiben.

Veronica Del Muciaro überlegt nicht lange, steuert kurz entschlossen auf die Tür zu, reißt sie auf und stürmt mit gesenktem Kopf in den Raum, aus dem die Geräusche kommen.

Professor Pier Roberto Tossini steht vor einem Spiegel und probiert seelenruhig diverse Krawatten, entsetzt dreht er sich um und starrt sie an. Verstörte Augen, rundes Gesicht, null Verständnis dafür, was die Dringlichkeit einer Liveschaltung bedeuten könnte.

Sie packt ihn am Handgelenk, zieht ihn hinter sich her. »Herr Professor, in zwei Minuten gehen wir auf Sendung!«

»Lassen Sie mich sofort los, Signorina! Was fällt Ihnen ein?« Empört wehrt sich Tossini dagegen, dass man ihn unsanft aus seiner Garderobe zerrt.

Doch Veronica Del Muciaro ist schon voll und ganz auf ihrem gewohnten Kamikazetrip. Sobald sie auf Sendung ging, verwandelte sie sich nämlich augenblicklich in eine Art Superheldin: Gerade noch eine gewöhnliche Durchschnittsfrau, war sie einen Moment später schon bereit, sich unerschrocken auf den Schauplatz eines folgenschweren Eisenbahnunglücks zu stürzen, mit eingequetschten Leichen und Verletzten, die herzerweichend stöhnten. Sobald sie auf Sendung ging, hatte sie keine Angst mehr, wirklich vor gar nichts mehr. Einmal wurden sie in Aquila mitten in einer Liveübertragung plötzlich von einem verheerenden Erdstoß überrascht, doch statt sich schnellstens vor den einstürzenden Häusern in Sicherheit zu bringen, ging sie im Hagel herabstürzender Steine, Ziegel und Kalkbrocken noch näher heran, mit dem zutiefst erschrockenen Kameramann im Schlepptau. Wirklich wahr.

»Sehen Sie denn nicht, dass ich noch gar nicht fertig bin, Signorina?« Der Professor protestiert empört, leistet passiven Widerstand.

Wenn selbst herumfliegende Trümmer in einem Erdbebengebiet sie nicht daran hindern konnten, ihre Arbeit zu machen, dann wäre es ja wohl gelacht, wenn sie sich jetzt von einem berühmten Archäologieprofessor einschüchtern ließe, der mit seiner Krawatte hadert. »Alles wunderbar, machen Sie sich keine Sorgen, das ist in Ordnung so.«

»Das ist überhaupt nicht in Ordnung! Lassen Sie mich sofort los!« Tossini protestiert erbost und versucht sich loszureißen, hat aber keine Kraft, weil er wohl eher ein Schreibtisch-Archäologe ist als einer mit Hacke und Schaufel.

»Nein, kommt nicht in Frage!« Veronica schleift ihn hinter sich her, in den Lichtkegel des Scheinwerfers, lässt nicht los, bis sie ihn im Zentrum der Einstellung platziert hat. Rasch steckt sie ihm noch einen Kopfhörer ans rechte Ohr, sich selbst auch, nimmt das Mikrofon, checkt die Lautstärke: drei Sekunden, bevor die Liveschaltung mit dem Studio in Rom beginnt.

Sofort hört sie die Stimme von Roberta Riscatto. »Nun, liebe Freundinnen und Freunde zu Hause, kein Grund zu erschrecken, weil sich dieser Teil der Sendung mit Hochkultur beschäftigt! Inzwischen wisst ihr ja alle, dass wir von *Tutto qui!* eine sagenhafte Entdeckung gemacht haben, nämlich ein antikes Theater, wie es nur wenige auf der Welt gibt! Heute wollen wir mit hochrangigen Gästen über dieses Thema sprechen! Hier bei mir im Studio sind Lucia Barbacani, unsere Hellseherin sowie Schriftstellerin: Gerade ist ihr neuestes Buch erschienen, *Il tracollo finale*. Und der weltweit gefeierte Tenor William Bodesco, den ich Ihnen sicher nicht vorzustellen brauche. Herzlich willkommen!«

»Guten Tag. Guten Tag.« Nach den Bildern auf dem kleinen Monitor fühlen sich die Gäste im Studio weit wohler als Tossini.

»Direkt aus dem Vereinigten Königreich zugeschaltet ist uns Professor Colin Richardson vom Archäologischen Institut der Universität Sheffield, stellt euch mal vor! Ich weiß nicht, ob er uns hören kann, denn vorhin war der Ton überhaupt nicht gut!«

»Ja, ich höre Sie, guten Tag.« Das Bild ist so schlecht, dass man den hageren Engländer kaum erkennen kann, aber wenigstens spricht er fließend Italienisch und braucht keinen Simultandolmetscher, der dann doch nie ganz simultan ist.

Roberta Riscatto macht weiter, wie ein Panzer. »Und aus Bologna ist uns live unsere Sonderkorrespondentin Veronica Del Muciaro zugeschaltet, und bei ihr ist einer der größten italienischen Archäologen! Stellst du ihn bitte mal vor, Veronica?«

»Natürlich, Roberta!« Bestimmt kann sich kein Zuschauer vorstellen, dass sie gerade noch einen widerspenstigen Wissenschaftler vor die Kamera geschleift hat. »Hier bei mir ist Professor Pier Roberto Tossini, Präsident der italienischen Archäologiegesellschaft, Direktor des Denkmalschutzamts für Mittelitalien, Beauftragter des Kulturministeriums, Dozent an der Universität Bologna und Verfasser wie vieler Bücher, Professore?«

»Na, sagen wir mal über fünfunddreißig Veröffentlichungen.« Mit einer Hand versucht der Professor verzweifelt die baumelnde Krawatte notdürftig zu richten.

»Alle Achtung, Prof! Die alle zu lesen würde ich im Leben nicht schaffen!« Roberta reißt staunend die Augen auf und wedelt mit der Hand, um anzudeuten, so viele Bücher, schwer vorstellbar, dass sie je auch nur eine halbe Seite davon lesen würde. »Wie Sie sehen, liebe Freundinnen und Freunde zu Hause, haben wir alles getan, um die besten Experten zu Wort kommen zu lassen!«

Der Professor wirkt wie benommen von der unsanften Behandlung vorhin, dem grellen Licht, das ihn blendet, dem störenden Kopfhörer, dem Mikrofon direkt vorm Mund. Vermutlich kann er auf dem kleinen Monitor kaum etwas erkennen, weder Roberta Riscatto noch die beiden Studiogäste, er lächelt unsicher.

Achtzehn

Guiscardo Guidarini ist in der Küche und will sich gerade etwas zu essen machen, nachdem er zusammen mit Calixto unten im Theater war, um mit der Motorsense Unkraut zu mähen. Er mag die temporäre Ordnung, wenn die Mähscheibe die hervorsprießenden Grasbüschel abschneidet und das saubere Grau der Steine freilegt; und er mag die körperliche Anstrengung, das Vibrieren des Motors, das in die Arme steigt, während man Schritt für Schritt einen Halbkreis abschreitet, und das Dröhnen, das trotz der Ohrstöpsel bis in die Trommelfelle dringt. Er mag den Zustand der Versunkenheit, wenn man stundenlang vor sich hin arbeitet, unterbrochen nur durch kurze Pausen, um aus der Thermosflasche, die am Gürtel hängt, einen Schluck Wasser mit Zitronenschale zu trinken oder den Tank nachzufüllen.

Als er zurückkam, hat er die verschwitzte Kleidung in den Weidenkorb geworfen und geduscht, und plötzlich einen Bärenhunger gehabt. Das geht ihm fast immer so: Er vergisst zu essen, bis er plötzlich einen regelrechten Hungeranfall bekommt, dann wird er derart gierig, dass er sich wie ein Barbar aufführt, Brot und Käse zerreißt, alles vollkrümelt. Das ist ihm durchaus bewusst, aber immer wenn er versucht sich zivilisierter zu benehmen, gehen ihm die

Nerven durch, denn dann hat er weder Zeit noch Lust zu warten. Vielleicht kommt das daher, dass er in schwierigen Situationen so oft allein essen musste, oder es liegt einfach an seiner angeborenen Ungeduld.

Er holt das Vollkornbrot mit Leinsamen aus der Tüte, schneidet es hastig in Scheiben, steckt sie in den Toaster, holt Ziegenkäse und Radicchio aus dem alten Gewächshaus heraus, Öl, Salz und Oregano. Er zupft die Blätter vom Radicchio ab, läuft ungeduldig in der Küche auf und ab, weil ihm das Toasten schon zu lange dauert. Als gute Argentinierin aß seine Mutter zweimal am Tag Fleisch, auch wenn sie das, was es hier in Italien gab, eigentlich nicht mochte, folglich hat auch er als Kind derart viel Fleisch gegessen, dass es ihm irgendwann zum Hals heraushing und er eine richtige Aversion dagegen entwickelte.

Als der Toast endlich hochspringt, springt auch er hoch, holt die Scheiben aus dem Toaster, legt Käse und Radicchio drauf, würzt mit Salz, Öl und Oregano, beißt gierig hinein und kaut, als hätte man ihm viel zu lange das Recht dazu verweigert. Er genießt das Gefühl tiefer Befriedigung, wischt mit dem Handrücken das Öl ab, das ihm am Kinn hinunterläuft. Mit glitschigen Fingern packt er eine offene Flasche Rotwein, gießt ein kleines Glas voll, stürzt es in einem Zug hinunter. Und während er wie ein Barbar isst und trinkt, kommt Agnese herein.

»Was gibt's?« Unwirsch, das ist ihm klar, aber wenn er allein isst, will er keine Rücksicht nehmen und seine Ruhe haben.

»Das musst du dir unbedingt ansehen, Gui!« Agnese zeigt zur Tür.

»Was denn?« Eine Scheibe hat er schon verdrückt, greift jetzt ungeduldig nach der zweiten.

»Im Fernsehen ist die Riscatto, mit Richardson aus Sheffield, Tossini aus Bologna und noch zwei Studiogästen, und alle reden über unser Theater!«

Er folgt ihr in den Flur, erinnert sich noch lebhaft an die heftige Auseinandersetzung mit Colin Richardson auf dem Weltkongress der Archäologen 2016 und auch an Pier Roberto Tossini, der ihn bei einem Kongress in Rom misstrauisch beäugte. Ja, die Welt der offiziellen Archäologie ist ein exklusiver Club, in den man ihn nur ungern aufgenommen hatte und jederzeit bereit ist, ihm die Mitgliedschaft wieder zu entziehen.

Der Fernseher steht im Arbeitszimmer neben dem Salon, noch so ein Raum, der zu Zeiten seines Vaters furchtbar ungemütlich war und erst grundlegend umgestaltet werden musste, um ihn bewohnbar zu machen. Die Moderatorin Roberta Riscatto trägt ein eng anliegendes, im Scheinwerferlicht glitzerndes Paillettenkleid und geht, mit den Wimpern klappernd, auf die Kamera zu. Er schmeißt sich aufs Sofa und beißt in die zweite Scheibe.

Neben Veronica Del Muciaro kommt jetzt Pier Roberto Tossini ins Bild. Mit seiner herunterbaumelnden Krawatte, die er unordentlich unter das Jackett gestopft hat, sieht er bei Weitem nicht so tadellos aus, wie Guiscardo ihn in Erinnerung hat, er fühlt sich sichtlich unwohl. Bei der Riscatto im Studio sitzen noch zwei weitere Gäste, eine blonde Frau mit Korkenzieherlocken und unnatürlich glattem Gesicht und ein stark übergewichtiger Mann, der sich nur mit Mühe und Not zwischen die Armlehnen quetscht und sich kaum bewegen kann. Hinter ihnen laufen die illegal von der Drohne gemachten Aufnahmen des Theaters.

Die Riscatto wendet sich an Tossini. »Also, Herr Professor, wir würden gern wissen, ob wir nun unbesorgt von einem griechischen Theater sprechen dürfen, wie manche Ihrer berühmten Kollegen in der Presse behauptet haben.«

»Unbesorgt auf keinen Fall …« Tossini ist befangen, in dieser fremden Umgebung, die ihm allerdings ein viel größeres Publikum bietet als seine Vorlesungen und Vorträge. »Ein griechisches Theater in Norditalien wäre historisch-geografisch eine Anomalie, da …«

»Wieso denn das?« Korkenzieherlöckchen fällt ihm sofort ins Wort. »Und Anomalie, das Wort kann ich bald nicht mehr hören!«

Rauschender Beifall im Studio, die Riscatto nickt zustimmend, Korkenzieherlöckchen grinst zufrieden.

»Von Anomalie habe ich deshalb gesprochen, weil alle griechischen Theater, die wir in Italien haben, aus naheliegenden Gründen im Süden liegen.« Tossini ist durch die Unterbrechung irritiert, und noch mehr durch den Applaus, macht aber weiter. »Aus dem einfachen Grund, weil dort die griechischen Kolonien waren. In Sizilien, Kampanien, Apulien …«

»Entschuldigung, ich bin ja nicht vom Fach, aber mich erinnert dieses Theater sehr, wirklich sehr an Taormina!« Dabei wendet sie sich an das Schwergewicht. »Stimmt doch, Bodesco, oder? Sie als großer Tenor sind doch da bestimmt auch schon aufgetreten?«

»Natürlich, mehrfach.« Bodesco nickt würdevoll. »Absolut derselbe Aufbau, in kleinerem Maßstab vielleicht, wenn ich mir die Aufnahmen ansehe.«

»*That's absolute rubbish!*« Möglicherweise weiß Richardson nicht, dass man ihn hören kann, obwohl er nicht im Bild ist.

Die Riscatto hört nichts oder kann kein Englisch, jedenfalls ignoriert sie ihn. Ostentativ stellt sie ihr Dekolleté zur Schau mit derselben Unbekümmertheit, mit der sie ihre mangelnde Bildung zur Schau stellt, beides vermutlich zum Gefallen der Zuschauer. »Nun, Professore Tossini?«

Tossini greift sich ans Ohr, offenbar funktioniert der Kopfhörer nicht. »Ich höre nichts.«

Die Riscatto verliert sofort die Geduld. »Prof, hören Sie mich? Hier ist Roberta Riscatto!«

Tossini schüttelt den Kopf. »Ich höre eine schrille Stimme, aber ich verstehe nicht, was sie sagt …«

»Vielen Dank, Prof, das ist meine Stimme!« Die Moderatorin kichert, auch wenn sie das überhaupt nicht witzig findet; sofort erhebt sich im Publikum neuer Applaus. »Prof, gerade habe ich zu Bodesco gesagt, dass mich dieses Theater unglaublich an Taormina erinnert, und er hat mir zugestimmt!«

Tossini fummelt an der Krawatte herum, aber mit nur einer Hand kann man sie einfach nicht binden. »Nun, vor allem ist das Theater in Taormina in seiner heutigen Form *römisch,* auch wenn die Anlage ursprünglich hellenistisch war. Der größte Teil des Wiederaufbaus stammt aus der Zeit des Augustus, mit späteren Erweiterungen aus der ersten Hälfte des zweiten Jahrhunderts nach Christus …«

»Halt! Prof, so geht das nicht, Sie schweifen zu sehr

ins Fachliche ab!« Die Riscatto fährt ihm gnadenlos über den Mund und wendet sich, da sie nicht die gewünschte Antwort bekommt, kurzerhand an die beiden Studiogäste. »Ich kenne das Theater in Taormina nämlich sehr gut, weil ich dort jeden Sommer die Sendung *Vocantando* moderiere!«

»Und das überaus bravourös, muss ich sagen!« Bodesco kann nicht umhin, sie zu loben.

Korkenzieherlöckchen nickt heftig mit dem Kopf. »Natürlich! Und es hat auch unheimliche Ähnlichkeit mit den Theatern von Siracusa und Segesta!«

»So gesehen auch mit denen von Tindari, Hippana, Akrai, Monte Iato, Morgantina …«, wirft Tossini verärgert ein.

»Aber ich bitte Sie, Sie wollen doch jetzt nicht etwa sämtliche antike Theater der Welt aufzählen!« Flehentlich legt die Riscatto die Hände zusammen, wendet sich dann an Richardson, der im Geflimmer einer superschlechten Verbindung kaum zu erkennen ist. »Prof Richard, bitte geben Sie mir eine Antwort! Aber in einfachen Worten!«

»Richard*son*.« Verständlicherweise reagiert er verärgert, weil man seinen Namen verstümmelt. »Wenn wir einmal davon ausgehen, dass Epidaurus den Prototyp des griechischen Theaters bildet, dann sind alle Theater in den Kolonien, die mein Kollege erwähnt hat, nichts anderes als Repliken, mit geringfügigen Variationen, die den morphologischen Gegebenheiten der verschiedenen Standorte geschuldet sind …«

»Nein, nicht doch, Prof, Sie wollen mich wohl auch verladen!« Wie sie ihn abwürgt, ist an Frechheit kaum zu überbieten. »Kann mir denn keiner eine einfache Antwort geben, die auch die Zuschauer verstehen?«

»Verzeihung, aber wenn Sie in groben Zügen wissen wollen …« Richardson versucht sich zu wehren, aber es ist sinnlos.

»Keine Sorge, Prof, ich weiß genau, was ich wissen will!« Die Riscatto wird noch rücksichtsloser. »Wenn dieses Prachtstück von einem antiken Theater, das wir hier auf dem Bildschirm sehen, nicht von den Griechen erbaut wurde, von wem denn dann? Kann mir das vielleicht mal jemand sagen? William Bodesco, Sie vielleicht, wo Sie doch schon in so vielen antiken Theatern aufgetreten sind?«

»Na ja, schwer zu beurteilen, ich hatte ja nicht mal Gelegenheit …« Natürlich will Bodesco sich nicht festlegen, vor allem nicht auf Verdacht, vor allem nicht in Anwesenheit von zwei Archäologen.

»Verstehe, Sie wollen sich lieber nicht exponieren!« Die Riscatto simuliert abwechselnd kindliche Naivität und bestialische Aggressivität. »Und Sie, Lucia Barbacani? Was sagen Sie als Hellseherin und natürlich als Schriftstellerin dazu?«

Die Barbacani streicht sich eine Locke aus dem Gesicht. »Wenn ich diese Bilder sehe, spüre ich eine neoklassische Atmosphäre …«

»*What is she talking about?!*« Richardson kann nicht mehr an sich halten.

»Wieso protestieren Sie, Prof Richard?« Die Riscatto lässt sich die Gelegenheit nicht entgehen. »Sind Sie nicht Lucias Meinung?«

»Verzeihung, aber das darf ja wohl nicht wahr sein.«

Colin Richardson erwidert ausgesprochen polemisch. »Der Neoklassizismus ist eine Kunstströmung aus der zweiten Hälfte des 18. Jahrhunderts und den ersten Jahrzehnten des 19. Jahrhunderts! Wenn man unqualifizierte Leute einfach reden lässt und sie dann vollkommen unpassende Begriffe benutzen …«

»Unpassend ist Ihr Verhalten, lieber Herr Engländer!« Die Barbacani zahlt mit gleicher Münze zurück. »Und unqualifiziert sind Sie! Und ungehobelt noch dazu!«

»Jetzt bitte keinen Streit! Fragen wir doch mal Prof Tossini in Bologna!« Die Riscatto fuchtelt mit den Armen wie ein Polizist, der den Verkehr regelt. »Können Sie uns vielleicht verraten, wer dieses sagenhafte Theater erbaut hat?«

Tossini zieht an einem Ende der Krawatte, als wollte er sie ablegen. »Na ja, vielleicht könnte man die Hypothese aufstellen, dass es sich um das Werk eines italischen Volkes aus vorrömischer Zeit handelt, aber natürlich kann man ohne …«

»Ein italisches Volk aus vorrömischer Zeit, unglaublich!« Ohne Skrupel schneidet sie ihm das Wort ab und geht auf die Kamera zu, um Erstaunen und Begeisterung mit ihren Zuschauern zu teilen.

Jetzt reden alle gleichzeitig, und man versteht gar nichts mehr.

»Ist das nicht fantastisch?« Die Riscatto scheint wie verzückt. »Ist das nicht unglaublich?«

»Ja!« Die Barbacani stimmt begeistert zu. »Damals waren sie in der Lage, Dinge zu machen, von denen wir heute trotz all unserer Technologie nur träumen!«

»This is sheer conjecture, how can anyone …« Von Richardson ist nur dieser Halbsatz zu hören.

Als die Riscatto sich erneut an Tossini wendet, brüllt sie vor Begeisterung so laut, als müsse sie von Rom nach Bologna rufen. »Und wer waren nun diese sagenhaften Italiker, die ein solches Prachtstück von Theater errichtet haben?«

»Nun ja …« Eigentlich widerstrebt es Tossini, etwas Definitives zu einer Ausgrabung zu sagen, die er selbst noch nie gesehen hat, aber an diesem Punkt ist er versucht es doch zu tun, um sich aus seiner unhaltbaren Lage zu befreien. »Es steht außer Zweifel, dass diverse indoeuropäische Völker schon um die Mitte des dritten Jahrtausends vor Christus die Alpen überquert haben, davon zeugen Fragmente von Menhirstatuen mit Waffen- und Sonnendarstellungen und die Glockenbecherkultur …«

»I'm sorry, Tossini!« Richardson grätscht dazwischen. »Die Glockenbecherkultur entstand am Ende des Neolithikums, damit würde das Theater ins zweite Jahrtausend vor Christus datiert, während es doch eher danach aussieht …«

»Für eine gesicherte Datierung bräuchte man natürlich eine Übereinstimmung der drei grundlegenden Ansätze, das weiß doch jeder Esel!« Tossini schwitzt. »Stratigrafie, Typologie und Technologie …«

»Um Himmels willen, ich flehe Sie an, nicht wieder dieses Fachchinesisch!« Die Riscatto stöhnt auf, verdreht die Augen, sie weiß, was sie ihren Zuschauern zumuten kann.

»This is unacceptable! Wie soll man eine ernsthafte Diskussion führen, wenn man dauernd unterbrochen wird …« Richardson protestiert aus dem Off.

»Was hat er gesagt? Ich höre nichts.« Tossini hat den Kopfhörer abgenommen, hält ihn ratlos in der Hand, wirkt immer hilfloser.

»Hauptsache, wir haben endlich ein Datum, das zweite Jahrtausend vor Christus!« Ohne Skrupel zieht die Riscatto haarsträubende Schlüsse aus den Äußerungen ihrer Gäste. »Dann ist es ja sogar noch viel älter, als wir dachten! Liebe Freundinnen und Freunde zu Hause, ist das nicht unglaublich?«

»Als ich die Bilder sah, hatte ich sofort ein fantastisches Spektakel in diesem Theater vor Augen!« Die Barbacani gestikuliert, um ihre Vision zu erläutern. »Und ein Publikum aus herrlich gekleideten antiken Zuschauern, mit Gold- und Silberschmuck, Achat und Lapislazuli und farbenprächtigen Gewändern! Und eine wunderschöne Frau, die zwischen den Säulen akrobatische Kunststücke vorführt!«

»Stellt euch vor, was für ein herrliches Schauspiel, zauberhaft!« Die Riscatto überschlägt sich fast vor Begeisterung. »In so einem Fall sieht ein Medium doch mehr als jeder Wissenschaftler!«

»Schade nur, dass die weiblichen Rollen im antiken Theater von *Männern* gespielt wurden!« Erzürnt erscheint Richardson einen Moment auf dem Bildschirm.

»Veronicaaa?« Die Riscatto ignoriert ihn und wendet sich an ihre Korrespondentin.

»Ja, Roberta!« Die Del Muciaro ist sofort zur Stelle.

»Kannst du deinen Professor fragen, ob er es nicht ungehörig findet, dass die lokalen Behörden nichts unternommen haben, um sich an der Ausgrabung einer derart bedeutenden Fundstätte zu beteiligen?« Die Riscatto wechselt das Register, schaltet auf empört um.

»Professore, finden Sie es nicht skandalös, dass die Gemeinde Cosmarate nichts unternommen hat, um sich an der Ausgrabung einer derart bedeutenden Fundstätte zu beteiligen?«

»Ehrlich gesagt, kenne ich mich mit den lokalen Gegebenheiten nicht aus, um mich dazu zu äußern, müsste ich erst mal wissen …« Wieder wird ihm mitten im Satz das Mikrofon weggenommen.

»Finden Sie es richtig, dass der gesamte Aufwand einem Privatmann, dem Marchese Guidarini, aufgebürdet wurde, der ganz allein drei Jahre lang gearbeitet und sämtliche Kosten übernommen hat?« Die Del Muciaro übernimmt eigenständig die Initiative und hält Tossini das Mikrofon hin.

»Na ja, um bei der Wahrheit zu bleiben, muss auch gesagt werden, dass es durchaus Kollegen gibt, die zu sehr unorthodoxen Methoden greifen …« Auch wenn er fix und fertig ist, spielt um seinen Mund ein abwertendes Lächeln; und schon ist das Mikrofon wieder weg.

»Jetzt lassen Sie aber mal den Marchese in Ruhe, der hat nur Gutes getan und ist außerdem ein faszinierender Mann!« Die Barbacani ereifert sich.

Vor dem Fernseher klopft Agnese ihm anerkennend auf die Schulter, er guckt finster und boxt zurück.

»Das kann ich nur bestätigen!« Die Riscatto nickt heftig. »Wirklich ein ungewöhnlicher Mensch, der Marchese! Und es ist bestimmt kein Zufall, dass seine illustren Kollegen neidisch auf ihn sind, wie man sieht!«

»Neidisch, Signora, worauf denn?« Tossini ist knallrot und platzt fast. »Was fällt Ihnen eigentlich ein, derartige Andeutungen zu machen?!«

»Von den Politikern ganz zu schweigen, egal auf welcher Ebene!« Die Entrüstung der Barbacani kennt keine Grenzen. »Schäbig, falsch, unehrlich! In diesem Land gibt es viel zu viele Leute, die man eigentlich davonjagen müsste! Doch stattdessen bezahlen wir sie!«

»Ja, so ist es, leider!« Mit seinem Tenor stimmt Bodesco mit ein. »Dasselbe gilt für die Oper.«

»Richard? Jetzt mal ehrlich, aber wir sind hier nicht bei einem Univortrag!« Die Riscatto kennt kein Halten mehr.

»Ich liebe Italien wirklich sehr, aber euer doppeltes Verhängnis sind die schwerfällige Bürokratie und die Korruption! Neben einer Politik, der es nur um die eigene Selbsterhaltung geht! Und ein Fernsehen von niederschmetternder Oberflächlichkeit, wenn ich das mal sagen darf! Ihr seid ein wunderbares Land, das sich selbst Schaden zufügt!« Auch Colin Richardson klingt immer verbitterter, als wollte er sich an das allgemeine Klima anpassen.

»Genau, Prof Richard! Aber, entschuldigt mal!« Die Riscatto wirft der Kamera lodernde Blicke zu. »Ihr Geistesgrößen scheint mir, ehrlich gesagt, auch nicht ganz unschuldig gegenüber denen, die sich die Hände schmutzig machen, wie der Marchese Guidarini!«

Angewidert wirft Richardson verzweifelt die Arme in die Luft. *»You are absolutely hopeless, I just give up!«*

Die Riscatto wendet sich wieder an die Del Muciaro, um erneut Tossini zu befragen. »Veronica, frag den Professor doch mal, ob er nicht auch das Gefühl hat, nicht ganz unschuldig zu sein an alldem!«

»Professore Tossini, hat die akademische Welt gegenüber Feldforschern wie dem Marchese Guidarini nicht auch Schuld auf sich geladen?«

»Was für eine Schuld denn?« Tossini ist aufgebracht und ringt sichtlich nach Atem. »Ich wiederhole, Guidarini hat oft auf umstrittene Art agiert, um es mal freundlich auszudrücken, in Syrien und bei anderer Gelegenheit …«

Agnese zielt mit einer Pistolenhand auf Guiscardo und drückt mit dem Zeigefinger den unsichtbaren Abzug. Er tut so, als wäre er getroffen, und fällt seitlich aufs Sofa.

»Prof, Sie übernehmen die Verantwortung für Ihre Äußerungen! Wir distanzieren uns, weil der Marchese nicht hier ist, um sich zu verteidigen!« Automatisch übernimmt die Riscatto die Verteidigerrolle.

»Ich übernehme immer die Verantwortung für das, was ich sage, verehrte Signora!« Tossini ist pikiert, schnappt nach Luft. »Ich wollte nur betonen, dass ich von diesem Theater bis vor ein paar Tagen absolut nichts wusste, weil niemand es für nötig gehalten hat …«

»Dann war es also nicht nur der Bürgermeister von Cosmarate, der von dem Theater nichts wusste, sondern auch die sogenannten Experten! Wirklich unglaublich!« Die Riscatto ereifert sich erneut.

»Professore, ist das denn nicht ein ziemlich schwerwiegendes Eingeständnis von Ignoranz seitens eines sogenannten Experten?« Die Del Muciaro schafft es, die Anschuldigungen ihrer Chefin noch zu toppen.

»Aber was für ein Eingeständnis von Ignoranz denn, ich

bitte Sie!« Tossini ist völlig aufgelöst, seine Stimme wird rau, die Krawatte baumelt an ihm wie ein sterbender Aal. »Für archäologische Funde gibt es präzise Regeln, und wenn der Kollege sich nicht daran gehalten hat …«

»Verstehe, es ist also alles eine Frage der Bürokratie, wie Prof Richard gesagt hat! Unser doppeltes Verhängnis!« Kämpferisch stöckelt die Riscatto auf ihren hohen Absätzen auf die Kamera zu, als wollte sie gleich in die Wohnzimmer stürmen und die Zuschauer agitieren. »Hauptsache, man hat das richtige Formular mit Stempel und Unterschrift! Und dann versackt alles unweigerlich in den unergründlichen Tiefen der Bürokratie und wird auf den Sankt-Nimmerleins-Tag verschoben, Ende der Vorstellung! Und hätte der Marchese Guidarini nicht den Mut gehabt, auf all das zu pfeifen, und hätten wir von *Tutto qui!* seinen Fund nicht öffentlich gemacht, wüsste bis heute kein Mensch von diesem einzigartigen Schmuckstück der Antike!«

»Ganz meine Meinung, Roberta!« Die Barbacani stimmt emphatisch zu. »Wirklich unerhört!«

»Ja, eine echte Schande ist das!« Bodesco nutzt seine Stimmkraft voll aus.

Die Del Muciaro schwimmt auf der Welle mit. »Professore Tossini, jetzt mal Hand aufs Herz! Finden Sie nicht auch, dass die Schuld außer auf die Lokalpolitiker auch auf euch sogenannte Experten fällt, mit eurer Manie, immer alles zu verhindern statt zu helfen?«

»Aber Signorina, was reden Sie denn da? Hand aufs Herz, was soll denn das? Verhindern, was denn? Helfen, wem denn? Und hören Sie bitte auf, dauernd von *sogenannten* Experten zu sprechen! Das ist höchst beleidigend und absurd!« Tossini dreht noch mal auf, obwohl er fix und fertig ist. »Wenn Sie mich mal ausreden ließen, ohne mir alle zwei Sekunden ins Wort zu fallen, könnte ich erklären, warum die Verfahren …«

»Jetzt reicht's aber, Prof! Immer die Vorschriften und noch mal die Vorschriften. Wenn wir uns immer an die Vorschriften halten wollten, würden wir in diesem tollen Land nie etwas zustande bringen!« Inzwischen grölt die Riscatto nur noch und schimpft ungeniert wie ein Fischweib.

»Genau so ist es, Roberta!« An Schrillheit steht die Barbacani ihr in nichts nach. »Würde man sich an die Vorschriften halten, könnte man hierzulande nicht einmal den Beruf des Mediums mit der erforderlichen Würde ausüben!«

»Wenn sie wenigstens klar wären, die Vorschriften!« Auch Bodesco ist voll auf die Polemik eingestiegen. »Aber die Politiker ändern dauernd alles, wie es ihnen gerade passt! Mit diesem ständigen Hin und Her haben sie die Welt der Oper zugrunde gerichtet!«

»Reden wir doch mal Klartext: Wir haben sie ein für alle Mal satt, diese Vorschriften! Schluss! Schluss! Schluss!« Die Riscatto spornt das Publikum im Studio an, das mit Gejohle und Applaus reagiert.

Tossini wirkt zunehmend wie ein politischer Gefangener; Richardson klappt den Laptop zu und verschwindet.

»Aber egal.« Die Riscatto läuft vor und zurück, kämpferisch, triumphierend. »Hauptsache ist doch, wir haben jetzt einen Namen für das antike italische Theater!«

»Und der ist wun-der-schön, Roberta!« Die Barbacani legt Zeigefinger und Daumen aneinander und zieht an einem imaginären Faden.

»Echt!« Bodesco stimmt ein. »Darauf können wir stolz sein!«

»Gut, den Personalausweis haben wir jetzt, auch wenn es ein bisschen gedauert hat!« Die Riscatto kommt zum Schluss. »An diesem Punkt bleibt uns nur zu wünschen, dass das antike italische Theater umgehend für das Publikum geöffnet wird, ohne tausend bürokratische Hindernisse, sodass alle ein einzigartiges Meisterwerk bewundern können, das von unseren Vor-Vorfahren erschaffen wurde! Vielleicht haben wir dann sogar Gelegenheit, dort einen Auftritt unserer Studiogäste, Lucia Barbacani und William Bodesco, zu erleben. Wir von *Tutto qui!* sind jedenfalls stolz darauf, dass wir mit unseren bescheidenen Mitteln dazu beitragen konnten, euch davon zu berichten!«

Das Publikum im Studio klatscht laut, Bodesco und die Barbacani verbeugen sich und winken zum Abschied.

»Bestimmt, Roberta!« Die Del Muciaro zwinkert und lächelt in die Kamera.

Tossini versucht noch etwas zu sagen, aber er kann nicht mehr, und ohne Mikrofon hört man ihn ohnehin nicht.

»Also vielen Dank an den Prof aus Bologna, an den Prof aus England, der verschwunden ist, und an unsere Gäste hier im Studio!« Die Riscatto kehrt der Barbacani und Bodesco den Rücken zu, steuert auf den großen Studiobildschirm zu, auf dem jetzt zwei Fischerboote zu sehen sind, mit finster aussehenden Männern an Bord. »Und jetzt gehen wir nach Mazara del Vallo, wo sich eine schreckliche, wirklich entsetzliche Geschichte zwischen zwei Fischerfamilien zugetragen hat, die, stellt euch mal vor, seit gut drei Generationen Rivalen sind!«

Agnese schaltet den Fernseher aus, guckt halb amüsiert, halb fragend Guiscardo an.

»Mamma mia, was für ein Geschwätz.« Er steckt das letzte Stück Vollkornbrot mit Ziegenkäse und Radicchio aus dem alten Gewächshaus in den Mund, springt auf, klopft die Krümel von Pullover und Hose.

Neunzehn

Als Annalisa Sarmani draußen am Tor der Villa Guidarini den Klingelknopf drückt, hat sie vor Aufregung plötzlich Herzklopfen. Eine Empfindung, von der sie eigentlich geglaubt hatte, sie hätte sie längst abgelegt, genauso wie bestimmte Vorstellungen, bestimmte Platten, die sie früher hörte, bestimmte Bücher, die sie früher las, bestimmte Frisuren, bestimmte Kleider und Schuhe, die ihr mittlerweile nur noch selten unterkamen, in schwer zugänglichen Fächern des Kleiderschranks oder auf Fotos, die gerahmt im Wohnzimmer auf irgendeinem Regal standen oder in einem Album schlummerten, gut versteckt in irgendeiner abgeschlossenen Schublade. Zum Glück ist sie nicht wegen dieses dummen, kindischen Gefühls hier, sondern aus ganz handfesten politisch-administrativen Gründen. Allerdings hat sich dieses dumme, kindische Gefühl auf der Fahrt von Suverso hierher nach Cosmarate immer wieder hartnäckig zu Wort gemeldet und die handfesten politisch-administrativen Gründe so weit in Frage gestellt, dass sie mal bremste, dann aber wieder Gas gab und einmal sogar angehalten hat, weil sie ernsthaft mit dem Gedanken spielte, einfach umzukehren. Aber jetzt war es zu spät für Überlegungen und Zweifel, welchen Eindruck es wohl machen würde, wenn sie zum zweiten Mal unangemeldet vor der Tür stand; jetzt war sie hier und hatte schon geklingelt.

»Wer ist da?« Die Stimme von Agnese, Guidarinis Assistentin.

»Guten Tag, hier ist Annalisa Sarmani.« Der Ton klingt bestimmt, zum Glück verdrängen die politisch-administrativen Gründe das dumme, kindische Gefühl, mit dem sie immer noch kämpft.

»Ah, guten Tag.« Agnese ist nicht abweisend, aber in ihrer Stimme schwingt immer noch ein gewisser Argwohn mit, genau wie in den forschenden Blicken, die sie ihr beim ersten Besuch und auch gestern im Gemeinderat zugeworfen hat.

»Ich würde gern mit dem Marchese Guidarini sprechen.« Okay, ihr Ton ist weder zögerlich noch unsicher: alles in Ordnung. Aber aus dem Augenwinkel kann sie die Reporter und Blogger sehen, die ein Stück die Straße hinunter in einem Fiat 500 und einem Ford-Transporter auf der Lauer liegen, wahrlich kein beruhigender Anblick.

»Ich weiß nicht, ob er da ist, ich muss erst mal nachsehen.« Sie ist gut darin, ihren Freund und Arbeitgeber abzuschirmen, auch wenn es ziemlich unwahrscheinlich ist, dass sie nicht weiß, ob er zu Hause ist, egal wie weitläufig die Villa La Conca auch sein mag.

»Gut, ich warte.« Annalisa Sarmani verfolgt aus den Augenwinkeln, was hinter ihr vorgeht: Sie glaubt ein drittes Auto zu sehen, höher als der Ford, aus dem jemand aussteigt. Es gefällt ihr gar nicht, hier draußen warten zu müssen, und noch weniger würde es ihr gefallen, hier von einem Journalisten oder Blogger erwischt zu werden, oder schlimmer noch von diesem Flegel von Bürgermeister.

Zum Glück öffnet sich das Tor; sie drückt den schweren Metallflügel auf, schlüpft hindurch und schließt ihn gleich wieder hinter sich.

Von Weitem kommen ihr die drei Hunde entgegen, seltsam lautlos wie neulich. Und dahinter Guidarini, in violettem Pullover mit orangefarbener, mit Arabesken bestickter Weste, blauer Hose, den üblichen Reitstiefeln. Er hat diesen eigenartigen Gang, eine Mischung aus Entschlossenheit und Unsicherheit. Aus einigen Metern Entfernung lächelt er ihr entgegen.

Auch sie versucht ein Lächeln zustande zu bringen, was jedoch ein bisschen gequält ausfällt, weil ihr urplötzlich wieder Zweifel kommen, ob es richtig war, noch einmal herzukommen. Zu allem Überfluss steht sie gerade fast an der Stelle, wo er sie beim letzten Mal umarmt hat. Wenigstens ist sie heute anders angezogen. Sie richtet sich auf, versucht ein höfliches Gesicht zu machen. »Guten Tag, bitte entschuldigen Sie, wenn ich schon wieder unangemeldet störe.«

»Guten Tag, Sie stören mich nicht im Geringsten.« Er lächelt immer noch, ergreift ihre Hand, führt sie zum Mund und streift sie mit den Lippen, eine vollkommen andere Geste als die Umarmung neulich; oder vielleicht doch nicht. Zum Glück versucht er nicht die Hand festzuhalten, lässt sofort wieder los.

Sie sieht sich um, als könne sie eine Inspiration finden bei den stummen Hunden, die neugierig gucken und schnüffeln, bei den uralten Parkbäumen, in der noblen Villa, die sich elegant vom grünen Rasen abhebt, an dessen Rand sich, von hier nicht zu sehen, die Mulde im Hügel auftut. Sie macht eine Handbewegung, auch die leicht verkrampft. »Ich wollte mich noch mal dafür bedanken, dass Sie persönlich in die Gemeinderatssitzung gekommen sind und das antike Theater so gut erläutert haben.«

»Ich bitte Sie. Ich fand es wichtig, Ihren Kollegen wenigstens ein paar Grundbegriffe zu vermitteln.« Er lässt sie nicht aus den Augen, beobachtet sie genau.

»Durch Ihr Kommen haben wir gewonnen.« Das hörte sich gar nicht gut an, wegen des blöden Reims.

»Das reimt sich sogar.« Er lacht.

»Nein wirklich, Ihr Beitrag war entscheidend, das haben Sie ja sicher gemerkt.« Sie versucht sich wieder zu fangen, ist aber durch tausend Einzelheiten abgelenkt, die sie wahrnimmt, ohne sie gewichten zu können: die Aufmerksamkeit, mit der er sie anschaut, der Ring mit dem Türkis, die Arabesken auf der Weste, die Art, wie er sich bückt, um einen der Hunde zu streicheln. Sie muss sich unheimlich zusammenreißen, um ihre Gedanken zusammenzuhalten, um ein Minimum an amtlicher Glaubwürdigkeit zu behalten. »Sie haben es geschafft, das Misstrauen der Gemeinderäte zu zerstreuen, und das ist nun wahrlich keine Kleinigkeit, das können Sie mir glauben.«

»Ich kann's mir vorstellen.« Jetzt zum Beispiel wirkt er ernsthaft, und doch ist da dieses Glitzern in den Augen, vielleicht ironisch, vielleicht auch nicht, vielleicht guckt er auch immer so.

»Sicher haben Sie gemerkt, dass der Gemeinderat in kultureller Hinsicht, sagen wir mal, nicht gerade besonders sensibel ist.« Auch sie versucht ein bisschen ironisch zu klingen, ist aber unsicher, ob sie das rechte Maß trifft.

»Habe ich.«

»Aber mit Ihrer *lectio magistralis* haben Sie alle überzeugt, sogar die Opposition.« Viel zu geschwollen, was sie da sagt, aber sie weiß nicht recht, wie sie dieses Gespräch einschätzen soll: Ist es offiziell, eine freundschaftliche Unterhaltung oder ein Mittelding?

»Nur der hiesige Bürgermeister schien alles andere als begeistert.« Guidarini lacht.

»Absolut.« Bei dem Gedanken, wie Bozzolato mit hochrotem Kopf herumgebrüllt und herumgefuchtelt hat, muss auch sie unweigerlich lachen. »Obwohl er von nichts gewusst und überhaupt nichts zur Ausgrabung des Theaters beigetragen hat, fühlt er sich jetzt trotzdem um einen Schatz betrogen, nur weil wir aus Suverso uns darum kümmern wollen.«

»Schwachkopf.« Guidarini macht eine wegwerfende Geste, als wollte er das Thema jetzt endgültig abhaken.

Es fällt ihr unglaublich schwer, zum eigentlichen Zweck ihres Besuches zu kommen, weil sich dauernd ganz andere, ziemlich ungehörige Empfindungen in ihr Denken mischen. »Jetzt, wo führende Experten bestätigt haben, dass es sich um ein italisches Theater handelt, wird das Interesse noch weiter zunehmen. Gestern habe ich Professor Tossini bei der Riscatto gesehen und diesen englischen Professor, der Name fällt mir jetzt nicht ein ...«

»Richardson. Offenbar haben die beiden sich da ja richtig wohlgefühlt.« Guidarini hat nichts von seiner Ironie verloren.

»Unglaublich jedenfalls, wenn man bedenkt, dass es über zweitausend Jahre alt ist.« Dabei zeigt sie in Richtung Mulde. »Umso dringender brauchen wir jetzt eine offizielle Vereinbarung.«

Er grinst, als finde er es amüsant, wie sie die Sache darstellt. »Sie meinen einen Vertrag?«

»Ja, natürlich.« Sie weiß nicht, warum es ihr peinlich ist, auf einen schnellen Vertragsabschluss zu drängen, der doch beide Seiten, sowohl ihn wie die Gemeinde, absichern würde. »Angesichts des wachsenden Medieninteresses möchte Bürgermeister Fuscadori so bald wie möglich eine Pressekonferenz abhalten. Dann können wir alles Weitere in die Wege leiten, mit dem Ministerium, dem Denkmalschutz und so weiter.«

Er neigt den Kopf zur Seite und mustert sie forschend. »Sie sind also fest entschlossen? Wollen Sie wirklich weitermachen?«

»Natürlich bin ich entschlossen! Natürlich will ich weitermachen!« Annalisa Sarmani versucht einen klaren Kopf zu behalten und sich nicht verwirren zu lassen. »Ich hoffe, Sie auch!«

»Es gibt wohl kein Zurück mehr, oder?«

»Ich fürchte nicht.« Sie muss gegen die Vorstellung ankämpfen, dass dieser Wortwechsel eventuell zweideutig sein könnte. »Das Einfachste wäre, Sie würden Ihren Anwalt beauftragen, sich mit unserer Rechtsabteilung in Verbindung zu setzen, um die Details zu klären und Zeit zu sparen.«

»Aber ich habe gar keinen Anwalt.« Guidarini zuckt die Achseln, als wollte er etwas Lästiges abschütteln.

»Wie bitte?« Ungläubig starrt sie ihn an, versucht herauszufinden, ob das ein Scherz sein soll, aber er sieht ernst aus.

»Ich habe noch nie einen Anwalt gehabt. Nicht einmal bei der Scheidung von meiner Frau.« Wieder bückt er sich, um einem Hund den Kopf zu kraulen.

»Aber ... wie soll's denn jetzt weitergehen?« Sie ist verunsichert, damit hat sie nicht gerechnet.

»Keine Ahnung, ihr wollt das Theater doch unbedingt. Dann setzt doch einen Vertrag auf, und wenn er fertig ist, legt ihr ihn mir zur Unterschrift vor.« Er macht eine Geste, als würde er mit einem Federhalter schreiben, oder gar mit einem Gänsekiel.

Ihr fehlen die Worte; eigentlich hatte sie damit gerechnet, es mit einem ganzen Team aggressiver und arroganter Anwälte aufnehmen zu müssen, womöglich sogar aus einer großen Kanzlei in London oder Amsterdam, die garantiert überzogene Ansprüche stellen würden. »In Ordnung, wie Sie meinen ...«

»Und sind Sie nicht selbst Anwältin?« Sie weiß nicht, ob er sie provozieren will oder was sonst. »Sie können doch dafür sorgen, dass man mich nicht allzu sehr über den Tisch zieht.«

»Nein, kann ich nicht, damit käme ich direkt in einen Interessenkonflikt ...« Irgendwie hört es sich an, als wollte sie sich rechtfertigen, obwohl sie doch gerade das unbedingt vermeiden will.

»Sicher.« Er nickt, als verstünde er vollkommen und wollte sie auf keinen Fall in Schwierigkeiten bringen.

»Von jetzt an müssen wir superkorrekt vorgehen, auch

weil uns alle mit Argusaugen beobachten werden.« Das gilt natürlich für jede öffentlich-private Partnerschaft, doch jetzt kommt es ihr auf einmal so vor, als wollte sie damit ganz persönliche Gründe verschleiern, die ihr so peinlich sind, dass ihre Wangen rot anlaufen.

»Oje, wirklich alle.« Theatralisch schlägt er die Hand vor den Mund, macht ein Gesicht wie ein ängstliches Kind.

Sie schiebt die Handtasche vor sich, wie einen Schutzschild. Wieder spürt sie ein Prickeln im Gesicht, spürt den Druck jener absurden Umarmung. »Ich meine die Medien, die öffentliche Meinung, die Verwaltungen von Suverso und Cosmarate. Sogar die Spitzen der beiden Parteien, wie mir gesagt wurde. Unter anderem muss die Fundstätte klar vom restlichen Grundstück abgetrennt werden, ich nehme mal an, Sie legen Wert darauf, Ihr Privatleben zu schützen, das ist Ihr gutes Recht.«

»Sicher.« Er nickt, aber irgendwie scheint sein Interesse zu schwinden, er wendet sich ab und schaut nach oben.

»Also gut. Ich habe Ihre Zeit lange genug in Anspruch genommen, ich fahre jetzt zurück ins Rathaus und kümmere mich darum, die Sache zu beschleunigen. Ich halte Sie auf dem Laufenden.«

Er sieht zum Turm hinauf. »Würden Sie das Theater gern mal von oben sehen?«

»Sie meinen jetzt sofort?« Unschlüssig blickt sie hin und her, erst zum Turm hinauf, dann zu ihm, dann zu den Hunden, die sie umkreisen, dann zum Tor; zu viele widersprüchliche Impulse, zu einfach zu durchschauen.

»Natürlich.« Er sieht sie an, als wollte er sagen ›wann

sonst, wenn nicht jetzt‹. Er wartet ihre Antwort gar nicht ab, geht einfach los.

Eigentlich will sie gerade sagen, sie habe leider keine Zeit mehr, müsse sich um eine Menge dringender Sachen kümmern, vor allem um den Vertrag. Aber ihre Unschlüssigkeit ist so groß, dass sie einfach mitgeht, genauso spontan wie die Hunde.

Als sie an eine Tür kommen, hält er sie für sie auf, wieder mit einer dieser galanten oder überaus wohlerzogenen Gesten, die so gar nicht zu seinem ungewöhnlichen Aufzug und seiner allgemeinen Respektlosigkeit passen. Die Hunde bleiben freiwillig draußen, er winkt ihnen noch zu, als wären sie Menschen, dann schließt er die Tür und geht in den Flur voraus.

Als sie hinter ihm hergeht, kommt sie sich dumm und tapsig vor. Doch irgendetwas an ihm zieht sie magisch an: sein elastischer Gang, der schwache Geruch nach Sandelholz, den er verströmt. Die besondere Atmosphäre, das warme Licht, die Gemälde in leuchtenden Farben, die orientalischen Wandbehänge schärfen die Sinne und erweitern die Wahrnehmung.

Vor ihr geht er eine schöne helle Steintreppe hinauf, mit einem Handlauf aus glänzendem Holz, der an beiden Enden mit einem bronzenen Falkenkopf mit einer Ähre im Schnabel verziert ist. Seltsam beschwingt, wie der Bewohner eines exotischen Landes, den es aus mysteriösen Gründen in diese edle Architektur aus längst vergangener Zeit verschlagen hat, steigt er hinauf, ohne jedes Zögern. Die Beine sind kraftvoll vom Reiten, ebenso das Gesäß, eigentlich sollte sie lieber gar nicht so genau hinsehen, aber der Abstand zwischen ihnen beträgt weniger als einen Meter.

Sie folgt ihm wie einer Idee, die sie ebenso anzieht wie beunruhigt; sie tut doch nichts Falsches, sagt sie sich, wird aber das Gefühl nicht los, eine Dummheit zu begehen; fast mit jeder Stufe ändert sich ihre Wahrnehmung. Bei jedem Treppenabsatz redet sie sich ein, sie könne ja immer noch umkehren, mit irgendeiner Ausrede, doch stattdessen folgt sie ihm immer weiter die Treppe hinauf.

Irgendwann wird die Treppe schmaler, die Stufen werden höher; Guidarini nimmt sie mit Schwung, erreicht kurz vor ihr einen lichtdurchfluteten Raum mit vier ovalen Fenstern, eins an jeder Seite. Darin befindet sich ein Futon auf einem Holzgestell, auf dem eine dunkelblaue Decke mit orangenen Arabesken liegt, dasselbe Muster wie auf seiner Weste. Vor einem Fenster steht ein rustikaler Tisch, darauf eine Kristallvase mit Amaryllis in Rot, Rosa und Orange. An den Wänden hängen eine alte dunkle Ukulele, einige geschnitzte Holzmasken mit Tiergesichtern, bemalt in Grau, Schwarz und Ocker, und ein Gemälde mit einer fliegenden Ente über einem Teich, eine kleinere Version des großen Bildes aus dem Wohnzimmer. In einer Ecke führt eine Wendeltreppe zu einer Falltür an der Decke.

In drei Sekunden erfasst Annalisa Sarmani jedes Detail und hat sofort das Gefühl, sich in eine äußerst peinliche Lage gebracht zu haben. Wie konnte sie nur so leichtsinnig sein, warum in aller Welt war sie bloß ohne Wenn und Aber einem Typen gefolgt, an einen Ort wie geschaffen für amouröse Eroberungen. Wie konnte sie nur so dumm sein, sich freiwillig auf so etwas einzulassen, so naiv konnte doch höchstens ein junges unerfahrenes Mädchen sein, aber keine verheiratete Frau und Mutter, und eine Vizebürgermeisterin und Kulturstadträtin einer nicht ganz unbedeutenden Gemeinde schon gar nicht. Andererseits, was hatte sie denn erwartet, als sie bereitwillig mitging, statt auf der Stelle kehrtzumachen und in ihr Büro in Suverso zurückzufahren? Und noch davor, warum war sie überhaupt noch einmal hergekommen, wo doch ein Anruf genügt hätte? Sie ist wütend auf sich selbst und natürlich auf ihn, auf sein ganzes Verhalten, auf die Einladung, ihr das Theater von oben zu zeigen, wo er aus purer Berechnung eine Kristallvase mit Amaryllis hat aufstellen lassen, um Eindruck zu schinden. Sie tritt an eins der ovalen Fenster: Außer dem Rasen und den Bäumen im Park ist kaum etwas zu sehen. »Von dem Theater sieht man ja gar nichts.« Ihr Ton ist ziemlich gereizt, was ihre Vorbehalte jedoch nur zu einem kleinen Teil widerspiegelt.

»Von hier aus nicht.« Guidarini steht da und mustert sie eingehend, mit dieser Mischung aus unkonventionellem Verhalten und guten Manieren, mit diesem nervtötenden ironischen Glitzern in den Augen. Er deutet auf die Wendeltreppe in der Ecke, die Falltür in der Decke.

Jetzt war die letzte Gelegenheit, ihm klipp und klar zu sagen, dass sie für kindische Verführungsmätzchen keine Zeit und wirklich Wichtigeres zu tun hat. Aber während sie noch vergeblich nach einer möglichst schroffen Bemerkung sucht, hat er schon die Wendeltreppe erklommen, die Falltür geöffnet und ist zur Hälfte verschwunden.

Als er wieder auftaucht, sieht er sie fragend an. »Wollen Sie denn nicht raufkommen?«

Sie zögert noch einen Augenblick, steigt dann aber die Wendeltreppe hinauf, wobei sie sich zur Sicherheit am Geländer festhält, um ja nicht zu stolpern oder gar die Treppe runterzufallen, das wäre doch zu peinlich. Durch die Falltür gelangt sie auf eine kleine Terrasse mit umlaufender Brüstung, die an den Ecken mit Nymph- und Faunstatuen verziert ist.

Auf einer Seite steht Guidarini und winkt sie heran.

Von der plötzlichen Helligkeit und Kälte wie benommen, stellt sie sich widerstrebend neben ihn und schaut hinunter. Man hat einen freien Blick auf das in die Mulde eingelassene antike Theater, mit den harmonischen Halbkreisen, deren perfekte Proportionen man von hier oben erst richtig würdigen kann. Von hier sieht es aus wie ein echtes Wunderwerk, das die Zeit überdauert hat, allein um den Betrachter in Erstaunen zu versetzen. Es wirkt zwar kleiner als von unten, bildet aber trotzdem einen markanten Punkt, der sich harmonisch in die Umgebung einfügt. Fast rührend, wie es sich in die topografischen Gegebenheiten einpasst, statt sich dagegen aufzulehnen. Wie eine Botschaft von Harmonie und Stabilität, vor vielen Jahrhunderten auf Dauer angelegt, um bewundert zu werden, mit seinen kurvigen Linien, ohne Anspruch auf Vertikalität, ohne die Gesetze der Physik herauszufordern. Weiter hinten sieht man Bäume und die Mauer, die das Grundstück einhegen und vor unerwünschten Blicken von der Straße abschirmen, weiter unten sieht man bis in die Ebene, in der sich im bläulichen Dunst Werkhallen, Fabriken, Straßen und andere moderne Scheußlichkeiten ausbreiten.

»Als der Turm erbaut wurde, gab es dort unten nur Wald und Felder.« Jetzt wirkt sein Lächeln irgendwie traurig. »Vermutlich konnte sich damals niemand vorstellen, was die Brutalität moderner Baustoffe, die Grausamkeit scharfer Kanten, was dumme Überheblichkeit, blinde Geldgier und völlige Missachtung organischer Kreisläufe alles anrichten können.«

»Aber die Aussicht ist immer noch wunderschön.« Absurd, dass gerade sie das sagen muss, während er hervorhebt, was den Gesamteindruck eher stört: keine überzeugende Taktik für einen Verführer, der ein Ergebnis mit nach Hause bringen will. Doch wie dem auch sei, das Privileg dieses Panoramablicks weiß sie durchaus zu schätzen. »Man darf halt nicht zu weit in die Ferne gucken.«

»Ja, stimmt, den Blick in die Ferne zu meiden ist immer eine Option.« Dabei guckt er gerade sehr weit, mit einer Hand über den Augen. Dann wendet er sich nach rechts und zeigt ihr die Silhouette der berüchtigten Spielhalle und der klotzigen Neubauvillen, die mit ihren Betonfassaden hoch in den Himmel ragen, von weiter unten aber zum Glück nicht zu sehen sind. »Zumindest so lange, wie das Ferne nicht näher rückt, einen umstößt und überrollt.«

»Wohl wahr.« Etwas Besseres fällt ihr nicht ein, ihre Gedanken sind so schwerfällig wie ihre Bewegungen. Zudem pfeift ein eiskalter Wind, was die Sache nicht besser macht.

»Jetzt habe *ich* Ihre Zeit aber lange genug in Anspruch genommen.« Guidarini schwenkt wieder auf die formale Schiene ein, warum auch immer. »Aber ich dachte, ein Blick von oben könnte Ihnen gefallen.«

»So ist es, es hat mir sehr gefallen.« Sie fragt sich, ob das vielleicht zu riskant war, doch da hat sie es schon ausgesprochen. Wieder überläuft sie ein Schauder, vielleicht die Kälte.

»Jetzt haben Sie jedenfalls ein vollständiges Bild, nicht wahr?« Die Frage scheint über die wörtliche Bedeutung hinauszugehen, so als wollte er sie fragen, ob sie ein vollständiges Bild ihres Lebens habe, ein Bild all dessen, was sie sich seit ihrer Kindheit und Jugend je erträumt und erhofft hat.

Als sie sich umdreht, merkt sie, dass sie viel zu dicht neben ihm steht. Es ist absurd, eigentlich müsste sie unbedingt von ihm abrücken, bleibt aber, wo sie ist, müsste eigentlich den Blick abwenden, sieht ihn aber weiter an, müsste eigentlich etwas sagen, um sich aus dieser heiklen Lage zu befreien, rührt sich aber nicht. Eigentlich müsste sie wollen, dass er jetzt rasch zur Falltür und die Treppe hinunterginge, doch stattdessen wünscht sie sich, dass er sie erneut umarmt.

Er legt ihr die Hand auf die Schulter: sanft, durch den dicken Mantel kaum wahrnehmbar, zart wie eine Impression. Erstaunlicherweise genau passend zu dem Blick und dem Lächeln, mit dem er jetzt wie in Zeitlupe auf sie zukommt.

Trotz allem denkt sie, ihr bliebe noch Zeit sich zurückzuziehen und den Kontakt zu meiden, die Nähe auszulöschen, als sei nie etwas gewesen; doch stattdessen geht sie auf ihn zu, auch sie in Zeitlupe, gerade so viel, um den Stillstand des Augenblicks zu durchbrechen.

Dann lässt sich nicht mehr unterscheiden, ob die Empfindungen aus der Vorstellungskraft kommen oder umgekehrt, denn wieder gibt sie sich bereitwillig dieser absurden

Umarmung hin, als wäre es das überraschendste Ereignis der Welt. Der Kraft, mit der sie einander drücken, der unterschiedlichen Konsistenz, den unterschiedlichen Gerüchen, die sich vermischen, dem Austausch von Körperwärme. Vor allem wo sie so unterschiedlich dick angezogen sind, sie im dicken Mantel, er nur mit Pullover und Weste, wäre er dicker gekleidet, würde sie seine Muskeln, seinen Druck weniger spüren.

Dann ein Brummen, das aus dem pulsierenden Blut bis in die Schläfen aufzusteigen scheint und immer heftiger wird. Sie lösen sich voneinander und schauen nach oben: Über ihren Köpfen schwirrt ein eigenartiges Gerät durch die Luft.

Er hechtet in eine Terrassenecke, schnappt sich eine Zwille und ein paar Steine aus einem Korb, zielt auf die in der Luft zitternde Drohne, spannt das Gummi, schießt. Daneben, er versucht es noch einmal, wieder daneben. Er macht einen dritten Versuch: Volltreffer, ein furchterregender Knall.

Mit kreischenden Rotorblättern kommt die Drohne ins Trudeln, kippt zur Seite und schmiert ab; sie knallt auf das Dach, prallt von dort ab, wird noch einmal in die Luft geschleudert und stürzt dann hinunter auf den Rasen.

Gespannt wirft Guidarini einen Blick nach unten, dreht sich dann um und sieht sie mit triumphierender Miene an, was sie amüsant findet, zugleich aber auch besorgniserregend, weil sich seine Genugtuung mit der Empfindung dieser Umarmung vermischt, bis sie keinen klaren Gedanken mehr fassen kann.

Zwanzig

Wie jeden Morgen betritt Massimo Bozzolato um Punkt neun das Rathaus, keine Minute später, um sich von vornherein gegen jeglichen Vorwurf der Faulheit vom politischen Gegner, aber auch aus den eigenen Reihen abzusichern, doch auch keine Minute früher, weil er sich auf keinen Fall halb verschlafen an die Arbeit machen und wichtige Entscheidungen treffen will, die sich dann womöglich als verhängnisvolle Fehleinschätzung entpuppen. Er geht zu Fuß die Treppe hoch, auch wenn er lieber den Aufzug nehmen würde, aber ein bisschen Bewegung muss sein, das hat er seinem Arzt, seiner Frau und seinen Jagdfreunden versprochen. Ist ja auch nur ein Stockwerk, wenn auch so hoch, dass es leicht für zwei durchgehen könnte. Eine prunkvolle Freitreppe, vielleicht nicht so imposant wie die in Suverso, aber auch nicht schlecht, mit Steingeländer, Statuen in den Nischen und einer Plakette, die an den Besuch Giuseppe Garibaldis im September MDCCCLIX erinnert (das genaue Datum in normalen Zahlen wüsste er jetzt nicht, irgendwann im 19. Jahrhundert jedenfalls).

Als er oben ankommt, ist er leicht außer Atem, aber nicht allzu sehr, und betritt das Empfangszimmer vor seinem Büro. Da sitzt Sonia an ihrem Schreibtisch und knabbert an einer Brioche, die sie, sobald sie ihn sieht, schnell in einer Schublade verschwinden lässt, aber die Krümel und Zuckerreste im Mundwinkel, am Kinn und auf dem Pullover verraten sie. Hastig klopft sie die Krümel ab, wirft ihm einen verschwörerischen Blick zu und deutet mit dem Kinn zum Fenster.

Als er sich umdreht, entdeckt er dort Todaro, den er beim Reinkommen glatt übersehen hat, weil er halb hinter den Vorhängen versteckt steht.

Jetzt kommt Todaro ziemlich aufgeregt auf ihn zu. Keine Begrüßung, keine Entschuldigung dafür, dass er bei seiner Protestaktion in Suverso gekniffen hat. »Bozzolato, ich muss dich unbedingt sprechen.«

»Danke noch mal für die brüderliche Unterstützung.« Auch wenn man in der Politik schnell vergisst oder wenigstens so tut, als sei der schlimmste Verrat schon längst vergessen, hat Bozzolato keineswegs die Absicht, ihn ungeschoren davonkommen zu lassen.

Aber Todaro geht gar nicht darauf ein: Kopfschüttelnd schaut er sich um, als wollte er sagen, hier könne man nicht reden. »Gehen wir doch lieber einen Kaffee trinken.«

»Ich kann einen bringen lassen.« Bozzolato fühlt sich verpflichtet, den Gastgeber zu spielen, obwohl es ihm eigentlich widerstrebt, einen halben Verräter zuvorkommend zu behandeln.

Wieder schüttelt Todaro den Kopf, wieder ohne sich zu bedanken. Obwohl er als einfacher Gemeinderat hier immerhin einen Bürgermeister vor sich hat, hält er sich offensichtlich für was Besseres, wegen der Größe seiner Stadt und der privilegierten Kontakte, die er hat. »Habt ihr hier in Cosmarate denn keine Bar?«

»Wir haben sogar *drei,* keine Sorge!« Bozzolato ärgert sich über die Unterstellung und weil er jetzt, kaum oben angekommen, schon wieder runtergehen soll. Aber er geht mit, weil er unbedingt den Grund für die ganze Aufregung erfahren will. In der Politik weiß man ja nie, und wichtige Neuigkeiten kommen selten in aller Ruhe.

Draußen auf der Piazza versucht Bozzolato das Tempo vorzugeben, schließlich ist er hier der Hausherr, aber Todaro stürmt mit gesenktem Kopf davon, wie ein aufgeschrecktes Maultier, ohne ersichtlichen Grund. In zwei Minuten sind sie in der Bar *Il Sorriso,* in der nur eins sicher ist, nämlich dass hier keiner lächelt. Wenigstens gelingt es Bozzolato, als Erster einzutreten und sich sein »Guten Morgen, Herr Bürgermeister« abzuholen, von Ivana an der Kasse, von Walter hinter dem Tresen und noch ein paar anderen Gästen. Aber Todaro lässt sich davon überhaupt nicht beeindrucken, packt ihn am Arm und zerrt ihn bis ganz nach hinten zum allerletzten Tisch. »Setz dich.«

»Hey Todaro, kannst du mir mal verraten, was das soll?« Bozzolato versteht die ganze Hektik nicht, und außerdem geht es ihm gehörig gegen den Strich, derart mitgeschleift zu werden.

Todaro sieht ihn mit vor Schreck geweiteten Pupillen an und zittert fast vor Angst. »Die von der Gusmondi wollen dich sprechen.«

Bozzolato weiß erst nicht, ob er sich setzen oder lieber stehen bleiben soll. Dann setzt er sich doch lieber. »Wie, die von der Gusmondi?«

»Tja.« Auch Todaro setzt sich, ruckartig wie ein Roboter.

Dann holt er das Handy aus der Tasche und zeigt ihm das Display: Auf der Anruferliste steht tatsächlich GUSMONDI, in Großbuchstaben.

»Und was wollen die?« Bozzolato wusste zwar, dass Todaro über direkte Kontakte zum Mutterhaus verfügte, aber jetzt den Beweis vor Augen zu haben war doch ein ziemlicher Schock.

»Als ich angerufen habe, um sie hinsichtlich des antiken Theaters auf den neuesten Stand zu bringen, wollten sie sofort ein Face-to-Face-Gespräch mit dir.«

»Wie, *face to face*?« Der Ausdruck gefällt Bozzolato gar nicht, er hat etwas Bedrohliches.

Todaro beachtet ihn gar nicht, ruft schon zurück und drückt das Handy ans Ohr. »Ja, ich bin's noch mal. Ja, er ist jetzt hier. Ja, sofort.«

»Wer ist da?« Inzwischen ist auch Bozzolato nervös geworden. Und genau genommen auch ziemlich ungehalten, weil Todaro immer weniger zu ihm hält, dafür immer mehr zu den anderen.

»Zir-ca-ni.« Todaro spricht den Namen lautlos aus, man muss ihn von den Lippen ablesen; dann gibt er ihm das Handy.

»Hallo?« Bozzolato spürt, wie eine Art Panik in ihm aufsteigt, wie früher, wenn er zum Verkaufsleiter zitiert wurde, weil er nicht genügend Landmaschinen verkauft hatte, auch wenn er nichts dafür konnte.

»Zircani?« Bozzolato versucht's erneut. Zircani, den kannte er doch, von Fotos aus dem Blog der Wende® und aus den Zeitungen, das war einer der Topberater der Gusmondi, einer von dreien, die wirklich zählten.

»Zìrcani.« Der Tonfall ist alles andere als freundschaftlich.

»Wie bitte?« Bozzolato versteht nicht.

»Zìrcani.« Offenbar legt er Wert auf die richtige Betonung, vermutlich um von den »cani« abzulenken. Dann schreibt es im Blog doch gefälligst mit Akzent, dann weiß man wenigstens Bescheid!

»Ah, entschuldige, Zìrcani.« Bozzolato geht darauf ein, um nicht gleich mit dem falschen Fuß zu starten, auch wenn er von einem Topberater der Gusmondi, ehrlich gesagt, eigentlich andere Prioritäten erwartet hätte.

»Schalt auf Videoanruf.« Der wurde auch nicht freundlicher, wenn man seinen Namen richtig aussprach.

Da Bozzolato sich mit dem Handymodell nicht auskennt, reicht er es Todaro, damit nichts schiefgeht. »Er will Video.«

Todaro klopft mit dem Finger auf das Display, gibt ihm das Handy zurück.

Als Bozzolato wieder hinsieht, trifft ihn fast der Schlag, denn da ist nicht Zìrcani oder Zircàni, wie immer man das ausspricht, sondern Hans Gusmondi persönlich.

»Bozzolato, richtig?« Ein knallharter Typ, dieser Hans Gusmondi, der eiskalte Blick aus halb zugekniffenen Augen wirkt irgendwie bedrohlich. Vielleicht war er als gebürtiger Schweizer gerade deshalb der Richtige, um die italienische Politik aus den Angeln zu heben.

»Ja, ja, ganz richtig! Außerordentlich geehrt, wirklich!« Natürlich kannte er Gusmondi aus den Medien, muss sich jetzt aber erst mal daran gewöhnen, ihn leibhaftig vor sich zu haben (bloß auf Todaros Handy, na gut, aber trotzdem *face to face*). Die Aufregung ist verständlich: Immerhin reden wir hier von einem, der schon im zarten Alter von neunzehn in der Garage seiner Eltern in Lugano an der bahnbrechenden Konzeption der Wende® herumtüftelte, weil er begriffen hatte, dass die tiefgreifende Legitimationskrise der traditionellen Parteien jedem ungeahnte Möglichkeiten eröffnen würde, der sich etwas ganz Neues ausdachte. Aus dieser Garage wurde die legendäre Internet-Kampagne mit dem Slogan ICH FINDE DICH ZUM KOTZEN gestartet, der in Riesenlettern jedes Mal einem anderen Politiker zugeordnet wurde. Irre, was dieses Wunderkind zustande gebracht hat, denn in Italien waren alle wie vom Schlag gerührt, als die Wende® die Wahlen haushoch gewann. Danach hatten sie zwar die Hälfte der Stimmen wieder verloren, das stimmt, aber es war ja nicht seine Schuld, dass sich ein Großteil der Gewählten später als derart unfähig erwies. Auf jeden Fall ein sagenhafter Erfolg, vor allem für einen, der auswärts spielte.

»Der Bürgermeister von Cosmarate, richtig?« Hans Gusmondi hat ein ziemlich spitzes Gesicht voller Sommersprossen, schütteres rotes Haar, einen kurzen roten Bart, dünne Lippen. Kein Lächeln. Doch von so einem Genie würde ja ohnehin keiner erwarten, dass er sich wie ein normaler Mensch verhält, nicht wahr?

»Ja, sehr, sehr angenehm!« Bozzolato legt Begeisterung in die Stimme, auch wenn davon auf der Gegenseite nichts zu spüren ist, auch wenn er beim Blick auf das kleine Fenster unten auf dem Bildschirm findet, dass sein Gesicht den Umständen nicht ganz gerecht wird.

»Gut.« Von Begeisterung kann bei Hans Gusmondi

allerdings keine Rede sein, er flüstert kaum hörbar. Als Bozzolato ihn die ersten Male im Fernsehen sah, wollte er schon den Ton lauter drehen, weil er dachte, er sei zu leise. Dabei macht Gusmondi das mit Absicht, um dich zu zwingen, aufmerksam zuzuhören. Und es funktioniert: Man konzentriert sich, weil man fürchtet, sonst irgendetwas Wichtiges zu verpassen.

»Da wären wir also.« Eigentlich hätte Bozzolato dem Eigentümer der Gusmondi LLC eine Menge zu sagen, aber wo soll er anfangen? Was sagt man zu einem, der nicht bloß Eigentümer der eingetragenen Marke Wende® ist, sondern mit seinen drei engsten Beratern in der Zentrale in Mailand darüber entscheidet, was die gewählten Volksvertreter zu tun und zu lassen haben? Einer, der über sein Privatleben nie etwas hat verlauten lassen, mit Ausnahme der Tatsache, dass er bei der Führerscheinprüfung dreimal durchgefallen ist, dass seine Lebensgefährtin aus Finnland stammt und dass er seine Freizeit am liebsten mit Bungee-Jumping verbringt, von den höchsten Brücken der Welt?

»Bozzolato, wie ich höre, hast du dich im Gemeinderat von Suverso unsäglich aufgeführt.« Dass Hans Gusmondi ihn duzt, macht es fast noch schlimmer, weil es sich so herablassend anhört, als würde ein Herr mit seinem Diener reden. Vielleicht lag es ja auch an dem Tessiner Akzent, den er trotz der acht Jahre in Italien immer noch nicht abgelegt hatte, vielleicht aber auch daran, dass sein Vater Bankier war und Reichgeborene nun mal so reden, selbst wenn sie echte Revolutionäre sind, die sich neue politische Bewegungen ausdenken.

»Ach Gott, unsäglich, ich weiß nicht, Gusmondi …« Als

er derart abgekanzelt wird, fühlt sich Bozzolato überrumpelt und weiß nicht, was er dazu sagen soll.

»Unsäglich. Anders kann man das nicht nennen.« Hans Gusmondi ändert weder den Ton noch den Blick. »Wie ich höre, hast du eine Szene gemacht wie aus einer schlechten Komödie all'italiana.«

»Aber das stimmt doch gar nicht!« Wegen der harschen Kritik ist Bozzolato stinksauer, aber auch, weil er ausgerechnet von Todaro angeschwärzt wurde, der jetzt einen halben Meter entfernt dasitzt und jedes Wort mithört. So ein gemeiner Verräter. Na gut, vielleicht hat er ja wirklich eine Szene gemacht, aber sich unsäglich aufgeführt auf gar keinen Fall, und schon gar nicht wie in einer schlechten Komödie. »Ich habe doch nur die Interessen der Bürger von Cosmarate vertreten gegen die Überheblichkeit der Suversesi, die …«

»Bozzolato, leider muss ich dir eine schmerzhafte Wahrheit verkünden.« Hans Gusmondi schneidet ihm das Wort ab, man merkt, dass er daran gewöhnt ist. Aber ohne diese Dreistigkeit wäre er sicher nicht da, wo er heute ist, im zarten Alter von nur siebenundzwanzig.

»Was denn?« Bozzolato hat das untrügliche Gefühl, in einen ungleichen Kampf geraten zu sein, den er nur verlieren kann.

»Cosmarate existiert gar nicht.« Das ist doch wohl ein Witz, oder? Aber nein, der Ton ist hundert Prozent ernst.

»Wie, es existiert nicht? Was soll das denn heißen?« Bozzolato versteht die Welt nicht mehr, vor allem aber muss er sich auf dem Display unentwegt in Miniatur selbst beobachten, was die Sache nur noch schlimmer macht.

»Auf der Landkarte existiert Cosmarate gar nicht.« Mit seinem weichen *R* wirkt Hans Gusmondi noch immer wie ein Fremder, obwohl er schon seit Jahren die italienische Staatsangehörigkeit hat.

»Kommt auf die Karte an. Auf der Karte der Provinz ist es auf jeden Fall drauf, das kann ich dir garantieren! Die habe ich nämlich in meinem Büro hängen!« Bozzolato kann nur hoffen, dass es sich um ein Missverständnis handelt oder womöglich um ein schwer verständliches Gedankenspiel, wie es nur Genies alla Gusmondi beherrschen.

Hans Gusmondi mustert ihn weiter mit halb zugekniffenen Lidern. »Ich garantiere dir, wenn man hundert zufällig ausgewählte Italiener fragt, wo Cosmarate liegt, kennt nicht mal *einer* die richtige Antwort.«

»Aber entschuldige mal, das hängt ja wohl davon ab, wen man fragt und wo!« Allmählich verliert Bozzolato die Nerven. Sicher, ohne die Gusmondi LLC und ohne die Wende®, das war ihm sonnenklar, wäre er heute immer noch auf Achse und müsste sich tierisch abrackern, um seine Landmaschinen zu verkaufen. Aber verdammt noch mal, ein Minimum an Respekt konnte man als gewählter Bürgermeister ja wohl verlangen, von allen, auch von Hans Gusmondi.

»Ü-ber-all.« Hans Gusmondi ist eiskalt wie ein Killer, der einen abknallt, ohne mit der Wimper zu zucken.

»Und das heißt?« Eigentlich würde Bozzolato gern kräftig zurückschlagen, aber je länger er sich in dem kleinen Kasten auf dem Display beobachtet, desto weniger fühlt er sich der Sache gewachsen: Sein Gesicht scheint ihm zu pausbäckig, seine Miene nicht selbstsicher genug. Auch das braune Jackett sieht irgendwie schäbig aus im Vergleich zu dem schwarzen, perfekt geschnittenen von Gusmondi, der darunter ein ebenfalls schwarzes Hemd mit Stehkragen trägt.

»Das heißt, dir ist völlig unverhofft ein Wunder geschehen, Bozzolato.« Jetzt sieht Hans Gusmondi ihn gar nicht mehr an, sondern durch ihn hindurch.

»Und worin soll dieses Wunder bestehen?« Bozzolato hat das Gefühl, in der kniffligsten Lage zu stecken, seit er in die Politik gegangen ist, noch schlimmer als bei dem Silvesteressen mit diesen blöden Breitbändlern.

»Das antike italische Theater, Bozzolato.« Jetzt schürzt Hans Gusmondi die Lippen, aber es ist kein richtiges Lächeln, sondern eine eisige Grimasse. »Ganz ohne eigene Verdienste ist dir die Chance in den Schoß gefallen, Cosmarate aus dem Nichts herauszuführen.«

»Na, ein paar Verdienste habe ich schon ...« Bozzolato schwankt zwischen dem Wunsch aufzutrumpfen und dem Gefühl der Einschüchterung, ein Wechselbad der Gefühle, das ihn noch mehr verwirrt.

»Was denn für Verdienste? Dich hat schlicht und ergreifend ein Wunder ereilt. *Sbam*, wie ein Meteorit.« Offenbar macht es Hans Gusmondi großen Spaß, einen niederzumachen, die Grausamkeit des Genies.

»So würde ich das nicht nennen, immerhin bin ich sofort aktiv geworden, als die Neuigkeit bekannt wurde!« Bozzolato muss sich das selbst ins Gedächtnis rufen. »Mit Nachdruck habe ich sofort darauf gedrungen, dass man mich in der Sendung der Riscatto zu Wort kommen ließ, was mir dann ja auch gewährt wurde ...«

»Und auch da hast du dich nach Strich und Faden blamiert.« Jetzt wirken auch die Augen in den schmalen Schlitzen so rot wie das ganze Gesicht. »Es war doch für jeden offensichtlich, dass du überhaupt keine Ahnung hattest, worum es ging.«

»Überhaupt nicht wahr!!!« Bozzolato fühlt sich beschissen, weil er zu Unrecht von seinem Idol angegriffen wird.

»So was von peinlich.« Hans Gusmondi verharrt reglos, fast als wäre das Bild plötzlich eingefroren.

»Das ist alles nur die Schuld von diesem ausgeflippten Grundstückseigentümer!« Bozzolato weiß, dass er sich zusammenreißen sollte, aber er schafft es nicht, er ist zu aufgewühlt. »Jahrelang hat der einfach heimlich ausgegraben, woher sollte ich denn wissen …«

»Bitte, darüber breiten wir doch lieber den Mantel des Schweigens.« Hans Gusmondi würgt ihn ab. »Uns interessiert vielmehr, dass ganz Italien plötzlich über ein bislang völlig bedeutungsloses Kaff redet, vielleicht sogar die ganze Welt.«

»Genau, deshalb bin ich ja sofort nach Suverso gefahren, zu diesen Halunken, die uns das Theater stehlen wollen!« Als er mit anhören muss, wie sein Cosmarate als bedeutungsloses Kaff bezeichnet wird, kommt Bozzolato die Galle hoch, seine Stimme wird rau.

Unerschütterlich fährt Hans Gusmondi fort. »Wie ich höre, ist das antike italische Theater von Cosmarate von einzigartiger Bedeutung.«

»Genau!« Erleichtert nimmt Bozzolato zur Kenntnis, dass sich das Thema nun verlagert, weg von seinem Verschulden und hin zu den Vorzügen des antiken italischen Theaters.

»Ich habe hier ein Gutachten, in dem es als historisch-architektonisches Unikum bezeichnet wird.« Gusmondi redet, als wäre Bozzolato gar nicht da. »Darüber hinaus hat es den unschätzbaren Vorteil, verkehrsgünstig zu liegen, nicht weit von den wichtigsten Städten des Nordens und direkt an den Hauptverkehrsadern von Handel und Tourismus, statt auf einer abgelegenen Insel oder an der Südspitze des Stiefels.«

»Genau so ist es! Genau deshalb versuchen diese Schurken aus Suverso ja auch um jeden Preis …« Tapfer versucht Bozzolato seine Position zu verteidigen, auch wenn es entwürdigend ist, sich derart klein und japsend zu sehen, in diesem Minikästchen auf dem Display.

»Die Tatsache, dass wir von der Wende® in Cosmarate die Verwaltung stellen, eröffnet uns Möglichkeiten, die wir um jeden Preis nutzen müssen, ich hoffe, wenigstens das ist dir klar.«

Bozzolato nickt zustimmend, auch wenn sein Magen sich zusammenkrampft. »Natürlich ist das klar, glasklar! Deswegen konnte ich es auch nicht zulassen, dass sie versuchen …« Keinen Satz lässt Hans Gusmondi einen zu Ende bringen.

»Das antike italische Theater ist eine Trumpfkarte, die wir von der Wende® unbedingt auf allen Ebenen ausspielen müssen, kommunal, provinziell, regional, national und international.« Sein Ton ist so schneidend, dass einem die Ohren wehtun. »Und selbstverständlich muss alles superkorrekt abgewickelt werden, ohne der Union oder anderen Parteien auch nur die kleinste Angriffsfläche zu bieten. Wir dürfen absolut niemandem einen Vorwand liefern, uns Schlamperei oder Inkompetenz vorzuwerfen. Das muss absolut klar sein.«

»Damit bin ich tausendprozentig einverstanden!« Bozzolato brüllt fast, um sich Gehör zu verschaffen. »Wir dürfen nicht zulassen, dass irgendwer sich erdreistet …«

»Es ist, als wollte man von Eseln verlangen zu fliegen, ich weiß, aber für die Wende® ist es unverzichtbar, auch auf kommunaler Ebene eine glaubwürdige Führungsrolle zu übernehmen.« Nichts zu machen, Gusmondi hört einfach nicht zu. »Das heißt, hier ist absolut kein Platz für fragwürdige Manöver.«

»Wie, fragwürdig, was willst du damit sagen, Gusmondi?« Bozzolato weiß nicht mehr ein noch aus, versucht den Ton hochzudrehen, weil er plötzlich fürchtet, er könnte zu leise sein. »Hallo? Hörst du mich?« In der Aufregung trifft er die falsche Taste, sodass sich in seinem Kästchen plötzlich ein Schwall roter Herzchen über ihn ergießt.

»Was soll der Quatsch, Bozzolato?« Ausgerechnet jetzt muss Gusmondi hingucken, das hatte gerade noch gefehlt.

Bozzolato tippt wie wild auf dem Display herum und trifft wieder die falsche Taste: Diesmal regnet es goldene Sternchen. Sein verzweifelter Versuch, sie zu löschen, endet damit, dass er sich selbst große Zähne und Hasenohren aufsetzt.

»Bozzolato, ich finde das absolut nicht witzig.« Hans Gusmondi gleicht immer mehr einem roten Schweizer Frettchen. »Das ist sicher nicht der Moment, den Clown zu spielen.«

»Nicht doch, entschuldige, Gusmondi! Ich habe hier gerade ein technisches Problem! Warte mal kurz!« Verzweifelt versucht Bozzolato die blöden Spezialeffekte abzuschalten, aber seine Finger rutschen immer wieder ab, jetzt hat er einen Bart und lange weiße Haare wie ein Gnom.

»Mir scheint, du hast kein technisches, sondern ein persönliches Problem! Ist vielleicht ein Erwachsener zugegen? Todaro, bist du da?« Seine Stimme klingt angewidert.

Darauf hat Todaro nur gewartet: Sofort schnappt er sich das Handy, obwohl Bozzolato es nicht hergeben will. Er reißt es ihm aus der Hand, schaltet die Filter aus, steht auf. »Ja. Nein. Ja.«

Bozzolato will danach greifen. »Lass mich noch kurz mit ihm reden, bitte …«

Aber Todaro wendet sich brüsk ab, entfernt sich durch die Bar, hält das Handy vors Gesicht. »Ja, sicher, klar, keine Frage.«

Bozzolato hört so lange wie möglich zu, doch dann bemerkt er die Blicke von Walter hinter dem Tresen und der Gäste davor, von Ivana an der Kasse. Vollkommen entnervt und puterrot im Gesicht steht auch er schließlich auf. »Was gibt's denn da zu glotzen? He?«

Die Angesprochenen wenden den Kopf ab und gucken Todaro hinterher, wie er die Bar verlässt, diese kleine, miese Ratte von einem Suversesen.

Einundzwanzig

Panisch schreckt Veronica Del Muciaro aus dem Schlaf hoch, sie will schreien, bringt aber keinen Laut heraus: Sie keucht, strampelt, schlägt mit den Armen nach der Daunendecke, die sie bedrückt und einengt, setzt sich ruckartig auf, mit Herzrasen und klitschnass geschwitzt. Sie braucht etwa ein Dutzend tiefe Atemzüge nach der Wolf-Methode, dann lässt die Beklemmung nach, dann weiß sie, dass sie noch lebt und dass es ihr gut geht, dass sie nicht kopfüber tot in einem Gully feststeckt, in den ihr der Autoschlüssel gefallen ist.

Ihr altes Kinderbett war zwar relativ schmal, doch schuld an dem Albtraum war sicher nicht der Platzmangel, sondern eher das Buch über absurde Todesfälle, in dem sie letzte Nacht bis halb zwei gelesen hat. Okay, schon als Kind war sie fasziniert von ungewöhnlichen, furchtbaren, absurden und peinlichen Todesarten berühmter und weniger berühmter Menschen, es gab diese morbide Neugier, keine Ahnung, warum. Eine gewisse Rolle spielte sicher auch die Arbeit, all die Livereportagen von irgendwelchen Tatorten, die sie für *Tutto qui!* dauernd machte. Roberta Riscatto und ihre Zuschauer waren nun mal ganz versessen auf Sex and Crime, Mordfälle jeder Art, egal ob Selbstmord, Frauenmord, Kindsmord, Muttermord, Vatermord, Mord unter Nachbarn, außerdem auf ausgebrannte Wohnungen, eingestürzte Häuser, Naturkatastrophen; und sie hatte nun mal ein Händchen dafür, Ort und Ablauf einer Straftat oder eines Unfalls zu rekonstruieren, mit den Ermittlern zu reden, Zeugen und Angehörige zu befragen, ungeklärten Fragen nachzugehen.

Dass sie gut darin war, entdeckte sie gleich bei ihrem ersten Einsatz an einem Brennpunkt des Drogenhandels, an einer U-Bahn-Station am nordöstlichen Stadtrand von Mailand. Auf der Fahrt dorthin hatte der Kameramann die ganze Zeit den Draufgänger gespielt, doch als sie dann vor Ort waren, sagte er plötzlich »Es ist viel zu gefährlich«, zupfte sie ängstlich am Ärmel und flehte »Lass uns umkehren«. Aber sie ging gar nicht darauf ein, sondern schleppte ihn in die dunkelsten, schmutzigsten und unheimlichsten Ecken, um mit Dealern und Junkies zu reden und möglichst viele starke Bilder einzufangen. Über die eigene Waghalsigkeit war sie damals selbst erstaunt, da sie als Kind eher ängstlich gewesen war, vermutlich weil die Mutter immer mit Ermahnungen hinter ihr her war: »Pass auf«, »Erkälte dich nicht«, »Nicht schwitzen«, »Gib acht, dass du nicht hinfällst«, »So tust du dir weh.« Sie hat entdeckt, dass eine laufende Kamera reichte, und *paff*, augenblicklich war jede Ängstlichkeit wie durch Zauberhand verflogen, gleichgültig ob man eine Horrorvilla oder den Keller einer Satanistensekte aufsuchen musste. Dasselbe galt für den Kontakt mit Menschen, bei denen die meisten Reporter umgehend die Beine in die Hand genommen hätten: Gab man ihr einen einigermaßen guten Kameramann und eine Liveschaltung, würde sie sogar *Jack the Ripper* zum Reden bringen. Ihre Mutter starb zwar immer noch vor Angst, wenn sie ihre Tochter in Aktion sah, platzte aber natürlich auch vor Stolz, wenn Freundinnen und Bekannte sie darauf ansprachen. Roberta Riscatto hatte ihre Bereitschaft, an die Grenzen zu gehen, sofort erkannt und sie deshalb zu ihrer bevorzugten Berichterstatterin gemacht. »Meine unerschrockene Del Muciaro«, sagte sie mitunter, auch wenn das Adjektiv sicher von Tito Calpa stammte, denn ihr gewohnter Wortschatz war weitaus bodenständiger.

Klar, es war sicher nicht besonders klug, sich vor dem Schlafengehen solche Geschichten reinzuziehen wie die über die neunundzwanzigjährige indonesische Popsängerin, die während eines Konzerts auf der Bühne von einer Königskobra gebissen wurde und noch eine halbe Stunde weitersang, bevor sie tot zusammensackte; oder die Fünfunddreißigjährige aus Orlando, Florida, die im Grand Canyon am Rand des Ooh-Aah-Point unbedingt ein Selfie machen musste und dann einhundertzwanzig Meter tief abstürzte, ungefähr die Höhe eines vierzigstöckigen Gebäudes; oder die achtunddreißigjährige Chinesin, die in einem Zoo in Xixiakou in das Walross-Gehege eindrang, von dort noch drei Videos und ein paar Dutzend Fotos postete, bevor sie von einem anderthalb Tonnen schweren Walross erfasst, mitgeschleift und in einem Wasserbecken ertränkt wurde; oder die achtundzwanzigjährige Kalifornierin, die aufgrund eines Wettbewerbs im Radio in drei Stunden sechs Liter Wasser trank, sich dann übergeben musste, schreckliche Kopfschmerzen bekam und tot zusammenbrach. Ganz zu schweigen von den historischen Fällen, dem griechischen Dichter Aischylos beispielsweise, der 445 vor Christus von einer Schildkröte erschlagen wurde, die ein fliegender Adler auf seine Glatze hatte fallen lassen; oder dem griechischen Philosophen Chrysippos von Soloi, von dem berichtet wurde, er sei an gebrochenem Herzen gestorben, als er mitansehen musste, wie ein Esel seine Feigen fraß; oder dem Dutzend Männer und Frauen, die 1518 in Straßburg von einer »Tanzwut« erfasst wurden, einen ganzen Monat ununterbrochen tanzten und an Erschöpfung starben; oder dem österreichischen Politiker Hans Steininger, der 1567 auf der Flucht vor einem Brand über seinen fast zwei Meter langen Bart stolperte und sich dabei den Hals brach; oder dem schwedischen König Adolf Friedrich, der 1771 starb, weil er nach einem opulenten Mahl mit Hummer, Kaviar, geräucherten Heringen und Champagner unbedingt noch vierzehn Portionen seines Lieblingsdesserts Semlor, einer Art Windbeutel mit Schlagsahne und Mandelmasse gefüllt, verzehren musste; oder Mister Paul G. Thomas, Besitzer einer Wollspinnerei, der 1987 in eine Maschine fiel und eingesponnen in einen Kokon aus achthundert Yard Wolle erstickte. Im Vergleich dazu scheint ihr Fast-Ersticken an einer Brioche letzte Woche reichlich banal, und doch muss sie immer wieder daran denken, vielleicht weil es ihr selbst passiert ist. Vielleicht auch, weil sie nicht daran gestorben ist, da der Zufall oder das Schicksal ihr einen heroischen Retter wie den Marchese Guidarini geschickt hat. Und tatsächlich muss sie auch an ihn immer wieder denken.

Sie schaut auf die Uhr des Handys: sieben Uhr zehn, bisher noch keine Nachricht, weder von Tito Calpa noch aus der Redaktion von *Tutto qui!*. Sie weiß selbst nicht recht, was ihr beim Aufwachen lieber ist: Wenn eine Nachricht da ist, setzt sie das unweigerlich unter Stress, aber wenn keine da ist, gibt ihr das ein Gefühl von Leere, das sich so lange noch verschlimmert, bis doch eine Nachricht eintrifft. Das ist einfach Teil ihrer Arbeit, dieses seltsame Alternieren von Warten und Alarmstart, Pause und extremer Beschleunigung, Langeweile und Übererregung. Inzwischen ist sie derart daran gewöhnt, dass sie es normal findet, aber der Stress bleibt und akkumuliert sich, wie der gerade erlebte Albtraum zeigt. Bevor sie beim Fernsehen anfing, stand sie selten früh auf, blieb am Wochenende oft bis elf im Bett, mitunter sogar bis zwölf; aber jetzt war es für sie gar kein Problem mehr, im Morgengrauen aus dem Bett zu springen, wenn sie zum nächsten Einsatz weit fahren musste. Sie brauchte nur ein paar Minuten und schon war sie bereit, zu dem diensthabenden Kameramann ins Auto zu steigen, ein Minifrühstück an einer Raststätte reichte ihr. Ihre Mutter konnte es immer noch nicht fassen, nachdem sie jahrelang Rollos hochgezogen und ihr die Decke weggezogen hatte, um sie aus dem Bett zu scheuchen. Aber am meisten staunte ihr Vater, der ein Leben lang schon um sechs auf den Beinen war, um noch vor seinen Angestellten im Käselager zu sein. Wenn sie in Suverso ist, treffen sie sich manchmal beim Kaffee in der Küche, bevor jeder seiner Beschäftigung nachgeht, und dann sieht er sie an, als könne er es immer noch nicht glauben, dass seine Tochter auf einmal zur Frühaufsteherin geworden ist.

Veronica Del Muciaro springt aus dem Bett, macht die Dehnungsübungen, die sie aus dem Buch *Mach es wie deine Katze* von Janet Lee Sikorsky hat, die letztes Jahr bei Roberta Riscatto im Studio zu Gast war. Erst den linken Arm nach oben strecken, so weit du kannst, dann den rechten, dann das linke Bein so weit nach hinten, wie du kannst, dann das rechte: Supereinfach, es dauert keine zwei Minuten, und sofort fühlst du dich besser. Sie geht ins Bad, pinkelt, wäscht sich das Gesicht, möglichst ohne dabei in den Spiegel zu sehen, denn das sollte man unbedingt vermeiden, wenn man aus so einem Albtraum aufgewacht ist, trocknet sich ab. Sie zieht den Schlafanzug aus, holt die Waage aus dem Spalt zwischen den beiden hohen Schränken, schiebt sie in die Mitte, achtet darauf, dass sie genau waagerecht steht, stellt supervorsichtig einen Fuß darauf. Man musste sie nämlich austricksen, die Waage, denn wenn man einfach mit beiden Füßen draufstieg, als wenn nichts wäre, zeigte sie prompt das Gewicht vom Vortag an, automatisch oder womöglich, um einen zu ärgern, obwohl sie ja nur ein technisches Gerät war. Mitunter jedoch konnte sie sogar richtig hinterhältig sein, ohne Witz, dann nämlich, wenn das Display eine Zunahme von achthundert Gramm oder gar einem Kilo anzeigte, obwohl sie am Abend zuvor auf dem Rückweg von einem Einsatz allerhöchstens eine Focaccina verzehrt hatte. So eine miese Verräterin, sie hätte große Lust, sie einfach wegzuwerfen, sich gar nicht mehr zu wiegen, basta. Wen interessierte schon, ob sie schlank war, außer ein paar Millionen Zuschauern? Germano Costa jedenfalls, ihrem letzten Liebhaber, konnte man es nie recht machen, er wollte eine Kombination aus superüppigem Busen, superflachem Bauch, prallem Hintern und superdünnen Beinen, die sich am Oberschenkel nicht berührten. Halb magersüchtig, halb üppige Kurven, wie zum Teufel sollte das gehen? Und im Bett war er dann auch noch eine echte Enttäuschung, dieser Costa mit seinen Glubschaugen.

Jedenfalls hebt sie jetzt ganz langsam den zweiten Fuß vom Boden, und sofort schnellen die Zahlen auf dem Display nach oben. Sie setzt den Fuß auf das weiße Metall und versucht möglichst wenig zu drücken, obwohl sie weiß, dass es sinnlos ist: ein halbes Kilo mehr als gestern. Und wovon, was hatte sie denn gestern gegessen? Nichts Besonderes. Da konnte man sich doch gleich mit Schlagsahne und Konditorcreme den Bauch vollschlagen, wenn es ohnehin darauf hinauslief. So ein Miststück, die Waage sollte man wirklich in Klump schlagen, echt ätzend.

Klar, ausgerechnet jetzt, wo sie schon auf hundertachtzig ist und zudem am ganzen Leib zittert, weil ihre Mutter die fixe Idee hat, nachts die Heizung runterzudrehen, muss auch noch das Handy klingeln. Sie stürzt ins Schlafzimmer, stülpt den Pullover über den Kopf und rammt die Arme in die Ärmel, schnappt sich gerade noch das Handy, bevor es aufhört zu klingeln.

»Na, du Murmeltier, immer noch im Tiefschlaf?« Selbst zu nachtschlafender Zeit lässt Tito Calpa natürlich keine Gelegenheit aus, einen blöd anzumachen.

»Ich habe doch gar nicht mehr geschlafen«, erwidert sie patzig, während sie mit der linken Hand versucht, Slip und Trainingshose anzuziehen. Keine leichte Sache, aber sie schafft es; das Problem sind die Socken, mit einer Hand fast unmöglich.

»Muciaro, ich brauche dir ja wohl kaum zu sagen, wo du heute, morgen und übermorgen sein wirst!« Eigentlich wäre es doch schön, zumindest beim Aufwachen mal mit dem richtigen Namen angesprochen zu werden, einfach so, um mal mit einer gesicherten Identität in den Tag zu starten. Aber nichts da, der notorische Sadist und Kokser kennt keine Rücksicht, und Uhrzeiten sind ihm scheißegal.

»Wo denn?« Sie klemmt das Handy zwischen Kopf und Schulter, um die Hände frei zu haben. Linke Socke angezogen.

»Dreimal darfst du raten!« Ausgeschlossen, dass Calpa einfach sagt, um soundso viel Uhr an dem und dem Ort, er muss einen immer auf die Folter spannen.

»Keine Ahnung, Tito, es geht schneller, wenn du es mir sagst.« Rechte Socke angezogen, jetzt kann sie das Handy wieder in die Hand nehmen.

»Heimspiel, Muciaro! Zwischen Suverso und Cosmarate! Du bleibst in der Gegend, fährst gar nicht erst nach Mailand zurück!« Vermutlich kann Calpa überhaupt nicht mehr normal kommunizieren, selbst wenn er wollte, er muss einfach immer Druck machen, weil er derart tief in seine Stressmätzchen verstrickt ist wie besagter Mister Thomas in seine achthundert Yard Wollgarn. Eigentlich könnte er einem sogar leidtun, wenn er nicht immer so ätzend wäre.

»Und was ist heute, morgen und übermorgen in Suverso und Cosmarate los?«

»Aufwachen, Muciaro! Keiner zu Hause? Die Fehde zwischen den beiden Gemeinden um das antike Theater spitzt sich zu, das ist los!« Calpa ist ganz aus dem Häuschen, mindestens dreimal so überdreht wie sonst.

»Inwiefern?« Sie versucht Boden gutzumachen.

»Insofern, als hinter den kleinen und mittleren jetzt allmählich die großen Fische auftauchen!«

»Und das heißt?« Hinterherzuhinken missfällt ihr ungemein, aber das ist nun mal das übliche Spiel.

»Offenbar ist Hans Gusmondi für die Wende® aktiv geworden, und bei der Union, so hört man, hat Mirko Noseletti die Ohren gespitzt!«

»Okay.« Sie gibt sich alle Mühe, möglichst cool zu klingen, doch plötzlich hat die Sache derart an Bedeutung gewonnen, dass ihr das Adrenalin ins Blut schießt.

»Also, Muciaro, in Alarmbereitschaft und auf Anweisungen warten!« Calpa erhöht den Druck, obwohl das völlig überflüssig ist. »Und denk dran, das ist *unsere* Story, auch wenn sich inzwischen alle darauf stürzen! *Wir* waren zuerst da, klar?«

»Ach, was du nicht sagst!« Ihr platzt der Kragen, weil er ihr schon wieder die Anerkennung verweigert. »Immerhin habe *ich* die Story aufgetan, falls du das vergessen haben solltest!«

»Gute Arbeit, Muciaro, ein Grund mehr, dich richtig ins Zeug zu legen!« Calpa reißt sich zusammen, wenigstens ein bisschen. »Bis dahin will Roberta noch ein Interview mit dem Marchese Guidarini!«

»Ich weiß nicht, ob ich das hinkriege.« So viel zum Thema unter Druck setzen.

»Roberta will mehr über den Mann wissen! Lebenslauf, Ehen, Geliebte, persönliche Probleme, Klatsch, alles, was du finden kannst!« Wie üblich schiebt Calpa bei anrüchigen Aufträgen Roberta vor, als würde ihm so etwas nie in den Sinn kommen.

»Ich versuch's, aber er ist ziemlich schwierig!«

»Nicht versuchen, Muciaro! Einfach machen!« Plötzlich hat Calpa es eilig aufzulegen. »Ich habe einen wichtigen Anruf in der Leitung, ciao!«

»Ciao.« Sie überlegt sich, ob ein Eisbad nach der Wolf-Methode ihr jetzt guttun würde, aber sie hat zu viel Adrenalin im Blut, ihr fehlt die Geduld. Rasch schlüpft sie in die rosafarbenen, mit Kätzchen bestickten Frotteeschlappen, die noch aus ihrer Teenagerzeit stammen, und geht über den Flur in die Küche.

Dort ist ihre Mutter in Hausschlappen und Morgenrock, die Haare noch vom Kissen platt gedrückt, und mustert sie mit demselben forschenden Blick wie früher in ihrer Teenie-Zeit, als sie dauernd ihre Telefongespräche belauschte und ihr Tagebuch las, um herauszufinden, ob sie vielleicht Drogen nahm oder mit ihrem Freund Sex hatte. Vielleicht hoffte sie damals, ihre Tochter würde bis zur Hochzeit Jungfrau bleiben, was sie selbst nicht geschafft hatte (durch einfaches Nachrechnen hat Veronica herausgefunden, dass ihre Mutter bei der Hochzeit schon schwanger gewesen war, auch wenn sie nie darüber gesprochen haben). Als die Mutter die Hand ausstreckt, um ihr die Haare aus dem Gesicht zu streichen, rückt sie von ihr ab. »Lass mich in Ruhe!«

»Entschuldige, ich hab's nur gut gemeint!« Tatsächlich war ihre Reaktion etwas brüsk, wegen der inneren Aufregung und des Widerwillens, sich wieder wie eine Sechzehnjährige behandeln zu lassen, so wie immer, wenn sie in Suverso war. Aber was sollte sie denn machen? Sich auch hier eine Wohnung mieten, bloß um eine Bleibe zu haben, wenn sie zufällig in der Gegend zu tun hatte? Die Wohnung in Mailand war schon Aufwand genug, vor allem, wo sie kaum da war. Und von einem normalen Leben, wie fast alle ihre früheren Freundinnen es führten, konnte ohnehin keine Rede sein. Manchmal, wenn sie eine von ihnen auf der Straße traf, mit Kinderwagen und Ehemann im Schlepptau, kam sie sich vor wie eine Ausgestoßene, die auf die schiefe Bahn gekommen ist. Zum Glück hielt dieses Gefühl aber nie lange an, denn in Wahrheit würde sie sich lieber erschießen als mit ihnen zu tauschen.

Ihre Mutter hantiert mit der Kaffeemaschine, tut, als wäre nichts, beobachtet sie aber. »Ich soll dich von deinem Vater grüßen.«

»Danke.« Irgendwie tut es ihr leid, dass sie ihn verpasst hat, alles nur wegen des blöden Anrufs von Tito Calpa. Dabei war es gar nicht so, als würden sie sich weiß Gott was erzählen, aber es war einfach schön, ein paar Worte mit ihm zu wechseln, zumindest wenn er guter Laune war. Seine Leidenschaft für Käse war ebenso beruhigend wie sein Mantra, ein schönes Stück Parmigiano Reggiano heile alle Wunden, physische wie psychische. Sie nimmt das Glas mit den Multivitamin-Mineralien-Pillen vom Regal, steckt sich eine Kapsel in den Mund und spült sie mit einem halben Glas Wasser hinunter.

»Hoffentlich musst du heute nicht wieder wer weiß wohin.« Ihre Mutter schaut ihr skeptisch ins Gesicht.

»Wo ich hinmuss, muss ich hin, Mamma!« Sie reagiert genauso unwirsch wie als Teenager, aber was soll sie machen, wenn die Situation doch mehr oder weniger dieselbe ist?

Jetzt schiebt die Mutter ihr die Espressotasse zu, noch immer ein wandelndes Fragezeichen. Genau wie früher, da hatte sie die blöde Angewohnheit, immer an ihr rumzuschnüffeln, um festzustellen, ob sie nach Rauch oder Alkohol roch. »Aber hast du es denn weit?«

»Nein, nicht sehr weit, Mamma!« Sie verbrennt sich die Zunge an dem Espresso und fühlt sich schuldig wegen der Antwort. »Ich habe hier in Suverso zu tun, muss höchstens noch nach Cosmarate.«

»Und wieso Cosmarate?« Ihre Mutter macht sich selbst einen Espresso, lässt sie aber nicht aus den Augen.

»Wegen des antiken Theaters.« Wieder ist der Ton unfreundlich, wieder tut es ihr sofort leid. Da fällt ihr ein, wie sie selbst als kleines Mädchen immer an ihrem Vater schnüffelte, wenn er von der Arbeit kam: wie der Käsegeruch sie abstieß und zugleich beruhigte. Wie die Mutter, so die Tochter, wenn auch aus unterschiedlichen Gründen.

»Das Theater, das der Sohn des Marchese Guidarini ausgegraben hat?« Auch das war typisch für ihre Mutter, obwohl sie oft zerstreut wirkte, bekam sie doch alles mit, was so passierte. Halb freute es sie, halb störte es sie, dass ihre Mutter die Nase in ihre Arbeit steckte: Es wäre schon komisch, wenn sie ihre Auftritte im Fernsehen nicht verfolgen würde, aber wenn sie daran dachte, dass ihre Mutter zusah, fühlte sie sich unbehaglich.

Veronica Del Muciaro nickt, nippt an ihrem Kaffee, holt sich einen Magerjoghurt aus dem Kühlschrank. Eigentlich, das weiß sie natürlich, sollte sie ordentlich frühstücken, wenn auch nicht so üppig wie ihr Vater, der sich schon morgens, bevor er zur Arbeit ging, einen Teller mit Parmesan, Pecorino und Smoccarone genehmigte.

Ihre Mutter schaut sie über den Tassenrand hinweg an. »Und was ist das für ein Typ, der Sohn des Marchese Guidarini?«

»Keine Ahnung, Mamma, ich habe ihn höchstens dreimal gesehen!« Wieder patzig, aber vielleicht lag es ja auch daran, dass sie schlecht geschlafen hat.

»Ich kannte den Vater.« Ihre Mutter holt ein Paket Vollkornkekse mit dem Aufdruck *30 % weniger Fett* aus dem Schrank und setzt sich wieder.

»Wirklich?« Auch sie setzt sich wieder, nimmt einen Löffel Joghurt. »Und was war der Alte für ein Typ?«

»Ein Hallodri, der es faustdick hinter den Ohren hatte.« Ihre Mutter grinst, taucht einen Keks in den Kaffee. »Mit diversen Geliebten, Glücksspiel und Luxusautos hat er sein ganzes Vermögen verjubelt und beinah auch das seiner Frau, die aus einer reichen argentinischen Familie stammte. Die Ärmste, sie hat es gerade noch geschafft, in ihre Heimat zurückzukehren, bevor sie vor dem Nichts stand.«

»Und woher kanntest du ihn?« Sie sieht ihre Mutter an.

»Na ja, er kam ziemlich oft nach Suverso, von der Villa in Cosmarate.« Sie grinst immer noch. »Willst du auch noch einen Kaffee?«

»Ich mach schon.« Sie steht als Erste auf, mit der Kaffeetasse in der Hand. Die Kaffeemaschine ist ein professionelles Modell, weil ihr Vater der Ansicht ist, dass kleinere Geräte bei Druck und Temperatur zu wünschen übriglassen. »Und was weißt du sonst noch über den alten Guidarini?«

»Eine Freundin von mir hatte eine Affäre mit ihm.« Ihre

Mutter senkt die Stimme, als wäre es gestern geschehen. »Giusy Polesato, du weißt schon.«

»Machst du Witze?« Sie hat ein Bild von Giusy Polesato vor Augen als Musterbeispiel einer gutbürgerlichen Signora, mit Dauerwelle, Perlenkette, goldenen Ringen und Armbändern, mit einem erfolgreichen Steuerberater als Ehemann, mit Kindern und Enkeln.

»Sie war damals ziemlich hübsch, die Giusy, so eine konnte er sich nicht entgehen lassen.« Ihre Mutter schaut in die leere Tasse. »Verheiratet natürlich, damals war Silvia schon geboren. Ihr Mann machte die Buchhaltung für Guidarini, der lud ihn ein paarmal zum Essen ein, und bei dieser Gelegenheit hat er Giusy dann angemacht.«

»Und wie lange hat es gedauert?« Sie setzt sich wieder hin.

»Mindestens ein Jahr.« Ihre Mutter ist ganz in Erinnerungen versunken. »Giusy hatte völlig den Kopf verloren, wollte Enrico verlassen und so weiter.«

»Und du, hast du ihn auch getroffen, den alten Guidarini?«

»Ziemlich oft sogar.« Ihre Mutter schaut zum Fenster. »Am Anfang vor allem, als Giusy nicht mit ihm allein ausgehen wollte. Wir haben uns immer erst zu zweit getroffen, und dann kam der Marchese und holte uns ab, mit seinem Aston Martin Cabrio.«

»Und was habt ihr dann gemacht, zu dritt?« Instinktiv hakt sie auch bei ihrer Mutter angriffslustig nach.

»Wir haben Ausflüge in die Hügel gemacht, uns die Orte angesehen, sind spazieren gegangen, in einer Trattoria eingekehrt, keine Ahnung …«

»Und hat er es auch bei dir versucht?« Bei der Vorstellung ist sie irgendwie leicht alarmiert oder vielleicht eher verärgert, schwer zu sagen.

Ihre Mutter schnaubt wie ein unwilliges Kind, dementiert aber nicht umgehend.

»Bekomme ich eine Antwort?« Automatisch legt sie nach, als wäre sie bei der Arbeit mit Roberta.

»Tja, einmal hat er mich plötzlich geküsst, als Giusy in einer Bar war, um ihren Mann anzurufen …«

»Und du?«

Ihre Mutter sieht sie streitlustig an. »Hör mal, er war attraktiv. Ein Mann von Welt, elegant, er bewegte sich geschmeidig und konnte einen mit Worten umgarnen.«

»Also er gefiel auch dir, der alte Marchese, nicht nur der Giusy!«

»Was wird das, ein Verhör?« Ihre Mutter reckt ein wenig das Kinn. »Das ist ja wohl meine Sache, oder nicht?«

»Entschuldige, war bloß so eine Frage.« Sobald man nachfragte, kam früher oder später irgendwas ans Licht, selbst bei den unverdächtigsten Leuten der Welt, man musste nur lange genug nachbohren.

»Aber das ist alles lange her.« Ja, da war durchaus ein bedauernder Unterton in der Stimme ihrer Mutter.

Wenn es um die eigene Familie geht, will selbst der unverschämteste Reporter nicht immer alles ganz genau wissen. »Und den jungen Guidarini hast du nie kennengelernt?«

Ihre Mutter schüttelt den Kopf. »Den haben sie schon als Kind ins Internat gesteckt. Er und sein Vater waren wie Hund und Katze.«

»Inwiefern?« Sie wird nervös, wie immer, wenn ihre Mutter um den heißen Brei herumredet.

»Die konnten sich nicht ausstehen.« Ihre Mutter zuckt die Achseln, mimt die Diskrete, auch wenn Klatsch und Tratsch ihre Hauptbeschäftigung sind, wenn sie sich mit ihren Freundinnen trifft.

»Hast du vielleicht mal ein Beispiel?«

»Nach Aussage von Giusy hat der Vater sowohl den Sohn als auch die Mutter verprügelt, vor allem wenn er betrunken war. Einmal, als der Junge Weihnachten zu Hause war, da war er vielleicht fünfzehn oder sechzehn, hat der Marchese ihm wegen irgendwas bei Tisch eine Ohrfeige verpasst, und der Junge hat mit der Faust zurückgeschlagen, sodass der Alte vom Stuhl gefallen ist.«

»Und dann?« Sie will unbedingt wissen, wie die Sache ausging.

»Angeblich hat der Vater den Jungen sofort ins Internat zurückgeschickt, und danach haben die beiden nie wieder ein Wort gewechselt.« Ihre Mutter schüttelt den Kopf.

»Eine Familie wie aus dem Bilderbuch.« Veronica Del Muciaro steht auf, die merkwürdige Unruhe von vorhin vermischt sich mit dem aufkommenden Stress wegen der Arbeit, die ihr heute und in den nächsten Tagen bevorsteht. Ein Glück, dass sie ganz vergessen hat, den zweiten Kaffee zu machen.

Zweiundzwanzig

Während er mit Agnese einen Ausritt rund um das Grundstück macht, kommt Guiscardo Guidarini auf einmal die schockierende Erkenntnis, dass das Theater nun nicht mehr ihr Geheimnis ist, sondern eine allgemein bekannte und öffentlich diskutierte Tatsache; er stellt sich ein eingezäuntes Gelände vor, bevölkert von Besucherscharen, die mit Handy und Fotoapparat bewaffnet auf den Rängen herumklettern: Einzelreisende, Paare, Familien, kleine Gruppen von Freunden, Schulklassen, Touristenhorden, die hinter Führern mit Fähnchen und tragbaren Lautsprechern herlaufen. Und plötzlich drängt sich ihm die Frage auf, ob es richtig war, seinem Hang zum Fatalismus und dem Wunsch, die Grenzen anderer auszutesten, nachzugeben, oder ob er damit womöglich, wie schon so oft, mal wieder einem selbstzerstörerischen Impuls erlegen ist.

Außerdem weiß er gar nicht so recht, was er von dem letzten Gespräch mit der Sarmani halten soll und von ihrer Umarmung auf dem Turm, kurz vor dem Angriff der Spionagedrohne. Schon die erste Umarmung im Park war ziemlich unüberlegt, brauchte es da wirklich noch eine zweite? Wieso hatte er nicht versucht sich zu zügeln, um keine Missverständnisse aufkommen zu lassen? Sinnlose Überlegungen, denn was geschehen ist, ist geschehen, und jetzt muss man halt die Konsequenzen tragen. Hatte er wieder einmal entschieden, sich nicht zu entscheiden? Da konnte er auch gleich zugeben, dass er schon immer alles einfach hat laufenlassen, ohne an die Folgen zu denken oder etwas dagegen zu unternehmen. Er sucht auch gar nicht erst nach Ausreden, denn die sind ihm schon lange ausgegangen; er versucht nur den möglichen Schaden abzuschätzen. Verantwortungsgefühl und Fluchtimpuls wechseln einander ab und erzeugen eine Unsicherheit, die ihn wellenartig durchläuft. Sicher ist nur, dass er aus den Fehlern der Vergangenheit nichts gelernt hat, von systematisch aufgebautem Erfahrungsschatz keine Spur.

Die drei Hunde rennen dicht neben den Pferden her, beinah gerät Gui II unter die Hufe von Nuño, der sogar nach ihm ausschlägt, ihn aber zum Glück verfehlt. Agustina hingegen fühlt sich wohl, egal auf welchem Boden und egal wer sie reitet, einschließlich Agnese, die irgendwie komisch im Sattel sitzt, wie auf einem hohen, nicht ganz vertrauenswürdigen Motorrad. Aber sie hält sich gut, jetzt wo es an den hohen Steineichen vorbei im Trab zügig hangaufwärts geht. Wenn das Grundstück auch groß ist, nach drei Jahren fühlst du dich trotzdem wie ein wildes Tier in einem modernen Zoo mit Gräben und Hindernissen anstelle von Gittern: Die Grenzen sind immer dieselben, ob du nun links- oder rechtsrum läufst, spielt keine Rolle. Doch jenseits der Mauer sind überall Zäune, Tore und die unvermeidlichen Bausünden. Man kann nicht mehr ungehindert über die Hügel galoppieren, wie noch zu der Zeit, als die Villa La Conca erbaut wurde. Jammern auf hohem Niveau, sollte er nicht froh sein, noch über ein Fleckchen Erde zu verfügen, das von der allgemeinen Schäbigkeit verschont geblieben war? Andererseits war es nur noch eine Frage von Wochen, wenn der Vertrag mit der Gemeinde Suverso zustande käme, würde diese Oase ihren Schutz verlieren.

Plötzlich ertönt ein lautes Dröhnen, sodass Nuño sich aufbäumt. Als Guiscardo nach oben schaut, sieht er dort erneut eine Drohne, die über ihnen schwebt.

Agnese wirft ihm nur einen Blick zu, vermutlich gehen ihre Gedanken genau wie ihre Pferde in dieselbe Richtung. Sie guckt, als wollte sie sagen ›Mach dir nichts draus‹; oder ›Vielleicht sollten wir auswandern‹. Er gibt dem Pferd die Sporen, und Nuño fällt in einen kurzen, schweren Galopp, gebremst durch seine körperliche Beschaffenheit und die des Geländes. Agustina galoppiert leichter, mit Agnese, die sich in perfektem Motorradstil nach vorn beugt. Seite an Seite reiten sie den Hang hinauf, unter den elektronischen Augen der Drohne, die ihnen folgt und ihre Bilder an die Basis sendet. Natürlich glauben sie nicht ernsthaft, sie könnten ihr entkommen, aber sie versuchen es, wütend, hartnäckig, herausfordernd und auch ein bisschen amüsiert.

Als sie am Stall ankommen und absteigen, sind Zorn und Kampfgeist noch nicht verraucht. Wortlos nehmen sie Sattel und Zaumzeug ab, reiben die Pferde trocken, führen sie in die Box und streuen Heu in die Futterraufe. Dann, als sie gerade gehen wollen, klingelt Agneses Handy; sie holt es aus der Jackentasche und wirft einen Blick darauf. »Nicht schon wieder!«

»Wer ist es denn?« Er kann es sich nur leisten, auf ein Handy zu verzichten, weil Agnese eins hat.

»Schon wieder die Del Muciaro!« Agnese schüttelt den Kopf.

»Bestimmt will sie einen Kommentar zu den neuesten Aufnahmen der Drohne, die Supersonderkorrespondentin.«

»Oder sie verlangt Schadenersatz für die, die du mit der Zwille abgeschossen hast.«

»Ja, bestimmt.«

Das Handy klingelt weiter, zwei Bluesakkorde, die sie aufgenommen hat, während er Klavier spielte.

»Willst du nicht rangehen?«

Agnese seufzt und nimmt den Anruf an. »Ja? Nein. Nein, kommt nicht in Frage.«

Er macht eine fragende Handbewegung, teils aus Neugier, teils um sie zu provozieren.

Agnese tippt auf das Display, um das Mikrofon auf stumm zu schalten. »Sie will noch ein Interview für ihre Sendung. Ist schon auf dem Weg hierher.«

Er winkt ab, auf gar keinen Fall, und geht rasch hinter den Hunden her.

Agnese folgt ihm, wobei sie versucht das Gespräch zu beenden. »Tut mir leid, aber er ist nicht da … Nein, er ist nicht da. Wie Sie wollen! Guten Tag.«

»Und?« Er geht nicht langsamer, sieht sie nicht an.

»Nichts, sie sagt, sie kommt trotzdem, auch wenn du nicht da bist.« Agnese steckt das Handy ein. »Sie sagt, es sei superwichtig.«

»Du hättest sie zum Teufel jagen sollen.«

»Hab ich doch, mehr oder weniger. Du hast es doch selbst gehört.«

»Aber du warst viel zu nett.« Dabei ist ihm durchaus klar, was er ihr da zumutet, vor allem jetzt.

»Aber entschuldige mal, was hätte ich denn machen sollen?« Agnese ist zu Recht verärgert. »Vielleicht knurren wie ein Wachhund, nur damit du den Prachtkerl spielen kannst? Wie bei der Sarmani?«

»Was hat denn die Sarmani damit zu tun?« Er ist ungehalten, weil er sich durchschaut fühlt und keine plausible Ausrede hat.

»Hast du die etwa nicht auf den Turm mitgenommen?« Ihre Augen glitzern vor Zorn, was haargenau zu ihrem Tonfall passt.

»Ich habe sie nicht *mitgenommen*!« Er bleibt stehen. »Ich habe ihr nur angeboten, das Theater von oben anzusehen!«

»Da hat sie sicher viel gesehen!« Agnese provoziert, in voller Absicht.

»Das hoffe ich doch.«

»Hör mal, bei mir brauchst du dich nicht zu rechtfertigen, bloß weil du dich plötzlich in eine Stadträtin aus der Union verguckt hast!«

»Ich rechtfertige mich doch gar nicht! Und in die Stadträtin verguckt habe ich mich schon gar nicht!«

»Ach nein? Willst du etwa behaupten, dass überhaupt nichts passiert ist, oben auf dem Turm?!« Agnese wird immer bissiger.

»Natürlich nicht! Außer einer absolut harmlosen Umarmung!« Er fragt sich, ob er bei so einer aufgebrachten Gesprächspartnerin so etwas überhaupt erwähnen soll.

»Soso, harmlos, auch für sie, oder nur für dich?« Agnese

ist ganz rot im Gesicht, vom Reiten, aber auch weil das Thema sie aufbringt.

»Für alle beide, glaube ich.«

»Ach so, glaubst du, aber du weißt es nicht. Jedenfalls halte ich es für keine gute Idee, Privates und Öffentliches zu vermischen, vor allem nicht in einer derart heiklen Phase!«

»Ich habe gar nichts vermischt.«

»Ach, wirklich?« Obwohl er sie nicht ansieht, spürt er, wie ihre Empörung zu ihm rüberschwappt. »Du vielleicht nicht, sie aber auf jeden Fall! Die führte eindeutig was im Schilde, als sie noch einmal hergekommen ist! Darauf kannst du wetten!«

»Jetzt sei nicht albern, Agne.« Trotzdem fragt er sich, ob sein ausgeprägtes Einfühlungsvermögen in die weibliche Psyche nicht vielleicht ein typischer Fall von Unfähigkeit ist, die sich als Qualität ausgibt.

»Dann brauche ich ja wohl nichts mehr zu sagen!« Sie stößt ihn mit der Schulter zur Seite und öffnet die Tür.

Er folgt ihr ins Haus, würde das Thema aber am liebsten draußen lassen wie die Hunde.

Agnese zieht die Jacke aus, aber augenblicklich klingelt wieder das Handy. »Schon wieder die Del Muciaro.«

Er fühlt sich von allen Seiten attackiert, ist aber zugleich auch so unschlüssig und angeödet, dass er glaubt, jede Ablenkung würde ihm guttun.

»Was soll ich sagen?« Die beiden Bluesakkorde, die in Endlosschleife ertönen wie ein musikalischer Boomerang, machen alles nur noch schlimmer.

Er zuckt die Achseln.

Agnese drückt den Anruf weg, steckt das Handy in die

Jeans. »Ich habe eine ellenlange Liste von Interviewanfragen, Gui. Diesen peinlichen Zirkus bei Roberta Riscatto kannst du dir echt sparen.«

»Du hast ja recht!« Wenn er etwas wirklich gut kann, dann ist es die Anerkennung der Verdienste anderer, wenn vorhanden. »Danke für deine wertvollen Ratschläge, Agne! Danke für deine Geduld! Danke für deine Ausgeglichenheit! Danke für deine zahllosen Qualitäten!« Dabei geht er rückwärts vor ihr her, macht ein komisches Gesicht und verbeugt sich theatralisch, um sie aufzuheitern.

Aber Agnese lässt sich nicht darauf ein, sie stößt ihn weg. »Hör auf mit dem Quatsch, lass mich vorbei!«

Er schaut ihr hinterher, wie sie mit resolutem Schritt den Flur hinuntergeht, dann geht er wieder hinaus in den Park, um sich ein bisschen um die Hunde zu kümmern, die sich sicher vernachlässigt fühlen, weil er einfach im Haus verschwunden ist, ohne sich von ihnen zu verabschieden.

Dreiundzwanzig

Annalisa Sarmani sitzt in ihrem Büro im Rathaus von Suverso am Schreibtisch und überfliegt die von ihrer Sekretärin gelb markierten Schlagzeilen der Zeitungen. Schon verblüffend, mit welch rasantem Tempo die von *Tutto qui!* lancierte Neuigkeit von der Entdeckung des antiken Theaters die Runde gemacht hat und umgehend von lokalen und regionalen Blättern, dann aber auch von der nationalen Presse aufgegriffen wurde. Zudem hat sich die anfängliche Zurückhaltung der Experten mittlerweile in Luft aufgelöst, inzwischen wetteifern Archäologen, Kunst- und Architekturhistoriker, Schriftsteller und Journalisten darum, einen der wohl bedeutendsten Funde der italienischen Archäologie gebührend zu feiern. Atos Ricciardi: *Harmonisch eingebettet in eine Hügelmulde, die es über Jahrtausende bewahrt und beschützt hat, flüstert uns das antike italische Theater von Cosmarate die verborgensten Geheimnisse unserer entlegenen Anfänge zu.* Augusto Molina: *Mit seinen Steinen, seinen goldenen Proportionen, seinen Alabastersäulen, seinen Darstellungen unfassbarer Gottheiten spricht das antike italische Theater von Cosmarate ganz aus sich selbst, eine wundersame Gabe, aufgetaucht aus dem Ozean der Zeit ...* Carlo Cesare Zampanato: *Ein schlagender Beweis für meine These von der autonomen*

Entwicklung der vorrömischen Theaterarchitektur in Italien, unberührt von allen hellenistischen Einflüssen, wie sie von den Anhängern einer formalen wie funktionalen Verknüpfung der humangeografischen Beziehungen so gern vertreten wird, ist das antike italische Theater in Cosmarate … Na ja, hier wurde es doch ein bisschen zu fachspezifisch. Aber das Schöne war die Vielfalt der Beiträge, von hochlyrisch bis supertechnisch. Und alles lange bevor die Ausgrabung überhaupt eröffnet war und jeder sie besichtigen konnte! Sie empfand eine gewisse Genugtuung, vor allem wenn sie an die ungeheure Skepsis dachte, die ihr im Gemeinderat entgegengeschlagen war, vor dem überraschenden Eintreffen von Guidarini.

Sein unerwartetes Erscheinen war wie die Heldentat eines edlen Ritters im Märchen, der einer Dame in Not zu Hilfe eilt, und hatte sie zutiefst gerührt. Ein bisschen zu romantisch, um wahr zu sein, hatte aber genau den Effekt und trieb ihr vor Rührung die Tränen in die Augen. Zweifellos musste es ihn große Überwindung gekostet haben, sich in ein Umfeld zu begeben, das ihm derart widerstrebte, dennoch hatte er sich der Herausforderung gestellt, am Ende sogar die Opposition überzeugt und dafür gesorgt, dass der Antrag zur Übernahme des Theaters einstimmig angenommen wurde.

Auf jeden Fall hatte das große Medienecho dafür gesorgt, dass Suverso und die Provinz nun im Rampenlicht der Öffentlichkeit standen wie niemals zuvor. Deshalb war es umso dringender, die Verwaltungsabläufe zu beschleunigen, denn immerhin handelte es sich hier um eine Ausgrabung auf einem privaten Gelände, und bislang gab es zwischen besagtem Besitzer und der Gemeinde Suverso überhaupt keinen offiziellen Vertrag. Es existierte nur eine von Guidarini und Bürgermeister Fuscadori unterschriebene Absichtserklärung. Darüber hinaus, das sei noch hinzugefügt, war besagter Guidarini ziemlich unberechenbar, er könnte jederzeit seine Meinung ändern und von einem Vertrag mit Suverso zurücktreten.

So weit, so gut. Aber da war noch etwas anderes: Dieser Guidarini hatte nämlich die zuständige Amtsperson, also sie selbst, dazu eingeladen, das antike Theater von der Turmterrasse seiner Erbvilla aus zu betrachten; und diese Amtsperson hatte sich, halb naiv, halb berechnend wie ein kleines Mädchen darauf eingelassen, und so war es zu dieser Umarmung gekommen, die eher in einen Kitschroman gehörte, sie aber dennoch in ein Gefühlschaos gestürzt hatte und auch jetzt noch verstörte. Da hatten die Drohne und der anschließende Abschuss gerade noch gefehlt. Jetzt, wo sie in der vertrauten Umgebung ihres Büros darüber nachdenkt, kommt ihr alles ganz und gar unwirklich vor, so als sei es womöglich überhaupt nicht passiert: alles derart absurd, dass ihr der Kopf schwirrt.

Sie reißt sich von ihrer Gedankenblase los, ruft in der Rechtsabteilung an, um die Ausarbeitung des Überlassungsvertrages voranzutreiben, das Leistungsverzeichnis zur Errichtung der archäologischen Zone etc. Gleich danach ruft sie im Planungsbüro an, damit sie dort die Katasterauszüge, Flurkarten, Flächennutzungspläne und Sonstiges, was die Rechtsabteilung braucht, zusammenstellen. Eigentlich könnte man meinen, die beiden Abteilungen würden direkt miteinander kommunizieren, da sie ja schließlich zur

selben Gemeinde gehören, doch in Wirklichkeit ähnelt ihr
Verhältnis eher einem Dialog unter Schwerhörigen und
könnte leicht Monate in Anspruch nehmen, wenn sie nicht
dauernd aufs Tempo drücken würde.

Gleichzeitig löchert Bürgermeister Fuscadori sie pausenlos mit der Frage, wann er endlich vor die Presse treten
kann, um der Welt zu verkünden, dass die Gemeinde Suverso das antike Theater betreiben wird. Schon mehrfach
hat er ihr eingeschärft, in Presseerklärungen auf keinen Fall
den Namen Cosmarate zu erwähnen, weil er eine Heiden-
angst davor hat, den Cosmaratesi einen Vorwand für etwa-
ige Ansprüche zu liefern, vor allem jetzt, wo die Spitzen
der Wende® offenbar auf die Idee gekommen sind, die Sache für sich auszuschlachten, um ihr Image aufzupolieren.
Inzwischen ist Fuscadori wie besessen, sogar mehr als vom
Fest des Smoccarone, und bedrängt sie dauernd, sobald
sie sich im Atrium, auf der Treppe oder im Flur begegnen:
»Na? Sind wir so weit?« Eigentlich hätte sie große Lust,
ihm genüsslich aufs Brot zu schmieren, dass er noch vor ein
paar Tagen von der ganzen Sache überhaupt nichts wissen
wollte. Aber was soll's, in der Politik ist nun mal Diplomatie gefragt, und Diplomatie verlangt Geduld.

Das überwältigende Gefühl der Umarmung mit Guidarini auf dem Turm der Villa La Conca will einfach nicht
vergehen, sondern kehrt immer wieder, eindringlich wie
in Zeitlupe. Plötzlich ist alles wieder so wie mit sechzehn,
als sie sich unsterblich in Fabio Bordignon verliebt hatte,
der drei Jahre älter war als sie und in schwarzer Lederkluft
auf einer Kawasaki Ninja herumbrauste wie auf einem
Schlachtross. Tatsächlich jedoch entpuppte er sich dann

später eher als weinerliches Muttersöhnchen denn als atemberaubender Ritter, aber trotzdem hatte sie damals Schmetterlinge im Bauch.

Na ja, aber jetzt ist sie schon längst keine sechzehn mehr, und sich von einem Typen wie Guidarini aus der Bahn werfen zu lassen, ist reichlich unangebracht, um nicht zu sagen ungehörig, um nicht zu sagen peinlich. Aber das ist nichts, was man bewusst entscheidet: Es passiert einfach wie ein Autounfall oder ein Sturz zu Hause. Du bist mit deinen Gedanken ganz woanders, vollauf damit beschäftigt, was noch alles zu erledigen ist, und dann rutschst du nach dem Duschen auf der Badezimmermatte aus und verstauchst dir den Knöchel. Oder brichst dir ein Bein. Dann sitzt du auf dem Boden, hast tierische Schmerzen und ärgerst dich über die eigene Blödheit, denn hättest du nur ein bisschen besser aufgepasst, hättest du den Sturz vermeiden können. Aber dann ist es zu spät, es ist eben passiert, auch wenn du es kaum glauben kannst, und es gibt kein Zurück.

Außerdem hinkt der Vergleich mit dem verstauchten Knöchel (oder dem gebrochenen Bein), denn das Gefühl ist keineswegs unangenehm, im Gegenteil. Die ferne und zugleich taufrische Erinnerung an Gesten, Blicke, Worte. An das Unberechenbare, Leichte, Tiefgründige, Spielerische: alles und das Gegenteil von allem, in einer Welle, die ihr unter die Haut geht, sie ablenkt und zutiefst aufwühlt.

Genau genommen kannte sie ihn ja überhaupt nicht, wusste nichts über sein Verhältnis zu Frauen, seine Auffassung von Ehre. Der Typ war doch unberechenbar, woher sollte man bei einem, der dauernd zwischen formvollendeter Galanterie und anarchischer Dreistigkeit hin- und hersprang, denn wissen, wie er sich verhalten würde? Da brauchte man sich doch bloß anzusehen, wie er sich kleidete, wie er sich bewegte, wie er redete. Konnte man bei so einem denn sicher sein, dass er sich wie ein Kavalier verhalten würde? Womöglich würde er die Umarmung (die *beiden* Umarmungen) sogar gegen sie verwenden, um ihr politisch zu schaden, sie dem Spott auszusetzen und in eine unhaltbare Lage zu bringen. Und doch waren seine Gesten dort oben auf dem Turm so unglaublich einfühlsam gewesen, so sensibel, wie sie es sonst nur aus Liebesromanen kannte. Und seine Bemerkungen über die Welt waren so melancholisch wie sonst nur romantische Gedichte. Konnte das alles wirklich nur gespielt sein, aus purer Berechnung oder gar Langeweile?

Schon letzte Nacht hatten sie diese Gedanken umgetrieben, während sie neben Gianmaria lag und nicht einschlafen konnte. Er hatte wie immer das Gesicht ins Kissen vergraben und schnarchte. Na ja, gut möglich, dass sie, weil sie seit vielen Jahren mit einem Mann zusammenlebte, der alles andere als romantisch war, besonders empfänglich war für die Reize eines Mannes von ganz anderem Temperament. Und ja, Gianmaria war vielleicht nicht besonders romantisch, aber welcher Ehemann war das schon nach zwanzig Jahren Ehe: zwanzig Jahre mit beruflichen Ambitionen, gespannten Beziehungen zu Schwiegereltern und Schwägerinnen und Schwagern, übertriebener Begeisterung für Autos, boshaften Babysittern, misslungenen Urlauben wegen Hitze, Regen oder Mücken, mangelhaft durchgeführten Klempnerarbeiten, peinlichen Auftritten in der Schule, alljährlichen Boilerkontrollen, Steuererklärungen, unbequemen Matratzen, falschen Kopfkissen, repetitivem Sex, endlosen Sitzungen der Notarsvereinigung, ausgebremstem Schwung, unerfüllten Fantasien, Renovierungen, die länger dauerten als geplant, Streitereien mit Nachbarn, schwierigen Klienten, ausbleibenden Zahlungen, zu hastig getrunkenen Espressi, nicht ganz geteilten Erfolgen, hohen Cholesterinwerten, Streitereien mit Kindheitsfreunden, unverstandenen Niederlagen, nicht hinreichend gefeierten Triumphen, unehrlichem Personal, Kleidern, die man zur Reinigung bringen und wieder abholen musste, Gesprächen mit Lehrern, vergessenen Hochzeitstagen, Warten am falschen Ort, Zuspätkommen am richtigen Ort, Einräumen des Geschirrspülers, ernsthaften Erkrankungen der Eltern, Konflikten mit Kollegen, im Golfclub verbrachten Sonntagen, divergierenden Lektüren, vorm Fernseher verbrachten Abenden, rein mentalen (hoffentlich) Ausflügen auf Datingportale, Scheidungen enger Freundinnen und Freunde, nicht sehr heimlichen Ausflügen auf Pornoseiten, kleinen manischen Hobbys, verdächtigen Annäherungen an Sekretärinnen, Blutuntersuchungen, Honorarrechnungen, umgekehrt hingelegten Handys, nach denen dann plötzlich geschnappt wurde, Unterwäsche, die sexy sein soll, aber eigentlich nur unbequem ist, Rechnungen, Bauchschmerzen, Schnupfen, Grippe, fleckigen Schlafanzügen, prämenstruellem Syndrom, schlechten Schulnoten des Sohnes, Ostereiern mit vorhersehbaren Überraschungen, Pandori, die dick machten, Techtelmechteln mit Kolleginnen, die man lieber ignorierte, zerstreut eingenommenen Mahlzeiten, Nachlassen der Libido, Nachlassen des Sehvermögens, Ellbogen auf dem Tisch, einsilbigen Abendessen, Verdauungsstörungen, Angriffen der Opposition, Kämpfen bis aufs Messer mit Leuten aus der eigenen Partei, von einem Tag auf den nächsten auftauchenden Falten, frustrierenden Restaurantbesuchen, Pap-Tests, Mammografien, unüberlegten Geschenken, widerwillig geschmückten Weihnachtsbäumen, einzelnen grauen Haaren, die sich rasch vermehrten, besorgniserregenden Schwächeanfällen, schmutziger Wäsche, die gewaschen werden muss, nächtlichem Schnarchen, Mundgeruch durch Knoblauch, öden Wochenenden, Sorgen um Gegenwart und Zukunft des inzwischen großen Sohnes. Aber wenn sie sich so umsah, bot sich bei den Männern von Freundinnen, Bekannten und ehemaligen Mitschülerinnen überall dasselbe Bild. Richtig romantisch war da genau genommen gar keiner mehr. Bestenfalls hatte der eine oder andere sich ein Minimum an Humor, Energie, Lust, am Samstagabend mit Freunden auszugehen, bewahrt. Die meisten aber kreisten weitgehend um sich selbst, hatten nichts Interessantes zu erzählen, verschanzten sich hinter ihren Gewohnheiten und Manien, warfen sich abends aufs Sofa und fühlten sich gestört, wenn man von einem Buch erzählte, oder sogar angegriffen, wenn man mal einen gemeinsamen Ausstellungsbesuch vorschlug.

Und die Frauen? Na ja, auch bei ihnen hielt sich, wenn man genau hinsah, das Engagement für eine Partnerschaft mit idyllischem Liebesleben und gemeinsamen Interessen schwer in Grenzen. In erster Linie sah sie extrem praktische Frauen, die Haus und Familie managten, tausend Dinge gleichzeitig machten und gar nicht erst lange darüber nachdachten, wenn ihre Erwartungen von der Realität nicht erfüllt wurden. Genau wie bei ihr, klar; dafür gab es tausend

Gründe, vor allem jedoch die Anforderungen durch ihr politisches Amt. Trotzdem hat sie alles versucht, um eine ideale Ehe zu führen, nicht bloß ein paar Monate, sondern jahrelang. Mag sein, dass sie dabei ihre eigenen Träume aus den Augen verloren hat, weil sie mehr auf die Träume Gianmarias, ihrer Mutter und ihres Vaters geachtet hat. Schon möglich, dass sie von außen mitunter den Eindruck einer Kampfmaschine machte, wie der gute Fuscadori in seiner üblichen Machoart schon mehrfach angemerkt hat, aber ihre Träume, die hat sie trotzdem niemals aufgegeben, und vom Leben erwartet sie insgeheim immer noch wundersame Überraschungen.

Da ist es ja wohl verständlich, dass die Begegnung mit einem Mann wie Guidarini sie durcheinandergebracht hat, oder? Auch wenn er vielleicht Theater spielt, er ist auf jeden Fall so, wie er sich gibt, ein bisschen unkonventionell vielleicht, aber sensibel, mit ausgezeichneter Bildung und weltgewandt, mit einer Menge Erfahrungen, die alles andere als banal sind. Durchaus möglich, dass er gerade wegen der Unterschiede echte Zuneigung zu ihr empfindet: Gegensätze ziehen sich an, wie man so sagt. Was jedoch nichts an der Absurdität der Situation ändert oder an ihrer Gefährlichkeit.

Fest steht nur, dass sie weder Zeit noch Muße hat, um das herauszufinden. Wegen des Theaters stehen sie beide jetzt im Rampenlicht und dürfen sich keinen falschen Schritt erlauben. Das innere Gefühlschaos muss sie unbedingt ablegen, und zwar schnellstens, ebenso wie die teenagerhafte Verzückung. Wie man sieht, hat auch eine resolute Frau ihre Schwächen; aber die muss man gut verstecken, in die tiefsten Tiefen des Bewusstseins verbannen, außer Reichweite von Ehemännern, Freundinnen, Journalisten, Konkurrenten aus der Union und Gegnern aus der Opposition. Es ist nichts Schlimmes, an die Umarmung auf dem Turm der Villa La Conca zu denken, es macht sie sogar ein bisschen wütend: Das hilft ihr, wieder festen Boden unter die Füße zu bekommen, um die Situation schnell wieder in den Griff zu bekommen, bevor die Situation sie in den Griff bekam.

Jetzt klingelt ihr Handy zwischen den aufgeschlagenen Zeitungen auf dem Schreibtisch; sie schreckt auf dem Stuhl hoch, streckt die Hand danach aus.

Vierundzwanzig

Massimo Bozzolato kostet es große Überwindung, diesen Anruf zu machen, ganz besonders nach all den Beschimpfungen, die er erst kürzlich hatte einstecken müssen, von der Sarmani, diesem Biest, von Fuscadori, dieser Kanaille, und all den anderen nichtsnutzigen Tagedieben von der Union. Wenn es nach ihm ginge, würde er sich einen Benzinkanister schnappen, sich nachts in den Keller schleichen und diesen Schweinen ihr schönes Rathaus abfackeln. Das geht aber nicht, denn die von der Gusmondi LLC machen tierisch Druck, weil sie ganz erpicht darauf sind, »unverzüglich eine Strategie zu entwickeln, wie man am besten eine untrennbare Verbindung von Cosmarate und Wende® mit dem antiken italischen Theater herstellt«. Inzwischen ist das Ding in aller Munde, obwohl es noch keiner mit eigenen Augen gesehen hat. Leicht gesagt, wenn man gemütlich in einem hübschen Büro in Mailand sitzt und keinen blassen Schimmer hat von den erbitterten Kämpfen, die seit jeher zwischen den kleineren Gemeinden und der Provinzhauptstadt toben. Aber fast unmöglich, wenn du mitten auf dem Schlachtfeld stehst und dann im Namen deiner Bürger und deiner politischen Gesinnung gezwungen bist, dich mit einem Biest von Anwältin aus guter Familie herumzuschlagen, die dich von oben herab behandelt und auch noch meint, sich das ohne Weiteres herausnehmen zu können.

Okay, er musste jetzt beweisen, dass er über Polemik und persönliche Beleidigungen erhaben war. Das Biest hatte keine Skrupel gehabt, ihn am Sonntag zu stören, während er mit seinen Jagdfreunden beim Essen war, da konnte sie sich jetzt auch schlecht beschweren, wenn er sie auf dem Handy anrief, dessen Nummer er gespeichert hatte.

»Hallo?« Die Stimme klingt unwirsch, das fängt ja gut an.

Macht nichts, dranbleiben, das Ziel fest im Blick.

»Sarmani, ich wollte noch einmal mit dir reden, um mögliche Missverständnisse auszuräumen …«

»Missverständnisse? Ich bitte dich!« Der Ton ist so schneidend, dass einem angst und bange wird. »Wie du dich aufgeführt hast, das war würdelos und beschämend, von einem, der ein solches Amt bekleidet, sollte man eigentlich ein bisschen mehr Anstand erwarten können!«

»Na, jetzt übertreibst du aber, Sarmani.« Bozzolato beißt die Zähne zusammen und versucht es mit einem versöhnlichen Ton.

»Nicht im Geringsten!« Die Sarmani bleibt beinhart. »Was du dir da geleistet hast, war eine unerhörte, durch nichts zu entschuldigende Verbalattacke!«

»Nicht doch, man hat mich bloß falsch verstanden.« Für einen Politiker, das weiß er aus Erfahrung, ist dieser Satz unverzichtbar, versuchen kann man's ja mal.

»Wie, falsch verstanden?« Die Sarmani gibt nicht nach. »Du bist in eine Sitzung unseres Gemeinderates geplatzt und hast mich, den Bürgermeister und den gesamten Gemeinderat mit maßlosen Beleidigungen überschüttet, für die man dich verklagen könnte! Dafür gibt es Dutzende von Zeugen!«

Er hätte nicht übel Lust, sie zum Teufel zu schicken, doch bei dem Gedanken an Hans Gusmondis drohende Miene schafft er es gerade noch, sich zusammenzureißen. »Falls ich mich im Ton vergriffen habe, tut es mir leid. Das war nicht meine Absicht.«

»Und worüber wolltest du jetzt mit mir sprechen?« Sie ignoriert die Entschuldigung und macht einfach weiter.

»Über unser italisches Theater, nicht?« Bozzolato versucht den Eindruck zu vermeiden, als wollte er ihr ein Zugeständnis abringen, auch wenn es natürlich so ist. Aber, wie sagte ein Großer doch so schön, in der Politik läuft am Ende alles auf ein *do ut des* hinaus. »Wenn wir mal einen Moment vernünftig miteinander reden, bin ich sicher, dass wir eine Lösung …«

»Bloß weil das antike Theater zufällig in eurer Gemeinde liegt, heißt das noch lange nicht, dass es euch gehört, Bozzolato!« Sofort schnappt die Sarmani wieder ein, ohne ihn ausreden zu lassen.

»Wem denn sonst, sag mir das mal, Sarmani!« Bozzolato versucht sich zu beherrschen, aber das ist wirklich zu viel verlangt.

»Die Fundstätte befindet sich auf einem Privatgrundstück, und das gehört dem Marchese Guidarini!« Die Sarmani denkt nicht daran einzulenken, eher im Gegenteil. »Als Eigentümer kann er sich aussuchen, wen er für den besten Betreiber hält! Und er hat sich nun mal für Suverso entschieden, was im Übrigen auch logisch ist!«

»Was zum Teufel soll daran logisch sein?« Bozzolato weiß, dass er sich nicht aufregen darf, aber es wird immer schwieriger. »Wenn sich das Theater in Cosmarate befindet, dann ist die Gemeinde Cosmarate zuständig! Punkt!«

»Wenn du wieder so anfängst, Bozzolato, lege ich sofort auf!« Auch die Sarmani wird laut. »Ich habe hier auf dem Schreibtisch einen Vorvertrag, unterschrieben von Fuscadori und dem Marchese!«

»Den kannst du in die Tonne treten!« Bei dem Wort Vorvertrag gehen Bozzolato die Nerven durch. »Garantiert habt ihr dem Guidarini Gott weiß was versprochen, um das antike Theater seinem natürlichen wie legitimen Standort zu entreißen, der jetzt und immerdar Cosmarate di Sopra e di Sotto heißt! Ihr seid nichts anderes als eine Horde von Dieben und Gaunern!«

»Es reicht, Bozzolato, ich bin nicht gewillt, mich auf dieses Niveau herabzulassen!« Die Sarmani lacht nervös oder hustet, ebenfalls nervös. »Es tut mir nur leid für die Bürger, die du vertrittst, wirklich!«

»Lass gefälligst die Bürger aus dem Spiel! Du Biest!« Bozzolato verliert endgültig die Fassung und brüllt jetzt aus voller Kehle. »Du und all die anderen Wichser aus Suverso! Und euer blödes Rathaus, das würde ich euch am liebsten unter dem Hintern abfackeln, samt Mobiliar und roten Samtvorhängen!«

Am anderen Ende der Leitung ist es still.

Bozzolato steht vom Schreibtisch auf und marschiert fuchsteufelswild auf dem knarrenden Parkett auf und ab. So eine Sauerei, er war doch im Recht, hatte alles Erdenkliche getan, um sich mit der Gegenseite gütlich zu einigen. Okay, vielleicht hätte er sich die Bemerkung mit dem Abfackeln des Rathauses sparen sollen, aber das war doch nicht ernst gemeint, das konnte man doch nicht einfach so aus dem Zusammenhang reißen. Doch dann bleibt er wie angewurzelt stehen, urplötzlich kommt ihm wieder das Gesicht von Hans Gusmondi in den Sinn, ihm stockt der Atem.

Um sich zu beruhigen, setzt er sich wieder an den Schreibtisch und zählt an den Fingern langsam bis zehn: eins, zwei, drei, vier, erst eine Hand, dann die andere. Nicht zu fassen, was da von ihm verlangt wurde, eine richtige Zumutung, das wäre mal was für all die Besserwisser, die den Bürgermeisterjob für das Größte hielten, die würden sich echt umgucken. Die Herrschaften vom Breitband© beispielsweise, mit ihrem großspurigen Gerede, den albernen Pappschildern und gereimten Sprechchören, was würden die wohl sagen, wenn es darauf ankam, im Namen des Gemeinwohls einen kühlen Kopf zu bewahren? Einfach ohne Programm auf der Piazza Rabatz zu machen, war keine große Kunst; aber Tag für Tag die Amtsgeschäfte zu führen, bei all dem Ärger, den man sich damit einhandelte, war dagegen eine echte Herausforderung.

Unter diesen Bedingungen muss man eine Menge Kröten schlucken, zumal mit der Gusmondi LLC im Nacken, da muss man höllisch aufpassen, dass man nicht zum Laufburschen degradiert wird. Eine Kröte hatte er ja schon, mit der Sarmani, aber jetzt gleich die nächste, das war schon hart; und dann noch ausgerechnet dieser ausgeflippte Marchese, der ihn erst neulich der Lächerlichkeit preisgegeben hat, als er ihm vor versammelter Presse eine Kusshand zuwarf. Einer, der dauernd Anzeige erstattete gegen angeblich illegal errichtete Gebäude und deren Abriss verlangte, selbst aber in aller Seelenruhe ein antikes Theater ausgrub, ohne irgendwem ein Sterbenswörtchen davon zu verraten. Mit diesem weltfremden Gehabe war er nicht bloß dem eigenen Bürgermeister in den Rücken gefallen, sondern kungelte jetzt zu allem Überfluss auch noch mit diesen Gaunern aus Suverso.

Aber bekanntlich ist die Politik, wieder unser Gewährsmann, auch die Kunst der Kompromisse. Folglich wird er jetzt die zweite Kröte schlucken, auch wenn sie besonders ekelhaft ist. Immer das Ziel im Auge, nicht die Hindernisse auf dem Weg dahin, wieder unser Gewährsmann, der Zweck heiligt die Mittel und so weiter. Die Nummer hat er, vertraulich natürlich, von Vale Brusato, von der Firma Brusato & Figli S.n.c., die vor einiger Zeit in der Villa La Conca Klempnerarbeiten ausgeführt hat. Mitunter muss man als Bürgermeister auch zum Sherlock Holmes werden und jeden erdenklichen Kontakt nutzen. Während er die Nummer wählt, geht er auf und ab und spürt schon, wie sein Magen rebelliert, wenn er bloß an die zu erwartende Kröte denkt.

»Wer ist denn da?« Das hört sich gar nicht gut an, die Stimme der Frau am anderen Ende klingt durch und durch argwöhnisch, voller Misstrauen. Vermutlich die Assistentin des Marchese, die in Männerklamotten herumläuft und genauso sonderbar ist wie er selbst.

»Hier ist Bozzolato, der Bürgermeister von Cosmarate.« Um die Kommunikation zu erleichtern, sucht er einen Mittelweg zwischen amtlich und herzlich. »Ich möchte gern den Marchese Guidarini sprechen.«

Die Frau scheint unschlüssig und sagt etliche Sekunden gar nichts. »Moment, da muss ich erst nachsehen, ob ich ihn irgendwo finde.«

»Nur zu, ich warte.« Auch das ist natürlich nicht in Ordnung, den Bürgermeister warten zu lassen, wenn er mit einem Bürger seiner Gemeinde sprechen will, Marchese oder nicht. Aber in der Politik, auch das ist bekannt, braucht man die Geduld der sieben Weisen.

Man hört nichts als Rascheln und Schlurfen, anscheinend läuft die Assistentin mit dem Handy durch die Flure der Villa. Geduld, Geduld, Geduld: Lastwagenweise braucht man die.

Dann ein Tuscheln, dann wird das Mikrofon zugehalten, dann wieder Tuscheln.

»Ja?« Das ist die Stimme des ausgeflippten Guidarini.

»Hallo.« Bei so einem Typen weiß man nie, ob man ihn duzen oder siezen soll, also bleibt Bozzolato neutral.

»Hochverehrter Bürgermeister, rufen Sie vielleicht wegen einer meiner Eingaben an?«

»Nun, nicht direkt …« Das Wichtigste ist, sich nicht provozieren zu lassen, noch so einen diplomatischen Reinfall kann er sich nach dem katastrophalen Anruf bei der Sarmani nicht mehr leisten. »Ich wollte mit Ihnen nur kurz über das antike Theater sprechen.«

»Ach wirklich?« Guidarini tut erstaunt und mimt den Naiven. »Was kann ich denn für Sie tun, Durchlaucht?«

»Eigentlich wäre es mir lieber, wenn wir uns treffen könnten.« Bozzolato versucht die spöttischen Bezeichnungen zu überhören, denn ein Gespräch unter vier Augen, das weiß er aus Erfahrung, ist die einzige Möglichkeit, jemanden zu überzeugen, auch seine Landmaschinen hat er nie am Telefon verkauft.

»Nicht nötig, hochgeschätzter Amts- und Würdenträger.« Anscheinend ist Guidarini ein geborener Provokateur, er kann einfach nicht anders. »Falls Sie mir etwas Überraschendes mitzuteilen haben, nur zu.«

Während sich Bozzolato gerade den Kopf zerbricht, wie er die Sache am besten anpacken soll, geht plötzlich die Tür auf und Sonia kommt herein, natürlich ohne anzuklopfen, wie immer kein Benehmen. Sie denkt gar nicht daran, ihn in Ruhe telefonieren zu lassen, fuchtelt mit den Armen und flüstert ihm leise etwas zu, das er aber nicht versteht. Damit sie endlich geht, winkt er mit dem freien Arm Richtung Tür, aber sie lässt sich nicht abwimmeln. Vor lauter Winken renkt er sich fast die Schulter aus, dann schiebt er sie endlich hinaus und schließt die Tür.

»Sind Sie noch dran, ehrwürdiger erster Bürger?« Guidarini stichelt und stichelt.

»Natürlich!« Bozzolato ist leicht außer Atem, wen wundert's bei der Anstrengung, erst Sonia hinauswerfen und jetzt auch noch mit diesem Verrückten reden zu müssen.

»Nun? In kurzen, präzisen, treffenden Worten?« Guidarini denkt nicht im Traum daran, sein Benehmen zu ändern.

»Kurz gesagt ...« Bozzolato mag es gar nicht, wenn man ihm sagt, er solle sich kurzfassen, aber er beherrscht sich. »Ich bin davon überzeugt, dass wir als Gemeinde Cosmarate Ihnen für die Übernahme des antiken Theaters weit mehr zu bieten haben als Suverso.«

»Ach wirklich?« Guidarini bleibt reserviert, aber so ist

er nun mal, das wusste man ja. »Können Sie mir vielleicht mal ein Beispiel nennen, wenn es Ihnen nichts ausmacht?«

»Beispielsweise könnten wir Ihnen ein neues Dach für die Reitbahn genehmigen.« Noch eine Regel der Politik: Zuckerbrot und Peitsche, alles zu seiner Zeit.

»Und die Sonnenkollektoren, die ihr nie genehmigt habt?« Der Marchese wirkt immer so abgedreht, aber die Dinge, die ihm am Herzen liegen, hat er parat, wie man sieht.

»Die auch.« Ein hübsches Zuckerbrot.

»Und die beiden Lichtkuppeln, für die ich unzählige Anträge gestellt habe, ohne je eine Antwort zu bekommen?« Sieh an, sogar an die Details erinnert er sich, der gute Marchese.

»Die Lichtkuppeln können wir auch einbeziehen, okay.« Weil er einen potenziellen Durchbruch wittert, gibt sich Bozzolato großzügig, aber dann reicht es auch mit dem Zuckerbrot.

»Und die Spielhalle?«

»Was hat denn die Spielhalle damit zu tun?«

»Wenn ihr euch offiziell verpflichtet, die Spielhalle abzureißen, würde ich darüber nachdenken.« Guidarini hat zwar immer noch diesen provozierenden Ton, meint es aber offensichtlich ernst.

»Soll das ein Witz sein? Die Spielhalle ist eine bedeutende Investition, um Arbeitsplätze zu schaffen und Ressourcen anzuziehen, das ist doch keine mobile Konstruktion, die man an einem halben Tag auf- und abbauen kann!«

»Genau! Es ist eine Scheußlichkeit, die auf Dauer die Landschaft verschandelt und außerdem den Abschaum der

Menschheit anzieht!« Echtes Delirium! »Genauso wie die schreckliche Industriehalle direkt hinter der Ortsgrenze! Die zudem noch leer steht, schon seit einer Ewigkeit! Und das grässliche, graue Monster von einem Wärmekraftwerk!«

»Das sollen wir auch abreißen?« Bozzolato guckt ungläubig, die absurden Forderungen dieses Typen kennen wahrlich keine Grenzen.

»Ja sicher!« Der Typ ist kompromisslos, bewegt sich keinen Zentimeter. »Wenn ihr ernsthaft über eine Übernahme des Theaters verhandeln wollt, müsst ihr euch vertraglich verpflichten, wenigstens die schlimmsten Scheußlichkeiten abzureißen!«

»Also, Guidarini, jetzt passen Sie mal auf! Ich habe angerufen, um mit Ihnen in Verhandlungen einzutreten, garantiert nicht, um mir ein völlig abwegiges Ultimatum stellen zu lassen!« Bozzolato spürt, wie ihm das Blut zu Kopfe steigt, schlimmer als bei der Sarmani, offensichtlich war das der Tag der Albtraumtelefonate.

»Nein, Sie haben angerufen, um mir nach Mafiaart einen Tauschhandel vorzuschlagen, ehrwürdiger Esel.« Guidarini hat eine Art, da könnte man echt zum Mörder werden.

»Ehrwürdiger Esel, das bist du, genau wie dein Vater, dein Großvater und dein Urgroßvater!« Bisher hat Bozzolato sich zusammengerissen, keine Frage, aber es gab Grenzen, aller Kunst des Kompromisses zum Trotz.

»Was meinen Vater und meinen Großvater betrifft, könnte ich dir vielleicht sogar zustimmen, aber meinen Urgroßvater, den lässt du gefälligst aus dem Spiel, wiehernder Esel!« Dafür müsste man ihn ins Gefängnis stecken.

»Wiehernder Esel! Du tickst doch nicht ganz richtig!« Bozzolato ist außer sich vor Zorn, brüllt derart laut, dass die Spucketröpfchen spritzen.

»Iii-aa! Iii-aa!« Guidarini ahmt das Gewieher so täuschend echt nach, dass man ihm am liebsten den Hals umdrehen würde.

»Scheißjunkie!« Bozzolato kennt kein Halten mehr, trommelt mit den Händen so fest auf die Schreibtischplatte, dass es wehtut. »Ich lasse sie mit der Raupe abreißen, die blöde Villa deiner würdelosen Vorfahren! Und auch die Reitbahn und den Stall mit den Pferden drin! Und das blöde Theater mache ich dem Erdboden gleich!«

»Ah, die raffinierte Dialektik des *Equus asinus*!« Guidarini feixt, danach herrscht Stille. Ja, heute war offensichtlich der Tag der Albtraumtelefonate, die in eisigem Schweigen enden, verdammt noch mal.

Bozzolato schüttelt das Handy, aber es bleibt stumm. Er schmettert die Schwarte über die Geschichte der Alpini zu Boden, fegt den Becher mit Stiften um, schleudert die Schneekugel mit der Schneekönigin an die Wand, stößt einen Schrei aus wie ein wild gewordenes Tier.

Dann blickt er zur Tür, weil sich dort etwas bewegt hat, und tatsächlich hat die blöde Sonia einen Typen mit Bart und Aktentasche hereingelassen, noch einen Typen mit Brille und dickerer Aktentasche und eine dunkelhaarige Frau ohne Aktentasche, dafür aber mit einer großen Umhängetasche. Alle drei marschieren bis in die Mitte des Büros, mustern pikiert das zerfledderte Buch und die Stifte auf dem Boden, die schmierige Pfütze mit Glasscherben und der Schneekönigin. Offenbar ist der Bärtige der Chef des Trios: Kerzengrade und gelassen steht er am Tatort, starrt ihn an. »Bürgermeister Bozzolato?«

»Ja, und wer seid ihr?« Natürlich ist Bozzolato nicht in Stimmung zu Höflichkeiten gegenüber Unbekannten, die einfach so, ohne Einladung und Termin, in sein Büro hereinplatzen, vor allem nicht nach dem zweiten schrecklichen Anruf.

»Filippo Bellini, Tyler Davies, Aurora Marveggio.« Dabei deutet der Bärtige auf sich und die beiden anderen.

»Angenehm, und was wollt ihr in meinem Büro?« Bozzolato hat den Impuls, sich mit den Händen voran auf sie zu stürzen und sie mit Gewalt hinauszudrängen.

»Hans Gusmondi schickt uns.« Offenbar hat Bellini von seinem Chef gelernt: Er hat dieselbe Art, kaum die Lippen zu bewegen und die Lider um die stechenden Augen zu Schlitzen zusammenzukneifen.

»Wir sind die Taskforce.« Die Brünette, die Marveggio heißt, lächelt leicht, was noch schlimmer ist.

»Um was zu machen?« Bozzolato versucht wenigstens den hinteren Bereich seines Büros zu schützen, weiß aber schon, dass es sinnlos ist. Um wenigstens ein bisschen Dampf abzulassen, macht er eine unschöne Geste in Richtung Sonia, die immer noch an der Tür steht und neugierig glotzt.

»Um ASAP eine Lösung für das Thema antikes Theater zu finden.« Bellini legt seine Aktentasche auf den Schreibtisch, als wäre er hier zu Hause.

»Esep?« Bozzolato reckt fragend den Hals, weil er den Ausdruck nicht kennt, aber der Klang gefällt ihm überhaupt nicht.

»So schnell wie möglich.« Bellini übersetzt, als spräche er mit einem Kleinkind.

Bozzolato hat ein entsetzliches Gefühl, so viele Kröten in kürzester Zeit liegen ihm schwer im Magen, so unverdaulich, dass es selbst die größte und gierigste Schlange umhauen würde.

Fünfundzwanzig

Veronica Del Muciaro betritt das Büro der Vizebürgermeisterin und Kultur- und Tourismusstadträtin Annalisa Sarmani im ersten Stock des Rathauses von Suverso an der Piazza dei Pochi, gefolgt von Giulio mit Filmkamera, Stativ, Scheinwerfer, Rucksack. Als die beiden hereinkommen, erhebt die Sarmani sich vom Schreibtisch und geht auf sie zu. Eine schöne Frau, klassische Eleganz, glatte hellbraune Haare mit Bubikopfschnitt, minimal geschminkt, was ihre haselnussbraunen Augen sehr schön zur Geltung bringt. Natürlich kennen sie sich, sind sich schon oft bei offiziellen Anlässen oder in der Stadt, im Café oder auf dem Corso über den Weg gelaufen, aber es ist das erste Mal, dass sie sich Auge in Auge zu einem Interview gegenüberstehen. Schon frappierend, wie groß der Unterschied ist, wo sie beide doch aus Suverso kommen, fast gleich alt sind und einen ganz ähnlichen Background haben. Der Vergleich stellt sich automatisch ein: Sie hat weder Mann noch Kinder, schläft in ihrem alten Kinderzimmer bei den Eltern, wenn sie in Suverso ist, hat in Mailand eine Einzimmerwohnung von fünfunddreißig Quadratmetern, mit einem Kühlschrank, der immer leer, und einem Wäschekorb, der immer voll ist, und hetzt jeden Tag von einem Ort zum nächsten. Die Sarmani dagegen ist seit Ewigkeiten mit einem renommierten Notar verheiratet, hat einen halbwüchsigen Sohn, garantiert ein schönes, großes und komfortables Haus, führt ein wohlgeordnetes, solides und gut organisiertes Leben. Als sie gestern angerufen hat, um ein Liveinterview über das antike Theater zu vereinbaren, war sie ziemlich misstrauisch, hat sich ausführlich erkundigt, nach den Fragen, die man ihr stellen würde, nach dem Thema der Sendung, den anderen Gästen, der geplanten Dauer der Sendung und so weiter. Doch jetzt gibt sie ihr ausgesprochen höflich die Hand, gibt auch Giulio die Hand, als er seine Geräte abgestellt hat.

»Nun, wo soll ich mich hinstellen?« Ein bisschen nervös vielleicht, aber wer wäre das nicht bei einer Livesendung, vor allem mit Roberta Riscatto im Studio in Rom?

»Wir stellen uns beide hier vor den Schreibtisch.« Veronica Del Muciaro zeigt ihr die Stelle. »Dann können wir den Monitor sehen.« Sie kontrolliert, ob Giulio auch das Porträtfoto des Präsidenten der Republik und die Fahne der Gemeinde im Bild hat.

Die Sarmani dreht sich um, schiebt einen Stapel Akten und einen Stiftehalter zur Seite, zupft die Kostümjacke zurecht; als jemand anklopft, zuckt sie leicht zusammen.

»Ist es erlaubt? Störe ich?« Bürgermeister Fuscadori steht in der Tür.

»Entschuldige, Aldo, aber wir sind gleich auf Sendung.« Die Sarmani lächelt angestrengt, es ist klar, dass ihr dieses Eindringen gar nicht gefällt.

»Sicher, natürlich, ich wollte nur kurz Hallo sagen!«

Dabei mustert er eingehend die Kamera, die Scheinwerfer, den Monitor. »Falls ihr außer unserer verdienten Assessora vielleicht auch noch den Bürgermeister befragen wollt, ich bin nebenan.«

»Vielen Dank, Herr Bürgermeister, sehr freundlich!« Veronica Del Muciaro schenkt ihm ein breites Lächeln, offensichtlich schmeckt es ihm gar nicht, dass man nicht ihn gefragt hat. Aber Roberta Riscatto und Tito Calpa wollen keinen zweiten Bürgermeister, sie wollen dem von Cosmarate eine Frau gegenüberstellen.

Inzwischen hat Giulio die Verbindung mit Rom hergestellt und reicht der Sarmani den Kopfhörer. Veronica schiebt ihren ins Ohr, ergreift das Mikrofon und macht eine Stimmprobe. Tito Calpa schickt ihr die letzte seiner Terrornachrichten: *Noch eine Minute.* Es geht los.

Auf dem Monitor erscheint Roberta in einem engen roten Minikleidchen, die Beleuchtung ist wie immer gleißend hell, um jegliches Fältchen in ihrem Gesicht zu verscheuchen. Sie geht direkt auf die Kamera zu und zieht dabei den Rock ein bisschen nach unten, eine ihrer klassischen Gesten, um sexy zu wirken. »Heute ist unsere Veronica Del Muciaro in Suverso, übrigens ihr Geburtsort, um von der Vizebürgermeisterin und Kulturstadträtin Neues über das antike italische Theater zu erfahren, über das wir als Erste exklusiv berichtet haben. Veronica, kannst du mich hören?«

»Ja, Roberta, ciao!« Sie legt so viel Euphorie in die Stimme, wie sie kann, obwohl sie ein bisschen abgelenkt ist durch den Gesichtsausdruck der Sarmani an ihrer Seite, die nun offenbar wieder leicht argwöhnisch ist, genauso wie am Telefon.

»Schönen Nachmittag, Assessora oder Assessore, wie

sollen wir Sie nennen?« Roberta klappert mit den Augenlidern, um Verlegenheit vorzutäuschen, ein weiteres Markenzeichen.

»Hallo. Assessore ist in Ordnung.« Die Sarmani ist angespannt und unsicher, weil sie auf unbekanntem Terrain spielt und sich mit den Spielregeln nicht auskennt.

»Okay, Assessora!« Wie immer hört Roberta nicht auf das, was ihre Gesprächspartner sagen. »Können Sie uns sagen, wie es jetzt mit dem spektakulären antiken Theater in eurer wunderschönen hügeligen Gegend weitergeht?« Dabei deutet sie auf die Bilder der beiden Drohnen, die jetzt hinter ihr eingeblendet werden.

»Nun, inzwischen hat die Gemeinde Suverso mit dem Eigentümer des Geländes, dem Marchese Guidarini, eine Grundsatzvereinbarung über die Betreibung des Theaters getroffen.« Die Sarmani spricht in offiziellem Ton, geradeheraus.

»Ein Eigentümer, das wollen wir nicht vergessen, der nicht bloß ein großer Archäologe ist, sondern auch ein richtiger Märchenprinz. Stimmt's, Veronica?« Dabei legt Roberta eine Hand aufs Herz, und hinter ihr wird ein großes Foto von Guidarini in einem seiner bunten Pullover eingeblendet. »Der Rockstar der Archäologie!«

»Genau so ist es, Roberta!« Veronica Del Muciaro stimmt begeistert zu, auch wenn sie gestern reichlich verärgert war, als dieser Märchenprinz sie nicht empfangen hat, obwohl sie extra bis zur Villa La Conca gefahren war, und seine Assistentin dann gar nicht mehr ans Telefon ging.

»Der Marchese Guiscardo Guidarini, der das Herz vieler unserer Zuschauerinnen höherschlagen lässt!« Roberta klopft mit der Rechten leicht auf die Brust. »Den Traum-archäologen haben wir ihn genannt!«

Die Sarmani schaut auf den kleinen Monitor und lächelt leicht gequält.

Veronica Del Muciaro wendet sich an sie: Das scheint ihr der richtige Augenblick. »Wie war das, Dottoressa Sarmani, mit dem Marchese zu tun zu haben?«

Die Sarmani fasst sich an den Hals, ganz offensichtlich verlegen. »Die Gemeinde Suverso hat einen Vorschlag un-terbreitet, der für beide Parteien zufriedenstellend war, und nun hoffen wir, dass wir das Theater schon zu Beginn des Sommers für das Publikum öffnen können …«

»Schön, aber uns interessiert vor allem, wie es für Sie *persönlich* war, werte Assessora!« Roberta äfft den Tonfall eines kleinen, maliziösen Mädchens nach. »Oder liege ich da falsch, Veronica?«

»Nein, Roberta, damit liegst du überhaupt nicht falsch!« Sie steigt sofort ein auf das inzwischen superbewährte Pingpongspiel der beiden.

Als sie ihr das Mikrofon hinhält, weicht die Sarmani leicht zurück. »Wir haben uns ausgezeichnet verstanden, denn wie ich schon sagte …«

»Vielleicht auch ein bisschen mehr, Assessora?« Roberta behält den maliziösen Ton bei, aber die Stimme ist jetzt schneidender.

Die Sarmani schweigt, als würde sie die Frage nicht ver-stehen.

»Es ist nur, weil uns ein paar interessante Aussagen vorlie-gen, die unsere unerschrockene Korrespondentin Veronica Del Muciaro für uns gesammelt hat, stimmt's, Veronica?«

»Ja genau.« Sie bestätigt energisch, aber es fällt ihr schwer. »Das Gespräch habe ich gestern mit dem Handy aufgenommen, also entschuldigen Sie bitte die schlechte Qualität!«

»Dann wollen wir uns das doch mal ansehen!« Roberta lächelt verschwörerisch in die Kamera und dreht sich dann zu dem Bildschirm hinter ihr um.

Veronica Del Muciaro sieht sich erneut vor dem Tor der Villa stehen, dann kommen ein Mann und eine Frau ins Bild, beide relativ klein und mit südamerikanischem Aussehen. »Also, wir stehen hier vor dem Grundstück des Marchese Guidarini in Cosmarate di Sopra! Und wer seid ihr? Wollt ihr euch vielleicht vorstellen?«

»Calixto.« Der Mann wirkt verschlossen, man spürt seinen Widerstand.

»Yoana.« Die Frau ist noch zurückhaltender.

»Bis vor drei Jahren habt ihr beide für den alten Marchese Guidarini gearbeitet, nicht wahr?«

Beide nicken.

»Als Gärtner und als Hausmädchen, stimmt's?«

Wieder nicken beide.

Sie filmt sich, dann wieder die beiden. »Was war er für ein Typ?«

»Er war kein guter Mensch.«

»Ach nein? Und warum nicht?«

»Er behandelte alle schlecht, zahlte nicht.«

»Er war ein großer Frauenheld, stimmt's?«

Yoana nickt, Calixto schaut weg.

»Und wie war das Verhältnis zu seinem Sohn Guiscardo?«

»Den hat er auch schlecht behandelt. Die Frau auch. Er brüllte rum. Machte Sachen kaputt. Kam nachts nicht nach Hause. Gab viel aus. Auch wenn er kein Geld mehr hatte.«

»Und der Sohn, wie ist der?«

»Gut, sehr gut.« Die beiden stimmen sich zu.

»Und bezahlt er euch?«

»Ja. Immer. Auch wenn wir krank sind und nicht arbeiten können.«

»Und hat er Freundinnen, habt ihr welche gesehen?«
Die beiden schütteln den Kopf.

»Aber Yoana, du hast mir doch vorhin erzählt, dass er vor ein paar Tagen Besuch von einer schönen Frau hatte, stimmt's?«

»Ja.« Yoana bestätigt widerwillig.

»Und was ist da passiert? Hast du gesehen, was sie gemacht haben?«

»Ich weiß nicht.« Es ist klar, dass Yoana ihren Arbeitgeber schützen will.

»Na, irgendwas wirst du doch gesehen haben!« Veronica lässt nicht locker. »Wohin sind sie denn gegangen?«

Yoana zögert, schaut weg. »Sie sind auf den Turm gestiegen.«

»Auf den Turm der Villa?«
Yoana nickt leicht.

»Und was haben sie da gemacht? Haben sie sich geküsst?«

Yoana macht eine verneinende Handbewegung, ihre Loyalität ist fest verwurzelt.

»Kannst du die Signora wenigstens beschreiben?« Veronica Del Muciaro sieht auf dem Monitor, wie sie der Frau an den Arm fasst; aus irgendeinem Grund kommt ihr der Cappuccino hoch, den sie gerade erst draußen in einer Bar getrunken hat.

Die Sarmani steht wie versteinert da.

»Eine schöne Frau …« Yoana macht eine entsprechende Geste.

»Aha, eine schöne Frau! Elegant?«

»Ja.«

»Und du, Calixto? Was sagst du als Mann dazu?«

Aber Calixto spielt nicht mit, der Beitrag endet mit seinem verschlossenen Gesicht, ohne Antwort auf die Frage.

Sicher kein Paradebeispiel für großen Fernsehjournalismus, denkt Veronica Del Muciaro, auch wenn sie sonst gut darin ist.

Die Sarmani neben ihr sieht hilfesuchend zur Tür, als würde sie einen Fluchtweg suchen.

»Ich hab schon verstanden, Veronica! Und unsere Zuschauer zu Hause bestimmt auch!« Wieder setzt Roberta eins ihrer kindischen Gesichter auf.

Als sie sich der Sarmani zuwendet, verspürt Veronica Del Muciaro den Impuls, sich bei ihr zu entschuldigen, aber das ist gleich wieder vorbei. »Assessora Sarmani, Sie waren nicht zufällig diese schöne, elegante Frau?«

»Ehrlich gesagt, verstehe ich nicht, was Sie mir damit unterstellen wollen …« Sie streitet es zwar nicht ausdrücklich ab, aber sie ist ganz rot im Gesicht und ihre Augen funkeln vor Abscheu.

»Aber ich bitte Sie, da ist doch nichts dabei, bei so einem attraktiven Mann wie dem Marchese.« Roberta wirbelt anerkennend mit der Hand.

Die Sarmani sieht sich erneut hilfesuchend um, begreift aber langsam, dass es bei einer Livesendung kein Entkommen gibt. »Bei meinem Treffen mit dem Marchese Guidarini ging es ausschließlich darum, eine Vereinbarung über das antike Theater zu erzielen!«

»Ich sage das nur, weil wir noch einen interessanten, ja sogar äußerst interessanten Beitrag haben, auch wenn wir ihn teuer bezahlen mussten.« Roberta geht mit wippendem Schritt auf den Studiobildschirm zu, auf dem eine Luftaufnahme der Villa im Park zu sehen ist. »Veronica, erklärst du uns mal, was wir hier sehen?«

»Natürlich, Roberta! Das ist die Villa des Marchese, die auf dem Hügel direkt oberhalb des antiken Theaters steht!« Als sie ihre eigene Stimme hört, wird Veronica leicht übel, keine Ahnung, warum.

»Und wer ist das da auf der Terrasse, Veronica?« Roberta schaltet auf superaufgeregte Neugier. »Ich glaube, ich sehe da eine sehr romantische Umarmung!«

»Ja, genau.« Veronica Del Muciaro versucht die Sarmani nicht anzusehen, aber es klappt nicht, sie fühlt sich ausgesprochen unwohl. Vielleicht von dem Tramezzino heute Mittag, vielleicht war die Mayonnaise nicht mehr gut.

»Ich würde sagen, das ist der Marchese in süßer Gesellschaft! Möchten Sie dazu nicht etwas sagen, Assessora?« Roberta legt die Hände aneinander, als wollte sie die Sarmani anflehen. »Wir sind supergespannt!«

»Ich habe dazu absolut nichts zu sagen!« Die Sarmani zittert vor Wut, die Lippen sind vor Anspannung ganz weiß.

»Aber die Aufnahmen sind doch eindeutig, sehr romantisch!« Roberta dreht der Kamera den Rücken zu und schaut erneut auf den Bildschirm.

Jetzt sieht man, wie sich die Sarmani und Guidarini aus der Umarmung lösen und zu der sinkenden Drohne hochsehen und wie Guidarini losrennt, um die Zwille zu holen, und nach oben zielt.

»Mamma mia, der Marchese scheint wirklich stinksauer!« Roberta fasst sich mit den Händen ins Gesicht und spielt die Erschrockene. »Was ist denn da los, Veronica?«

»Ach nichts, Roberta, der Marchese schießt mit einer Zwille auf unsere Drohne!«

»O Gott, mit einer Zwille, nein!« Roberta spielt weiter ihre Rolle. »Oje, dann wird unsere Drohne wohl ein böses Ende nehmen!«

»So ist es, Roberta! Du hast es erfasst!« Jetzt sieht man, wie das Bild plötzlich anfängt zu wackeln, im Sturzflug liefert die Drohne nur noch unscharfe, schnell vorbeirauschende Bilder, dann nur noch das Gras auf der Wiese.

Roberta ist halb schockiert, halb amüsiert. »Ganz schön schwierig, unser schöner Marchese!«

Die Sarmani starrt wie versteinert auf den Monitor.

»Nun, Assessora Sarmani?« Veronica Del Muciaro hält ihr das Mikrofon vor den Mund.

Die Sarmani schüttelt sich vor Abscheu, sie ist stinksauer. »Ich dachte, es gehe hier um das antike Theater, auf Klatsch und billige Anspielungen war ich nicht gefasst …«

»Sagen Sie doch nicht so was, Assessora!« Roberta spielt das Unschuldslamm, reißt entgeistert die Augen auf und breitet verständnislos die Arme aus, als wollte sie sagen, kein Mensch könne ihnen böse Absichten unterstellen.

»Für mich war's das!« Die Sarmani nimmt den Kopfhörer ab und legt ihn auf den Schreibtisch. »Und vielen Dank!«

»Assessora, ich bitte Sie, jetzt warten Sie doch mal! Veronicaaa?« Roberta wedelt mit der Hand, als wäre sie entsetzt über eine völlig ungerechtfertigte Reaktion. »Veronica, erklär du der Assessora doch, dass wir nur ein bisschen plaudern wollten, eine kurzweilige Unterhaltung unter Freundinnen! Sag ihr, sie soll sich nicht so haben, dafür gibt es keinen Grund!«

Veronica Del Muciaro mustert die vor Zorn bebende Sarmani, bringt aber, obwohl sie diverse passende Sätze parat hätte, kein Wort heraus, weil sie sich aus unerfindlichen Gründen schlecht fühlt. Ihre Hände sind klitschnass, sie wischt sie am Rock ab.

»Veronicaaa?« Roberta gibt nicht auf. »Halt die Assessora auf, bitte! Bring sie zurück!«

»So warten Sie doch, das können Sie doch nicht machen, Assessora!« Endlich bringt Veronica Del Muciaro einen Satz heraus, doch inzwischen marschiert die Sarmani wütend zur Tür.

Giulio filmt sie bis zuletzt, dann schwenkt er auf Veronica zurück, die versucht, ebenso erstaunt zu gucken wie Roberta.

»Auch ganz schön schwierig, die Frau Stadträtin …« Roberta spricht direkt in die Kamera. »Auf jeden Fall werden wir Sie auf dem Laufenden halten und weiter über die neuesten Entwicklungen des antiken Theaters berichten, das wir als Erste entdeckt haben! Aber jetzt schalten wir nach San Marino, zu einem genialen Erfinder, der erst dreizehn ist und zusammen mit seinem Großvater ein Auto erfunden hat, das, man stelle sich vor, mit *Wasser* betrieben wird! Gleich nach der Werbung, in zwei Minuten, bleiben Sie dran!«

Veronica Del Muciaro nimmt den Kopfhörer ab und sieht Giulio an, der sich aus irgendeinem Grund auch irgendwie unwohl fühlt. Ungewöhnlich schweigsam hilft sie ihm dabei, die Geräte einzupacken.

Sechsundzwanzig

M it hochrotem Kopf kommt Annalisa Sarmani in den Flur, wo die Sekretärin sie schweigend ansieht und dann zu Boden blickt. Sie kommt sich idiotisch vor, weil sie sich hat austricksen lassen, aus Naivität und Unerfahrenheit und weil sie es nicht erwarten konnte, die Vereinbarung über das antike Theater für sich zu reklamieren. Nicht zu fassen, da hatte sie sich doch tatsächlich mit zwei der übelsten Klatschtanten wie der Riscatto und der Del Muciaro eingelassen, in dem naiven Glauben, in so einer Schrottsendung könne sie ernsthaft ihre Pläne vorstellen. Als hätte sie die Sendung noch nie gesehen, als hätte sie nicht gewusst, welches Niveau dort herrscht. Wirklich unverzeihlich, wie konnte man nur so leichtsinnig sein! Kaum vorstellbar, wie sie da ungeschoren davonkommen sollte, politisch wie privat. Angesichts der hitzigen Reaktion des Marchese beim Auftauchen der Drohne musste doch selbst der Gutwilligste denken, dass es keinesfalls nur eine freundschaftliche Umarmung war. Mal abgesehen davon, dass selbst eine freundschaftliche Umarmung vollkommen fehl am Platze war bei zwei Menschen, die sich dreimal im Leben begegnet sind, um eine Vereinbarung von großer politischer und wirtschaftlicher Tragweite auszuhandeln.

Jetzt huschen die Del Muciaro und ihr Kameramann mit

ihren Gerätschaften aus dem Büro. Die Korrespondentin hat sogar noch die Dreistigkeit, sie mit dem Handy wedelnd zu fragen: »Assessora, würde es Ihnen etwas ausmachen, wenn wir noch ein Selfie schießen? Und es tut mir leid, wenn die Berichte ein bisschen zusammengeschustert waren.«

»Bitte sehr, kein Problem.« Mit einem ausgesprochenen Politikerlächeln geht Annalisa Sarmani darauf ein, auch wenn sie die beiden am liebsten zum Teufel jagen würde. »Es hat Spaß gemacht, die Rolle der umtriebigen, ahnungslosen, aber auch verlogenen Verführerin zu spielen, um Ihre Zuschauer zu unterhalten.«

Ihrem Gesichtsausdruck nach ist sich die Del Muciaro kein bisschen der Gemeinheit bewusst, zu der sie gerade beigetragen hat. »Aber ich bitte Sie, Assessora, das geht doch nicht gegen Sie, das ist halt der Zuschnitt der Sendung, es muss spannend sein und die Träume der Zuschauerinnen bedienen.«

»Sicher, natürlich. Auf Wiedersehen.« Genau, der Zuschnitt der Sendung, umso schlimmer, wenn man so unbedarft ist, sich darauf einzulassen.

»Vielen Dank noch mal! Auf Wiedersehen!« Mit ihrem kecken Gang zieht die Del Muciaro von dannen, gefolgt von dem Kameramann, schwer bepackt mit der Ausrüstung des Metiers. Ein Metier von Schlachtern, schießt ihr durch den Kopf, mit dem Vorteil, dass die Opfer sich spontan anbieten, um sich öffentlich hinmetzeln zu lassen.

Jetzt taucht natürlich auch noch Aldo Fuscadori auf. Ein bisschen enttäuscht sieht er der Korrespondentin und dem Kameramann hinterher, die schon auf der Treppe sind, geht dann aber doch auf sie zu. »Sarmani, ich habe dich gesehen! Super telegen! Jetzt weiß ich auch, wie du den Marchese rumgekriegt hast! Ehre, wem Ehre gebührt!«

»Lassen wir das, Aldo, bitte!« Sie deutet auf ihr Büro, um klarzumachen, dass sie zu tun hat.

»In der Politik ist jedes Mittel recht, wie schon der alte Cavour sagte!« Er zwinkert und wirft ihr anzügliche Blicke zu, als hätte er sie gerade nackt gesehen. »Das waren seine Worte, als er seine Kusine losschickte, um den König von Frankreich zu verführen, oder so ähnlich ...«

»Napoleon III.«

»Hm.«

Sie würde auch ihn gern zum Teufel jagen, wäre es in diesem Metier nicht so, dass man sich beherrschen muss. »Jedenfalls habe ich niemanden verführt, damit das klar ist!«

»Okay, okay, Sarmani, mach dir keine Sorgen!« Fuscadori macht eine beschwichtigende Geste mit den Händen. »Aber unter diesen Umständen will ich die Pressekonferenz vorziehen, bevor es allzu viele Gerüchte gibt.«

»Was für Gerüchte denn? Über wen?« In ihrer Lage, das weiß sie genau, darf sie sich keine Unsicherheit erlauben, aber es ist nun wahrlich auch nicht der Moment, um sich sicher zu fühlen.

»Na ja, darüber natürlich, mit welchen Mitteln die Einigung mit Guidarini erzielt wurde.« Auch wenn er es nicht sagt, spielt Fuscadori doch darauf an, dass sie womöglich kompromittiert ist. »Bozzolato und die Wendeleute aus Cosmarate sind schon auf dem Kriegspfad, je weniger Spielraum wir ihnen für Anspielungen und Bosheit lassen, desto besser.«

»Natürlich.« Bei dem Gedanken, wie Bozzolato sich diese Folge von *Tutto qui!* anschaut, zieht sich ihr der Magen zusammen. Wieder deutet sie auf ihr Büro. »Entschuldige, aber ich habe zu tun.«

»Geh nur, Sarmani Superstar!« Wieder wirft ihr Fuscadori laszive Blicke zu, es würde sie gar nicht wundern, wenn er versuchen würde, ihr auf den Hintern zu klopfen.

Sie kehrt in ihr Büro zurück, öffnet kurz das Fenster, um die Luft von der toxischen Energie zu reinigen, die die beiden Fernsehleute hinterlassen haben. Dann setzt sie sich an den Schreibtisch und ruft die Sekretärin herein, um ihr Anweisungen für zwei oder drei E-Mails zu geben. Die Sekretärin guckt ein bisschen verlegen, während sie mitschreibt, geht dann mit ihrem Block hinaus. Die Sarmani lehnt sich auf dem Stuhl zurück und betrachtet das Blumenmuster an der Decke. Dann schlägt sie den Ordner mit dem Vorvertrag auf, durchlebt noch einmal die Umarmung auf dem Turm in unerbittlich gleißendem Licht.

Wenn man jetzt darüber nachdachte, hatte er bestimmt damit gerechnet, dass die Spanner vom Fernsehen noch eine Drohne schicken würden, um ihn auszuspionieren. Weshalb hätte er denn sonst eine Zwille und einen Korb mit Steinen als Munition bereitstellen sollen? Seine schnelle Reaktion zeigte doch, dass er keineswegs überrascht war, er hatte damit gerechnet. Folglich hatte er, als er sie auf den Turm einlud, genau gewusst, dass er sie einer realen Gefahr aussetzte, aber das war ihm offenbar egal. Vielleicht fand er es sogar amüsant, sie in Schwierigkeiten zu bringen, ihren Ruf aufs Spiel zu setzen und die Institution zu verhöhnen, die sie repräsentierte. Seine Wut auf den Luftangriff wirkte zwar authentisch, tatsächlich hat er die Drohne ja auch abgeschossen, doch bei so einem konnte man nie wissen. Wie dem auch sei, das Heikelste an der Sache war die Umarmung. Schon seit gestern versucht sie immer wieder verzweifelt, den genauen Ablauf zu rekonstruieren, kommt aber, egal wie oft sie die Szene in Zeitlupe in ihrem Kopf ablaufen lässt, zu keiner eindeutigen Lösung. Es konnte durchaus sein, dass keiner dem anderen zuvorgekommen ist, dass sie beide sich vollkommen synchron aufeinander zubewegt hatten, was allerdings nichts daran änderte, dass es seine Idee war, gemeinsam auf den Turm zu steigen. Als er den Vorschlag machte, war sie ja eigentlich schon am Gehen, hatte sich schon verabschiedet. Keine fünf Minuten später wäre sie in Sicherheit gewesen, hätte auf dem Weg nach Suverso in ihrem Auto gesessen, schnell weg von der Versuchung durch zweideutige Situationen und der eigenen Anfälligkeit für teeniehafte Schwärmerei, weg von der Blamage vor Millionen von Fernsehzuschauern, der potenziellen Gefährdung ihrer politischen Karriere und ihres Privatlebens.

Sie kann sich gut vorstellen, wie genüsslich Fuscadori das ausnutzen wird, mal abgesehen von den lasziven Blicken gerade eben. Ganz zu schweigen von den lieben, ach so loyalen Parteikollegen, die nur auf eine solche Gelegenheit warteten, um sie noch weiter zu marginalisieren. Und die von der Opposition erst recht, die waren schon vorher ausgesprochen feindselig und giftig. An die Reaktion von Gianmaria oder ihrem Sohn durfte sie gar nicht erst denken. Dann noch ihre Mutter, die hat garantiert die Sendung gesehen und wird ihrem Vater davon erzählen; und irgendjemand würde todsicher auch die anderen Mitglieder der Familie informieren, darauf konnte man wetten. Wenn sie an ihre Freundinnen und Bekannten dachte, an das Hausmädchen, den Friseur, die Frauen aus der Bar, wo sie morgens immer ihren Cappuccino trank, hätte sie am liebsten das Weite gesucht und sich irgendwo versteckt. Sie klammert sich am Schreibtisch fest, hin- und hergerissen zwischen dem Impuls, einfach zu verschwinden, und dem, eine Stellungnahme darüber aufzusetzen, wie es wirklich war. Doch je länger sie nachdenkt, desto peinlicher und unangebrachter erscheint ihr beides, deshalb atmet sie tief durch und ruft Gianmaria im Büro an.

Während sie die Nummer wählt, versucht sie, sich eine akzeptable Version des Vorfalls zurechtzulegen, aber ihr fallen nur demütigende und zudem ziemlich verfälschende Versionen ein; sie könnte beispielsweise sagen, Guidarini habe sie plötzlich umarmt, oder er habe ihr nur den Arm um die Schulter gelegt, um ihr das antike Theater zu zeigen, die Aufnahme der Drohne erwecke einen völlig falschen Eindruck.

Jedenfalls teilt ihr die Sekretärin mit, Gianmaria sei in einer Sitzung und könne nicht ans Telefon kommen; vielleicht auch besser so, weil sie momentan geistig nicht auf der Höhe ist. Deshalb nimmt sie sich erneut die Akte vor, kann sich aber nicht länger als ein paar Sekunden konzentrieren. Dann schaut sie wieder zum Deckengemälde hinauf, versucht einen klaren Gedanken zu fassen, aber auch das ist nicht leicht bei dem Wirrwarr in ihrem Kopf.

Das Handy klingelt; sie zuckt zusammen, eine unbekannte Nummer. Anrufe, die nicht von der Sekretärin durchgestellt werden, machen sie immer nervös, jetzt aber umso mehr.

»Spreche ich mit der Stadträtin Annalisa Sarmani?« Die männliche Stimme hat einen markanten lombardischen Akzent.

»Ja, wer ist da?« Beinah lächerlich vorsichtig, mit diversen, sämtlich beunruhigenden Szenarien im Kopf.

»Nichi Colombo, im Auftrag von Mirko Noseletti.«

»Ah, guten Tag.« Beim ersten Namen bekommt sie Herzklopfen, beim zweiten erst recht. Nichi Colombo ist der Kommunikationschef von Noseletti, und nach Meinung vieler der eigentliche Architekt seines politischen Erfolgs. Er hat die sogenannte Maschine aufgebaut, einen Mechanismus zur Konsensbeschaffung, der darauf basiert, dass man die Öffentlichkeit pausenlos mit Fotos, Videos und Meinungsäußerungen des Vorsitzenden der Nationalunion bombardiert, der immer zu allem und jedem seinen Senf dazugibt, egal welches Thema, egal welcher Anlass. Als Vorbild, so hat sie gehört, diente offenbar der sagenhafte Erfolg des Sängers Gigi Cimoni, der allein dadurch eine enorme Anzahl von Followern gewonnen hat, dass er in allen sozialen Netzwerken pausenlos Fotos gepostet hat, die ihn in allen Lebenslagen zeigen, wie er frühstückt, sich die Zähne putzt, mit der Katze spielt, den Müll runterbringt und so weiter, garniert mit banalen Alltagssprüchen. Daraufhin soll Nichi Colombo angeblich auf die Idee gekommen sein, mit denselben Mitteln das Image eines politischen Führers aufzupolieren, und es hat funktioniert: Trotz eindeutig sinkender Zustimmungswerte der Partei im letzten Jahr rangiert Mirko Noseletti auf der Beliebtheitsskala der Politiker immer noch um mehrere Längen vor seinen Konkurrenten. Millionen Wähler, die keineswegs ein Vorbild suchen, dem sie nacheifern können, sondern ein Abbild ihrer eigenen Schwächen, Ängste und Ressentiments, halten ihm die Treue. Dabei hat Colombo ein Dutzend junge Leute, die für ihn arbeiten, natürlich läuft die Maschine nicht umsonst: Durch ein paar unsaubere Tricks verbrät er, was sie so gehört hat, mindestens eine Million Euro Steuergelder im Jahr. Wenn sie da an ihren eigenen Wahlkampf mit ein paar Hundert Plakaten und ein paar Tausend Flugblättern denkt, kommt sie sich wirklich blauäugig vor.

»Ciao Annalisa. Wir duzen uns doch, oder?« Seine Stimme säuselt ihr verführerisch ins Ohr.

»Ja, natürlich.« Bestimmt hatte dieser Anruf, da war sie praktisch sicher, mit der schlechten Figur zu tun, die sie gerade im Fernsehen abgegeben hatte. Womöglich würde man ihr jetzt nahelegen, die Leitung des antiken Theaters abzugeben, um der Union die Peinlichkeit zu ersparen. Oder man würde sie sogar auffordern, von ihren Ämtern als Vizebürgermeisterin und Stadträtin zurückzutreten; vielleicht sogar aus der Partei auszutreten, bevor man sie auf unschöne Art hinauswarf.

»Es geht um das antike Theater.« Das war's also: schon beeindruckend, wie schnell die Maschine reagierte. Ob nun einer aus der Truppe die Sendung der Riscatto selbst gesehen oder nur einen Hinweis erhalten hat, die handelten in Echtzeit, mamma mia.

»Dachte ich mir schon.« Annalisa Sarmani überlegt, ob sie jetzt irgendeine Entschuldigung vorbringen soll, aber wenn ihr schon bei ihrem Mann nichts Passendes einfiel, dann bei denen erst recht nicht. Oder sollte sie lieber gleich ihren unverzeihlichen Leichtsinn eingestehen? Sie kann sich nicht entscheiden.

»Eine großartige Geschichte, wirklich.« Es bleibt unklar, ob Nichi Colombo es ernst oder sarkastisch meint, aber die Leute schmoren zu lassen gehört vermutlich dazu, wenn man im Schatten von Noseletti agiert, mit dessen ungeteilter Zustimmung.

»Ja, aber es ist nicht so, wie es vielleicht scheinen mag …« Instinktiv verlegt sie sich auf ein Minimum an Selbstverteidigung, auch wenn das sicher nicht viel bringt. Hätte man Mirko Noseletti heimlich mit einer schönen Frau oder einem jungen Mädchen gefilmt, würde das seinem Ruf überhaupt nicht schaden, denn dafür würde er von seinen Anhängern, Männern wie Frauen, nur noch mehr bewundert. Die Maschine würde sogar auf Hochtouren laufen, um die Bilder seiner Umarmung zu vervielfältigen, als Beweis dafür, dass der Coach, wie sie ihn nennen, ein ebenso begehrenswerter wie begehrter Mann ist. Sie hingegen steht als dumme Kuh da, bestenfalls wie eine Mata Hari aus den Suverser Hügeln.

»Ich finde, das ist eine Superstory, Punkt! Triple A mindestens, so was hat's noch nie gegeben!« Nichi Colombo verfällt in seinen Kommunikationsjargon, aber man weiß nicht recht, worauf er hinauswill.

»Inwiefern?« Da kann man ihn auch gleich auffordern, die Karten aufzudecken.

»Insofern, als Mirko beschlossen hat, sich persönlich um die Operation antikes Theater zu kümmern!«

»Und das heißt?«

»Er will sein Gesicht dafür hergeben! Angefangen von der Pressekonferenz, die jetzt nicht möglichst bald, sondern sofort stattfinden muss! Wobei dir, Annalisa, natürlich der gebührende Platz eingeräumt wird! Und deine Rolle entsprechend gewürdigt wird! Ein national-lokales *banded pack*, sozusagen!« Es wird immer deutlicher, dass Nichi Colombo sich keineswegs so anhört, als wollte er sie zum Rücktritt auffordern, eher im Gegenteil.

»Natürlich ...« Sie versucht sich wieder einzukriegen, braucht aber eine Weile, um sich neu zu orientieren, den drohenden Absturz in die Bedeutungslosigkeit abzuhaken und mental auf einen rasanten Aufstieg in ungeahnte Höhen umzuschalten. »Ich halte das für eine sehr gute Idee!«

»Natürlich ist das eine sehr gute Idee!« Nichi Colombo ist alles andere als bescheiden. »Aber dafür verlange ich drei unverzichtbare Dinge! Erstens, du musst anpacken, loslegen, aktiv werden! Zweitens, du musst uns rund um die Uhr auf dem Laufenden halten! Drittens, Fuscadori muss aus dem Spiel bleiben!«

»Hm, können wir so machen.«

»Nein, nicht können, das wird so gemacht!«

»Okay.«

»Punkt drei dient nur dazu, das Storytelling flüssiger zu machen, sonst nichts! Und natürlich brauchen wir dazu eine Frau, aus offensichtlichen Gründen!«

»Natürlich. Ich bin einverstanden.«

»Bon, also dann bis ganz bald, bye-bye!«

»Bis bald, ciao.« Ein paar Sekunden starrt Annalisa Sarmani auf das Handy, dann speichert sie die Nummer im Adressbuch unter *Nichi Colombo*. Sie steht auf und geht ein paar Schritte; auf merkwürdige Weise mischt sich die Erleichterung über den Inhalt des Anrufs mit der Zerknirschung unmittelbar vor dem Gespräch und der Besorgnis unmittelbar danach. Ihr wird ein bisschen schwindelig, in den Zehen kribbelt es.

Siebenundzwanzig

Guiscardo Guidarini steht in dem früheren Getreide-speicher hinter dem Haus und mustert den Aston Martin DB5, der seinem Vater gehört hatte: Der aquama-rinblaue Lack ist etwas matt geworden, die Chromteile haben hier und da kleine Roststellen, das cremefarbene Stoffverdeck ist leicht rissig, das Reifenprofil halb abgefah-ren. Ende der Sechzigerjahre hatte der exzentrische Bas-tard dafür so viel bezahlt wie für ein mittelgroßes Haus, vielleicht der Gnadenstoß für das, was von dem Familien-besitz noch übrig war. Er weiß noch, wie sein Vater ihn einmal, mit dreizehn, als er in den Osterferien aus dem In-ternat nach Hause kam, damit am Bahnhof abgeholt hat, ein Vorwand, um sich mit einer gerade mal volljährigen Konditorin zu treffen, mit der er eine Affäre hatte. Noch immer kann er sich lebhaft daran erinnern, wie er eingekeilt hinten auf der Rückbank saß, ihm der Fahrtwind um die Ohren pfiff und die Haare der Frau ins Gesicht wehten, während sein Vater mit Höchstgeschwindigkeit die kur-venreiche Straße in die Hügel hinauffuhr. Sein Vater hatte sich immer damit gebrüstet, dass von dem DB5 nur hun-dertdreiundzwanzig Stück gebaut worden waren: Die Zahl war ihm im Gedächtnis geblieben. Nie würde er die kalte Wut seiner Mutter bei ihrer Rückkehr vergessen; die verächtlichen Blicke, die laut zugeknallten Türen, die zornigen Schritte.

Er öffnet die Tür, betrachtet die Sitze aus altem, handgenähtem englischem Leder, das Armaturenbrett mit den runden Tachos mit weißen Zeigern und Zahlen, den langen Schalthebel mit schwarzem Knauf, das Lenkrad mit drei Speichen und großem, schlankem Holzkranz. So viel handwerkliche Präzision, technische Raffinesse, Stilbewusstsein, so viel Geltungsbedürfnis, Angeberei, Arroganz, wofür das alles? Schrottreif war der Wagen sicher nicht, soweit er wusste, war sein Vater noch bis kurz vor seinem Tod damit gefahren, aber er hat weder Zeit noch Lust, ihn reparieren zu lassen. Er könnte ihn an einen Sammler verkaufen, wahrscheinlich gibt es auch heute noch Leute, die dafür so viel bezahlen würden wie für ein Haus mittlerer Größe, aber er hat keine Lust, sich damit zu beschäftigen, lieber lässt er ihn einstauben, als Aufhänger für retrospektive Wut und desolate Gedanken.

Er schlägt die Tür zu, sieht zu den Hunden, die um ihn herumlaufen. Gui II schnuppert an den Reifen, als wollte er erkunden, wo sie vor Jahrzehnten entlanggerollt sind; dann dreht er sich ruckartig zu den großen weit offenen Toren um, durch die das kalte Januarlicht hereinfällt. Auch die beiden anderen Hunde drehen sich um, auch er dreht sich um: Agnese.

Sie bleibt ein paar Meter vor ihm stehen, sieht den Aston Martin an, sieht ihn an, ohne den Hauch eines Lächelns.

»Was ist los?« Immer wenn er diesen Gesichtsausdruck sieht, hat er sofort ein schlechtes Gewissen, bestimmt hat er wieder irgendwas falsch gemacht.

»Ich habe mir gerade die neueste Folge dieses ekelhaften Programms angesehen.« Die Stimme bebt vor Abscheu.

»Du solltest das mit dem Fernsehen lieber lassen, Agne.« Wenn sie so drauf ist, das weiß er, darf man sie nicht noch zusätzlich reizen, aber er kann sich nicht beherrschen.

»Jetzt hör mal, ich habe mein Leben lang nie ferngesehen, das weißt du ganz genau!« Und schon war es passiert, Abscheu war in Wut umgeschlagen. »Wenn ich zurzeit öfter mal fernsehe, dann ist das allein deine Schuld!«

»Hä?« Je schuldiger er sich fühlt, desto mehr neigt er dazu, sich falsch zu verhalten.

»Echt eine Superidee mit deiner Stadträtin, das hast du wieder toll hingekriegt, Kompliment!« Agneses Stimme hallt in der halb leeren Scheune, die Hunde spitzen die Ohren.

Er sieht sie fragend an, auch wenn er natürlich schon verstanden hat.

»Sie haben deine Stadträtin in die Sendung geholt und dann neue Aufnahmen der Drohne eingespielt, wo man sieht, wie ihr beide euch auf der Terrasse umarmt.«

»So ein Mist.«

»So ist es, Gui!«

»Und sie?«

»Die Assessora?« Agnese spricht die Berufsbezeichnung aus, als hätte sie einen negativen Beigeschmack. »Das kannst du dir ja wohl denken! Sie haben sie reingelegt, nach allen Regeln der Kunst!«

»Die Schweine.« Er spürt eine Welle von Verachtung in sich aufsteigen, wenn auch abgemildert durch seine Schuldgefühle.

»Unglaublich, wie die Riscatto und die Del Muciaro sich aufgeführt haben, das hättest du mal sehen sollen!« Jetzt macht Agnese ihm Vorwürfe, als wären die beiden seine Freundinnen. »Die haben wirklich alle Register gezogen, ihr gesamtes Repertoire an Tönen, Grimassen und hinterhältigen Fragen voll ausgeschöpft.«

Er weiß nicht, ob er nachfragen soll oder lieber nicht. Er fragt einfach. »Und was genau war da zu sehen?«

»Wie ihr euch umarmt habt!« Wie erwartet, ereifert Agnese sich bei der Frage nach Einzelheiten noch mehr. »Die Drohne war genau über euch, als ihr euch gerade aus der Umarmung gelöst habt! Und dann dieser Supereinfall, das Ding mit der Zwille abzuschießen, das war doch ein gefundenes Fressen für die! Noch eine saftige Zutat für ihren Eintopf aus Nichts, wie du es nennst!«

»Was hätte ich denn machen sollen? Freundlich winken etwa?«

»Wie wär's zur Abwechslung mal mit *Nachdenken,* Gui! Es hätte nicht geschadet, wenn du mal ein bisschen nachgedacht hättest, bevor du mit der Assessora auf die Terrasse gegangen bist! Vor allem aber, bevor du sie *umarmt* hast!«

Es kostet ihn unsägliche Anstrengung, gegen die Niedergeschlagenheit anzugehen, die sich über ihn legt wie ein Netz: Es ist sinnlos. »Aber das war doch rein instinktiv!«

»Na, toll!« Agnese ist außer sich. »Der unbeherrschbare Instinkt des Verführers!«

»Was redest du denn da, Agne?« Diese Deutung macht ihn noch fassungsloser als ihre heftige Reaktion. »Das war doch reine Empathie, ganz spontan, ohne jede zweideutige Absicht.«

»Bist du wirklich so naiv? Oder tust du nur so?« Agnese starrt ihn wütend an, schnappt nach Luft: Fast hat es den Anschein, als würde sie ihm gleich ein paar Ohrfeigen verpassen oder sogar Faustschläge.

Trotzdem geht er auf sie zu, legt ihr die Hände auf die Schultern, macht ein unschuldiges Gesicht. »Könntest du dich bitte beruhigen, Agne?«

»Nein, kann ich nicht!« Unwirsch schüttelt sie seine Hände ab. »Du führst dich auf wie ein egozentrischer, narzisstischer und unverantwortlicher Idiot und denkst dabei nicht im Geringsten an die Folgen!«

»Na ja, aber auch nicht an die Folgen, die das für *mich* hat!« Das soll keine Entschuldigung sein, es fällt ihm nur so ein.

»Umso schlimmer!« Agneses Stimme ist bemerkenswert laut, so hat er sie selten erlebt. Auch die Hunde sind alarmiert, zucken mit den Ohren, gucken sich irritiert gegenseitig an.

Er überlegt, ob er noch einen Versuch machen soll, sie zu besänftigen, oder einfach abwarten soll, bis sie sich ausgetobt hat. Stattdessen öffnet er die Tür des Aston Martin, steigt ein und dreht den Zündschlüssel: Nichts, die Batterie ist leer. Klar, das Auto stand ja schon seit drei Jahren unbenutzt herum. Er öffnet die Beifahrertür, klopft mit der Hand auf den Sitz.

»Was willst du?« Agnese steht stocksteif da und starrt ihn feindselig an.

»Tun wir so, als würden wir einen Ausflug machen?«

»Kommt nicht in Frage!« Agnese vergräbt die Hände in den Hosentaschen.

»Komm schon, Agnese! Dabei redet es sich leichter.«

»Auf keinen Fall.« Agnese schüttelt den Kopf.

»Warum denn nicht?« Er steigt aus und geht mit strahlendem Lächeln auf sie zu.

»Hör auf, das Kind zu spielen, Gui!« Agnese stößt ihn mit beiden Händen kräftig zurück.

»Ich kann nicht!« Er packt sie an den Unterarmen, drückt kräftig zu.

»Tolle Ausrede!« Agnese weicht zurück, um sich loszureißen.

»Das ist keine Ausrede!« In einem Anfall plötzlicher Verzweiflung, unerklärlich, unkontrollierbar, zieht er sie an sich.

Sie kämpfen, zerren einander hin und her, in einem Spiel entgegengesetzter Kräfte, das überhaupt kein Spiel ist, verbissen kämpft jeder darum, seine Position zu behaupten und den anderen zum Nachgeben zu bewegen, wobei die Hunde ihnen zusehen und immer aufgeregter werden.

Dann ist das Spiel, das überhaupt kein Spiel ist, plötzlich aus, und die Distanz, die sie zu erhöhen oder zu reduzieren trachten, ist plötzlich weg: Sie prallen zusammen, Stirn an Stirn, Nase an Nase, Brust an Brust, Bauch an Bauch, Hände, die Arme umklammern. Sie drücken sich aneinander mit derselben Hartnäckigkeit, mit der Agnese gerade noch versucht hat sich loszureißen, beide zitternd und japsend vor Anstrengung, mit klopfenden Herzen und leeren Gedanken, versunken in der tiefen Unlogik des Augenblicks.

Achtundzwanzig

Massimo Bozzolato geht im Rathaus die Treppe hinauf wie einer, der die Steuerfahnder in der Firma hat, die seine Schubladen durchsuchen, wie einer, der Einbrecher im Lager hat, die seine Ware mitgehen lassen. Seit die Taskforce der Gusmondi LLC bei ihm eingefallen ist, kann er an nichts anderes mehr denken, beim Essen bringt er keinen Bissen mehr hinunter und nachts kann er nicht mehr schlafen. In einem Wechselbad der Gefühle vermischen sich Niedergeschlagenheit und Wut mit dem Impuls, alles hinzuwerfen, die Partei zu wechseln, sich für unabhängig zu erklären, zur Opposition überzulaufen. Als Abgeordneter oder Senator wäre das überhaupt kein Problem, das kam praktisch jeden Monat vor. Das Schlimmste, was einem passieren konnte, waren irgendwelche giftigen Bemerkungen ehemaliger Kollegen und ein Haufen Beschimpfungen und Drohungen seitens der Wende®-Aktivisten. Dann schloss man sich irgendeiner beliebigen Fraktion an, und das war's, Bezahlung und sämtliche Privilegien liefen problemlos weiter. Sogar als Bürgermeister einer Großstadt könnte er sich das überlegen, auch wenn es schon ein bisschen schwieriger wäre. Aber als Bürgermeister einer Gemeinde mit 5824 Einwohnern hast du keine Chance. Da bist du auf Gedeih und Verderb an die

Versprechungen gebunden, die du deinen Wählern gegeben hast. Gar nicht zu reden von diesen blöden Breitbändlern, die die ganze Zeit auf der Lauer liegen und nur darauf warten, dass du einen Fehler machst, um das dann überall herumzuposaunen und dich vor der ganzen Welt bloßzustellen. Rechnete man noch die Übermacht der Gusmondi LLC hinzu, die dich wie ihren Angestellten behandelt, obwohl du doch eigentlich im öffentlichen Dienst bist, was blieb dir da noch übrig?

Da konntest du nur noch gute Miene zum bösen Spiel machen, energiegeladen den ersten Stock betreten, auch wenn dir flau war, und ein Lächeln aufsetzen, auch wenn dein Magen vor überschüssiger Säure rebellierte.

»Guten Morgen, Bürgermeister!« Bei der Aussprache des Titels lässt Sonia eine unangenehme Vertrautheit mitschwingen, seit die Mailänder da sind, haben Respekt und Loyalität, die auch vorher schon zu wünschen übrigließen, noch weiter nachgelassen. Dasselbe gilt für die Stadträte, in erster Linie für Lovato, diesen Verräter: Überall verstummen plötzlich die Gespräche, man weicht seinem Blick aus, hat plötzlich dringende Aufgaben zu erledigen, huscht über den Flur davon.

»Guten Tag, Sonia.« Er grüßt sie, obwohl ihm eigentlich eher danach zumute wäre, sie wegen mangelnder Loyalität abzukanzeln. »Die Mailänder?«

»Die waren schon drin, als ich gekommen bin.« Sonia deutet vorsichtig auf seine Bürotür, als säßen dahinter die Götter der politischen Kommunikation.

Bozzolato fühlt sich belagert, sogar die gewohnte halbe Stunde, um die Zeitungen zu überfliegen und seinen zweiten Espresso zu schlürfen, wird ihm verweigert, sein einziges Morgenvergnügen, bevor das Generve anfängt. Am liebsten würde er umkehren, zurück in die Bar gehen und dort den zweiten Espresso trinken, vielleicht mit einer zweiten Brioche. Aber das geht natürlich nicht. Er senkt den Kopf und steuert auf sein Büro zu.

Dort haben sich die drei von der Taskforce Gusmondi LLC schon häuslich eingerichtet: Bellini belagert mit seinem Computer eine Seite des Schreibtischs, die Marveggio mit großen Stereokopfhörern die andere, und Davies hat sich mit schnurlosen Ohrstöpseln und Laptop auf dem Schoß auf dem Teppich niedergelassen. Dabei gibt es hier Sitzgelegenheiten en masse, sogar ein dreisitziges schwarzes Ledersofa; wenn sich da einer freiwillig auf den Teppich setzt, dann aus purer Gewohnheit, nur um zu demonstrieren, dass er auf die Gepflogenheiten des Amtsinhabers und die Würde des Hauses pfeift.

Bellini ringt sich gerade mal eine halblaute Begrüßung ab, als wäre Bozzolato nur der Laufbursche aus der Bar. Die Marveggio nickt nur leicht, fährt ungerührt fort, auf die Tastatur einzuhacken. An der Wand haben sie ein schiefes Blatt aufgehängt, auf dem in Druckbuchstaben REFLEXION IST INSPIRATION steht. Davies dreht sich kaum um, ist ganz in einen Videoanruf vertieft, tut schwer beschäftigt, nickt unentwegt und sagt dauernd »aha, aha, aha«.

Bozzolato zieht den Mantel aus und hängt ihn an die Garderobe, wo kaum noch Platz ist wegen der wattierten Jacken der Taskforce, sämtlich mit pelzgefütterten Kapuzen wie bei einer Nordpolexpedition. Obwohl er versucht Ruhe zu bewahren, verdoppelt sich sein Unmut, als er sieht, dass die offenbar glauben, sie könnten sich alles erlauben, bloß weil der oberste Boss sie geschickt hat. Allerdings hat ihn das Ganze derart verunsichert, dass er sich gestern Abend sogar noch mal den Wikipedia-Artikel *Bürgermeister* vorgenommen hat: Als Chef des Stadtrates war er demnach ein *monokratisches Organ,* verdammt noch mal! Und Repräsentant des *Staates,* falls ihr das vergessen haben solltet! Auf lokaler Ebene stellt er die *exekutive Gewalt*! Na gut, zusammen mit dem Gemeindevorstand, aber da die Stadträte von *ihm* ernannt wurden, konnte er sie unter Angabe von Gründen auch jederzeit absetzen! Das sollten Lovato und Konsorten sich mal hinter die Ohren schreiben, wenn sie ihm wieder mal den Respekt verweigerten, gerade wenn es darauf ankam, sich einmütig hinter ihren Chef zu stellen. Auch im *Gesundheitswesen* stellte er lokal die höchste Autorität dar, und in dieser Eigenschaft konnte er Notmaßnahmen für das gesamte Gemeindegebiet anordnen! Und diese Grünschnäbel, die wagten es doch tatsächlich, ihn wie ihren Handlanger zu behandeln, und grüßten nicht mal richtig, wenn er in sein Büro kam.

»Also Leute, das ist immer noch mein Schreibtisch!« Auch wenn sein Blutdruck steigt, versucht Bozzolato sich zusammenzunehmen.

»Entschuldige, ich mach dir gleich Platz.« Bellini tut so, als würde ihm erst jetzt auffallen, dass er Bozzolatos Platz eingenommen hat. »Wir haben uns bloß ausgebreitet, solange du noch nicht da warst.«

»Das sehe ich.« Es ist schon viel, dass Bozzolato es schafft, den Ton zu mäßigen, wo er doch eigentlich nicht übel Lust hätte, die Computer vom Schreibtisch zu fegen und die Typen mit Fußtritten hinauszuwerfen. »Im Übrigen arbeite ich auch schon frühmorgens, direkt nach dem Aufstehen, deshalb habe ich es auch nicht nötig, schon um sieben hier aufzukreuzen, um irgendwem irgendwas zu beweisen.«

Bellini guckt skeptisch, als wollte er sagen ›wer das glaubt‹; die anderen beiden fühlen sich nicht einmal bemüßigt, den Kopf zu drehen.

»Ich brauche den ganzen Schreibtisch.« Bozzolato macht eine übertrieben freundliche Geste, aber innerlich steigt ihm die Galle hoch, als er sieht, dass sie seine Zeitungen gelesen, völlig zerknittert und hier und da sogar Artikel angestrichen haben.

Die Marveggio zieht den Kopfhörer runter und hängt ihn um den Hals, als wäre das ein besonders elegantes Accessoire. »Es ist bequemer, wenn wir hierbleiben, dann können wir besser erklären.«

»Aber ich brauche meinen Platz.« Bozzolato legt die Hände auf die Lehne seines Stuhls und rührt sich nicht, bis Bellini, dieser Angeber, sich endlich entschließt aufzustehen. Aber weit geht er nicht: Er schiebt den Laptop einen Meter weiter, holt sich einen anderen Stuhl und setzt sich seiner Kollegin gegenüber. Wirklich zu blöd, dass der Schreibtisch so lang und so breit ist.

Dann sitzen alle eine gute Minute schweigend da, außer dem Amerikaner, den man weiter seine »Aha«, »Yes« und »No« murmeln hört.

»Also gut, was wolltet ihr mir sagen?« Bozzolato ergreift die Initiative, weil er sonst platzen würde.

Rasch werfen sich Bellini und Marveggio einen verschwörerischen Blick zu. Auch Bellini hat ein langes Gesicht, womöglich versteht er sich auch aufgrund der gemeinsamen Physiognomie so gut mit Gusmondi, aber mit seinen großen Zähnen gleicht der hier eher einem Biber als einem Frettchen. »Wo sollen wir anfangen?«

»Keine Ahnung, das müsst ihr doch wissen!« Okay, die Wende® war keine traditionelle Partei, sondern eine eingetragene Marke, und die Gusmondi LLC hatte das Sagen, aber das hier ging doch, verdammt noch mal, entschieden zu weit.

Wieder wirft Bellini der Marveggio einen raschen Blick zu. »Aurora, willst du anfangen?«

»Nein, du zuerst.« Die Marveggio lässt ihm den Vortritt, wahrscheinlich weil er der Teamleader ist.

Bellini räuspert sich, kratzt sich am Kopf. »Also, Bozzolato, natürlich hatten wir kaum Zeit, aber es muss eine Lösung her, eigentlich bis *gestern,* noch mehr Fehler oder ausweichendes Verhalten können wir uns jetzt nicht mehr erlauben, das wäre verhängnisvoll.«

»Und das bedeutet?« Bozzolato lässt nicht locker, die konnten gut mit effektvollen Worten wie »verhängnisvoll« um sich werfen, aber wo blieb die Substanz?

»Wenn man davon ausgeht, dass ein Strategieplan durchschnittlich auf drei bis fünf Jahre angelegt ist, uns aber höchstens drei bis fünf *Tage* bleiben, müssen wir, um uns einen Wettbewerbsvorteil zu verschaffen, im wesentlichen auf *drei* Driver setzen.« Viel heiße Luft und nichts dahinter, darin war Bellini offenbar ein Meister. Außerdem hat er eine komische Aussprache, vielleicht wegen seiner großen Biberzähne.

»Heißt was?« Bozzolato hakt nach, er hat zwar nicht studiert, aber dumm ist er auch nicht, wovon redet der bloß?

»*Location bonding, rebranding, financing.*« Bellini starrt ihn an und wiegt den Kopf, als hätte er ihm gerade das Allheilmittel verraten.

»Im Klartext?« Wieder schielt Bozzolato auf die entweihten Zeitungen, dass er nicht aus der Haut fährt, grenzt an ein Wunder.

Bellini rümpft die Nase, vielleicht eher ein Tick als Absicht. »Erstens: Die aus Suverso können so laut trommeln, so entschlossen und kämpferisch auftreten wie sie wollen, das ändert gar nichts, denn das antike Theater liegt nun mal in *Cosmarate*.«

»Na toll! Meine Rede, das habe ich doch von Anfang an gesagt, wir sind als Gemeinde zuständig! Das liegt doch auf der Hand, dafür muss man nun wirklich kein Einstein sein!« Zumindest in diesem Punkt muss Bozzolato sich nicht belehren lassen. »Das habe ich auch im Fernsehen mehrfach gesagt!«

»Ja, leider.« Bellini verzieht das Gesicht.

»Ist uns nicht entgangen.« Die Marveggio schürzt verächtlich die Lippen, sieht ihren Chef an.

»Wie, leider? Was soll das denn heißen?« Bozzolato merkt, wie sein Blutdruck steigt.

Bellini rümpft erneut die Nase. »Durch Gebrüll und wildes Gestikulieren schafft man garantiert kein *location bonding*.«

»Wieso? Entschuldige mal, wer hat denn gebrüllt und wild gestikuliert?« Unglaublich, was die sich herausnehmen, Bozzolato traut seinen Ohren nicht.

»Das müsstest du doch am besten wissen.« Bellini würdigt ihn keines Blickes und sieht die Marveggio an. »Aber kommen wir jetzt zum zweiten Driver, Aurora.«

»Okay, *rebranding*.« Die Marveggio dreht ihren Laptop so, dass Bozzolato ihn sehen kann.

Auf dem Bildschirm ist ein Mann zu sehen, der ihm ziemlich bekannt vorkommt, auch wenn er nicht gleich weiß, woher. Doch zwei Sekunden später begreift er, das ist er selbst, wenn auch ziemlich absurd verändert, die Haare sind an den Schläfen abrasiert und stehen oben hoch, eine dicke rote Brille mit schwerem Gestell, weiches schwarzes Sakko über schwarzem Rollkragenpullover. Eine Version des Massimo Bozzolato als reicher Mann, vielleicht Mailänder, vielleicht schwul, das ist unklar. Er guckt vom einen zum anderen, um herauszufinden, ob sie es ernst meinen oder ihn auf den Arm nehmen wollen.

Bellini guckt mit seinen großen Nageraugen zurück, nein, das ist kein Scherz. »Ohne radikalen Imagewechsel kein nachhaltiges *rebranding,* Bozzolato. Und das *rebranding* von Cosmarate startet mit dem seines ersten Bürgers, das scheint mir auf der Hand zu liegen.«

Die Marveggio dreht die Handflächen nach oben, sieht Bozzolato an. »Nehmen wir mal den Vatikan und den Papst als Beispiel, dann verstehst du vielleicht.«

»Ich verstehe schon, keine Sorge. Aber der Vatikan ist ein *Staat,* keine Gemeinde.« Bozzolato legt Wert darauf, das klarzustellen, wo die anderen doch dauernd die Oberlehrer spielen.

»Ist doch nur ein Beispiel, Bozzolato.« Bellini scheint verärgert wegen der Unterbrechung. »Weiter, Aurora.«

Die Marveggio spielt die Geduldige, die es gewohnt ist, mit Leuten zu reden, die schwer von Begriff sind. »Eigentlich sind der Vatikan und die Rolle des Papstes unverändert, aber der neue Papst hat ein ausgesprochen effektives *rebranding* durchgeführt.«

»Sehr überzeugend«, bestätigt Bellini.

»Er fährt nicht mehr im Mercedes herum und trägt nicht mehr Camauro und Mozetta mit Hermelinbesatz und auch nicht die Schuhe aus Kalbsleder wie sein Vorgänger, sein Petersring ist nicht mehr aus Gold, sondern aus Silber, genau wie die Kette. Alles wirkt viel essenzieller. Aber sein Talar ist aus Lammwolle höchster Qualität, ohne Reiß- oder Klettverschluss, nur Knöpfe und Knopflöcher. Auch Pellegrina, Stola, Birett gehören nach Material und Machart zum Erlesensten, was es auf dem Markt gibt.«

»Höchste Schlichtheit, höchste Qualität.« Bellini bringt es auf den Punkt. »Gestik, Sprache und Tonfall möglichst einfach und effektiv. Und ein Outfit, das zu der Botschaft passt, die man vermitteln will.«

»*Less is more.*« Davies reißt sich einen Moment von seinem Videoanruf los, um seinen unverzichtbaren Beitrag zu leisten.

»Genau.« Die Marveggio und die anderen sind ein eingespieltes Team. »Und mal abgesehen von der Botschaft, wer würde einem Papst schon glauben, der wie ein Landei ausstaffiert fluchend durch die Lande zieht?«

»Und dieses Landei, wer soll das sein?« Wutentbrannt springt Bozzolato vom Stuhl auf und durchbohrt die drei Schwätzer mit feindseligen Blicken. »Was erlaubt ihr euch eigentlich?«

»Reg dich nicht auf, Bozzolato.« Bellini macht ein unglaublich dreistes Gesicht. »Das ist nur ein kleiner Vorgeschmack, wir haben nämlich noch eine Menge zu tun, wenn wir dir als Bürgermeister von Cosmarate und Vertreter der Wende® ein glaubwürdiges *rebranding* verpassen wollen.«

»Und das praktisch über Nacht.« Auch für die Marveggio scheint es normal, jemanden derart mies zu behandeln, unglaublich.

»Ihr spinnt doch!« Bozzolato wird laut, was wollten die bloß von ihm? »Wenn ihr so drauf abfahrt, dann macht es doch, euer blödes *rebranding*! Aber ohne mich, bei so einer Karnevalsverkleidung mache ich auf gar keinen Fall mit!«

»Aber Bozzolato, hier braucht es viel, viel mehr als eine Verkleidung.« Bellini schlägt einen Ton an, als redete er mit einem Kind.

»Kleider machen Leute.« Die Marveggio bringt es auf den Punkt.

»So ist es. Wenn du uns unsere Arbeit machen lässt, können wir dir helfen, deine zu tun.«

»Meine Arbeit, die schaffe ich problemlos allein, vielen Dank!« Im Sitzen hält es Bozzolato nicht mehr aus, er steht auf. »Ich brauche gar keine Hilfe, von niemandem!«

Bellini schüttelt langsam den Kopf, um zu demonstrieren, dass er sich durch derartige Szenen nicht aus der Ruhe bringen lässt. »Aber Hans ist durchaus der Ansicht, dass du *jede Menge* Hilfe brauchst.«

»Hans Gusmondi?« Bozzolato spürt, wie ihm allein beim Aussprechen des Namens heiß und kalt wird.

»Warum, glaubst du, hätte er uns sonst hergeschickt?« Die Marveggio verzieht leicht die Mundwinkel.

»Na gut, aber er hat garantiert nicht gesagt, ihr sollt mein *Gesicht* verändern, um mir zu helfen!« Bozzolato ist fassungslos, er kann nicht glauben, dass man ihn in seinem eigenen Büro derart unter Druck setzt.

Jetzt sehen Bellini und Marveggio ihn derart mitleidig an, dass ihm angst und bange wird.

»Aber entschuldigt mal, bei allem Respekt und aller Bewunderung, mein Gesicht zu verändern, das geht doch nicht! Mit diesem Gesicht bin ich gewählt worden, die Bürger sind damit zufrieden, und ich denke nicht im Traum daran, es zu verändern!« Bozzolato verpasst sich selbst ein paar Ohrfeigen, es tut sogar ein bisschen weh, aber zumindest lässt das Gefühl von Kälte nach.

»Bozzolato, ganz ruhig.« Die Marveggio macht eine Geste, als wollte sie sagen ›Nimm dich zusammen‹.

»Nein, verdammt noch mal, ich will mich nicht beruhigen!« Bozzolato rastet noch mehr aus. »Dann rede ich eben selbst mit Hans Gusmondi! Und lege ihm dar, wie wir verhindern, dass diese Henker aus Suverso uns das antike Theater abjagen!«

Bellini macht ein resigniertes Gesicht. »Okay, die Nummer hast du ja, nicht wahr?«

Bozzolato nickt, merkt aber sofort, dass das gar nicht stimmt, spürt erneut die Kälte in sich aufsteigen. »Im Moment nicht, aber wenn du sie mir gibst, rufe ich ihn an.«

»Natürlich.« Bellini holt das Handy aus der Tasche. »Machen wir einen Videoanruf, dann kannst du ihm alles erklären.«

Auch die Marveggio nimmt ihr Handy vom Schreibtisch, wischt mit dem Zeigefinger über den Bildschirm; dann lacht sie nervös, hört sich an wie eine Art Schluckauf. »Ich lese dir mal vor, was Hans direkt nach eurem Gespräch geschrieben hat, dann kannst du dich darauf einstellen. *Bozzolato: nicht präsentabel aufgrund von Aussehen, Mentalität, Wortschatz, Verhalten. Radikalkur erforderlich. Schlechte Manieren austreiben, auf anständiges Benehmen trimmen, rundumerneuern, einnorden, auf Linie bringen, so gut wie möglich maskieren.*«

»Hat er wirklich *nicht präsentabel* geschrieben?« Allmählich kommt sich Bozzolato vor wie in einem schrecklichen Fernsehfilm, wo der Protagonist am Morgen in dem trügerischen Glauben aufwacht, alles sei ganz normal, dabei ist die Welt inzwischen völlig verwüstet.

Die Marveggio reicht ihm das Handy, damit er selbst lesen kann, auch wenn sie vermutlich glaubt, dass er gar nicht hinguckt. Eine Drohgebärde nach Mafiaart, wie man so sagt.

Aber Bozzolato guckt hin, denn inzwischen traut er keinem mehr: Da steht genau das, was sie vorgelesen hat, und noch andere Dinge, die er lieber gar nicht wissen will, denn inzwischen ist ihm vor Angst eiskalt.

»Also ich würde sagen, bei dem zweiten Driver sind wir uns einig, okay?« Bellini steckt das Handy wieder ein und sieht Bozzolato fragend an. »Okay?«

Nichts ist okay, überhaupt nichts, aber Bozzolato nickt ergeben.

Bellini schnippt mit den Fingern, damit der Amerikaner hersieht. »Tyler? *Come here and explain the third driver of our strategy.*«

Endlich erhebt sich der Amerikaner, den aufgeklappten

Laptop in der Hand, redet aber weiter. *»Hang on just a second, Liang.«* Dann stellt er den Laptop auf den Schreibtisch: Auf dem Bildschirm ist ein sehr junger, sehr eleganter Chinese, der ein bisschen den Kopf neigt, um Bozzolato so staunend anzusehen wie ein Tier im Zoo.

Neunundzwanzig

Mitunter fragt Veronica Del Muciaro sich, ob sie bei diesem Lebenswandel wohl je den Mann fürs Leben finden wird. Dabei war das Problem gar nicht mal so sehr, dass sie dauernd unterwegs war, immer ohne Vorwarnung losmusste und nie wusste, wann sie wieder zurückkam; viel problematischer waren die unglaubliche Schlagfertigkeit und Unverfrorenheit, die sie sich inzwischen angewöhnt hatte. Manche würden auch von Unverschämtheit oder Plumpheit sprechen, aber sie zog andere Ausdrücke vor. Da arbeitest du jahrelang, um so zu werden, am Anfang ist es sauschwer, denn du musst viele Widerstände und Schwächen überwinden, aber nach und nach schaffst du es, wirst vielleicht sogar eine der Besten, was sogar all jene neidlos anerkennen, die dich für die schlimmste Trash-Reporterin halten. Sogar die, die dir den Spitznamen Kamikaze des Nichts verpassen: Eine Spur Bewunderung ist auf jeden Fall dabei, obwohl sie es natürlich nie zugeben würden. Aber wenn du es dann endlich geschafft hast, die zu werden, die du nun mal bist, dann hast du keinen An/Aus-Schalter, der dir erlaubt, am Samstagabend oder Sonntagmorgen (mal abgesehen davon, dass du am Samstagabend oder Sonntagmorgen meistens arbeitest) plötzlich das süße, unbedarfte Püppchen zu spielen. Schlagfertigkeit und Unverfrorenheit kannst du nicht einfach ablegen, die bleiben dir erhalten, rund um die Uhr, sieben Tage die Woche, und das sind nun mal keine Eigenschaften, die Männer bei einer Frau schätzen, das weiß sie inzwischen aus Erfahrung.

Anfänglich sind sie womöglich noch fasziniert, weil sie im Fernsehen gesehen haben, wie du dich in die Kasbah der Drogenhändler eingeschlichen hast oder in die Wohnung eines tödlich ausgegangenen Streits zwischen Bruder und Schwester. Sie finden es aufregend, dass eine tolle Frau sich in gefährliche oder zumindest schwierige Situationen begibt, ohne Angst, ohne Verlegenheit, ohne Probleme, die sonst praktisch jede andere Frau (oder jeder andere Mann) hätte. Aber wenn du mit ihnen essen gehst, versuchen sie die ganze Zeit herauszufinden, ob du noch dieselbe bist wie im Fernsehen oder vielleicht irgendwie ruhiger und gelassener. Mit Argusaugen verfolgen sie jede Geste, jedes Wort, wenn du beispielsweise den Kellner ausfragst, um herauszufinden, ob dieses oder jenes Gericht vielleicht Allergene enthält, die auf der Speisekarte nicht ausgewiesen sind, ob das Zeug auch frisch ist, ob man dem Koch vertrauen kann, wem das Lokal gehört und woher das Geld dafür stammt. Dann stellt sich schnell heraus, dass ihnen das gar nicht gefällt, überhaupt nicht. Womöglich versuchst du sogar, weniger schlagfertig und weniger unverfroren zu sein, vor allem wenn dir an dem Mann was liegt, du nimmst dich zusammen, verkneifst dir unbequeme Fragen, ätzende Bemerkungen oder politisch unkorrekte Äußerungen, aber auf Dauer ist das kaum durchzuhalten. Das ist, als würde man von einem Hund verlangen, dass er das Beschnüffeln unterlässt, oder von einem Fisch, dass er das Blasenmachen einstellt. Und wenn ihnen dann irgendwann dämmert, dass es nur eine Veronica Del Muciaro gibt, egal ob im Fernsehen oder außerhalb, finden sie es gar nicht mehr lustig, dann ist der Spaß vorbei, die Muskeln im Gesicht und auch im restlichen Körper verkrampfen sich, sie lockern den Hemdkragen, sehen dauernd auf die Uhr. Wenn dann kurz vor dem Dessert zufällig noch ein Tito Calpa anruft, kannst du gar nicht so schnell gucken, wie sie auf Distanz gehen und unter einem Vorwand möglichst schnell das Weite suchen. Und keiner ruft am nächsten Tag noch mal an oder schickt wenigstens eine kurze SMS.

Solche Gedanken kommen einem, wenn man nichts zu tun hat, weil man seit zwei Stunden mit Giulio im Auto vor dem Haus des Marchese sitzt und wartet. Beide vollkommen durchgefroren und steif vor Kälte, mit starrem Blick nach vorn und dem Handy auf dem Schoß. Vom vielen Posten und Scrollen tun ihnen schon die Daumen weh, sie haben schon alles gelesen, was es in den sozialen Netzwerken zu lesen gibt, haben schon seit einer halben Stunde nichts mehr zu tun, außer auf die beklemmenden Nachrichten von Tito Calpa zu reagieren, das Tor im Auge zu behalten und müßigen Gedanken nachzuhängen.

Sonst war kein Mensch zu sehen, die anderen Journalisten waren sofort verschwunden, als die Kommune Suverso für Samstag, 14 Uhr, eine Pressekonferenz im antiken Theater ansetzte. Sie waren froh, der Kälte und der Langeweile des Wartens entkommen zu sein, und begnügten sich gern mit anspruchsloser, frei Haus gelieferter Standardkost. Nur sie und Giulio müssen hier Wache schieben, weil es nach Ansicht von Roberta Riscatto und Tito Calpa überhaupt

keinen Grund auf der Welt gibt, sich mit Fertigbrei zufriedenzugeben, vor allem, wo sie als Erste exklusiv über die
Existenz einer weltweit einzigartigen Ausgrabung berichtet hatten. Das ist eben der Unterschied zwischen einem
normalen Journalisten, der gemeinsam mit seinen Kollegen
ergeben und brav darauf wartet, dass man ihm die offizielle
Version der Dinge vorsetzt, und einer sogenannten Trash-
Reporterin, die mitunter auch einen ganzen Tag lang auf
der Lauer liegt, um irgendwas aufzugabeln. Ihr reicht es,
wenn sie ab und zu aussteigt, um sich die Beine zu vertreten, einen Schokoriegel zu knabbern, wenn sie wirklich ein
Loch im Bauch hat, und stundenlang auszuharren, ohne etwas zu trinken oder zu pinkeln (was natürlich zusammen-
hängt). Sie will sich ja nicht selbst loben, aber es gibt nur
wenige, die Kälte, Hitze oder endloses Warten so gut aus-
halten wie sie und dann auch noch sofort auf Draht sind,
wenn es plötzlich losgeht. Klar, mit einem Kameramann,
der ein bisschen agiler und aufgeweckter wäre als Giulio,
wäre es noch besser, aber ihn hat man ihr nun mal zugeteilt,
man musste ihn nur im richtigen Moment ein bisschen antreiben. Wenigstens sorgt er mit seinem massigen Körper,
auch wenn der nicht gut riecht, dafür, dass das Wageninnere
ein bisschen aufgeheizt wird und die Scheiben beschlagen.

Manchmal, wenn man sich wie jetzt stundenlang nicht
bewegt und beispielsweise auf die Drehtür eines Hotels,
eine Haustür oder ein geschlossenes Tor starrt, hat man
mitunter Halluzinationen, dann sieht man plötzlich Bewegungen oder hört Stimmen, die gar nicht da sind, oder
verwechselt Gesichter. Vermutlich ist es so ähnlich wie angeln (auch wenn sie noch nie geangelt hat) oder auf die Jagd

gehen (auf der Jagd war sie auch noch nie, aber ihr Vater): Man hängt derart in der Schwebe zwischen Anspannung und Vorfreude, dass einem das Gehirn mitunter Streiche spielt. Einmal hatte sie in Rom geschlagene fünf Stunden auf der Lauer gelegen, um einen bekannten amerikanischen Schauspieler abzufangen, der mit einer italienischen Schauspielerin in seinem Hotel oben an der Spanischen Treppe verschwunden war. Als dann irgendwann ein Paar Arm in Arm das Hotel verließ, glaubte sie, die beiden hundertprozentig erkannt zu haben. Daraufhin war sie ihnen mit dem Kameramann im Schlepptau über die Spanische Treppe nachgelaufen, musste dann, als sie sie vor der Linse hatte, aber feststellen, dass es zwei stinknormale (reiche) Touristen waren.

Doch jetzt bewegt sich das Tor tatsächlich, trotz der beschlagenen Windschutzscheibe kann man deutlich sehen, dass es keine Halluzination ist: Die Metallflügel öffnen sich, ein Hund schlüpft heraus, ein zweiter Hund schlüpft heraus, der Marchese schlüpft heraus und schaut sich um, dahinter der dritte Hund.

»Da ist er! Giulio! Wach auf!« Sie schüttelt den Kameramann, der vom langen Stillsitzen in der Kälte noch ganz benommen ist.

»Ist ja gut, ich mach ja schon!« Giulio ist leicht vergrätzt, beugt sich aber nach hinten, um die Kamera vom Rücksitz zu nehmen.

»Halt!« Sie hält seinen Arm, denn wenn Guidarini sie jetzt bemerkt, kann es sehr gut sein, dass er sofort umkehrt, und das war's dann. Unbeweglich sitzen beide mit gesenktem Kopf da und vertrauen auf die beschlagenen Scheiben.

Guidarini blickt zwar in Richtung Auto, doch glücklicherweise zanken die Hunde sich aus irgendeinem Grund; er trennt sie und folgt ihnen die Straße hinauf.

Sie wartet, bis er etwa zehn Meter an ihnen vorbei ist, da kommt eine Nachricht von Calpa: *Was ist jetzt?* Sie antwortet: *Ich hab ihn.* Sie schüttelt Giulio noch einmal, damit er loslegt, nimmt das Mikrofon und öffnet möglichst leise die Tür.

Guidarini bemerkt sie erst, als sie die Entfernung schon halbiert haben und Giulio ihn schon seit gut einer Minute filmt. Halb angewidert, halb amüsiert sieht er sie an und rennt weiter, zusammen mit den Hunden.

Sie läuft schneller, gibt Giulio Zeichen, nicht zurückzubleiben. Diese überstürzt gedrehten und montierten Beiträge sind womöglich nicht so emotional wie eine Liveschalte, können aber trotzdem ziemlich intensiv wirken. Ja, das war vermutlich genau dasselbe, was ihr Vater über die Jagd gesagt hatte: Erst sitzt man stundenlang an, dann hat man plötzlich die Beute vor der Flinte und spürt eine Mischung aus Erregung und Angst, sie zu verfehlen.

»Marchese Guidarini?! Warten Sie doch!« Sie japst, weil es bergauf geht, außerdem raschelt die Daunenjacke, und die Absätze knallen auf dem Asphalt, aber in solchen Fällen ist ein undeutlicher Ton sogar ein *Plus.* Sie versucht eine drängende Frage bereitzuhalten, eine von denen, die sie sich während der Wartezeit zurechtgelegt hat, auch wenn, wie Tito Calpa immer sagt, es wichtig ist dranzubleiben, Erklärungen muss schließlich der andere geben. Giulio ächzt und stöhnt, ein paar Meter hinter ihr; die Aufnahmen sind garantiert ziemlich verwackelt, aber auch das funktioniert.

Guidarini rennt noch ein Stück, die Hunde springen um ihn herum, als wäre es ein tolles Spiel, dann merkt wohl auch er, dass es sinnlos ist, denn er gibt das Rennen auf und geht normal weiter.

Als sie bei ihm ankommt, ist sie außer Atem, was die Dramatik der Aktion nur noch steigert. »Marchese, bitte!«

Aber er geht einfach weiter, als hätte er nichts gehört, sodass sie sein Gesicht gar nicht sehen kann.

»Immerhin hast du unsere Drohne versenkt, zweitausend Euro Schaden, da sind ein paar Antworten ja wohl das Mindeste!« Dabei tut sie möglichst gestresst, damit die Zuschauer auch ja nicht vergessen, dass hier die Verfolgerin im Recht ist, nicht etwa der Verfolgte.

Guidarini geht mit gesenktem Kopf weiter, offenbar denkt er nicht im Traum daran zu antworten, geschweige denn stehen zu bleiben. Aber dann bleibt er wider Erwarten doch stehen, auf einer breiten asphaltierten Zufahrt zu einem modernen Einfamilienhaus mit einem Zaun mit pfeilförmigen Spitzen. Als er sich umdreht, ist er kein bisschen außer Atem. »Und was willst du hören, Alice?«

Irgendwie ist sie irritiert, wieso Alice, was sollte das? Und die Verfolgungsjagd, die hätte für ihren Geschmack ruhig noch eine Weile dauern dürfen, daraus konnte man, wenn man es geschickt montierte, durchaus etwas machen, um das Gefühl von Abenteuer zu steigern. Doch dann kriegt sie sich wieder ein. »Wie würdest du dein Verhältnis zu der Stadträtin Sarmani definieren, immerhin habt ihr euch auf dem Turm umarmt?«

Er kreuzt die Arme vor der Brust und sieht sie herausfordernd an, so als würde er gleich etwas Unflätiges antworten (was fernsehmäßig super wäre). »Da gibt es absolut nichts zu definieren.«

»Ah, ein echter Gentleman wie aus längst vergangener Zeit!« Sie ist sofort bereit, ein kreatives Reframing vorzunehmen, wie Roberta das nennt.

Ein leichtes Lächeln umspielt seine Lippen. »Dann seid ihr wohl die feinfühligen, taktvollen Edelfrauen.« Unruhig tollen die Hunde stumm um ihn herum, mit gespitzten Ohren. Einer schnappt nach Giulios Schnürsenkeln, der weicht erschrocken zurück (auch das passt ausgezeichnet).

Sie konzentriert sich wieder auf den Marchese. »Viele unserer Zuschauerinnen würden wahnsinnig gern mit der Sarmani tauschen und möchten wissen, wie sie es angestellt hat, dich zu erobern!«

Er schüttelt nur den Kopf. »Ihr seid unsäglich, Schneewittchen.«

»Nun komm schon, Marchese, verrat uns doch mal, was an der Sarmani so besonders ist.« Keine Ahnung, was die komische Anrede soll, aber dadurch lässt sie sich garantiert nicht aus dem Konzept bringen.

»Mit dem Interview habt ihr sie in die Falle gelockt, ganz schön gemein, Rotkäppchen.« Der Marchese lässt nicht von der absurden Anrede ab: sehr gut, das macht das Ganze noch farbiger. »Ihr solltet euch schämen, wenn ihr dazu überhaupt fähig seid.«

Sie boxt Giulio in die Seite, damit er sich bewegt und die Aufnahme ein bisschen dynamischer wird.

»Aua!« Vor Schmerz kreischt Giulio laut auf, doch an dem harmlosen Schubser kann es nicht liegen, vielmehr hat ihn einer der Hunde in den Knöchel gezwickt. Er reagiert mit einem Fußtritt auf gut Glück und dreht einfach weiter, er ist bestimmt keine Kanone, aber immerhin ein echter Profi.

Guidarini denkt nicht im Traum daran, den Hund zurückzurufen oder sich zu entschuldigen, er lacht.

In so einer Situation, das weiß sie genau, kommt es darauf an, sich nicht ablenken zu lassen und die Oberhand zu behalten, deshalb geht sie sofort wieder zum Angriff über. »Welche Rolle hat denn der Flirt mit der Sarmani bei der Entscheidung für Suverso als Betreiberin des antiken Theaters gespielt?«

»Warum reden wir nicht mal über etwas viel Interessanteres, Gretel?« Dabei deutet Guidarini mit dem Zeigefinger auf die große Villa hinter dem Zaun mit den Pfeilspitzen. »Zum Beispiel über den hochtalentierten Baumeister Zaccheroni, Architekt und Eigentümer der Spielhalle sowie etlicher anderer architektonischer Meisterwerke in Cosmarate, inklusive diesem hier?«

Instinktiv schwenkt Giulio mit der Kamera auf die Villa, ihren Wink, bei dem Marchese zu bleiben, bemerkt er gar nicht.

Guidarini legt die Hände an den Mund, wie bei einem Megafon. »Zaccheroni, komm heraus und zeig dich in all deiner Pracht! Zaccheroni? Huhu!«

Als sie ihr Herrchen jaulen hören, fangen auch die Hunde an zu jaulen, so durchdringend, dass man sich am liebsten die Ohren zuhalten würde. Giulio filmt sie dabei, achtet aber darauf, dass sie seinen Knöcheln nicht zu nahe kommen.

Dann geht die Tür auf, und ein bulliger Typ mit Glatze kommt ziemlich verärgert heraus.

»Da ist er ja, Zaccheroni der Prächtige!« Mit den Armen fuchtelnd parodiert Guidarini einen überschwänglichen Empfang. »Komm her und gib der Märchentante des italienischen Investigativjournalismus ein Interview!«

Durch wütende Gesten gibt der bullige Typ ihnen zu verstehen, dass sie abhauen sollen, dann erscheint eine Signora, eindeutig seine Frau, die noch aggressiver ist als ihr Mann.

Instinktiv filmt Giulio die beiden, ganz ohne ihre Anweisung.

Jetzt steigt Guidarini auf das Mäuerchen der Umzäunung und klammert sich an die Sprossen, als wollte er über den Zaun klettern, die Hunde werden immer aufgeregter.

»Nicht so schüchtern, Zaccheroni! Und Sie auch, schöne Frau! Gewährt doch drei Millionen Zuschauern das Privileg, zwei Protagonisten der Verschandlung der Hügellandschaft Cosmarates zu bewundern!«

»Wenn ihr nicht sofort verschwindet, rufe ich die Polizei!« Zaccheroni schlägt um sich, außer sich angesichts der Vorwürfe und weil Giulio alles filmt. Seine Frau ist noch zorniger. »Und du hörst sofort auf zu filmen, sonst verklage ich dich!«

»Nur zu, Frau Kratzbürste, verklagen Sie das Fernsehen, dann können Sie noch mehr Geld scheffeln und in Ihrem Bau horten!« Guidarini stichelt weiter, darauf hat er nur gewartet.

»Weg hier! Verschwindet! Auf der Stelle!« Die Zaccheronis kreischen und fuchteln wie verrückt mit den Armen, mit wutverzerrtem Gesicht.

»Warum kommt ihr nicht ein bisschen näher, ihr Lieben?« An den Zaun geklammert setzt Guidarini seine Provokationen ungerührt fort. »Traut ihr euch nicht? Warum denn so schüchtern? Wir tun euch nichts, ein paar Meter könnt ihr euch ruhig aus der Sicherheitszone eures Bunkers herauswagen!«

Die beiden Zaccheronis ereifern sich noch mehr, er versucht seine Frau zu bremsen, die noch lauter brüllt als er, brüllt und gestikuliert aber gleichzeitig weiter, Guidarini stichelt weiter, die Hunde jaulen weiter. Fernsehtechnisch gar nicht schlecht, richtig geschnitten würde der Beitrag sogar noch prickelnder, nur schade, dass der ursprüngliche Zweck eigentlich ein ganz anderer war und vollkommen verfehlt wurde.

Dreißig

Wie fast jedes Mal, wenn sie bei ihren Eltern zum Essen eingeladen waren, trifft Annalisa Sarmani auch diesmal als Letzte ein, wie immer auf den letzten Drücker, direkt aus dem Rathaus, während ihr Mann Gianmaria schon im Wohnzimmer sitzt und sich mit ihrem Vater angeregt über Politik oder die Arbeit unterhält. Auf ihre Umarmung reagieren beide dermaßen ähnlich, dass ihr zum x-ten Mal der Gedanke kommt, wie absurd es doch ist, dass sie einen Mann geheiratet hat, der praktisch ein Abziehbild all dessen war, womit sie aufgewachsen ist: derselbe Beruf, dasselbe phlegmatische Temperament. Im Übrigen hatten sich beide von den drei Berufen, die für einen Mann aus bürgerlicher Familie in Suverso zur Wahl standen, das heißt Rechtsanwalt, Steuerberater und Notar, den ausgesucht, der eine reine Schreibtischtätigkeit war; war das denn so verwunderlich?

Sie huscht hinaus in den Flur und geht in die Küche, wo ihre Mutter sich am Herd zu schaffen macht, im Fernseher an der Wand laufen viel zu laut die Regionalnachrichten. Mit der Fernbedienung dreht sie den Ton ab und beugt sich vor, um ihre Mutter auf die Wangen zu küssen. Normalerweise kümmert sich Nataliya ums Kochen und Putzen, aber seit ein paar Tagen hat sie hohes Fieber, sodass Signora

Tiziana Sarmani selber kochen muss. Das macht sie zwar selten, doch in Suverso sind alle Frauen ihrer Generation gute Köchinnen und erhalten, die eine mehr, die andere weniger, die Tradition guter Küche am Leben. Das ist bei der jüngeren Generation anders, wie sie aus eigener Erfahrung weiß: Die sogenannten weiblichen Künste sind ein wenig verlorengegangen, denn inzwischen verbringen die Frauen den ganzen Tag außer Haus, oft mit anspruchsvollen Jobs, kommen erst spät nach Hause und haben dann weder Lust noch Zeit, stundenlang am Herd zu stehen. Für wen auch? Etwa für einen Ehemann wie Gianmaria, der für dein Rührei mit Fontina nie und nimmer ein Lob über die Lippen brächte, selbst wenn man ihm den Arm auf den Rücken drehte? Oder für einen Sohn wie Gianluca, der sich am liebsten von Pommes frites, Hotdogs und ekelhaft süßen Schokokeksen mit weißer Cremefüllung ernährt (und folglich auch nie zu den Großeltern zum Essen mitkommen will)?

»Gibt es was Neues zu dem Interview mit der unsäglichen Riscatto?« Während sie am Herd steht, wirft ihre Mutter ihr fragende Blicke zu. Direkt nach dem Interview hatten sie telefoniert, um ihren Abscheu zu teilen.

»Du wirst es kaum glauben, aber es gab sogar positive Reaktionen.« Sie hat noch die Aufregung von Nichi Colombo im Ohr.

»Wirklich?« Ihre Mutter sieht sie ungläubig an.

»Ja, aber vorläufig kann ich nicht darüber sprechen.« Sie schaut zur Tür, kommt sich vor wie eine Verschwörerin.

»Nicht mal eine Andeutung?« Ihre Mutter macht ein enttäuschtes Gesicht.

»Nein, Mama, besser nicht.« Annalisa schüttelt den Kopf. »Und Papa, der weiß doch hoffentlich nichts davon?«

»Ich glaube nicht, Lisa.« Immer hat ihre Mutter sie Lisa genannt, deshalb hat sie sich oft gefragt, warum sie ihr nicht gleich den Namen Lisa gegeben hat, wenn er ihr doch so gut gefiel. Jetzt schöpft sie eine Kelle heiße Brühe über den Reis, der in einem Terrakottatopf in seinem Sud köchelt.

»Mmmm, Risotto.« Sie guckt in den Topf, auch wenn der Geruch nicht gerade verlockend ist.

»Risotto mit Steckrübe.« Obwohl ihre Mutter genau weiß, dass sie das Gericht nie nachkochen wird, erklärt sie trotzdem haarklein das Rezept. »Zuerst kochst du die Brühe, dann brätst du die fein gehackte Schalotte in Öl an, gibst die in ein Zentimeter große Würfel geschnittene Steckrübe dazu und lässt beides schmoren, dann den Wein, eine Prise Salz, Oregano und Tomatenmark, und alles bei mittlerer Hitze zwanzig Minuten köcheln.«

»Okay.« Sie tut so, als würde sie aufmerksam zuhören und sich alles merken.

»Dann nimmst du den Deckel ab, drehst die Flamme hoch und gibst den Reis dazu.« Ihre Mutter redet weiter, als würde sie ihre Tochter gar nicht kennen. »Du musst dauernd rühren, damit die Steckrübe nicht ansetzt.«

»Klar.« Sie merkt, wie sich der Magen verkrampft, aus Gründen, die mit dem Rezept nichts zu tun haben.

Ihre Mutter rührt mit dem Holzlöffel in dem Keramiktopf. »Und Gianmaria, wie hat er reagiert?« Klar, das musste ja kommen.

»Gar nicht. Er hat nichts gesagt. Kein Wort.«

»Vielleicht besser so, nicht?« Ihre Mutter nimmt einen Teller mit Streifen von rohem Schinken, schüttet den Schinken in eine Antihaftpfanne, stellt sie aufs Feuer, streut frisch gemahlenen Pfeffer darüber. Unglaublich, wie leicht ihr alles von der Hand geht, jeder Handgriff sitzt, und das, obwohl sie so selten kocht, und dann redet sie ganz nebenbei auch noch über etwas völlig anderes.

»Ich weiß nicht, Mamma. Irgendwer hat ihm doch garantiert davon erzählt, jede Wette.« Sie weiß es wirklich nicht: Seit zwei Tagen fragt sie sich, ob sie die Sache ansprechen oder lieber auf sich beruhen lassen soll, wie so vieles, was zwischen ihr und Gianmaria ungeklärt ist.

»Jedenfalls habe ich den Marchese heute schon wieder gesehen! Stell dir vor!« Ihre Mutter wirft ihr einen raschen Blick zu.

»Ach ja?« Annalisa Sarmanis Herz macht einen Satz. »Wo denn?«

»Wieder bei der Riscatto.« Noch ein Blick, ihre Mutter beobachtet sie.

»Und worum ging's?« Sie geht nervös auf und ab, eine unbestimmte Angst ergreift sie.

»Um irgendwelche Nachbarn, die hat er provoziert, angebrüllt, ihnen schwere Vergehen vorgeworfen.« Jetzt provoziert sie selbst, weil sie so allgemein bleibt. Sie rüttelt die Pfanne auf dem Herd, lässt die Schinkenstreifen springen.

»Welche Art von Vergehen?« Sie ist extrem angespannt, schlimmer als im Wahlkampf.

»Was weiß ich, die Verschandlung der Landschaft, die scheußlichen Gebäude, die man abreißen müsste, so was in der Art.« Ihre Mutter weiß genau, wovor sie Angst hat, und spielt damit. »Nichts über dich, keine Sorge.«

»Kein Mensch macht sich Sorgen, Mamma!« Sie ärgert sich, dass sie so leicht zu durchschauen ist; am liebsten würde sie das Thema wechseln; am liebsten würde sie wissen, was Guidarini genau gesagt hat.

»Aber sich gar keine Gedanken zu machen ist sicher auch nicht angebracht.« Ihre Mutter holt ein Stück Taleggio aus dem Kühlschrank, schneidet ihn in Würfel. »Er mag ja ein interessanter Typ sein, aber auch halb verrückt. Besser, man geht ihm aus dem Weg.«

»Was verstehst du denn davon?« Sie schaltet automatisch auf Abwehr, ohne nachzudenken.

»Da gibt's nicht viel zu verstehen, Lisa. Hör dir doch mal an, wie er redet! Und dann, wie er sich bewegt, wie er sich kleidet!«

Tatsächlich ist Annalisa Sarmani alles andere als entspannt. Sie bedeutet ihrer Mutter, leise zu sprechen, auch weil sie meint, im Flur Stimmen zu hören. Situationen wie diese sind ihr zutiefst verhasst, sie hasst all die als Klugheit getarnten Vorurteile, die schiefen Blicke, die halb verschluckten Worte, die alle wichtigen Entscheidungen ihres Lebens bestimmt haben: die Wahl der Schule, des Studienfachs, des Ehemanns, des Berufs, der politischen Partei. Die Träume anderer, die sie dazu gebracht haben, in eine souveränistische Partei einzutreten, ihr dadurch aber jede Souveränität über sich selbst genommen haben. Sehnlichst wünscht sie sich weg von hier, weg aus dieser Wohnung, weg aus dieser Stadt, wünscht sich, frei zu sein von all diesen Zwängen.

Ihre Mutter wirft die Taleggiowürfel in den Topf, fügt den geriebenen Parmesan hinzu, rührt energisch mit dem

Holzlöffel um. »Die Steckrübe hat uns Monsignor Lana geschickt, aus seinem Garten. Die Stimme im Flur, das wird er wohl sein.«

»Monsignor Lana?« Sie empfindet einen tiefen Widerwillen.

»Ja, er hat sich schon so oft nach dir erkundigt.« Ihre Mutter ist darauf spezialisiert, ihr aus tausend Gründen Schuldgefühle einzujagen, inklusive des vermeintlichen Mangels an Aufmerksamkeit für die Freunde der Familie. »Er sagt, dass du inzwischen wohl zu beschäftigt bist, um deine Zeit an ihn zu verschwenden.«

»Aber das stimmt doch gar nicht, Mamma!« Obwohl sie den Mechanismus durchschaut, fällt sie doch immer wieder drauf rein und hat prompt ein schlechtes Gewissen.

»Geschafft, das Essen ist fertig.« Ihre Mutter verteilt die knusprigen Schinkenstreifen auf dem Risotto und reicht ihr den Topf. »Bringst du ihn zum Tisch?«

Sie nimmt den Topf und geht hinaus in den Flur, mit einem Gefühl der Beklommenheit, das den Topf noch schwerer erscheinen lässt.

Dann sitzen alle fünf im Esszimmer, ihre Mutter und Monsignore Lana am Kopfende, essen das Risotto mit Steckrübe und unterhalten sich über seine Hauptzutat.

»Steckrüben habe ich bestimmt schon seit zehn Jahren nicht mehr gegessen, ohne Übertreibung.« Ihr Vater sitzt immer ein bisschen über den Teller gebeugt, das hat sie schon als Kind irritiert. »Inzwischen ist es fast unmöglich, sie irgendwo aufzutreiben.«

»Die wissenschaftliche Bezeichnung lautet *Brassica napus napobrassica*.« Monsignor Lana hustet und hält sich die

Serviette vor den Mund. Er verfügt über bemerkenswerte Kenntnisse auf den unterschiedlichsten Gebieten und hat keine Hemmungen, sie auszubreiten.

»Und die hier stammen, wie ich höre, aus deinem Garten.« Annalisa war noch nie ein Fan von Kohl, egal welchem, aber sie fühlt sich verpflichtet, ein Minimum an Interesse zu zeigen.

»Nicht aus *meinem*, teure Stadträtin, sondern dem der Diözese.« Monsignor Lana lässt keine Gelegenheit aus, ihr Amt in der öffentlichen Verwaltung zu erwähnen, und vergisst auch nicht die Anspielung auf den Beitrag der Wahlstimmen aus der Diözese.

»Sicher.« Seit sie im Amt ist, hat sie sich dafür erkenntlich gezeigt, zum Beispiel durch Zuschüsse zu einer Konzertreihe in der Kirche vor Weihnachten oder zu der Ausstellung transportabler Weihnachtskrippen.

»Ich habe ein wenig die Sache mit dem antiken Theater in Cosmarate verfolgt.« Mit erhobenem Glas sieht er sie an, trinkt einen Schluck Valpolicella. Wenn es jemanden gibt, der umfassend über alles informiert ist, was sich in Suverso politisch und geschäftlich hinter den Kulissen so abspielt, dann er, von wegen ein wenig verfolgt.

»Na ja, nicht ganz einfach, die Situation.« Annalisa senkt sofort den Blick auf das Risotto, denn sie ist fast sicher, dass der Monsignore auch über die Umarmung im Bilde ist.

»Eigentlich brauche ich das ja gar nicht zu sagen, aber pass ja auf die Wendeleute auf, die sind zu allem fähig, um sich das Theater nicht wegnehmen zu lassen.« Monsignor Lana nimmt noch eine Gabel Risotto; sonst scheint sich keiner aus der Familie für das Thema zu interessieren.

»Leider, ich weiß. Der Bürgermeister hat schon ein paar unerquickliche Auftritte hingelegt.« Sie versucht zu lächeln, aber ihre Angst wird immer schlimmer.

Monsignor Lana hustet erneut, trinkt ein wenig Wasser. »Der Bürgermeister von Cosmarate ist ein armer *minus habens,* aber soweit ich weiß, war man auch in Mailand nicht untätig, hat einen chinesischen Mitspieler gefunden und spielt jetzt über Bande.«

»Wie bitte?« Annalisa Sarmani merkt, wie nun Panik in ihr aufsteigt.

Monsignore Lana nickt. »Ein Milliardär, der, wie man mir sagte, an diversen Themenparks in China, den USA und Europa interessiert ist. Er heißt Liang Zhu, wenn ich mich recht erinnere.«

»Und was soll ein chinesischer Milliardär, der sich für Themenparks interessiert, aus dem antiken Theater in Cosmarate machen?« Sie ist entgeistert, fürchtet aber, schon verstanden zu haben.

»Einen Themenpark, würde ich sagen.« Monsignor Lana nimmt noch eine Gabel Risotto. »Das ist ein Markt, in den die Chinesen massiv investieren.«

»Aber gibt es überhaupt einen Markt, in den die Chinesen nicht massiv investieren?« Die Frage kommt automatisch, auch wenn sie die Antwort schon weiß.

»Nur die Meinungs- und Redefreiheit, glaube ich.« Monsignor Lana lächelt auf seine gewohnt subtile Art. »Ansonsten sind sie wild entschlossen, die ganze Welt unter ihre Kontrolle zu bringen, mit einem systematischen Plan, den sie methodisch umsetzen. Davon konnte ich mich in den letzten Wochen selbst überzeugen, auf meiner

Rundreise durch die apostolischen Präfekturen in Ankang, Baojing, Haizhou, Lintong, Shashi, Tunxi, Lixian, Shaowu, Yiduxian, Zhaotong.«

»Andererseits sind wir daran auch selbst schuld.« Ugo Sarmani legt die Gabel auf den Tellerrand. »Wir haben fast unsere gesamte Produktion dorthin ausgelagert, haben in Produktionsstätten investiert, ihnen sämtliche Mittel an die Hand gegeben, ihnen die Verfahren beigebracht.«

»Und von den niedrigen Löhnen profitiert.« Das muss Annalisa Sarmani unbedingt hinzufügen. »Und von Arbeitsbedingungen, die hier völlig inakzeptabel wären.«

»Das auch.« Ihr Vater nimmt die Gabel wieder zur Hand. »Schien doch alles so bequem und günstig, aber die haben schnell dazugelernt und dann nicht mehr aufgehört.«

»Genau, Ugo.« Monsignor Lana nickt. »Stellt euch bloß mal vor, aus einem durchschnittlichen italienischen Haushalt würde auf einen Schlag alles verschwinden, was in China hergestellt wird. Gläser, Tassen, Teller, Schüsseln, Tischdecken, Kissen, Töpfe, Pfannen, Computer, Computertaschen, MP3-Player, Kopfhörer, Uhren, Handys, Fernseher, Haushaltsgeräte, Lampen, Fotoapparate, Möbel, Bilderrahmen, Teppiche, Glühbirnen, Zahnbürsten, Schuhe, Unterhosen, T-Shirts, Socken, Badeanzüge, Handtücher, Trolleys, Beautycases, Sonnenbrillen, Hüte, echter und falscher Schmuck, Musikinstrumente, Spielzeug, Staubsauger, Besen, Putzlappen, Schwämme, Vasen, Gartengeräte, Hundehalsbänder, Hundeleinen, Fressnäpfe, Vogelkäfige, Hamsterräder, Scheren, Schraubendreher, Pinzetten, Spiegel ...«

»Mamma mia, jetzt übertreibst du aber! In diesem Haus

gibt es zum Glück nur Dinge von einer gewissen Qualität.«
Tiziana Sarmani sagt das halb ernst, halb scherzhaft.

»Liebe Tiziana!« Darauf hat Monsignor Lana nur gewartet. »Was glaubst du denn, wo das Gestell deiner tollen
Designerbrille hergestellt wurde? Oder der Kaschmirpull-
over aus einer Boutique? Oder der wunderbare Kühlschrank einer amerikanischen Marke, den du in der Küche
hast? Oder die Klimaanlage dort an der Wand? Oder die
Luxuskaffeemaschine da auf der Konsole, auch wenn die
Marke italienisch ist?«

Verblüfft sitzt Tiziana Sarmani da, mit hochgezogenen
Augenbrauen.

»Ein Land mit über einer Milliarde Einwohnern.« Gianmaria hängt sich an die Ausführungen des Priesters an,
ohne eine eigene Meinung zu äußern, wie immer.

»Eine Milliarde und dreihundert Millionen, um genau zu
sein. Mit einem durch und durch pragmatischen Regime.«
Monsignor Lana hat eine klare, überaus erschreckende
Vorstellung der Dinge. »Ohne die geringste ethisch-moralische Einschränkung, wodurch sie jeder Demokratie weit
überlegen sind. Erst recht unserem kleinen, chaotischen
Italien. Es ist einfach lächerlich, wenn so ein Schwachkopf
wie Zecchillo meint, er könne ohne europäischen Schutz-
schirm mit ihnen auf Augenhöhe verhandeln.«

»Die haben für tausend Milliarden Euro amerikanische
Staatsschulden aufgekauft, damit haben sie die Amerikaner
in der Hand. Und in Großbritannien werden mit chinesi-
schem Kapital und Know-how zwei *Atomkraftwerke* gebaut.« Ugo Sarmani kennt sich aus, nur dass er zu Hause
kaum je darüber spricht. »Auch bei uns sind sie auf dem

Vormarsch, in der Industrie, im Immobiliensektor, in der Telekommunikation …«

»Schon heute werden siebenhundertdreißig italienische Unternehmen von dreihundert chinesischen Konzernen kontrolliert.« Gianmaria rattert die Zahlen automatisch herunter, ohne den Blick vom Teller zu heben.

»Und halb Venedig haben sie auch schon aufgekauft.« Annalisa Sarmani weiß, das ist im Gesamtbild nur ein klitzekleines Detail, aber trotzdem.

»Und halb Afrika sowieso, und halb Asien.« Sogar Gianmaria legt sich ins Zeug, aber nur, um ihren Beitrag zu übertreffen.

»Sie bauen ganze Infrastrukturnetze in Ländern, die sich das selbst nie leisten könnten, und legen ihnen damit die Schlinge um den Hals.« Monsignor Lana konkretisiert die ziemlich allgemeinen Bemerkungen der anderen. »Sie pumpen Milliarden in Autobahnen, Wasserkraftwerke, erstellen massenhaft Urbanisierungspläne, sichern sich exklusiv Schürfrechte für Mineralien und Öl, kaufen Tausende Hektar Wald zum Abholzen.«

»Ja, und in Entwicklungsländern bauen sie umweltschädliche Kohlekraftwerke, die sie bei sich zu Hause nicht haben wollen.« Annalisa Sarmani will nicht hinter den Männern zurückstehen. »Sie haben einen unstillbaren Hunger nach wertvollen Rohstoffen, Holz, Marmor, Elfenbein.«

»In den letzten drei Jahren haben sie mehr Zement verbraucht als die Vereinigten Staaten im gesamten zwanzigsten Jahrhundert.« Monsignor Lana hustet, trinkt einen Schluck Wein, räuspert sich. »Verzeihung. Jedes Jahr verbrauchen sie die Hälfte der Weltproduktion an Aluminium, Nickel, Kupfer, Stahl, Kohle. Und der Bedarf geht nicht etwa zurück, sondern steigt weiter.«

»Außerdem verzehren sie sämtliche Tierarten, ohne jeglichen Vorbehalt.« Ihre Mutter wirkt zerstreut, ist aber voll bei der Sache. »Pulver aus gemahlenen Tigerknochen und Rhinozeroshörnern, Haifischflossen, Hunde, Murmeltiere, Schuppentiere, Fledermäuse …«

»Und sie sind im Begriff, sämtliche Esel der Welt aufzukaufen.« Plötzlich fällt Annalisa Sarmani wieder ein, was ihr erst kürzlich Probleme bereitet hat. »Für uns war es fast unmöglich, für den *Esel auf dem Corso* acht Esel aufzutreiben.«

»Mit eiskalter Weitsicht investieren sie sogar in die globale Erderwärmung.« Monsignor Lana erhebt warnend die Hand, ein bisschen wie in seinen Predigten. »Sie sind schon dabei, für die Zeit nach dem Abschmelzen der Pole eine Handelsflotte für die Polarroute auszurüsten.«

»Mamma mia.« Allein bei der Vorstellung, es womöglich mit einem derart potenten Konkurrenten aufnehmen zu müssen, wird Annalisa Sarmani heiß und kalt.

»Also Annalisa, Augen auf und aufgepasst.« Monsignor Lanza verabreicht ihr noch eine zusätzliche Dosis Panik, als hätte sie noch nicht genug davon.

»Heißt die Steckrübe eigentlich nicht auch Kohlrübe?« Gianmaria hat keine Skrupel, mehr Interesse an einer blöden Gemüseart zu zeigen als an der geopolitischen Weltlage oder der politischen Karriere seiner Frau; vielleicht seine Art, sich dafür zu rächen, was ihm womöglich über die Episode mit Guidarini zu Ohren gekommen ist.

»Auch Schwedische Rübe ist, glaube ich, ein gängiger Name.« Anscheinend will Ugo Sarmani zeigen, dass er sich bei Lebensmitteln mindestens so gut auskennt wie sein Schwiegersohn.

»So ist es, sieht ja auch aus wie eine Rübe.« Nachdem er mit seiner alarmierenden Analyse der Weltlage hinreichend Panik verbreitet hat, ist Monsignor Lana jetzt offenbar auch nicht abgeneigt, das Thema fallenzulassen. »Tatsächlich handelt es sich um eine Kreuzung aus Rübe und wildem Kohl, die vermutlich im siebzehnten Jahrhundert in Böhmen entstanden ist.«

»Wirklich ausgezeichnet.« Durch seine unterwürfige Einstellung zur Kirche noch bestärkt, tut Gianmaria weiterhin so, als wäre er ausgesprochen angetan.

»Nicht wahr?« Wieder muss Monsignor Lana husten, kommt aber diesmal mit der Serviette zu spät.

»Diese leicht scharfe Bitternote, herrlich.« Gianmaria gibt nicht auf.

Am liebsten würde Annalisa Sarmani dazwischengehen, alle zum Schweigen bringen und Monsignor Lana nötigen, mit allem herauszurücken, was er über die Machenschaften der Wende® mit den Chinesen weiß, aber sie tut es nicht.

»Und der liebliche Taleggio gibt dem Ganzen den letzten Pfiff, das muss man sagen.« Ugo Sarmani will keinesfalls hinter Gianmaria zurückstehen, schließlich ist gutes Essen neben der Arbeit seine einzige echte Leidenschaft.

»Offensichtlich ist es mir gelungen, die Grundzutat gebührend zu würdigen.« Da bisher noch niemand auf die

Idee gekommen ist, lobt Tiziana Sarmani sich kurzerhand selbst.

»Mehr noch, Tiziana, du hast diese Gabe des Herrn erst richtig zur Geltung gebracht.« Monsignor Lana hustet mehrfach kurz hintereinander, trinkt einen großen Schluck Wein.

»Alles in Ordnung, Emilio?« Vertraulich greift ihre Mutter nach seiner Hand mit dem großen Ring, denn es war in Ordnung, ihn im Gespräch mit anderen als Monsignore zu bezeichnen, aber schließlich waren sie schon Freunde, als er noch Don Emilio Lana war, Militärkaplan der Kaserne in Belluno, und Ugo Sarmani Oberleutnant beim 7. Alpini-Regiment.

»Seit meiner Rückkehr aus China schleppe ich nun schon diese scheußliche Bronchitis mit mir rum.« Monsignor Lana ist leicht rot im Gesicht. »Und morgen muss ich den ganzen Tag mit Monsignor Manlio Carulli, dem neuen Nuntius in Spanien, in der Gegend herumkutschieren.«

»Du solltest besser auf dich aufpassen, vor allem jetzt, denn im Januar jeden Tag ein Ungemach, und bald kommt der Februar, der ist zwar kurz, hat's aber in sich.« Derartige Redensarten und Volksweisheiten zählten neben alten französischen Möbeln und Delfter Porzellan zu den Dingen, die ihrer Mutter Sicherheit gaben. Manchmal fragte sich Annalisa Sarmani, ob sie es nicht leichter hätte, wenn sie einfach so wäre wie ihre Mutter, wo doch ihr Mann ohnehin schon so war wie ihr Vater. Aber das konnte sie nicht, dafür war sie zu rastlos, zu ehrgeizig, eine gute Anwältin zu sein hatte ihr nicht gereicht, deshalb war sie in die Politik gegangen; und jetzt steckte sie bis zum Hals im Schlamassel mit einem durchgeknallten Marchese und im erbitterten Kampf mit skrupellosen Gegnern, die nicht davor zurückschreckten, sogar in China nach finsteren Verbündeten zu suchen.

Einunddreißig

In rasantem Tempo rauscht Massimo Bozzolato mit seinem Alfa auf den Parkplatz des CF Hotels, das unmittelbar an das Gewerbegebiet von Suverso grenzt. Er stellt das Auto zwischen zwei weiße Streifen und steigt aus. Bozzolato ist alles andere als entspannt, allein bei der Aussicht, wieder einen ganzen Vormittag mit der Taskforce der Gusmondi LLC verbringen zu müssen, dazu noch in Feindesland, war ihm die Lust vergangen, und er hatte nur äußerst widerwillig das Haus verlassen. Andrerseits war es seine Pflicht zum Wohl der Bürger von Cosmarate, aber auch zu seinem eigenen. Längst vorbei die Zeiten, in denen man sich als Politiker nur auf eine Holzkiste stellen und den Leuten echte Wahrheiten entgegenbrüllen musste, inzwischen war die Politik so kompliziert geworden, dass man als Politiker allein nichts mehr ausrichten konnte und auf die Hilfe von Spezialisten angewiesen war. Zumindest wenn man, aus Ehrgeiz oder zwangsweise, das Aquarium verlassen und ins offene Meer hinausschwimmen wollte. Da reichte es nicht mehr, Freunde, Verwandte und Bekannte zu mobilisieren, da musst du plötzlich Leute überzeugen, die keine Ahnung haben, wer du bist, die vielleicht Anstoß daran nehmen, wie du aussiehst oder wie du redest. Leute, bei denen du gleich unten durch bist, bloß weil du dich vielleicht mit einem blöden Foto beworben hast oder weil dein Familienname komisch klingt oder weil du zufällig einem unsympathischen Kollegen ähnlich siehst. Das ist so wie bei einer nagelneuen Heizungsanlage mit Brennwerttechnik, das Nonplusultra an Technologie und Energieersparnis, die hast du dir zwar einbauen lassen, stehst dann aber hilflos vor dem Bedienfeld mit Digitalanzeige und tanzenden Zahlen. Bei der alten Heizung brauchtest du nur einen Regler zu drehen, bei der neuen aber, wenn du da keinen Techniker hast, der alles richtig einstellt, riskierst du, im Winter im Kalten zu sitzen. Idem in der Politik: Allein mit Überzeugung und guten Argumenten kommst du da auf keinen grünen Zweig, das hat man ja gesehen. Da muss erst eine Taskforce her, die sich mit dem kniffligen, hochkomplizierten Instrumentarium auskennt, und außerdem brauchst du eine Engelsgeduld, wenn die dir dann von oben herab irgendwas erklären wie der gewiefteste Heizungstechniker.

Bon, Schluss jetzt, ihm schwirrt der Kopf, seit vier Tagen hat er kaum geschlafen, weil ihm immer dieselben Gedanken durch den Kopf gehen. Seine Frau Gianna hat ihm sogar schon gedroht, wenn er nicht aufhöre, sich im Bett herumzuwälzen, müsse er demnächst im Wohnzimmer schlafen. Dabei war sie es doch, die unbedingt wollte, dass er Bürgermeister werde, da darf sie sich jetzt auch nicht beschweren. Ein Landmaschinenvertreter war ja nicht gut genug, da musste sie sich vor den Freundinnen ja schämen, sie wollte ja unbedingt was Besseres, das war ihr Traum. Aber jetzt, wo er bis zum Hals in komplexen politischen Problemen steckt, war es ihr plötzlich zu viel. Typisch Frau, denen konnte man es doch nie recht machen.

Der Parkplatz ist endlos, keine Ahnung, warum er so weit vom Hotel geparkt hat, vielleicht um den Weg bis zu den Glastüren zu verlängern, eine kurze Verschnaufpause, bevor er wieder in die Zange genommen wurde. Ein Riesenkasten, das Hotel, für Kongresse: supermoderne Rezeption, völlig überheizt, supercoole Einrichtung, alles in Blaugrau. Argwöhnisch mustern ihn die jungen Frauen in dunkelblauen Jacketts hinter dem Tresen, aber vielleicht ist das auch bloß Einbildung.

»Mein Name ist Bozzolato, ich möchte zu Signor Bellini und den anderen.« Allein die Tatsache, dass er sich erst vorstellen muss, empfindet er als Zumutung, ein schwerwiegender Nachteil verglichen mit Cosmarate, wo er immerhin der Hausherr ist und alle genau wissen, wer er ist.

»Bozzolato, na endlich!« Wie aus dem Boden gestampft steht plötzlich die Marveggio hinter ihm und grinst spöttisch, als wollte sie ihn auf den Arm nehmen. Ungeduldig macht sie eine scheuchende Gebärde, als wollte sie sagen ›Husch, husch, jetzt aber dalli‹, obwohl er höchstens fünf Minuten zu spät ist.

Widerstrebend geht Bozzolato hinter ihr her, zum einen, weil er nun feindliche Gefilde betritt, zum anderen, weil ihm die ganze Art missfällt. Seit Tagen reden sie nun schon auf ihn ein wie auf ein dummes Kind, als wäre er schwer von Begriff.

Mit forschem Schritt marschiert die Marveggio vor ihm her, an einer Bar mit klobigen Sesseln und niedrigen Tischen vorbei; sie hat einen Hintern wie ein Ackergaul, gar nicht mal schlecht, aber es ist das Verhalten, das störend wirkt. Sie öffnet eine Tür, wieder eine scheuchende Geste, schiebt ihn in einen Konferenzraum, blaugrau wie das gesamte Hotel. Dutzende Stühle, hinten Tische und ein Bildschirm für Meetings, Bellini und Davies sind schon da, außerdem eine kräftige Frau mit Tattoo am Hals und eine spindeldürre mit Schmetterlingsbrille Typ Sechzigerjahre. Sie stehen leise murmelnd zusammen, drehen sich dann um und sehen ihn an, als wäre er ein Wildschwein, das gerade aus dem Wald stürmt.

»Da ist er ja endlich, unser Bozzolato!« Es ist nicht so, als wäre Bellini ihm mit der Zeit sympathischer geworden, im Gegenteil.

»Endlich? Was soll das denn heißen?« Bozzolato dreht das Handgelenk, um seine extragroße Sportuhr zu zeigen. »Läppische fünf Minuten, praktisch genau die Zeit, die man vom Parkplatz bis hierher braucht, nicht?«

»Ja schon, aber wenn die Zeit drängt, sind auch fünf Minuten wertvoll.« Natürlich, war ja klar, Bellini hat wie immer einen passenden Spruch parat.

»*Anyway, let's move on, guys!*« Davies klatscht in die Hände, er ist genauso nervös wie die anderen und denkt nicht im Traum daran, italienisch zu reden.

»*Right.*« Mit superhektischen Gesten stellt die Marveggio die beiden Frauen vor. »Silvia Tarsico und Liliana Tomà, zuständig für das ästhetische *rebranding,* worüber wir die letzten Tage ja schon ausführlich gesprochen haben.«

»Angenehm, Bozzolato.« Bozzolato fühlt sich verpflichtet, den beiden die Hand zu geben.

»Hallo.« Die beiden quälen sich gerade mal ein dünnes Lächeln ab, während sie ihn schon eingehend mustern. Die Spindeldürre geht zu einem großen Kleidersack, der auf dem Tisch liegt, und öffnet den Reißverschluss, die Kräftige mit dem Tattoo holt ein Köfferchen.

»Also, was meint ihr, wo fangen wir an, damit kein Chaos entsteht?« Bellini sieht eindringlich von einem zum anderen, macht wie immer tierischen Druck.

»Mit den Kleidern.« Die Marveggio deutet auf die Spindeldürre, die sich an dem Kleidersack zu schaffen macht.

»*From the head, of course.*« Davies deutet auf die Kräftige mit dem Köfferchen.

»Gut, dann entscheide ich eben. Mit den Kleidern.« Bellini winkt der Spindeldürren zu.

Die Marveggio wirkt zufrieden, weil sie sich durchgesetzt hat.

Die Spindeldürre holt aus dem Kleidersack einen schwarzen Anzug hervor und aus einem kleineren Beutel einen Rollkragenpullover, ebenfalls schwarz. Dann wirft sie noch einen sachverständigen Blick auf Bozzolato. »Die Größe müsste hinkommen, höchstens ein paar kleine Änderungen.«

Dass es unerfreulich würde, damit hatte Bozzolato schon gerechnet, aber jetzt ist es noch schlimmer als erwartet, zum Weglaufen.

Jetzt kommt die Spindeldürre zu ihm und macht Anstalten, seine helle Lammfelljacke, Fell nach innen, aufzuknöpfen. »Darf ich?«

»Das mache ich selbst.« Bozzolato knöpft die Lammfelljacke auf, zieht sie aus, zieht auch das Sakko aus.

»Hemd und Hose auch.« Sofort nimmt ihm die Spindeldürre die Kleidungsstücke ab und legt sie auf den Tisch.

Bozzolato fühlt sich immer unwohler, da stehen sie zu fünft und starren ihn an, das gefällt ihm gar nicht.

»Keine Angst, Bozzolato, nackt wollen wir dich gar nicht sehen.« Hahaha, sehr witzig.

»Keine Sorge, ich habe keine Angst.« Mit einem Minimum an Würde zieht Bozzolato Hemd und Hose aus, auch wenn Würde unter diesen Umständen ein großes Wort ist. Jetzt steht er in T-Shirt, Unterhose und Socken da: Die Unterhose ist nicht gerade umwerfend wie bei einem Fußballstar, aber annehmbar, wenn auch vielleicht ein bisschen verwaschen, die Socken hingegen sind ziemlich ausgeleiert und ringeln sich unschön um die Knöchel. Keine Ahnung, was Gianna da immer mit der Waschmaschine machte, die Unterwäsche jedenfalls wäscht sie immer zu heiß. Da kommt ihm der Gedanke, dass ein Wähler, wenn er überlegt, bei welchem Kandidaten er sein Kreuz machen soll, nicht die leiseste Ahnung hat, wie viel Arbeit und Stress dahinterstecken. Politiker seien privilegiert, sagt sich so leicht (auch er hat das behauptet, bevor er gewählt wurde, mea culpa): Guck doch gefälligst erst mal hin, wie es wirklich ist, bevor du so etwas sagst.

Keine zehn Minuten später hat die Spindeldürre schon die Hosenbeine abgesteckt und zieht ihm vorsichtig das Jackett aus. Die Kräftige setzt ihn auf einen Stuhl, legt ihm einen glänzenden weißen Umhang um, schneidet blitzschnell, *zac zac zac,* mit der Scherenspitze die Haare und rasiert dann mit einem Elektrorasierer die Schläfen. Weil er nicht sehen kann, was sie mit ihm machen, ist er ziemlich besorgt, vor allem weil sie ziemlich heftig zuschlagen, aber was soll er denn jetzt noch machen? Die eine frisiert ihn und gelt die Haare, die andere schnallt ihm einen schwarzen Kalbsledergürtel mit schmaler Spange um, zieht ihm die Jacke über, holt aus einem Karton ein Paar schwarze Schuhe, mit gut drei Zentimeter Absatz und zwei Zentimeter Einlage (damit ist er insgesamt fünf Zentimeter größer). Sie geben ihm eine Brille mit Fensterglas und dickem rotem Gestell. Endlich führen sie ihn zu einem hohen Spiegel, um ihm das Ergebnis zu präsentieren: gute Arbeit, das muss er, wenn auch widerstrebend, zugeben.

»Na, das sieht doch schon viel besser aus.« Bellini ist so angetan, als wäre es sein Werk. Die Marveggio, Davies und die beiden Frauen sehen ihn halb verzückt an und klatschen dann gemeinsam in die Hände. Davies hält Bellini den erhobenen Daumen hin, klatscht sich mit der Marveggio ab.

»Na, Bozzolato? Wie findest du es?« Die Marveggio mustert in beinah bewundernd.

»Offen gesagt, besser als erwartet.« Bozzolato betrachtet sich erneut im Spiegel, rückt die Brille zurecht, bewegt leicht die Schultern, steckt die Hände in die Taschen, dreht den Oberkörper um drei Viertel. Er findet sich nicht bloß verändert: Er hat das Gefühl, ein völlig anderer zu sein. Genau genommen viel *besser*, größer, besser proportioniert, selbstsicherer, attraktiver, charismatischer. So sah doch kein einfacher Bürgermeister einer kleinen Gemeinde von 5824 Einwohnern aus, so einer war doch mindestens Bürgermeister einer Provinzhauptstadt, einer Großstadt! Oder sogar Minister, warum nicht?

»Ja, da kann man wirklich nicht meckern.« Bellinis Augen strahlen vor Zufriedenheit.

Bozzolato streicht mit der Hand über den Jackenärmel: feinste Stoffqualität, wie maßgeschneidert, praktisch perfekt. So ein Jackett hat er noch nie gehabt, weder zu weit noch zu eng, weder zu lang noch zu kurz, superelegant, aber auch bequem: Man spürt den Luxus und fühlt sich wohl. Sogar die Hosentaschen sind ein Genuss, schön glatt und widerstandsfähig zugleich, wenn man die Hände hineinsteckt, fühlt es sich an, als stiege man in ein Superauto, nicht in einen Kleinwagen. Auch die fünf Zentimeter mehr an Größe sind zu sehen und zu spüren, dadurch verändern sich seine Haltung und sein Blick auf die Welt. Eigentlich gönnt er ihnen den Erfolg nicht, weil sie so unsympathisch sind, aber ihr Handwerk verstehen sie, das muss er ihnen lassen. Und jetzt, wo sie schon mal dabei sind, fehlten nur noch Unterwäsche und Socken von gleicher Qualität, passend zum Rest des Outfits, wie sie es nannten. Aber jetzt auch noch Unterwäsche zu verlangen schien ihm unter seiner Würde, die würde er sich selbst kaufen, sobald er hier rauskäme.

»Eindrücke, Kommentare?« Bellini bedrängt ihn, auch wenn inzwischen klar ist, dass das Ergebnis sich sehen lassen kann.

»Nicht schlecht.« Bozzolato will sich nicht zu weit aus dem Fenster lehnen, zumal er jetzt eine entschieden bessere Version seiner selbst verkörpert. Es kommt ihm so vor, als hätte er jetzt mehr Würde, was er nicht durch das Eingeständnis schmälern will, dass es ihm vorher daran gefehlt hätte.

»Warte, warte!« Die Kräftige nimmt ihm die Brille ab (das allein wirkt jetzt schon inakzeptabel) und reicht ihm eine andere mit dunklem Holzgestell. »Probier doch mal die!«

»Nein, nein, nein.« Die Marveggio lehnt sofort ab, Bellini schüttelt den Kopf, Davies zeigt mit dem Daumen nach unten. Bozzolato probiert sie trotzdem, aber auch ihm gefällt sie nicht. Schnell nimmt er sie wieder ab, damit die Dicke ihm nicht noch einmal im Gesicht rumfummelt, und winkt gebieterisch mit zwei Fingern, um die alte wiederzubekommen.

»Alles klar, meine Damen.« Bellini gibt den Frauen sein Okay. »Und nicht vergessen, bis morgen früh muss alles fertig sein.«

»*What about the underwear?*« Davies verzieht leicht den Mund.

»Ja, natürlich, auch die Unterwäsche.« Bellini schließt sich ihm an. »Was man nicht sieht, fühlt man.«

»Natürlich.« Die Spindeldürre zieht Bozzolato das Jackett aus.

»Danke, aber um die Unterwäsche kümmere ich mich selbst.« Bozzolato fällt es schwer, sich von dem Anzug zu trennen, der ihm doch so gut stand, aber die Änderungen müssen natürlich gemacht werden, klar.

»Schwarze Strümpfe bis zum Knie, aus feiner Baumwolle und mit guten Bündchen.« Nicht einmal das traut die Marveggio ihm zu.

»Leute, ich muss jetzt schnell nach Mailand.« Bellini hat das Handy in der Hand und zeigt es den beiden anderen. Dann deutet er unschön auf Bozzolato. »Sobald er umgezogen ist, arbeitet ihr am *fine-tuning* der nonverbalen Kommunikation.«

»*Sure thing.*« Davies macht eine seiner amerikanischen Gesten.

»In Ordnung.« Bozzolato hat nur die Hälfte verstanden, nickt aber ergeben. Er zieht die Schuhe aus, weil die Dünne ihn antreibt: Es ist hart, plötzlich wieder fünf Zentimeter kleiner zu sein.

Die Marveggio behandelt ihn wie einen etwas zurückgebliebenen Schüler aus der Sonderschule (unannehmbar). »Fünf Minuten Pinkelpause, dann gehen wir alles noch mal durch, okay?«

»Auch das Pinkeln schaffe ich allein, danke.« Empört reißt sich Bozzolato den Rollkragenpullover vom Leib.

»Pass bloß auf, dass die Stecknadeln nicht rausfallen.« Die Dünne betatscht ihn, um ihm die Hose auszuziehen, und nimmt ihm zusammen mit der Hose auch noch ein Stückchen der gerade erst gewonnenen Autorität und Würde.

Zweiunddreißig

Im Palazzo Corona in Suverso, der den blitzblanken Schildern unten neben dem Eingang zufolge ausschließlich von Anwaltskanzleien genutzt wird, gehen Guiscardo und Agnese zu Fuß die Treppe hinauf. Aufzüge waren Guiscardo immer schon ein Graus, vor allem in historischen Gebäuden, wo sie gewöhnlich das Treppenhaus verschandeln, alles nur, um der Bequemlichkeit der neuen Bewohner zu dienen. Weil sie das Treffen vereinbart hat, fühlt Agnese sich mal wieder schuldig und wirft ihm fragende Blicke zu. Er reagiert mit ausweichenden Blicken, in denen sich sein Unmut, dass er sich dazu hat überreden lassen, mit gespannter Neugier mischt, was wohl dabei herauskommen wird.

Im dritten Stock bleiben sie vor einer Tür mit der Aufschrift *Couvier & Botta Consulting* in goldenen Lettern stehen. Er fasst sich an die Ohrläppchen. »Nicht vergessen: links heißt ›Wir gehen‹, rechts ›Zeit schinden‹.«

»Ja, ja.« Agnese klingelt.

Fast sofort öffnet eine dunkelhaarige Frau in schwarzem, gewollt coolem Kostüm mit einem programmatischen Lächeln auf den Lippen. »Herzlich willkommen! Aurora Marveggio, angenehm.« Sie gibt beiden die Hand, deutet auf eine Garderobe, wo man die Mäntel aufhängen kann, führt sie mit energischen Schritten zu einer Tür, die sie öffnet. »Bitte schön!«

In einem Konferenzraum mit total charakterlosen zeitgenössischen Gemälden an der Wand sitzen sechs Männer an einem langen Glastisch und stehen jetzt mehr oder weniger gleichzeitig auf. Drei davon sind Chinesen, drei nicht; mit ausgestreckter Hand kommt ihnen einer der Nichtchinesen entgegen. »Filippo Bellini, sehr angenehm.« Image-Manager, noch keine dreißig, spitzes Gesicht, modisches Kurzjackett, Hemd mit Haifischkragen, goldene Manschettenknöpfe.

Guiscardo und Agnese geben ihm die Hand: beide hochkonzentriert, um sich auch nicht das Geringste entgehen zu lassen.

Respektvoll stellt Bellini den jüngsten und elegantesten der drei Chinesen vor: »*Mister Liang Zhu, this is marchese Guidarini.*«

Guidarini legt die Hände zusammen und macht eine kleine Verbeugung, ein Automatismus, den er auf seinen Reisen in Asien entwickelt hat.

»*And his collaborator …*« Bellini hat Agneses Namen vergessen, deutet mit offener Hand auf sie.

»Agnese Orioli, *nice to meet you.*« Auch Agnese grüßt im asiatischen Stil.

Offenbar wollte Zhu ihnen die Hand geben, begnügt sich jetzt aber ebenfalls mit einer leichten Verbeugung.

Bellini stellt die anderen beiden Chinesen vor, Namen, die augenblicklich verfliegen. Einer ist Dolmetscher, blass und mit Schweißperlen auf der Stirn. Einer der drei Nichtchinesen ist Amerikaner und heißt Davies, der andere rückt mit seltsam gehemmten Bewegungen seine rote Brille zurecht und schweigt. Bellini stellt ihn vor. »Der Bürgermeister von Cosmarate, Massimo Bozzolato.«

»Wir kennen uns bereits.« Bozzolato ist kaum wiederzuerkennen, mit Brille, neuer Frisur, schwarzem Anzug wirkt er jetzt ganz anders als der ungehobelte Politiker, der erst kürzlich noch fluchend vor dem Tor gestanden hat. Er wirkt auch irgendwie größer, und sein Verhalten ist entschieden zivilisierter.

»Bitte, nehmen Sie doch Platz.« Bellini weist auf zwei Stühle, die die Marveggio vom Tisch abrückt, bevor er selbst sich wieder neben Bozzolato setzt.

Guiscardo und Agnese setzen sich, fast gleichzeitig mit allen anderen. Ein paar Sekunden schweigen alle, mit gespannter Miene.

»Okay, da wären wir also.« Spontan überbrückt Agnese die Stille, ohne brüsk oder unhöflich zu wirken.

»Zunächst einmal vielen Dank, dass Sie gekommen sind!« Bellini ergreift sofort das Wort und deutet auf Zhu. *»Like we said over the phone, Mister Zhu here has formulated a proposal for the ancient theatre.«*

»Let's hear it.« Guiscardo schiebt den Stuhl zurück und streckt die Beine aus.

»Verzeihung, aber es wäre besser, wenn wir italienisch reden könnten.« Bozzolato spricht erstaunlich sachlich. »Dann können alle folgen.«

»Natürlich. Deshalb ist Signor Gao ja hier.« Bellini deutet auf den Dolmetscher, der links von Zhu sitzt. Der Dolmetscher hält sich den Jackenärmel vor den Mund, hustet zwei-, dreimal.

Zhu mustert Guiscardo mit durchdringendem Blick und spricht dann schnell auf Mandarin.

Der Dolmetscher nickt, trocknet sich die Stirn mit dem Taschentuch ab. »Herr Zhu sagt, wir sollten uns zuerst das 3D-Video ansehen, das wir vorbereitet haben, weil es das Vorhaben besser illustriert als alle Worte.«

»Perfekt, sehen wir es uns an.« Bellini tauscht einen verschwörerischen Blick mit seinen Mitarbeitern und Bozzolato, der stumm und reglos an seinem Platz sitzt.

Zhu gibt dem Chinesen zu seiner Rechten ein Zeichen, der klappt seinen Laptop auf, dreht ihn so, dass Agnese und Guiscardo besser sehen können, und tippt einige Male kurz auf das Touchpad.

Zuerst erscheint ein bunter Hintergrund, dessen Farben von Amethyst über Persischblau, Kirschrot, Fuchsie, Glyzinie, Lavendel, Lila zu Blauviolett wechseln. Auf der Tonspur erklingt der Trommelwirbel aus der Ouvertüre der *La gazza ladra* von Rossini, der dreimal wiederholt wird. Dann taucht das Theater der Villa La Conca auf, in einem Zusammenschnitt der Drohnenaufnahmen von *Tutto qui!*.

Guiscardo lehnt sich noch weiter zurück, mit äußerst gemischten Gefühlen, von Abscheu über Amüsement bis zu totaler Entfremdung, die sämtlichen Begriffen und Formen ihre Bedeutung raubt.

Die Ouvertüre geht weiter, mit seinen Trommelwirbeln verleiht das martialische Maestoso den geraubten, recycelten und manipulierten Bildern dieses Ortes der verlorenen Träume eine surreale Emphase, in weinrote Töne getaucht ähnelt das Theater dem Set einer Varieté-Sendung. Und tatsächlich, wie von Wunderhand füllen sich die Ränge mit virtuellen, aber ziemlich realistisch wirkenden Zuschauern, die verzückt ebenso virtuellen Musikern lauschen, die mit ihren Fagotten, Posaunen und Kontrabässen vom Pianissimo zum Fortissimo übergehen, während Geigen und Bratschen in frenetischen Sechzehnteln den H-Dur-Akkord umspielen.

Das Video dauert gerade mal zweieinhalb Minuten und endet mit der Pause vor dem Allegro. Der Chinese rechts von Zhu klappt den Laptop zu, zieht ihn wieder zu sich heran. Dann starren alle erwartungsvoll Guiscardo an.

Der versucht verzweifelt, sich für eine der drei oder vier möglichen Reaktionen zu entscheiden, die ihm durch den Kopf gehen: aufstehen und wortlos gehen, alle auf Italienisch und Englisch beschimpfen, sarkastisch applaudieren, sich zu Boden werfen und einen epileptischen Anfall simulieren.

»Eindrücke, Kommentare?« Bellini kann es kaum erwarten, begierig lässt er den Blick von einem zum anderen wandern, um die Reaktionen zu testen.

Guiscardo sieht Zhu an, unschlüssig, ob er lachen oder ihm an den Hals springen soll. »*It's a pure hallucination.*«

Agnese lässt ihn nicht aus den Augen, sitzt sprungbereit auf der Stuhlkante.

Zhu scheint geschmeichelt, ist aber verärgert. »*Yes, it's like a dream!*«

»*A dream, that can come true!*« Davies greift die Idee sofort auf.

»Verzeihung, aber hatten wir nicht gesagt, auf Italienisch?« Bozzolato will sich auf keinen Fall ausschließen lassen, spricht aber erstaunlich gemäßigt, kein Vergleich zu dem rüpelhaften Benehmen, das man bisher von ihm gewohnt war.

»Sicher.« Bellini geht auf ihn ein, mit professioneller Geduld. »Es wurde gesagt, es ist wie ein Traum, der Wirklichkeit werden kann.«

»Auf jeden Fall.« Bozzolato nickt, überzeugt, ausgeglichen. Was für eine seltsame Charakteränderung.

»Ich habe aber nicht Traum gemeint, sondern Wahnsinn.« Guiscardo wundert sich selbst, dass er immer noch ruhig dasitzt und noch nicht aufgesprungen ist und den Tisch umgeworfen hat.

»Ja, eine *fabelhafte* Wahnsinnsidee, wie wär's damit?« Wieder versucht Bellini durch einen Seitenblick Zuspruch bei den Seinen zu finden.

Der chinesische Dolmetscher wird immer blasser, kommt immer mehr ins Schwitzen, während er Zhu die Übersetzung zuflüstert.

»Ja, eine fantastische, überwältigende Wahnsinnsidee!« Die Marveggio verstärkt die Message. »Das Video vermittelt ausgezeichnet die traumhafte Dimension, in die der Zuschauer entführt wird.«

»Das antike italische Theater wird allen Besuchern eine echte Reise in die Vergangenheit ermöglichen, zurück zu den frühesten Ursprüngen unserer Zivilisation! Ein Traum!« Bellini begeistert sich an seinen eigenen Worten. »Eine beispiellose Gelegenheit, Konzerte von höchster Qualität in einem unvergesslichen historischen Kontext zu genießen!«

»Das kann natürlich auch ein Popkonzert sein! Wir wenden uns ja schließlich nicht nur an Opernliebhaber!« Die

Marveggio beeilt sich, die gesamte Bandbreite der Möglichkeiten aufzufächern. »Rock, Heavy Metal, Hip-Hop, Trap, alles vorstellbar, auf so einer Bühne!«

»Also a ballet! Or a theatre drama! Or a comedy!« Davies will die Möglichkeiten nicht nur auf Konzertformate beschränken.

»Wir hatten doch gesagt kein Englisch, bitte!« Bozzolato protestiert gegen die sprachliche Überforderung, aber immer noch ungewohnt milde.

Jetzt redet wieder Zhu auf seine schnelle Art, sobald er fertig ist, übersetzt der Dolmetscher, mit glänzenden Augen und nasaler Stimme.

»Herr Zhu sagt, das Potenzial des antiken Theaters ist unerschöpflich, und wir sind bereit, alle nötigen Ressourcen einzusetzen, um es einem möglichst großen Publikum zugänglich zu machen.«

Bozzolato schaut sich mit einer gewissen Vorsicht um, dann streckt er in einer Geste, die man ihm gerade erst beigebracht hat, die Hände aus wie ein Angler, der die Größe seines Karpfens zeigen will. »Natürlich sind wir als Gemeinde Cosmarate mehr als bereit, unseren Teil dazu beizutragen im Hinblick auf Logistik, Formulare, Plakate, Straßenschilder, Touristeninformation, Karten, Prospekte, Gastronomie, Fahrradwege, Verkehrserschließung, Exkursionen, B&B-Angebote und so weiter. Zurzeit haben wir vor Ort zwar noch keine Hotels, aber wenn erst der große Zustrom einsetzt, ist das sicher ein Anreiz zu bauen.«

»Großartig.« Guiscardo weiß nicht recht, ob er die Idee voller Reisebusse, die zu seinem Grundstück fahren, eher lächerlich oder eher beängstigend finden soll. »Da könntet ihr doch gleich, wenn ihr schon mal dabei seid, die herr-liche Spielhalle umnutzen. Und auch ein paar der tollen, ohnehin leer stehenden Fabrikhallen.«

Bozzolato wirkt leicht desorientiert, womöglich ver-sucht er gerade abzuschätzen, ob das eine Provokation oder ein ernsthafter Vorschlag sein soll.

»Natürlich ist das Video nur ein Rendering, das unter Zeitdruck entstanden ist, mit dem vorhandenen Bildmate-rial.« Bellini legt Wert darauf, die technischen Grenzen der Präsentation zu betonen. »Es dient nur dazu, eine Vorstel-lung von den Möglichkeiten des Vorhabens zu vermitteln, doch sobald eine grundsätzliche Vereinbarung zwischen den Parteien vorliegt, wird ein hochkarätiges internationa-les Team damit beginnen, die Einzelheiten auszuarbeiten.«

»Das gilt sowohl für die praktische Reorganisation des antiken Theaters wie für seine Vermarktung.« Die Marveg-gio legt jetzt einen Zahn zu. »Die Mission ist natürlich, auf globaler Ebene die größtmögliche Zahl an Nutzern anzu-sprechen, wenn erst einmal Zielgruppe, Vernetzung, Spon-soring, EU-Finanzierung bis hin zum Logo und zur Ein-trittskarte feststehen.«

»Yes, the whole marketing campaign will be aimed at the global buyer persona.« Offensichtlich hat Davies völlig vergessen, dass er für Bozzolato italienisch sprechen soll. »We're gonna go whole hog, making extensive use of social marketing, psycho-marketing, telemarketing, guerilla mar-keting, email marketing, neuromarketing, premarketing, remarketing, submarketing, SEO, SEM, SOV, SMO, CTA, KPI, WOM …«

»Also wirklich, Davies, das machst du doch mit Absicht!

Sprich gefälligst italienisch!« Jetzt scheint der alte Bozzolato wieder durchzuschimmern, aber noch ist er unter Kontrolle, die Hände bleiben hübsch parallel. »International, schön und gut, aber zugleich dürfen wir dabei keinen Augenblick die zentrale Rolle vergessen, die Cosmarate bei der Betreibung des Theaters zukommt. Kulturell und was die lokale Tradition betrifft.«

»Ja schon, aber nicht aus rein geografisch-administrativen Gründen.« Bellini greift sofort ein, um seinen Schützling einzufangen und wieder auf Kurs zu bringen. »Die lokale Tradition ist unverzichtbar, aber auch die Auswirkungen und Effekte, die das antike Theater zweifellos hervorrufen wird.«

»Nicht zu vergessen die indirekten Wachstumseffekte.« Die Marveggio bleibt auf Kurs.

»Sicher.« Bellini stimmt zu. »Wir reden hier von einer Größenordnung, die den Stellenwert der Gemeinde radikal verändern wird, nicht bloß in der Provinz, sondern auch in der Region.«

Zhu hat aufmerksam der Übersetzung zugehört, die der Dolmetscher ihm ins Ohr flüstert; jetzt macht er eine Geste, um die Italiener zu stoppen, und redet schnell auf Mandarin.

Der Dolmetscher wirkt ziemlich mitgenommen, wischt sich dauernd mit dem Taschentuch die Stirn ab. »Herr Zhu sagt, dass wir jetzt unseren Vorschlag machen wollen.«

»Einen Moment noch.« Guiscardo richtet sich auf dem Stuhl auf. »Darf ich mal daran erinnern, dass keiner von euch das Theater je mit eigenen Augen gesehen hat?«

Zhu hört sich die Übersetzung an und antwortet ohne

zu zögern. Der Dolmetscher muss erneut husten, hält sich die Armbeuge vor den Mund, kommt nur mühsam wieder zu Atem. »Herr Zhu sagt, wir haben genug gesehen, um einen Vorschlag zu machen.«

»Das verfügbare Material ist ausreichend, um das Interesse des Investors zu wecken.« Die Marveggio glüht, wirft ihrem Chef einen Blick zu.

»Mit einem Wort, die Aufnahmen, die diese Gauner vom Fernsehen gestohlen haben?« Bei der Vorstellung, dass der Einfluss einer schnöden Talkshow so weit reicht, muss Guiscardo fast lachen; aber eigentlich ist es todtraurig.

»Nun ja, nicht nur die, inzwischen stimmen alle namhaften Experten überein, in Italien und im Ausland.« Jetzt macht Bellini dieselbe Fischmaßgeste, die er Bozzolato beigebracht hat. »Es versteht sich natürlich von selbst, dass wir sofort eine Ortsbegehung machen, sobald wir eine grundlegende Einigung erzielt haben.«

»Natürlich müssen wir uns sputen, angesichts des Drucks aus Suverso.« Die Marveggio verschärft noch das allgemeine Gefühl der Eile.

Guiscardo spürt noch einmal einen schwachen Impuls, den Tisch umzuwerfen, aber dann findet er es doch spannender, den Dingen ihren Lauf zu lassen. »Da ihr ja schon so viel wisst, seid ihr sicher auch darüber im Bilde, dass wir mit Suverso schon einen Vorvertrag haben, nicht wahr? Die haben schon eine Pressekonferenz im Theater angesetzt, für übermorgen.«

Bellini zuckt mit den Achseln. »Sicher, aber soweit wir wissen, gibt es noch keinen endgültigen Vertrag, korrigieren Sie mich bitte, falls ich mich irre.«

»Dann habt ihr also einen Maulwurf in Suverso, korrigieren Sie mich bitte, falls ich mich irre.« Guiscardo lacht, offenbar kennt die Absurdität in dieser Angelegenheit keine Grenzen.

Bellini streitet es nicht ab, fühlt sich offenbar sogar geschmeichelt. »Sagen wir mal, wir haben unsere Informationskanäle.«

»Und wie lautet nun euer Vorschlag?« Agnese hat bisher kein Wort gesagt, als sie jetzt spricht, sehen sie alle irgendwie besorgt an.

Zhu hört sich zu Ende an, was der Dolmetscher sagt, dann zückt er einen Montblanc-Stift, limitierte Auflage, und schreibt etwas auf einen kleinen Block. Er reißt den Zettel ab und schiebt ihn über den Tisch. Davies schiebt ihn noch ein Stück weiter, Bellini schiebt ihn Guiscardo zu.

Der nimmt ihn, liest, Agnese guckt ihm über die Schulter. Es ist nur eine Zahl:

€ 10.000.000

Guiscardo spürt Agneses heißen Atem am Hals, er muss sich große Mühe geben, um sich nicht umzudrehen und ihr in die Augen zu sehen.

Dreiunddreißig

Nervös steht Annalisa Sarmani im Rathauseingang und wartet; um sich die Zeit zu vertreiben, scrollt sie durch die Nachrichten und Mails auf dem Handy. Immer, wenn sie sich umdreht, sieht sie, dass Wachtmeister Simionato, groß und steif in seiner Uniform, sie beobachtet, was die Situation nur noch peinlicher macht. Gestern Abend hat Nichi Colombo, der Imageberater von Mirko Noseletti, sie angerufen, um ihr in einem kurzen, verworrenen Gespräch mitzuteilen, dass der Vorsitzende der Nationalunion heute um Punkt zwölf hier eintreffen werde. Er hat ausdrücklich gesagt, dass Noseletti noch vor der Pressekonferenz unbedingt unter vier Augen mit ihr sprechen möchte (nicht nur mit Bürgermeister Fuscadori). Das erneute Angebot einer privilegierten Behandlung durch ihren Parteichef hatte ihr geschmeichelt, aber jetzt, wo es schon halb eins ist und sich niemand blicken lässt, kamen ihr doch erhebliche Zweifel. Womöglich wollte Noseletti ihr nur ein paar Informationen entlocken, weil er mit Fuscadori, der sich bekanntermaßen gern in den Vordergrund spielte, möglichst wenig zu tun haben wollte. Inzwischen war sie nun lange genug dabei, um zu wissen, dass der unangefochtene Leader es überhaupt nicht mochte, wenn ihm ein anderer die Schau stehlen wollte; ja, das war mehr als plausibel. Oder aber sie meinten es ernst und hatten tatsächlich die Absicht, ihr eine tragende Rolle einzuräumen, vielleicht um zu demonstrieren, dass die Union kein reiner Männerverein war, was alle glaubten, sondern durchaus Platz hatte für eine Frau. Im Übrigen war das ja auch der Grund, warum Fuscadori sie als Vizebürgermeisterin gewollt hatte, in einem Gemeinderat, der sonst nur aus Männern bestand.

Apropos reiner Männerverein, manchmal musste sie beim Durchqueren der imposanten, ein wenig beklemmenden Eingangshalle daran denken, dass dieser Teil des Hauses bei den alten Griechen für Männer reserviert war. Männer, die nicht wussten, was sich gehört, von Galanterie ganz zu schweigen, weil sie sie jetzt schon seit einer guten halben Stunde in der Kälte stehen ließen wie ein Dienstmädchen, ohne sich die Mühe zu machen, wenigstens anzurufen und sich für die Verspätung zu entschuldigen.

Plötzlich rückt von hinten Fuscadori an, zusammen mit seinem Getreuen Cumiotto, dem Finanzstadtrat, und Loris Tortis, dem Stadtbaurat. Alle drei plaudernd und lachend, in jenem kameradschaftlichen Ton, den sie schon seit Langem kennt und zu verachten gelernt hat. Fuscadori tauscht einen verschwörerischen Blick mit den beiden und tritt näher. »Na, Sarmani, liegst du schon auf der Lauer, um unseren großen Chef abzufangen, sobald er einen Fuß aus dem Auto setzt?«

»Was redest du denn da?« Empört versucht sie die Unterstellung von sich zu weisen, fühlt sich aber wie auf frischer Tat ertappt. »Es ist nur so, dass Nichi Colombo mich gestern Abend angerufen hat, um mir mitzuteilen, dass Mirko Wert darauf legt …«

»Klar, natürlich trifft sich unser Mirko immer gern mit einer schönen Frau!« Fuscadori redet, als wäre der Parteichef ein guter Freund, dabei hatte er ihn, soweit sie wusste, höchstens zwei- oder dreimal persönlich getroffen.

»Was hat das denn jetzt damit zu tun …« Wie auch immer, auf jeden Fall hat er es wieder einmal geschafft, dass sie sich unwohl fühlt; sie ist wütend auf sich selbst, weil ihr keine bissigere Antwort einfällt.

»Der Mirko, der denkt doch strategisch, so eine Gelegenheit lässt der sich doch nicht entgehen!« Das klingt, als wäre er richtig stolz darauf, eine Sache der Berufsehre.

Sie schüttelt nur den Kopf, bringt es nicht über sich, amüsiert zu tun.

Jedenfalls hat Fuscadori außer zweideutigen Bemerkungen noch was ganz anderes im Sinn, das wird klar, als er sie unterhakt, beiseiteführt und die Stimme senkt. »Hör mal, Sarmani, ich habe es Mirko gerade schon am Telefon erklärt, aber ich will, dass du es auch weißt, so vermeiden wir Missverständnisse vor den Journalisten.«

»Was denn?« Zu ihrem Ärger muss sie feststellen, dass ihr privilegiertes Verhältnis gar nicht so privilegiert ist, denn während sie hier gewartet hat, haben die beiden telefoniert.

»Es ist viel logischer, wenn ich auf der Pressekonferenz allein spreche im Namen der Gemeinde.« Fuscadori tut so, als würde er nur zum Wohl der Stadt handeln, nicht etwa aus persönlichem Ehrgeiz.

»Ja, du als Bürgermeister stellst das Projekt vor, und ich als Kulturstadträtin erläutere dann die Details, nicht wahr?« Sie versucht auszuloten, wie viel Spielraum ihr bleibt, aber die Anspannung schnürt ihr die Kehle zu.

»Nein, es ist besser, wenn ich auch die Details erläutere.«
Fuscadoris Geltungsbedürfnis kennt weder Anstand noch
Scham, unglaublich. »Und dann ergänzen Cumiotto und
Tortis in Bezug auf ihre Ressorts.«

»Du meinst, ich soll als Einzige nicht zu Wort kommen?« Auch wenn sie es schon geahnt hat, ist sie so schockiert, dass ihre Stimme zittert.

»Ja, aber nur heute bei der Pressekonferenz.« Jetzt versucht Fuscadori den Übergriff kleinzureden. »Später hast
du alle Gelegenheit der Welt, über das antike Theater zu
reden, keine Sorge.«

»Aber entschuldige mal, immerhin war ich es ja wohl, die
sich um die Sache gekümmert hat, und zwar von Anfang
an, als von euch noch keiner etwas davon wissen wollte …«
Sie hat Mühe, normal zu reden, fast kommen ihr die Tränen. »Vor allem bin ich die Einzige, die das Theater je mit
eigenen Augen gesehen hat.«

»Ja, wissen wir, du und der Marchese, ihr versteht euch
auf eine ganz spezielle Art …« Um sie noch mehr zu ver-
unsichern, greift Fuscadori erneut zu Zweideutigkeiten.

Sie ist derart empört und fühlt sich so ungerecht behandelt, dass ihr die Zornesader schwillt. »So eine Frechheit,
ich verbitte mir solche Anspielungen …«

Doch Fuscadori hört gar nicht mehr zu, er dreht ihr
einfach den Rücken zu und starrt wie gebannt auf die drei
großen anthrazitfarbenen Audis, die jetzt mit hoher Geschwindigkeit über die Piazza dei Pochi rasen und abrupt
vor dem Rathaus bremsen, direkt neben seinem dunkelblauen Mercedes und den Wagen der anderen Stadträte.
Aus einem der Audis springen drei Leibwächter heraus;

zwei checken den Platz, der dritte kommt mit leicht bedrohlichem Gebaren auf die kleine Delegation zu. »Und ihr seid?«

»Der Bürgermeister und die Stadträte von Suverso.« Fuscadori antwortet ungehalten, denn eigentlich interessiert ihn viel mehr, was rund um die beiden anderen Autos vorgeht. Zwei junge Männer springen heraus, einer mit Filmkamera, der andere mit Handystick; der mit dem Handy hockt sich hin, um von unten zu filmen, wie die Tür aufgeht und Mirko Noseletti aussteigt.

Noseletti ist größer und kräftiger, als er im Fernsehen oder in der Menschenmenge einer Sportarena wirkt: Der Bauch ist dicker, der Kopf größer, die Haare sind noch blonder, die Augen noch hellblauer, die Bewegungen irgendwie unbeholfen, als er sich Hose und Jackett richtet. Kein Mantel, obwohl doch Januar ist, sondern eine Fliegerjacke, wie ein Pilot der Luftwaffe: Vermutlich gehört das zum Image des starken, dynamischen Leaders, der nie friert und lange, schwere Kleidung als hinderlich empfindet. Ihn live und aus der Nähe zu sehen ruft in Annalisa Sarmani ein fast furchterregendes Gefühl hervor: vielleicht wegen seiner zur Schau gestellten Männlichkeit, seiner legendären Gier, seines Erfolges bei Frauen, die viel jünger und viel attraktiver sind als er, wegen der Skrupellosigkeit, mit der er Bündnisse eingeht und wieder aufkündigt, wegen der aggressiven Attacken auf die aktuelle Regierung, wegen seiner nebulösen Verbindungen zu russischen Autokraten, wegen seines provokativen Verhaltens gegenüber Frankreich, Deutschland und den europäischen Institutionen. Vor allem aber wegen seiner unangefochtenen Führungsrolle in der Nationalunion, die ihm unumschränkte Macht verleiht über jeden, der über die Parteiliste gewählt wurde, auch über sie. Es ist schon ein komisches Gefühl, ihn, die Ikone der souveränistischen Rechten, jetzt leibhaftig vor Augen zu haben, wie er sich entschlossenen Schrittes nähert, vorn und hinten eskortiert von seinen persönlichen Kameraleuten. Jetzt steigt ein dünner Typ mit schütterem Haar aus, holt ihn schnell ein und flüstert ihm noch etwas zu, kurz bevor er von Fuscadori und den Stadträten abgefangen wird.

»Mirko, mein Lieber! Schön, dich zu sehen, Coach!« Vor den Augen der Stadträte, Filmleute, Leibwächter und des Dünnen stürzt Fuscadori demonstrativ auf ihn zu, umarmt ihn mit Nachdruck und klopft ihm zwei-, dreimal auf den Rücken, *tam, tam, tam.*

Noseletti befreit sich, sobald er kann, gibt Cumiotto und Tortis die Hand, die unterwürfig vortreten.

Der Dünne mit dem schütteren Haar grüßt nur mit der Hand, geht direkt auf Annalisa Sarmani zu und deutet mit dem Zeigefinger auf sie. »Sarmani?«

»Ja.« Sie zuckt innerlich zusammen, als würde man sie unter Anklage stellen.

»Nichi Colombo.« Er gibt ihr rasch die Hand, ruft dann aber gleich Noseletti herbei. »Mirko, komm mal her, das ist die Vizebürgermeisterin und Stadträtin Sarmani.«

»Ah, die Sarmani! Freut mich sehr!« Mirko Noseletti eilt herbei und umarmt sie kräftig. Einer der Filmleute schwirrt um sie herum wie eine Fliege, der andere filmt aus den paar Metern Entfernung.

»Ebenfalls.« Sie fühlt sich überrumpelt von dem unerwarteten Ansturm, dem Geruch nach Leder und Tabak, versetzt mit einer süßlichen Note von Eau de Toilette, der ihr in die Nase steigt.

Um sie richtig anzusehen, tritt Noseletti einen Schritt zurück und wendet sich dann an Fuscadori. »Da haben wir ja wirklich eine schöne Vizebürgermeisterin, hier in Suverso, was?«

»Ja, so ist es.« Fuscadori nickt notgedrungen, auch wenn er sie eigentlich gar nicht vorstellen wollte und jetzt reichlich verärgert ist, weil er nicht mehr im Mittelpunkt steht. Cumiotto und Tortis spielen die Unbeteiligten, versuchen zu ergründen, worum es bei diesem Spiel eigentlich geht.

Noseletti tauscht einen Blick mit Colombo. »Ein Selfie mit der Vizebürgermeisterin, wie wär's?« Er zückt das Handy, legt ihr den linken Arm um die Schulter, dreht sie so, dass man im Hintergrund das Rathaus sieht.

Sie quält sich ein Lächeln ab, obwohl ihr die Situation gar nicht behagt, das unmögliche Benehmen, die Blicke der Kollegen und die beiden Filmleute, die alles aus unterschiedlichen Blickwinkeln dokumentieren.

Noseletti lässt sie los, kontrolliert mit Colombo das Selfie, drückt mit dem Daumen auf das Display. »Gepostet!«

»Entschuldige, Coach, aber dann machen wir auch noch eins von uns!« Fuscadori will unbedingt verhindern, dass er in der Berichterstattung zu kurz kommt, und hat natürlich keine Skrupel, sich aufzudrängen.

»Klar, kein Problem.« Noseletti wirft sich in Pose und lächelt automatisch, während Fuscadori sich neben ihn stellt und schnell eine ganze Serie schießt. Dann lässt er sich auch noch von den Stadträten fotografieren, mit demselben freundlichen Lächeln, demselben herzlichen Gesichtsausdruck.

Fuscadori kontrolliert die Uhrzeit, sichtlich hin- und hergerissen zwischen dem Wunsch, den Augenblick zu verlängern, und der Ungeduld, zum nächsten überzugehen. »Coach, ich will ja nicht hetzen, aber ich habe für jetzt das Mittagessen im Restaurant bestellt, dann können wir in Ruhe essen, bevor wir uns den Medien zum Fraß vorwerfen.«

»Danke, aber ich möchte lieber nach der Pressekonferenz essen.« Noseletti klopft sich auf den Bauch; dann hakt er sich bei Colombo unter, entfernt sich mit ihm ein paar Meter, die beiden reden, außer Hörweite.

Fuscadori ist konsterniert, weil das Essen mit dem Chef plötzlich platzt, und damit auch die Gelegenheit zu einem vertraulichen Meinungsaustausch und der Planung zukünftiger Vorhaben; er stürzt sich auf sein Handy.

Auch Cumiotto und Tortis tun so, als wären sie schwer beschäftigt, werfen dabei aber dauernd mit bohrenden Blicken um sich. Leicht nervös beobachten Noselettis Leibwächter den Platz, wo sich langsam diverse Anhänger und Schaulustige einfinden.

Fröstelnd steht Annalisa Sarmani da, hält mit einer Hand den Riemen ihrer Handtasche und weiß nicht recht, was sie von alldem halten soll. Einerseits die eindeutigen Versuche von Fuscadori, sie auszugrenzen, andererseits die offensichtlichen Avancen von Noseletti und seinem *spin doctor*. Sie fragt sich, ob die Geschichte mit dem antiken Theater ihre politische Karriere womöglich ruinieren oder ihr vielmehr erst richtig Auftrieb geben wird. Sie hat das ungute

Gefühl, dass sich zu viele Variablen ihrer Kontrolle entziehen, oder auch ihrem Verständnis.

Noseletti und Colombo beenden ihre Beratung und gesellen sich nun wieder zu der Gruppe der Stadträte, die nunmehr völlig verunsichert sind. Noch zwei Stunden bis zur Pressekonferenz, selbst wenn man die Fahrtzeit berücksichtigt, bleibt jetzt, ohne das Mittagessen, das sie vorsorglich vorverlegt hatten, eine Lücke von anderthalb Stunden.

Die beiden Videomänner filmen Noseletti, während er mit seinen Fans auf der Piazza für eine Selfie-Serie posiert: Lächeln, Miene und Haltung wiederholen sich mit minimalen Variationen. Dann löst er sich vom letzten Fan und entfernt sich schnell, bevor andere an ihn herantreten, verabschiedet Fuscadori mit einer kreisenden Handbewegung. »Bürgermeister, wir sehen uns im antiken Theater.«

»Okay, Coach.« Fuscadori guckt so enttäuscht wie ein Kind, dem man die Geburtstagstorte vor der Nase weggeschnappt hat. Niedergeschlagen geht er auf das Rathaus zu, mit Cumiotto und Tortis im Schlepptau, auch sie ziemlich frustriert.

Unschlüssig steht Annalisa Sarmani da und rührt sich nicht vom Fleck.

Ohne sich umzudrehen, berührt Nichi Colombo sie am Arm. »Du kommst mit uns, Sarmani.«

Wieder findet sie die Manieren unsäglich, aber an diesem Punkt kann sie nicht mehr zurück: Sie folgt ihm zu dem Audi, steigt einfach ein, wo er ihr die Tür aufhält, und findet sich neben Mirko Noseletti wieder, der aber so sehr in sein Handy vertieft ist, dass er sie nicht einmal ansieht. In übelster Männermanier sitzt er so breitbeinig da, dass sie kaum Platz hat und die Beine zur Seite kippen muss, um einen Kontakt zu vermeiden.

Colombo steigt vorn ein, die Leibwächter springen in das andere Auto; an Anhängern und Schaulustigen vorbei zischen die drei Audis über den Platz davon.

In wenigen Minuten haben sie Suverso hinter sich gelassen und sind schon auf der kurvenreichen Staatsstraße, die in die Hügel von Cosmarate hinaufführt. Colombo sieht auf die Uhr, gibt dem Fahrer ein Zeichen. »Wir wollen ja nicht zu früh da sein.« Der Fahrer drosselt die Geschwindigkeit, gibt mit Lichthupe dem Wagen vorn Zeichen, der ebenfalls langsamer wird. Annalisa Sarmani kann nicht widerstehen und guckt kurz nach hinten zu dem dritten Audi mit den Videofilmern, die sich aus den Fenstern lehnen.

Ein paar Minuten herrscht Schweigen, Noseletti und Colombo sind voll und ganz mit ihren Handys beschäftigt, lesen und schreiben Nachrichten. Um nicht tatenlos dazusitzen, holt auch Annalisa Sarmani ihr Handy aus der Tasche, hat aber nichts Dringendes zu erledigen und könnte sich ohnehin nicht konzentrieren.

Plötzlich seufzt Noseletti, lässt das Handy auf den Sitz fallen und sieht sie an. »Nun, Sarmani. Wie ist es denn, das antike Theater?«

»Sehr schön.« Sie ist nicht sicher, ob er überhaupt zuhört. »Herrliche Proportionen, zauberhaftes Ambiente.«

Noseletti sieht sie an, mit diesen blauen Augen, die sie schon Gott weiß wie oft im Fernsehen, im Internet, in Zeitungen, auf Büchern, auf Plakaten gesehen hat. Aus der Nähe sind sie blassblau, wässrig, ähnlich wie die der Politiker aus dem Osten, mit denen er ganz besondere Beziehungen unterhält. »Und wie hoch ist die Kapazität?«

»Oje, die Kapazität ...« Sie ärgert sich, wieso hatte sie nicht daran gedacht, als sie vor Ort war. Und dann dieser Blick von Noseletti, der bringt sie noch mehr durcheinander, sodass sie keinen klaren Gedanken mehr fassen kann.

»Wie viele Sitzplätze würden da reinpassen?« Colombo dreht sich um, als müsse er eine Frage in einfache Worte kleiden, die für sie sonst zu kompliziert wäre.

»Ich hab schon verstanden, aber ich wüsste nicht genau zu sagen ...« Sie versucht die Bilder des antiken Theaters in ihrem Kopf scharf zu stellen, aber es ist schwierig, daraus eine ungefähre Anzahl abzuleiten. Außerdem hat sie Schätzungen noch nie gemocht, weder als Kind noch als Jugendliche, und jetzt schon gar nicht. Aber die Politik lebt nun mal von Allgemeinplätzen, möglichst schwammigen, bewusst vage gehaltenen, unverbindlichen Aussagen und Stellungnahmen, wenn nicht gar von echter, mehr oder weniger absichtlicher Ungenauigkeit.

»Ungefähr!« Noseletti hakt ungeduldig nach. »Zehntausend, fünftausend? Mehr? Weniger?«

»Ungefähr tausend vielleicht ...« Auf gut Glück nennt sie irgendeine Zahl, um nicht vollkommen unfähig zu erscheinen.

»Aha, ziemlich klein also ...« Noseletti macht ein enttäuschtes Gesicht, wahrscheinlich hatte er sich schon Menschenmengen wie im Fußballstadion auf den antiken Steinrängen vorgestellt. Er war unersättlich, das hatte sie schon geahnt: Er war gierig nach Essen, Zustimmung, Likes in den sozialen Netzwerken, medialer Aufmerksamkeit, Pole-

mik, Menschen, die ihm in Stadien und auf Plätzen zuju-
belten. Vermutlich konnte er davon nie genug bekommen,
er brauchte immer Nachschub, um seinen Einfluss auf die
Massen zu erhalten.

»Aber da kann man was draus machen, Mirko! Eine Ver-
sammlung bei Sonnenuntergang vielleicht, oder bei Dunkelheit mit der richtigen Beleuchtung … super fotogen!
Super videogen! So was findest du nicht alle Tage! Eine
jungfräuliche Kulisse, die noch nie für eine politische oder
sonstige Veranstaltung genutzt wurde!«

»Jedenfalls nicht in den letzten zweitausend Jahren oder
so!« Im Handumdrehen ändert sich Noselettis Stimmung,
geht nahtlos von apathisch in euphorisch über.

»Genau!« Colombo ermuntert ihn noch zusätzlich.

»Und außerdem ist es *das antike italische Theater*
schlechthin!« Jetzt ist Noseletti wie elektrisiert. »Das einzige in ganz Norditalien!«

»So ist es!« Colombo ist ganz auf seiner Wellenlänge. »So
eins gibt es nicht noch mal! Stimmt doch, oder, Sarmani?«

»Ja, so ist es.« Annalisa Sarmani kann nur zustimmen.

»Echt spitze, unsere Stadträtin!« Dabei klopft er ihr
kräftig auf den Arm. »Ein Supercoup, es diesen blöden
Wendehälsen vor der Nase wegzuschnappen!«

»Danke.« Sie rückt noch weiter weg, zu viel Nähe ist ihr
unangenehm, auch wenn sie sich vielleicht geschmeichelt
fühlen sollte. Bei allem, was sie über Mirko Noseletti gesehen, gelesen und gehört hat, wusste sie zwar schon, dass
er sich nicht mit halben Sachen zufriedengibt, aber das jetzt
selbst zu erleben, macht ihr Angst.

»Unsere Vorfahren haben es hier bei uns im Norden erbaut, als die im Süden noch unter dem Feigenbaum lagen und darauf warteten, dass die Griechen kämen, um ihre Theater hochzuziehen!« Ja, es war wirklich so, als hätte Noseletti einen Schalter, um schlagartig von leicht trübsinniger Lethargie auf Hyperaktivität umzuschalten, mit der er die Massen begeisterte.

»Du hast tausendprozentig recht, Mirko!« Colombo kennt ihn besser als jeder andere, sie waren schon zusammen in der Grundschule, er weiß am besten, wie man seine Begeisterung schürt. »Sonst hätte ich dich doch gar nicht überredet herzukommen! Das antike italische Theater ist ein kraftvolles Symbol kultureller Identität! Eine einzigartige Ikone! Ein Banner!«

»Ein Banner, bravo!« Sofort greift Noseletti den Begriff auf. »Wir könnten so ein Banner herstellen lassen, mit einer Zeichnung des antiken Theaters in der Mitte!«

»Großartige Idee! Das sage ich gleich Terlizzi, der kann für morgen einen Entwurf machen!« Schnell tippt Colombo eine Nachricht ins Handy, offensichtlich ist er daran gewöhnt, keine Zeit zu verlieren.

Eigentlich würde Annalisa Sarmani gerne darauf hinweisen, dass es bislang nur einen Vorvertrag mit Guidarini gibt, dass die notwendige Überprüfung durch Experten noch aussteht, dass das Verfahren zur Einholung der ministeriellen Genehmigung noch gar nicht eingeleitet wurde, dass sie die Pressekonferenz eigentlich für verfrüht hält. Aber das war nun wahrlich nicht der Augenblick, um die Begeisterung zu dämpfen, das war auch ihr klar.

»Und dieser Marchese?« Noseletti sieht sie an.

Sie versucht mit allen Mitteln nicht rot zu werden, aber

natürlich wird sie rot und hasst sich selbst für ihre dumme Emotionalität. Aber schuld waren die forschenden Blicke ihres Parteivorsitzenden, der neben ihr saß, des Erfinders der Maschine, der vor ihr saß, der Vorstellung, die beiden könnten womöglich das Fernsehinterview gesehen haben, inklusive der unglückseligen, von der Drohne gefilmten Umarmung.

»Mal unter uns, was ist das für ein Typ?« Colombo reckt den Hals nach hinten, die kleinen braunen Augen schauen forschend.

»Nun, ziemlich eigenwillig ...« Verzweifelt sucht sie nach einer Definition, die sie nicht kompromittiert, aber trotzdem stimmt, doch sie findet keine, vor allem nicht jetzt, wo die Gefühle, die sie auf dem Turm empfunden hat, wieder hochkommen und sie erneut durcheinanderbringen.

»Wie, eigenwillig?« Colombo hakt nach. »Schräg, künstlerisch, exzentrisch, unvernünftig, engagiert, radikal, intellektuell, Bohemien, Peter Pan, launenhaft, extravagant, streitsüchtig, psychisch labil?«

»Also psychisch labil würde ich nicht sagen ...« Annalisa Sarmani spürt, dass ihr Gesicht in Flammen steht, und strengt sich furchtbar an, das Feuer zu löschen. Meistens wirkt die Methode, an ihre Mutter zu denken, die sie kopfschüttelnd ansieht, wie eine kalte Dusche: Ein bisschen hilft es.

»Intellektueller, Umweltschützer, Grüner, Europa-Anhänger, Dritte-Welt-Anhänger, Extremist, instinktiv, impulsiv, zwanghaft?« Während Colombo weiter Kategorien von Menschengruppen aufzählt, scheint Noseletti erneut das Interesse verloren zu haben, er sitzt da und scrollt durch die Beiträge in den sozialen Netzwerken.

»Sagen wir mal so, er hat ein schwieriges Erbe vorgefunden, für einen, der aus einer Familie kommt, die …« Gerade will sie zur Beschreibung eines Mannes ausholen, den sie eigentlich kaum kennt, merkt dann aber, dass es viel zu ausführlich ist, vor allem für ihre beiden ohnehin skeptischen Zuhörer. »Mit einem schrecklichen Vater, er hat fast sein ganzes Leben im Ausland verbracht und als Archäologe unter den widrigsten Bedingungen gearbeitet, soweit ich weiß …«

»Und seine politische Einstellung?« Noseletti hebt den Blick vom Handy.

»Keine Ahnung, aber ich glaube nicht, dass er da irgendwie gebunden ist …« Annalisa Sarmani ärgert sich über die eigene Vagheit.

»Na ja, mit den Wendehälsen aus Cosmarate steht er jedenfalls auf Kriegsfuß, das ist bekannt.« Colombo hat schon Nachforschungen angestellt, klar.

»Okay, aber wie steht er zu uns?« Noseletti scrollt wieder, spitzt aber die Ohren.

»Schwer zu sagen …« Annalisa Sarmani findet keine bündige Antwort. »Ein bisschen anarchistisch ist er schon, polemisiert gegen die Gemeinde, kämpft gegen die Bauspekulation und die Zerstörung der Landschaft.«

»Okay, also ist er gegen uns.« Noseletti sagt das im Ton einer reinen Feststellung.

»Vielleicht nicht ausdrücklich …« Sie fühlt sich wie eine Versagerin, das macht sie wütend. Bei ihren Kollegen im Gemeinderat von Suverso (und vorher bei den Staatsanwälten und Richtern) hat sie gelernt, sich Gehör zu verschaffen, aber bei den beiden funktionierte das nicht. Vielleicht weil die sich nicht an die ihr bekannten Regeln hielten, wie zwei Kinder, die zu selbstbewusst sind und rücksichtslos ihr Spiel spielen. »Auch sein Verhältnis zur offiziellen Archäologie ist, glaube ich, nicht besonders gut …«

»Überhaupt nicht gut, würde ich sagen!« Colombo kichert, liest vom Handy vor: »2012 wurde er gewaltsam vom Ausgrabungsgelände in Humayma in Jordanien entfernt, weil er ohne Genehmigung ein Teilstück einer nabatäischen Wasserleitung ausgegraben hat, die eine Quelle mit dem Hauptwasserreservoir der Stadt verband …«

»Ein richtiger Outlaw, dieser Marchese!« Noseletti wirft Annalisa Sarmani einen Blick zu, ohne mit dem Scrollen aufzuhören.

Sie fühlt sich verunsichert, weil sie zweimal einen Mann umarmt hat, dessen Vergangenheit offenbar noch weit turbulenter ist, als sie sich vorgestellt hat. Vielleicht hätte sie doch ein bisschen ausführlicher über ihn recherchieren sollen, die Zeit dazu hätte sie durchaus gehabt. Es fällt ihr schwer, die eigene Position zu verteidigen, aber auch, sich zu entscheiden zwischen dem Impuls, sich von ihm zu distanzieren, und dem, ihn in Schutz zu nehmen.

Colombo liest weiter vor, mit seiner leicht aufdringlichen Stimme. »2014 bricht er auf dem Internationalen Archäologenkongress in London einen heftigen Streit vom Zaun, als er A. H. Windman, Bürk Brandolf und Pier Roberto Tossini attackiert, weil sie mit dem Assad-Regime weiterhin gute Beziehungen unterhalten, trotz dessen systematischer Menschenrechtsverletzungen und so weiter …

2016 wird er bei Ausgrabungen im nordsyrischen Ebla, das unter der Verwaltung von Aleppo steht, verhaftet, in der Nähe von Tell Mardikh …«

»War das damals nicht ISIS-Gebiet?« Offenbar kriegt Noseletti doch einiges mit, auch wenn es gerade noch so aussah, als sei er voll damit beschäftigt, ein Emoji zu verschicken, ein Einhorn mit Herzchen auf den Augen. Er ist unberechenbar, unterliegt starken Stimmungsschwankungen, mal hochmotiviert und voller Ungeduld, dann wieder vollkommen desinteressiert und gelangweilt, mal prescht er ungestüm vor, dann wirkt er wieder apathisch und vollkommen antriebslos. In den letzten Jahren hat dieses sprunghafte Verhalten zu politischen Erfolgen, aber auch zu peinlichen Niederlagen geführt, je nachdem. Einmal, das war erst kürzlich herausgekommen, hat er beispielsweise derart gegen irgendein EU-Akronym gewettert, sogar eine richtige Kampagne dagegen losgetreten, obwohl er dessen Bedeutung gar nicht kannte. Mit Dossiers und gründlichen Analysen stand er ohnehin auf Kriegsfuß, dafür hat er eine unglaubliche Begabung, die Stimmung, die Unzufriedenheit, die Ängste, die Erwartungen der Leute instinktiv zu erfassen, hat immer gleich einen passenden Slogan bereit und rührt damit dann die Trommel. Doch vielleicht reichte das nicht, um ein Land zu regieren: Dazu bräuchte man doch, wenn man schon keine Vision hat, zumindest einen gewissen Überblick über das große Ganze, mithin die Fähigkeit, die langfristigen Auswirkungen des eigenen Handelns einzuschätzen. Es war hart, sich das einzugestehen, aber offenbar war Noseletti nur auf schnelle Erfolge bedacht, auf kurzfristige Zustimmung, ohne an mögliche Konsequenzen und langfristige Schäden zu denken.

»Keine Ahnung, darüber steht hier nichts …« Colombo liest weiter vor. »Angeklagt, weil er Hunderte der Göttin Ištar geweihte Votivgaben ausgegraben hat, ohne die Genehmigung der Behörde abzuwarten … Kann man sich ja vorstellen, mitten in einem Bürgerkrieg … Jedenfalls ohne Intervention des Außenministeriums hätten sie ihn nie und nimmer gehen lassen.«

»Die hätten den Schlüssel weggeworfen, garantiert.« Noseletti fummelt weiter an seinem Handy herum. Sicher, wenn ein Politiker sich nur auf seinen Instinkt verlässt, kann er leicht einen Bock schießen, mitunter auch einen kapitalen, das war ihm auch schon passiert. Wer in einer komplexen Welt auf einfache Botschaften setzt, mag zwar kurzfristig einen Wettbewerbsvorteil haben, der aber nur so lange vorhält, bis man sich unweigerlich der Komplexität der Dinge stellen muss. Mit reinem Pragmatismus, ohne jede ethisch-moralische Einschränkung, wie Monsignor Lana ihn bei den Chinesen konstatiert hat, kommt man in einem einfallsreichen, aber chronisch instabilen Land wie Italien schnell an seine Grenzen. Hier steht man immer am Rand des Abgrunds: Da reichten ein paar falsche Schritte, ein paar populäre, aber langfristig nicht tragfähige Entscheidungen, und schon flog einem alles um die Ohren und man riskierte einen ökonomischen wie institutionellen Kollaps. Vielleicht neigte einer, der nie etwas anderes gemacht hat als Politik, ja gerade deshalb dazu, sich waghalsig in gefährliche Abenteuer zu stürzen und leichtfertig alles aufs Spiel zu setzen, weil er ohnehin nichts zu verlieren hat.

Vielleicht müsste ein Politiker, damit man ihm vertrauen kann, einen ordentlichen Beruf und eine gesicherte Existenz haben, müsste langfristig orientiert sein, Angestellte, Mitarbeiter, Familie, Kinder und Enkel haben, um deren Zukunft er sich sorgt. Mit anderen Worten, er müsste Verantwortungsgefühl besitzen.

Apropos Verantwortung, da hat Annalisa Sarmani in mehrfacher Hinsicht ein schlechtes Gewissen, nicht zuletzt Guidarini gegenüber. Gab es da womöglich doch irgendwas Kompromittierendes, in den Blicken, dem Gesagten und dem Nichtgesagten? In den beiden unerklärlichen, unvernünftigen, verwirrenden Umarmungen? Hatte sie ihn womöglich gerade verraten, weil sie in mehr oder weniger objektiven Begriffen über ihn geredet hat? Aber was gab's denn da zu verraten? Eine völlig unbegründete momentane Nähe? Ein Missverständnis aufgrund von ehelicher Frustration und gefühlsmäßiger Verirrung?

»Na ja, eigentlich kann es uns ja auch ziemlich egal sein, wie oder was mit dem Marchese ist!« Noseletti hebt den Blick vom Handy, vielleicht genervt von einer eingegangenen Nachricht. Es ist schon seltsam, diesen großen blonden Jungen hier neben sich zu haben, der die Gefühle der Menschen so gut versteht, und dann mitansehen zu müssen, wie er von einem Moment auf den anderen finster und feindselig wird, den Kopf voll düsterer Vorahnungen. Sie muss wieder daran denken, wie sehr es sie verstörte, als er im Fernsehen erklärte, er fühle sich in Russland mehr zu Hause als in etlichen anderen europäischen Ländern; das war kurz nachdem sie selbst in Moskau gewesen war, um über mögliche Ausstellungen zu verhandeln, und einen grauenhaften Eindruck von dem Land hatte. Noch lange waren ihr die brutale Machtdemonstration auf den Straßen, die hemmungslose Zurschaustellung von Reichtum in Geschäften und Restaurants, die nuttenhafte Aufmachung der Frauen, die leeren Blicke der Männer, die erschreckende Hoffnungslosigkeit nachgegangen. Wie konnte es sein, dass ihr Parteichef, der scheinbar doch mit dem Durchschnittsbürger auf einer Wellenlänge lag, sich zu Hause fühlte in dieser monströsen Mischung aus Sowjetdiktatur der Dreißigerjahre und italienischem Werbefernsehen der Achtzigerjahre? Eine von vielen Fragen ohne Antwort, die sie schnell zur Seite schob, um weitermachen zu können mit ihrer Arbeit, ihrem Leben.

»Genau!« Colombo hat mit Noseletti ein Einverständnis, das jeden anderen von der Kommunikation ausschließt.

»Und eins muss klar sein, sobald Suverso offiziell die Trägerschaft übernimmt, hat dieser Herr sowieso nichts mehr mit dem Theater zu tun.« Auf die blauen Augen scheint ein Schatten zu fallen.

»Klar.« Colombo stimmt zu, offenbar haben die beiden die Strategie schon festgelegt.

»Wir als Union übernehmen das antike Theater. Und damit meine ich *uns,* nicht den lieben Fuscadori, der mag ein guter Bürgermeister sein, Hut ab, aber natürlich verfolgt der mit gutem Recht seine eigenen Interessen.« Jetzt haben Noselettis Ton und Blick eindeutig eine kriegerische Konnotation.

»Absolut!« Jetzt beugt sich Colombo wieder zu Annalisa Sarmani. »Also, teure Vizebürgermeisterin und Stadträtin, konzentrier dich auf deine Mission: so-for-ti-ger

Vertragsabschluss mit dem Marchese, Übergabe an *uns,* über Suverso. Wir müssen aus dem Theater unbedingt alles an Sichtbarkeit, Identifizierung, Personalisierung herausquetschen, mit allen potenziellen Nebeneffekten.«

»Jaja, hoffen wir mal, dass wir das hinkriegen …« Eigentlich möchte sie entschlossener klingen, aber es gelingt ihr nicht, zumal sie gar nicht genau weiß, was die beiden eigentlich meinen.

»Nicht hoffen, wir MACHEN das!« Plötzlich schnauzt Noseletti sie an. »Ich warne dich, Sarmani, versau es nicht! Kein Taktieren, kein Zögern, keine Skrupel, keine Rücksicht, sonst gibt's Ärger!«

»Sicher.« Sie nickt ergeben, ist aber schockiert. Seit sie in der Politik ist, hat sie von den Männern der Union jede Menge aggressives Verhalten erlebt, sich aber trotzdem nie daran gewöhnt. Und in den anderen Parteien sah es auch nicht viel besser aus. In Worten vielleicht, aber faktisch hatten auch dort die Männer die Macht und setzten sie umso rücksichtsloser ein, je höher sie in der Hierarchie aufstiegen. Wenn eine Frau Karriere machen will, bleibt ihr nur die Wahl, entweder männliche Verhaltensweisen zu übernehmen (ohne es je vollständig zu schaffen), sich protegieren zu lassen oder sich mit einer rein dekorativen Rolle zufriedenzugeben. Wenn ihr keine der drei Optionen zusagt, bleibt ihr nichts anderes übrig, als gegen den Strom zu schwimmen, das wusste sie aus eigener Erfahrung. Vielleicht sollte sie bei der nächsten Wahl tatsächlich mit einer eigenen Liste antreten, mit ein paar fähigen Frauen (und Männern) und einem Programm jenseits der Logik und der Methoden der existierenden Parteien. Daran gedacht hatte sie schon öfter, die Idee dann aber immer wieder rasch verworfen, weil sie irgendwie unrealistisch schien, eher wie ein Traum. Es konnte allerdings durchaus sein, dass es auf lokaler Ebene wie in Suverso sogar funktionieren würde, wenn man nur genügend Ideen und Energie darauf verwandte. Aber war ein Traum nicht ohnehin besser, als sich mit den bestehenden Missständen abzufinden?

Noseletti sieht durch die getönte, gepanzerte Scheibe, dann wieder auf sein Handy; dann dreht er sich zu ihr. »Und der Smoccarone?«

»Wie jetzt?« Sie ist irritiert durch den abrupten Themenwechsel.

»Soll ja ein Superkäse sein, habe ich gehört!« Jetzt sind seine Augen wieder hell, klar, kindlich. »Ein hochwertiges Mittelding zwischen Stracchino und Taleggio, stimmt das?«

»Hm, ja, der ist ausgezeichnet …« Sie versucht sich wieder zu fassen, auch wenn es schwerfällt.

Noseletti liest auf dem Handy. »Weich, cremig, homogene Textur, durchgängig fest, ohne Luftblasen, zergeht auf der Zunge … Den muss ich unbedingt probieren, vor der Pressekonferenz!«

»Ja, aber um diese Uhrzeit, ich weiß nicht …« Sie überlegt krampfhaft, wo man jetzt ohne Vorbestellung hingehen könnte, um den Smoccarone zu verkosten.

»Kein Problem!« Colombo ist wie elektrisiert, kann sich kaum zurückhalten. »Ich habe schon einen Halt in der besten Käserei der Gegend organisiert. Die liegt auf dem Weg! Ich wollte dich überraschen!«

»Großartig!« Noseletti klatscht ihn ab. »Du bist die Nummer eins!«

»Nein, die Nummer eins bist du, Coach!« Colombo verschränkt die Finger mit denen seines Chefs und ehemaligen Banknachbarn; dann schütteln sie die Hände vor und zurück, strahlend, wie aufgedreht, als würde ihnen die Welt gehören.

Annalisa Sarmani dreht sich noch einmal um und schaut nach hinten: Die beiden Typen lehnen noch immer aus dem Fenster und filmen.

Vierunddreißig

Wieder einmal steht Veronica Del Muciaro mit Giulio in der aufgeregten Menge vor dem Tor der Villa La Conca und wartet. Da sind ihre Kollegen von den Lokalsendern, den nationalen Sendern und sogar von CNN, die vom Radio und von der Presse, die Blogger, ein paar Nachbarn, ein paar Neugierige oder Besessene, keine Ahnung woher, zwei Polizisten aus Suverso und zwei aus Cosmarate, die sich misstrauisch beäugen und sich gegenseitig den Platz vor dem Tor streitig machen. Alle sind rastlos, hängen am Handy, um mit der jeweiligen Zentrale zu sprechen, Anweisungen zu bekommen, Nachrichten zu verschicken, Zeit zu überbrücken, auf die Uhr zu sehen. Manche sind freundlich, andere misstrauisch, manche feindselig, andere drängeln, versuchen einen besseren Platz zu ergattern, um die Ersten zu sein, wenn das Tor endlich aufgemacht wird. In der Luft liegt dieselbe Mischung aus Langeweile, Hartnäckigkeit und Elektrisierung wie vor einem großen Konzert, wenn die Leute scheinbar bereit sind, geduldig ein Leben lang zu warten, zugleich aber aufgebracht sind wegen jeder weiteren Minute, die vergeht. Es kursieren Mutmaßungen über politische Absprachen und die jeweiligen Hintergründe, Gerüchte über den alten und den jungen Marchese, Auseinandersetzungen zwischen Anhängern der einen oder anderen Partei und der einen oder anderen Gemeinde, nicht überprüfbare Indiskretionen, es herrscht gespannte Aufmerksamkeit, gähnende Langeweile. Wortfetzen wie »antikes italisches Theater«, »zweitausend Jahre«, »Drohne«, »Schleuder«, »Umarmung«, »Bürgermeister«, »Nationalunion«, »Wende®«, »Geld«, »Januar«, »April« steigen auf und zerplatzen wie Bläschen in einem Topf mit kochendem Wasser, Blicke fliegen hin und her.

Hätte der Marchese sie nicht gerettet, als sie am Neujahrsmorgen beinah an einer Brioche erstickt wäre, hätte vermutlich nie jemand von dem antiken Theater erfahren, und all diese Leute wären jetzt nicht hier. Eigentlich würde sie es gerne genießen, als Erste über eine derart bedeutende Entdeckung berichtet zu haben, aber momentan fühlt sie sich in erster Linie um den Erfolg betrogen. Natürlich war es unvermeidlich, dass alle davon erfuhren, so lief das nun mal bei ihrer Arbeit, so war das Leben, aber es ärgert sie maßlos, dass sich jetzt so viele Kollegen eine Story unter den Nagel rissen, die sie durch Hartnäckigkeit, Ausdauer, Unverfrorenheit erst ans Licht gebracht hat. Jetzt taten alle so, als sei es eine öffentlich zugängliche Sache, über die sie nach Belieben verfügen konnten. Aber sie hätte mal sehen mögen, wie diese verwöhnten, überheblichen Weicheier es wohl angestellt hätten, dem Marchese irgendwelche Informationen zu entlocken, als er partout nichts sagen wollte; ohne sie, ohne ihre Hartnäckigkeit, ohne ihr virtuoses Spiel mit einer ausgeklügelten Mischung aus Mitgefühl und Sympathie, ohne ihre Bereitschaft, Beschimpfungen und sonstige Launen über sich ergehen zu lassen, hätten die doch kein Wort aus ihm rausgekriegt und nie von seinem Fund erfahren. Wenn sie wenigstens zugeben würden, dass sie es ohne sie nie geschafft hätten, und sich dafür bedanken würden, dass jemand den Schleier gelüftet hat, wie man so schön sagt. Stattdessen hielten sie sich für was Besseres, behandelten sie von oben herab, verunglimpften sie als Trash-Reporterin und als ferngesteuerte Marionette der Riscatto und machten sich hinter ihrem Rücken über sie lustig. Dabei war von denen garantiert keiner in der Lage, von lähmender Totenstille blitzartig auf Action umzuschalten, geschweige denn stundenlang bei Eiseskälte auszuharren, Hundebisse und Strafzettel für illegale Drohnen zu riskieren, sich einfach auf gut Glück ins Getümmel zu stürzen, ohne zu wissen, ob überhaupt irgendwas dabei herauskam. Jetzt aber schmückten sie sich mit fremden Federn, doch als man vor Ort recherchieren musste, saßen sie in ihren Redaktionen gemütlich im Warmen, im Schutz namhafter Blätter, in Erwartung, dass die Trash-Journalistin ihnen zeigte, wo das Futter war, um sich dann so vehement darum zu zanken, als hätten sie es selbst entdeckt.

Wer den Schaden hat, braucht für den Spott nicht zu sorgen. Folglich warfen ihr Roberta Riscatto und Tito Calpa jetzt auch noch vor, dass sie es nicht geschafft hatte, die anderen fernzuhalten, als wüssten sie nicht, dass es bei Nachrichten von nationaler Bedeutung (angesichts des amerikanischen Fernsehteams sogar internationaler) unmöglich war, die Exklusivität zu wahren. Eigentlich müsste sie diese Form doppelter und dreifacher Ungerechtigkeit ja gewohnt sein, doch unweigerlich steigen Wut und Frustration in ihr hoch, wenn sie ihren Posten mal wieder gegen Kollegen verteidigen muss, die lautstark drücken und schieben, rücksichtslos drängeln.

Schon dreißig Minuten über der Zeit, und noch immer ließ sich kein Mensch blicken, weder von der Straße noch von der Villa. Auch die beiden Polizisten aus Suverso wissen nicht, was los ist, fragen zwar im Revier nach, zucken dann aber nur ratlos die Schultern. Den beiden aus Cosmarate geht es genauso, sie wissen auch von nichts. Wenigstens ist jetzt die Sonne herausgekommen, die Temperatur steigt auf drei Grad über dem Saisonmittel, das zeigt die Wetter-App auf ihrem Handy an. Wieder erhält sie eine Nachricht von Calpa: *Was ist jetzt?* Die Konkurrenz mit den anderen macht sie noch unnachgiebiger, obwohl sie weiß, dass nur wenige von ihnen live auf Sendung gehen. Rasch tippt sie *nada* ein und freut sich, dass sie ihn auf die Folter spannen kann.

Aber jetzt ist ein Hupkonzert zu hören: Widerwillig machen Journalisten und Schaulustige Platz, um drei anthrazitfarbene Audis durchzulassen, gefolgt von einem dunkelblauen Mercedes. Dann wird bei dem zweiten Audi das hintere Fenster heruntergelassen, und Mirko Noseletti, der Vorsitzende der Nationalunion, steckt breit lächelnd den Kopf heraus.

Kameraleute und Fotografen reagieren mit einer gewissen Verzögerung, weil sie trotz der Gerüchte über eine Beteiligung der Parteispitze damit nicht gerechnet haben. Veronica Del Muciaro wirft sich nach vorn und zerrt Giulio hinter sich her, damit er nicht von den anderen überholt wird, die sich jetzt um das Auto drängen und laut brüllen: »Mirko! Mirko!«

In seiner Art als Freund des Volkes lächelt Mirko Noseletti in die Objektive, winkt grüßend mit der Hand. »Guten Tag, Leute! Entschuldigt die Verspätung, aber ich hatte noch eine unaufschiebbare Verpflichtung!«

»Coach!« Sie hat es geschafft, sich dicht an ihn heranzudrängen, fast Schläfe an Schläfe, halb sieht sie ihn an, halb in die Kamera, wobei man nur hoffen kann, dass Giulio die Verbindung zum Studio hergestellt hat. »Sie sind wegen des antiken italischen Theaters hier! Wir von *Tutto qui!* haben es als Erste entdeckt, vor allen anderen!«

»Ja, eine tolle Sache.« Kurz zieht Noseletti den Kopf ein, weil jemand vom Beifahrersitz mit ihm redet, dann streckt er den Kopf wieder heraus, wendet sich aber an alle, nicht bloß an sie. »Tut mir leid, aber ich habe es eilig, wir sehen uns dann im Theater! Und bei uns ist der Bürgermeister von Suverso, im letzten Auto!«

Keiner interessiert sich für den Bürgermeister von Suverso, alle drängen sich um Noseletti. Mit einer Handbewegung vertröstet er sie auf später und schließt das Fenster.

Dann endlich geht das Tor zur Villa auf, Calixto der Gärtner öffnet weit die Flügel. Die drei Audis und der Mercedes fahren schnell hinein, gefolgt von Kameraleuten, Fotografen und Journalisten in einem allgemeinen Gedrängel, Geschiebe, Geschrei. Die Polizisten verzichten beinah sofort darauf, für Ordnung zu sorgen, auch weil sie sich nicht einig sind; sie treten schnell zur Seite, um nicht überrannt zu werden, sprinten dann schnell über den Kiesweg, um nicht abgehängt zu werden.

Mit Verfolgungsjagden kennt Veronica Del Muciaro sich aus: Während sie »Los! Los!« ruft, um Giulio anzutreiben, überholt sie etliche Kollegen, die langsamer sind oder schwerer zu tragen haben. Mit der Spitzengruppe rennt sie auf dem Kiesweg bis zu einem größeren Platz, wo die Autos parken. Sie steuert direkt auf Noselettis Wagen zu, aber aus dem ersten Audi springen jetzt drei ziemlich furchterregende Leibwächter heraus und schirmen ihren Chef ab. Natürlich lässt sie sich von breiten Schultern, Klotzkinn und Knopf mit Spiralkabel im Ohr nicht abschrecken, unter anderem, weil Roberta ihr ins Ohr kreischt, »Veronica, hörst du mich?«, und zugleich ihr Handy unaufhörlich brummt, weil Calpa sie mit SMS bombardiert. Genau wie vorhin stürzt sie auf das Fenster zu und brüllt lauter, um sich durch die Scheibe Gehör zu verschaffen. »Coach? Mirko? Schnell noch ein paar Worte für *Tutto qui!*«

Aber das Fenster bleibt geschlossen; die Menge aus Kameraleuten, Fotografen und Reportern schubst und drängelt, aber vergeblich. Der vierte Leibwächter, der am Steuer saß, schließt sich den anderen an und hilft ihnen, die Menge zurückzudrängen, mit einer gewissen Härte.

So bleibt ihr nichts anderes übrig, als auf den Menschenauflauf und das geschlossene Fenster zu deuten und den Zuschauern zu erklären, was hier los ist. Ihre Kurzatmigkeit ist ein Plus, ebenso dass die Bilder verwackelt sind, weil Giulio von der Menge herumgestoßen wird. »Wie Sie sehen, will Mirko Noseletti momentan nicht vor die Kameras treten, aber in Kürze werden wir ihn sicher sehen, hier in unserem antiken Theater!«

»Na gut, dann schalten wir uns wieder zu, wenn du ihn hast!« Roberta tut fast so, als wäre es ihre Schuld, dass der arme Noseletti sich nicht blicken lässt, aber was soll's. Sie gibt Giulio Zeichen, sich bereitzuhalten, sucht unterdessen nach anderen möglichen Motiven.

Die meisten Kollegen bleiben bei den Autos, andere gehen über den Rasen. Noseletti versteckt sich hinter den getönten Scheiben, macht nicht auf. Stattdessen steigt Annalisa Sarmani aus seinem Wagen, leicht verunsichert durch die Menschenmenge. Weiter weg steigt Bürgermeister Fuscadori aus seinem Wagen aus, gefolgt von zwei Stadträten und durchaus bereit, ein Interview zu geben. Aber jetzt, wo ein großer Fisch da ist, interessiert sich kaum jemand für ihn: Nur die Journalisten von TeleSuverso, TeleNoi und Suverso Oggi stellen ihm ein paar Fragen. Noselettis Leibwächter drängen die Menge immer aggressiver zurück. »Weg! Weg!« Widerwillig weicht die aufgeregte Menge auf den Rasen vor der Villa aus, bleibt dort stehen und sieht auf das antike Theater hinunter. Als die Vernünftigsten langsam die steinernen Ränge hinuntersteigen, tun es ihnen andere nach. In kürzester Zeit sind fast alle unten, drängen sich in der kreisrunden Orchestra, vor dem Proszenium und der Bühne mit den Säulen. Wie die Teile eines antiken Theaters heißen, das hat Veronica Del Muciaro jetzt drauf, hat ja oft genug darüber geredet.

Giulio und sie haben es geschafft, sich eine relativ gute Position zu sichern, direkt neben dem Team von Rai 1, auch wenn das der Kollegin aus Rom gar nicht schmeckt und sie alles versucht, um sie von dort zu vertreiben. Alle sind dabei, Licht- und Tonproben zu machen. »Eins, zwei, drei, eins, zwei, drei, alles klar.« Worte und Gesten sind fast identisch. Erneut findet sie es empörend, mit welcher Selbstverständlichkeit ihre Kollegen die besten Positionen für sich beanspruchen, obwohl sie nur Kurzbeiträge drehen, während sie doch live berichtet. Zumindest hat sie den Vorteil, mobil zu sein und das Terrain zu kennen. Von wegen Platz machen, sie hätte nicht übel Lust, den anderen direkt ins Bild zu laufen, so zu tun, als wäre sie über Kabel gestolpert, um ihre Aufnahmen zu ruinieren, so laut zu reden, dass sie ihre O-Töne vergessen konnten. Abstauber waren das, hochnäsige Faulpelze, die mit mehrwöchiger Verspätung am Ort des Geschehens auftauchten.

Jetzt kommt Bürgermeister Fuscadori den Hang herunter, eskortiert von seinen Polizisten und ihrem Chef in Galauniform, seinen Stadträten und, mit einigem Abstand, seiner Vize Sarmani. Zunächst erklimmen sie die Bühne, doch als Fuscadori merkt, dass er dort zu weit oben und zu weit weg ist, hält er sich am Arm eines Polizisten fest und klettert hinunter in das Proszenium, nicht sehr elegant. Als die Stadträte sehen, dass diese Operation ziemlich schwierig ist, gehen sie lieber außen rum, so auch die Sarmani, immer ein paar Schritte hinter ihnen.

Unter den Journalisten entsteht eine kurze Pause, sie telefonieren und stellen sich gegenseitig Fragen, doch dann richten sich alle Augen auf Fuscadori, der sich bereit macht für seine Rede. Veronica Del Muciaro antwortet Calpa, der sie über Kopfhörer drängt, gibt Giulio Zeichen, mit einem Panoramaschwenk zu beginnen, um dann bei ihr vor dem Proszenium zu landen. »Roberta, jetzt hat die Pressekonferenz angefangen! Und wir stehen hier in der ersten Reihe, um euch alles zu berichten!«

»Gut, Veronica!« Roberta denkt gar nicht daran, die ganze Prozedur zu verfolgen. »Melde dich wieder, wenn es zur Sache geht! Wir haben inzwischen wichtige Neuigkeiten zu den vertauschten Neugeborenen in Pescara!«

»Also, allen ein herzliches Willkommen!« Da es kein Mikrofon gibt, muss Fuscadori die Stimme heben, damit man ihn hören kann. »Wie Sie selbst sehen, befinden wir uns hier in einem außergewöhnlichen historischen Monument! Ein Theater, das vor über zweitausend Jahren von unseren Vorfahren errichtet wurde! Dank der Initiative der Gemeinde Suverso wird dieses einzigartige Werk bald für das Publikum geöffnet!«

Die beiden Stadträte hinter ihm nicken zustimmend, sie sind hocherfreut, bei dem Ereignis dabei zu sein. Der Polizeichef ist ziemlich aufgeblasen, als wäre er bei einer Militärparade. Die Sarmani steht weiter hinten und macht ein komisches Gesicht: Man sieht ihr an, dass sie mit einer Anerkennung gerechnet hat, die ihr aber keiner geben wird.

»Das war kein leichtes Unterfangen, das kann ich Ihnen versichern!« Fuscadori klingt jetzt, wo auch die nationalen Medien dabei sind, viel überschwänglicher. »Umso mehr freut es mich, Ihnen mitteilen zu können, dass wir in Suverso nunmehr in der Lage sind, unseren Bestand an architektonischen Schmuckstücken um das antike Theater zu erweitern!« Fast hört es sich so an, als hätte er das Theater persönlich ausgegraben, ganz schön unverschämt.

Die Sarmani und ein paar Journalisten drehen den Kopf: Mit weit ausholenden Schritten kommt der Marchese Guidarini den Abhang herunter, in Reitstiefeln, Reithosen, malvenfarbenem Umhang, Barett in Lila und Orange. Pittoresk, ein hübscher Kontrast zu den langweiligen Farben aller anderen. Seine Assistentin Agnese folgt ihm auf dem

Fuß, mit einer großen Umhängetasche; diesmal zum Glück ohne Hunde.

Veronica Del Muciaro schüttelt Giulio, der den Neuankömmling noch gar nicht bemerkt hat, meldet sich erneut bei Roberta, die immer noch über die Babys aus Pescara spricht. »Roberta! Jetzt kommt der Marchese Guidarini!«

»Wozu?« Roberta ist irritiert über die Unterbrechung.

»Wegen der Pressekonferenz, Roberta!«

»Okay, aber lass uns jetzt erst mal den Fall der Babys lösen!« Roberta ist brutal. »Melde dich wieder, wenn du Mirko Noseletti hast!«

»Klar, Roberta, bis später!« Veronica winkt noch in die Kamera, wurde aber von der Regie schon abgeschaltet.

Als Fuscadori den Marchese erblickt, ist er kurz unsicher, ob er einfach fortfahren soll, als sei nichts gewesen, winkt ihm dann aber vorsichtshalber zu. »Der Marchese Guidarini, Eigentümer des Grundstücks, der sich entschlossen hat, diese einzigartige Ausgrabung der Gemeinde Suverso anzuvertrauen!«

Giudarini verbeugt sich leicht vor den Fotografen und Kameraleuten, küsst dann der Sarmani die Hand, die äußerst verlegen scheint.

»Für uns hat die Eröffnung höchste Priorität. Ein entsprechender Zeitplan ist schon in Arbeit!« Um die Aufmerksamkeit des Publikums zurückzugewinnen, redet Fuscadori jetzt deutlich emphatischer. »Das genaue Datum steht zwar noch nicht fest, aber es wird nicht lange dauern, das kann ich Ihnen versichern. Ich habe die zuständigen Ressorts angewiesen, bei den Verwaltungsabläufen aufs Tempo zu drücken, damit so bald wie möglich mit den

Arbeiten zur Abtrennung der archäologischen Zone vom Restgrundstück begonnen werden kann, mit der Beschilderung, Beleuchtung, der Einrichtung von Toiletten, einer Cafeteria, einer Kasse, einer Drehtür sowie der Erstellung von Fotobänden, Audioguides und Ähnlichem. In Kooperation mit dem Architekten Cescon arbeiten wir auch an den Entwürfen für das Eingangstor, einem beleuchteten Bogen im Stil des antiken Theaters ...« Dann unterbricht er sich, weil jetzt alle zu Mirko Noseletti hinübersehen, der den Hügel herunterkommt, in Begleitung seiner Leibwächter und der beiden Jungs mit Videokamera, die von einem Typen mit schütterem Haar herumkommandiert werden.

Veronica Del Muciaro boxt Giulio, diesem Schnarchsack, in die Rippen und ruft das Studio. »Roberta, Roberta! Jetzt geht's los, Mirko Noseletti ist gerade gekommen!«

»Okay! Hören wir mal, was er zu sagen hat!« Jetzt kann Roberta sie nicht mehr abwimmeln.

Zielstrebig wie ein militärischer Stoßtrupp besetzen Noseletti und seine Leute das Proszenium, bilden einen Halbkreis um Fuscadori und schubsen alle anderen, die Stadträte, die Sarmani, Guidarini und Agnese, ungeniert zur Seite.

Noseletti umarmt Fuscadori, als hätte er ihn eine Ewigkeit nicht gesehen, und winkt den Journalisten enthusiastisch zu. Die rufen seinen Namen, damit er in die Kamera guckt, bestürmen ihn mit Fragen. Im letzten Jahr hat seine Beliebtheit zwar stark abgenommen, vielleicht hat das seinen Übermut aus der Hochphase auch ein bisschen gedämpft, doch in den Umfragen liegt seine Partei immer noch vorn, folglich könnte er aus den nächsten Wahlen durchaus noch als Sieger hervorgehen.

»Uffa! Es ist mir eine große Ehre und ein Vergnügen, an der Einweihung dieses spektakulären antiken italischen Theaters teilnehmen zu dürfen!« Man weiß nicht, ob er von Einweihung spricht, weil ihm keiner gesagt hat, dass das hier nur eine Pressekonferenz ist, oder weil er womöglich die ganze Veranstaltung aufwerten will. Charismatische Anführer wie er sind nun mal unberechenbar. Sogar die engsten Mitarbeiter mussten jederzeit auf einen plötzlichen Kurswechsel gefasst sein und oft einen Salto mortale machen, um nicht den Anschluss zu verpassen. Dabei spielte es gar keine Rolle, wie die Dinge tatsächlich standen, entscheidend war vielmehr, was im Moment opportun erschien. Im Grunde dieselbe Vorgehensweise wie bei Roberta Riscatto: Als Star legt man sich die Realität zurecht, wie es einem gerade passt, wie viel da zurechtgebogen, verzerrt, missverstanden und improvisiert wurde, davon hat der Zuschauer zu Hause nicht die geringste Vorstellung.

Fuscadori flüstert ihm etwas ins Ohr, vielleicht, dass das hier keine Einweihung ist. Noseletti nickt, macht aber keine Anstalten, sich zu korrigieren. »Ein ganz großes Kompliment an unseren Bürgermeister Fuscadori! Mit der Einweihung dieses antiken italischen Theaters hat die Nationalunion erneut ihre Fähigkeit unter Beweis gestellt, dort, wo sie regiert, großartige Leistungen zu vollbringen!«

Bei diesen Worten verzichtet Fuscadori augenblicklich auf jede weitere Korrektur, rückt noch ein Stückchen näher an seinen Parteichef heran und strahlt über das ganze Gesicht.

Allerdings hat Noseletti keinerlei Absicht, ihm noch mehr Raum zu gewähren: Er geht auf Abstand, macht einen Schritt nach vorn und spricht weiter in diesem kehligen Ton. »Dieses antike italische Theater ist eins der schönsten und bedeutendsten Symbole für unser Land! Hier können wir mit Händen greifen, wozu unsere Vorfahren schon fähig waren, als die Vorfahren jener deutschen und französischen Herrschaften, die uns in Europa Vorschriften machen wollen, noch in primitiven Hütten aus Lehm und Ästen wohnten, mitten im Wald! Das nächste Mal, wenn die Oberlehrer aus Brüssel uns über die Staatsverschuldung belehren wollen, werde ich sie persönlich an den Ohren hierherschleppen, damit sie mal sehen, was wir für eine großartige Geschichte haben!«

Unten in der Orchestra scheinen Kameraleute, Fotografen, Journalisten, Blogger, Nachbarn und Schaulustige einigermaßen beeindruckt, außer Fuscadori und seinen beiden Stadträten, die klatschen, bricht aber niemand in Begeisterungsstürme aus, wie sie sonst bei Veranstaltungen der Union üblich sind.

Anscheinend ist das auch Noseletti aufgefallen, denn er geht zu einem normalen Gesprächston über. »Was für ein Anblick! Echt spektakulär! Wirklich sehr ergreifend! Ein Glück, dass die Union hier in Suverso regiert, sonst würde diese einzigartige Stätte noch immer weiß Gott wie viele Meter unter der Erde schlummern, und Gott weiß für wie viele Jahrtausende noch!«

Guidarini schüttelt den Kopf, sagt etwas zu seiner Assistentin und der Sarmani, aber hier kann man nichts verstehen.

Noseletti spricht gleich weiter, seine Stimme nimmt wieder diesen kehligen Ton an. »Wenn wir erst wieder in der

Regierung sind, werden wir dafür sorgen, dass sämtliche Schulen dieses Theater besuchen! Um unseren Kindern zu zeigen, wo wir herkommen, wo unsere Wurzeln sind! Um ihnen begreiflich zu machen, dass wir, als andere noch in Schaffellen und mit Hörnern auf dem Helm herumliefen, schon die besten Ingenieure und Baumeister der Welt waren! Die besten Handwerker der Welt! Die besten Kaufleute der Welt! Die besten Klein- und Mittelunternehmer der Welt! Und das vor mehr als zweitausend Jahren! Dieses antike italische Theater ist der Beweis dafür, dass wir uns nicht belehren lassen müssen, von nie-man-dem! Das müssen auch die Oberlehrer aus Brüssel einsehen, wenn sie nicht Schiffbruch erleiden wollen!«

Fuscadori und sein kleines Gefolge auf dem Proszenium applaudieren überzeugt, doch die Journalisten unten in der Orchestra schwanken zwischen Faszination und Ratlosigkeit, denn eigentlich waren sie gekommen, um das antike italische Theater zu besichtigen und sich erklären zu lassen, wie und wann es für das Publikum geöffnet würde, nicht um sich eine antieuropäische Politveranstaltung anzuhören.

»Mamma mia, Veronica, da haben wir mit unserem antiken italischen Theater ja wirklich große Themen angesprochen!« Der Enthusiasmus der Riscatto ist hingegen bedingungslos.

»So ist es, Roberta!« Veronica Del Muciaro ist noch leicht benommen von Noselettis aggressivem Ton, zugleich aber auch zutiefst gerührt von der Tatsache, dass sie entscheidend zur Entdeckung eines nationalen Symbols beigetragen hat, das fortan im In- und Ausland zweifellos auf Anerkennung und Bewunderung zählen kann. Wie viele von all ihren faulen, hochnäsigen und selbstgewissen Kollegen rundherum konnten das wohl von sich behaupten?

Fünfunddreißig

Was seit ein paar Tagen abgeht, ist so unglaublich, dass Massimo Bozzolato es kaum fassen kann. Als er gestern Abend nach Hause kam, ist seine Frau Gianna um ihn herumgegangen und hat doch tatsächlich gesagt, bislang sei ihr noch gar nicht aufgefallen, wie cool er sei. Cool, hat sie gesagt: wörtlich. Vielleicht, so schien ihm, lag darin auch eine Spur Argwohn, vielleicht dachte sie ja, er habe sich eine Geliebte zugelegt. Ein Hauch nur, aber aufbauend, ermutigend. Denn diesmal ging es um mehr als damals, als er zum Bürgermeister gewählt wurde und praktisch von einem Tag auf den anderen seinen Vertreterjob an den Nagel hängen konnte, ein schickes Büro im Rathaus bekam, mit eigener Sekretärin (unfähig zwar, aber nur für ihn), schlagartig ein höheres Ansehen genoss und so weiter. Da war er noch der alte Bozzolato, mit den alten Qualitäten und Schwächen, plus einige (vielleicht auch mehr als nur ein paar) Verbesserungen im Alltag. Diesmal jedoch ging es um eine sagenhafte Veränderung, einen Sprung in eine politisch wie menschlich derart überlegene Kategorie, dass einem angst und bange werden konnte.

Wenn eine solche Verwandlung, zumal in kürzester Zeit, mit dir vorgeht, ergreift dich ein Gefühl von Unwirklichkeit, als wärst du in einem Zeichentrickfilm, wo sich die

Kleidung, die du anhast, von selbst auswechselt, wo sich die Türen von allein öffnen, ohne dass du sie angefasst hast. Auch wenn es in diesem Fall natürlich jemanden gab, der dir die neuen Kleider besorgt hat, und jemanden, der dir die Türen aufhält; schon klar. Trotzdem fühlst du dich, als würdest du auf einem extradicken, extraweichen Gummiteppich gehen (vermutlich auch wegen der dicken Sohlen in den neuen Schuhen). Du hast das Gefühl, du könntest gehen, wohin du willst, in dem Tempo, das du bestimmst, ohne jede Anstrengung, wie durch Zauber.

Deshalb wundert es ihn eigentlich auch nicht allzu sehr, dass jetzt das Tor von Guidarini auf ist, nachdem es bisher immer verschlossen war, wenn er hineinwollte, um einen Blick zu erhaschen und sich zumindest ein Bild von dem berühmten antiken italischen Theater zu machen. Bis gestern schien es unüberwindlich wie ein Tor im Märchen, das dich nur durchließ, wenn du ein Prinz oder ein Drache warst, aber jetzt steht es weit offen, kein Hindernis, keine Kontrolle. Noch ein Zauber von vielen, die auf dieser unvorstellbaren Stufe der Veränderung unaufhörlich hervorsprudelten.

Bozzolato wirft einen Blick auf den Videomann, der ihn in Dreivierntelansicht aufnimmt, zu Bellini, Marveggio und Davies von der Gusmondi-Taskforce, die ihn zwar im Auge behalten, aber einen halben Schritt vorgehen lassen, zu Mister Zhu mit seinem persönlichen Assistenten und seinem schwitzenden, hüstelnden Dolmetscher, zu Lovato, Bedin und Covazzani, der aus diesem Anlass seine Galauniform angelegt hat, und zu einem gewissen Sergio, der eine etwa vierzigköpfige, buntgemischte Gruppe anführt, die man extra mit Bussen aus Mailand herangekarrt hat, inklusive einem Dutzend Chinesen, die die Marveggio im letzten Augenblick aufgetrieben hat, damit Mister Zhu nicht allzu sehr absticht. Beim Anblick der vielen Menschen, die ihm mehr oder weniger geordnet folgen, fühlt er sich wie der Anführer eines mächtigen Heeres, bestehend aus Soldaten verschiedener Hautfarbe, Kleidung, Bewaffnung, wie aus einem dieser Historienfilme, die ihn als Kind so begeistert haben. In diesem Fall ist die Vorhut ausgesprochen elegant gekleidet, die Mittelgruppe so lala und die Nachhut eher schäbig, wegen der knallbunten Daunenjacken in Rosa, glänzendem Schwarz und leuchtendem Gelb und der drei schlecht geschnittenen asiatischen Kostüme. Als die Pseudochinesen aus dem Bus stiegen, hatte er gleich zu der Marveggio gesagt, mit den Kimonos, das sei ja wohl ein bisschen übertrieben, woraufhin sie ihn gleich zurechtwies, als hätte er in der Kirche geflucht. »Kimono ist japanisch, in China nennt man sie *Cheongsam*!« Tatsächlich war auch Mister Zhu bei ihrem Anblick nicht gerade begeistert, aber die von der Taskforce haben ihn überredet. Kein Wunder, schließlich war es ja ihr Beruf, Leute zu überreden.

Jedenfalls fühlt es sich großartig an, so entschlossen über den Kies zu marschieren, der unter den Sohlen knirscht, die weiße Villa mit ihrem noblen Aussehen vor Augen, und sich dabei kein bisschen unwohl zu fühlen, sondern ruhig und sicher wie ein guter General, der weiß, wie er seine Männer führen muss. Auch wenn er genau genommen gar nicht genau weiß wohin, weil er ja noch nie hier war, aber entscheidend ist das Auftreten. Zum Glück überholt ihn die Marveggio und trottet als Kundschafterin vor ihm her über den Rasen, mit diesem Hintern wie ein Ackergaul, gar nicht schlecht. Als sie den Rand erreicht, schaut sie nach unten und winkt mit ausholender Geste, hierher, hierher. Bozzolato zieht den Tross hinter sich her: Es kommt ihm ganz natürlich vor, als hätte er es von Anfang an gewusst.

Als er selbst den Rand des Rasens erreicht, bleibt er stehen und sieht hinunter, flankiert von Bellini, Davies und Mister Zhu, die ihm zur Seite stehen wie Offiziere dem großen Kondottiere. Die Truppen bleiben eher lustlos und grummelnd weiter hinten stehen, wie Truppen das halt so machen.

Der Ausblick ist bemerkenswert: Mit seinen grauen Steinrängen schmiegt sich das antike italische Theater halbkreisförmig in die Hügelmulde, und unten, wo es flach wird, befinden sich eine runde Fläche und eine Art Bühne auf zwei Ebenen, die obere mit Säulen und Statuen geschmückt. Schon ziemlich seltsam, das Theater endlich mit eigenen Augen zu sehen, denn eigentlich hatte er es sich so ähnlich wie das Kolosseum vorgestellt, nicht genau so, aber fast. Je mehr die anderen darüber redeten, desto größer hatte er es sich vorgestellt: In seiner Fantasie war es inzwischen fast monströs geworden. Hinter den Bäumen konnte es sich nicht verstecken, von außen war es auch zu sehen, klar. Jedenfalls waren da unten in dem flachen Kreis eine Menge Journalisten mit ihrer Ausrüstung, und auf der Bühne stand einer, der redete, hinter ihm ein paar Leute. Von hier oben konnte man zwar das Gesicht nicht erkennen, aber das war bestimmt Fuscadori, der die Journalisten einzuwickeln versuchte, ohne zu ahnen, dass ihm gleich ein völlig neuer Bozzolato auf den Leib rücken würde. Mit einer Armee von (nennen wir sie mal) Cosmaratesi im Rücken und einem chinesischen Investor, der eine Menge Geld auf den Tisch legen würde, um die Partie noch zu drehen und die Suversesi unverrichteter Dinge nach Hause zu schicken. Die von der Taskforce hatten wahrhaftig recht, als sie darauf bestanden, erst später aufzutreten: Damit kannten sie sich aus, das musste man ihnen lassen. Alles eine Frage des Timings, wie sie es nannten, um den maximalen Impact zu erzielen, den Gegner zu überrumpeln, wenn er überhaupt nicht damit rechnete. Tatsächlich, das war von hier oben gut zu erkennen, waren sie den anderen zahlenmäßig weit überlegen; ihn überkommt eine unbändige Lust, sich mit seinem Heer hinunterzustürzen und den Feind vernichtend zu schlagen.

Langsam geht er den Seitengang neben den Rängen hinunter, hinter ihm die Taskforce und Mister Zhu, Covazzani, Lovato, Bedin und dann die anderen. Hin und wieder wirft er einen Blick nach hinten, um sich zu vergewissern, dass niemand unterwegs verloren geht, denn manch einer ist nicht ganz bei der Sache: Eine dicke Frau zum Beispiel kämpft mit der Steigung und kommt kaum den Abhang hinunter, eine andere isst eine Banane, ein ziemlich zögerlicher Typ klammert sich an einen, der noch lumpiger aussieht als er selbst, der unvermeidliche Schwachkopf, der einfach stehen bleibt, um sich eine Zigarette anzuzünden, oder zwei ältere Damen, die sich so viel zu erzählen haben, dass sie einfach stehen bleiben, oder die Chinesen in traditioneller Kleidung, die sich von ihren Handys ablenken lassen. Auch Bellini hat den Mangel an Disziplin bemerkt und gibt Sergio ein Zeichen, der in die Hände klatscht und losbrüllt. »Was hab ich gesagt? Es wird nicht telefoniert, nicht geraucht, nicht gegessen, bis wir im antiken Theater sind! Macht sofort die Zigaretten aus! Und Sie, Signora, weg mit der Banane! Das gilt auch für Cracker, Schlaukopf! Ja, du, du bist gemeint! Der Inder da, in der Mitte! Weg mit dem Knabberzeug! Keine Sorge, auf der Rückfahrt gibt's im Bus was zu essen, wir lassen euch schon nicht verhungern!« Nach und nach verschwinden Essen und Zigaretten, die Undisziplinierten reißen sich am Riemen, wie auf einer Klassenfahrt, wenn der Lehrer die Geduld verliert. Na ja, es ist nicht gerade ein Superheer wie bei Hannibal oder Dschingis Khan, aber in der kurzen Zeit grenzt es schon an ein Wunder, dass überhaupt eins zustande gekommen ist, zukünftig wird das sicher besser klappen. Wichtig ist, ein würdevolles Marschtempo beizubehalten, ohne im Schneckentempo zu schleichen, aber auch ohne zu hasten und dabei zu riskieren, dass jemand den Berg runterpurzelt, auch wenn es nicht leichtfällt, die Ungeduld zu zügeln.

Bellini erhält einen Anruf, redet drei Sekunden und klopft ihm auf die Schulter, stop.

»Was ist los?« Bozzolato will auf keinen Fall aus dem Tritt kommen.

»Ich habe gerade eine Information erhalten.« Bellini spricht leise, ist plötzlich so aufgeregt wie noch nie. Auch Marveggio und Davies sehen ziemlich angespannt aus. »Mirko Noseletti ist da.«

»Wie bitte? Wo denn?« Bozzolato begreift nicht.

»Hier. Jetzt.« Bellini hat fast weiße Lippen.

»Wo, hier?« Ratlos schaut Bozzolato die drei von der Gusmondi an, dann seine Stadträte und Covazzani, die nervöse Blicke tauschen, dann die lärmende Truppe, die nicht versteht, warum ihr Kommandant jetzt stehen bleibt.

»Hier im antiken italischen Theater, nicht auf dem Mond!« Bellini zeigt mit abgehackten Bewegungen nach unten.

Als er genauer hinsieht, trifft Bozzolato fast der Schlag, denn der Redner da unten ist gar nicht Fuscadori, wie er geglaubt hat, sondern Mirko Noseletti persönlich!

»Ja, das ist er.« Die Marveggio bestätigt.

»*Yeah, it's definitely him.*« Sogar Davies fühlt sich bemüßigt, die Sichtung des Feindes zu bestätigen.

»Verdammter Mist!« Der Fluch rutscht Bozzolato spontan heraus, obwohl er weiß, dass er zu seinem neuen Image nicht passt. Vor Schreck ist er wie gelähmt, denn eine Auseinandersetzung Bürgermeister gegen Bürgermeister (auch die schon ungleich, weil der eine 5824 Einwohner, der andere 122.000 vertritt) war das eine, aber Bürgermeister gegen Parteichef etwas vollkommen anderes! Plötzlich war die Herausforderung viel größer, es stand viel mehr auf dem Spiel, die Aufregung stieg ins Unermessliche! Also wirklich, wer wäre denn da nicht aus dem Häuschen, wenn er von einem Moment auf den anderen erführe, dass er es nicht mit Fuscadori zu tun bekommt, sondern mit Mirko Noseletti, dem Vorsitzenden der Nationalunion höchstpersönlich! Der Noseletti, der erst letztes Jahr die Hände in die Hüfte stemmte, das Kinn reckte und sagte »Ihr könnt mich mal«, in der EU den Angeber gab und sich in der Politik aufspielte, als würde sie ihm für immer gehören! Der unter einem fadenscheinigen Vorwand das Bündnis mit der Wende® aufgekündigt hat und damit wenigstens die Hälfte der Abgeordneten und Senatoren der Gefahr aussetzte, dass sie nie wiedergewählt würden! Ausgerechnet mit ihm zu tun zu bekommen verpasst ihm einen regelrechten Adrenalinstoß, *wham*! Die sagenhafte Veränderung, ein völlig neuer Bozzolato, alles gut und schön, aber schließlich war man auf einen Kampf mit der Provinzhauptstadt vorbereitet, doch stattdessen bekam man es jetzt ohne Vorwarnung mit dem Anführer der schlimmsten Feinde zu tun! Dem sogenannten Coach! Der sich in weißem Kampfanzug, mit Fellmütze und Gewehr mit dem russischen Präsidenten auf Eisbärenjagd in Sibirien fotografieren ließ! Der an einem einzigen Tag zweitausendzweihundert Selfies mit seinen Anhängern schoss, Antrag beim Guinnessbuch lief. Der sich selbst als Krav-Maga-Meister ausgab, wobei sich dann herausstellte, dass er nur eine einzige Unterrichtsstunde genommen hatte! Der in Italien am liebsten wieder die Fünfhundert- und Tausendlirescheine einführen würde! Der die Höchstgeschwindigkeit auf der Autobahn auf 160 km/h erhöht hatte! Der das System Fidati erfunden hatte, wonach jeder bei Steuerhinterziehung prophylaktisch freigesprochen wurde. Ein Qualitätssprung, dass einem schwindelig wurde!

Selbst die Mitglieder der Taskforce wirken ungläubig, damit hatten auch sie nicht gerechnet. »Ganz ruhig, Bozzolato.« Bellini bewegt kaum die Lippen, damit man ihn nicht hört.

»Ich bin vollkommen ruhig, aber wir müssen jetzt weiter, wir können hier nicht wie angewurzelt stehen bleiben!« Bozzolato geht los, alle anderen folgen nach kurzem Zögern.

Mister Zhu sieht den Dolmetscher fragend an und wartet auf eine Erklärung, aber der ist zu sehr damit beschäftigt, sich mit einem Taschentuch die Stirn abzutrocknen.

Na, von wegen vollkommen ruhig! Bozzolato hat eine Mischung aus Kampfszenen wie in *Braveheart*, *Die Wikinger*, *Troja*, *Der letzte Samurai*, *Der Gladiator* und *Der Herr der Ringe* im Kopf und muss sich schwer zusammennehmen, um nicht den Schlachtruf »Cosmarateee!« anzustimmen und sich damit das letzte Stück des Abhangs hinunterzustürzen.

Vielleicht ahnt Bellini, was in ihm vorgeht, denn er lässt ihn nicht aus den Augen und flüstert ihm ins Ohr: »Denk immer daran, was wir besprochen haben. Das Thema lautet: Die zuständige Gemeinde für das antike Theater von Cosmarate ist Cosmarate.«

»Fokussier dich darauf, Bozzolato.« Auch die Marveggio muss ihren Senf dazugeben.

»Okay.« Bozzolato wundert sich, dass er einen (mehr oder weniger) normalen Schritt, einen (mehr oder weniger) normalen Herzschlag beibehalten kann.

»Klare Worte, bestimmter Ton, entschlossen, aber besonnen, möglichst wenig gestikulieren.« Obwohl Bellini ihm diese Sachen schon tausendmal eingeschärft hat, wiederholt er sie erneut.

»Then of course he must reveal Mister Zhu's investment plan.« Natürlich redete Davies wieder kein Wort Italienisch.

»Klar, dann stellst du natürlich den Investitionsplan von Herrn Zhu vor.« Zum Glück liefert Bellini sofort die Übersetzung.

»Denk immer daran, was du da vorschlägst, ist keine un-realistische Spinnerei, sondern ein konkreter Plan, der sich in kürzester Zeit umsetzen lässt.« Auch die Marveggio hat keinerlei Skrupel, schon tausendmal Gesagtes erneut zu wiederholen.

»Okay.« Bozzolato klopft auf die Jackentasche, wo er den Zettel mit den genauen Zahlen der geplanten chinesi-schen Investition verwahrt.

»Deine heutige Rede wird das genaue Gegenteil des peinlichen Auftritts im Rathaus von Suverso.« Natürlich muss die Marveggio wieder irgendwas Kritisches fallen-lassen, obwohl das überhaupt nicht nötig ist.

»Okay, okay.« Vielleicht war es ja unvermeidlich, dass einem Heerführer von seinen Beratern etwas ins Ohr ge-flüstert wurde, während er sein Heer in die Schlacht führte, aber eigentlich hätte er gern darauf verzichtet. Schließlich hat er seine Lektion gelernt, war inzwischen Lichtjahre von dem brüllenden, gestikulierenden Bozzolato entfernt, allein der Gedanke daran lässt ihn zusammenzucken: In-zwischen ist er ein ganz anderer Mensch, viel beherrschter, eleganter, charismatischer.

»Autorität, Bozzolato.« Bellini legt ihm die Hand auf den Ärmel des schwarzen Kaschmirmantels, den sie ihm besorgt haben.

»Ja, und immer daran denken, was wir besprochen ha-ben.« Die Marveggio legt noch einmal nach. »Ruhig und besonnen.«

»Ich bin superruhig und superbesonnen, keine Sorge.« Und es stimmt: Bozzolato spürt, wie ihn eine eigenartige Gelassenheit erfüllt, vielleicht so ähnlich wie bei den Generälen der Antike, bevor sie in die entscheidende Schlacht zogen.

»Und dass du bei Noseletti höllisch aufpassen musst, brauche ich dir ja wohl nicht zu sagen.« Bellini ist immer noch nicht fertig. »Der ist absolut skrupellos.«

»Das bin ich auch, wenn's drauf ankommt.« ›Und ihr von der Gusmondi LLC sowieso‹, hätte er am liebsten hinzugefügt. Ach, könnte er jetzt doch eine historische Bemerkung eines berühmten Heerführers zitieren, aber ihm fällt nichts ein.

»Ja schon, aber der Stil ist ent-schei-dend.« Bellini kann einfach nicht aufhören.

»Ich weiß, ich weiß.« Bozzolato ist wie gebannt, hat nur noch Augen für Noseletti.

»*He's damn good at making things up on the go.*« Davies will nicht ausgeschlossen werden von dem Geplänkel vor der Schlacht.

»Stimmt, Noseletti kann sehr gut improvisieren.« Die Marveggio übersetzt und bestätigt.

»Auch darin bin ich, wie mir scheint, gar nicht schlecht.« Genau so wie ihr, liegt ihm auf der Zunge. Bozzolato versucht normal zu atmen, es klappt ganz gut.

»Aber du, Bozzolato, darfst auf keinen Fall improvisieren!« Es ist, als würde Bellini immer noch mit dem alten Bozzolato reden: Der gegenwärtige weiß das alles.

»*Absolutely zero improvisations.*« Einmal im Leben sagt Davies etwas, das man versteht, auch wenn es überflüssig ist.

»Darüber haben wir ja oft genug gesprochen, nicht?« Anscheinend war auch der Marveggio nicht bewusst, wie sehr er sich verändert hat, politisch und menschlich.

»Ich weiß, ich weiß, ich weiß! Tausend Dank!« Je näher er dem Schlachtfeld kommt, desto mehr hat Bozzolato das Bedürfnis, Ratschläge und Ratgeber abzuschütteln, um den Kopf freizubekommen und sich ganz darauf zu konzentrieren, den Sieg zu erringen. Auf dem letzten abschüssigen Stück beschleunigt er den Schritt und schon ist er auf dem runden Platz, wo die Journalisten ihre Kameras, Fotoapparate, Handys und Mikrofone auf Noseletti richten. Keiner bemerkt ihn, keiner achtet im Geringsten auf ihn und sein Gefolge. Besser so, das Überraschungsmoment bleibt erhalten.

Wieder dreht Bozzolato sich um und kontrolliert seine Truppen: Ein ernüchternder Anblick, was er da sah, war keine furchteinflößende Streitmacht, sondern eher ein chaotischer, träger, wenig schlagkräftiger Haufen. Manche stolperten den Hügel hinunter, als wäre das eine extreme Herausforderung, andere blickten sich neugierig um wie Touristen, manche zeigten mit dem Finger hierhin und dorthin, wieder andere waren ganz aus dem Häuschen, weil sie Mirko Noseletti erkannt hatten und schnell das Handy zückten, um ein paar Fotos von ihm zu machen. Auch das äußere Erscheinungsbild ließ zu wünschen übrig, es gab Dicke und Dünne und solche, die aufgrund von Physiognomie und Hautfarbe nur schwer als Cosmaratesi durchgingen. Aber immerhin weit über vierzig Leute, damit konnte man schon Eindruck machen, wenn auch nicht unbedingt einen guten. Jedenfalls wesentlich besser, als nur mit drei Imageberatern, drei Chinesen plus Lovato, Bedin, Covazzani und zwei Polizisten aufzutreten. Oder ganz allein, wie an jenem vermaledeiten Tag im Gemeinderat von

Suverso. Der Wind hatte sich gedreht, die Zahlen sprachen für ihn, sowohl was die Anhänger anging als auch die Gelder, die man auf den Tisch legen konnte. Unter solchen Umständen die Nerven zu behalten war alles andere als einfach, aber der neue Bozzolato konnte es schaffen, wenn er sich auf das Endziel fokussierte.

Noseletti hat noch nichts bemerkt, er ist zu sehr damit beschäftigt, das unglaubliche Desaster auszumalen, das die gegenwärtige Regierung seiner Meinung nach dem Land bescheren wird. Weil es keine Lautsprecheranlage gibt, muss er so laut brüllen, dass ihm die Adern am Hals schwellen. Kräftige Gestalt, den Bauch gehalten von einer *Top-Gun*-Weste, die Haare noch blonder als im Fernsehen, die berühmten blauen Augen, die die Aktivistinnen der Union in Verzückung versetzten, ein schönes Doppelkinn, denn auch er isst gern. Seine Leibwächter werfen ihre üblichen Kontrollblicke, aber verlangsamt, vielleicht wegen der Kälte oder weil zu dieser Uhrzeit die Verdauung im Gang ist. Die Polizisten aus Suverso stehen reglos da, sehen aus wie Pappfiguren. Fuscadori hat nur Augen für seinen Boss, das Gleiche gilt für die Gemeinderäte. Nur die Sarmani lässt den Blick schweifen, tut aber so, als hätte sie ihn nicht gesehen. Genau wie Guidarini, der in seiner üblichen Theateraufmachung am Bühnenrand steht, dauernd lacht und seiner Assistentin etwas zuflüstert. Trotz all seiner Beschränktheit ist das Heer der Cosmaratesi aufgeweckter als der feindliche Trupp: ein großer strategischer Vorteil.

Schade nur, dass es an der Koordination hapert, ausgerechnet jetzt, kurz vor dem entscheidenden Moment. Ratlos sieht Covazzani in seiner Galauniform seine beiden

Untergebenen an und weiß nicht, was er tun soll, Lovato und Bedin stehen da wie verträumt. Bellini und die Marveggio haben vollauf damit zu tun, Sergio Anweisungen zu geben, der die Truppen hierhin und dorthin beordert. Davies und der Assistent von Zhu versuchen hinter den anderen Chinesen in Nullachtfünfzehn-Kostümen in Deckung zu gehen. Die Marveggio holt ein weißes Stofftransparent heraus und übergibt es einem, der so zerlumpt aussieht wie ein Schiffbrüchiger und sich von einer äußerst blassen Frau beim Ausrollen helfen lässt. Es ist gut fünf Meter lang, und darauf steht DAS ANTIKE ITALISCHE THEATER VON COSMARATE DEN COSMARATESI. Ein bisschen zu viel Text, aber COSMARATE und COSMARATESI in Rot stechen gut ab. Bellini tritt ein Stück zurück, um die Wirkung zu überprüfen, erklärt, wie man das Transparent halten muss, damit es gut zu lesen ist.

Bozzolato überlegt, ob auch er seinen Männern Anweisungen geben soll, aber da sind ja schon kompetente Leute, die das machen, besser, er konzentriert sich auf das Wann und Wie der Offensive. Er postiert sich direkt vor der steinernen Bühne, auf der Noseletti sich die Seele aus dem Leib brüllt und dabei von seinem persönlichen Videoteam gefilmt wird, als wäre er ein großer Sänger. Auch Bozzolato hat seinen persönlichen Videomann, die Marveggio dirigiert ihn so, dass er die richtige Einstellung hat.

Gerade beendet Noseletti seine Polemik gegen die Presse, die angeblich alles verzerrt und verfälscht, und jetzt wird er gleich auf das Theater zu sprechen kommen, das ist offensichtlich. Doch dann, als wäre er von den eigenen Worten gerührt, fängt er, wie immer eigentlich, von seinen Kindern an. »Als ich sie gestern Abend angerufen habe, um ihnen gute Nacht zu sagen, haben meine Kinder mich gefragt: ›Papa, wie sieht Italiens Zukunft aus?‹ Hier und jetzt weiß ich besser als je zuvor, was ich ihnen antworten soll: Die Zukunft Italiens liegt in seiner Vergangenheit, so kraftvoll bezeugt durch dieses einzigartige antike italische Theater! Wenn ich mich hier umsehe, weiß ich eins mit absoluter Sicherheit: Es ist nicht irgendein nebulöses Europa, das unsere Geschicke bestimmt, wie manche uns weismachen wollen! Entscheidend ist vielmehr unsere jahrtausendealte Geschichte, die zurückreicht bis zu diesen Steinen, meisterhaft behauen und zusammengefügt von unseren italischen Vorfahren, das heißt von I-ta-lie-nern!«

Als Noseletti jetzt direkt nach unten sieht, entdeckt er nur wenige Meter entfernt plötzlich Bozzolato, ihre Blicke treffen sich. Bozzolato muss sofort an die Szene aus *Der Gladiator* denken, wo der heldenhafte Gladiator und der Kaiser mitten in der Arena aufeinandertreffen und die Stille sich mit einer unglaublichen Spannung auflädt. Endlich bemerken ihn auch Fuscadori und seine Stadträte, die Leibwächter und die Polizisten aus Suverso, die Sarmani, sogar Guidarini und seine Assistentin. Selbst die Filmcrews wachen auf und wechseln rasch die Einstellung. Trotzdem ist es so, als ständen sich Noseletti und Bozzolato allein gegenüber, Auge in Auge.

Ein paar Sekunden ist Noseletti desorientiert, deutet dann aber mit ausholender Geste auf Bozzolato, die beiden mit dem Transparent, das Heer der Cosmaratesi, die sich unter die Medienleute gemischt haben. Er kichert. »Und wer sind diese Herrschaften hier? Ein Wanderzirkus vielleicht?«

Bozzolato spürt, wie der Zorn in ihm hochkocht, schafft es aber, sich zu kontrollieren, weil er weiß, dass er jetzt ein anderer ist, in nur wenigen Tagen ein höheres Niveau erreicht hat, politisch wie menschlich. Er weiß auch, dass seine Forderungen keine unrealistische Spinnerei sind, wie die von der Taskforce zu Recht mehrfach wiederholt haben, sondern ein konkreter Plan, der sich in kürzester Zeit umsetzen lässt, finanziert von einem hier ebenfalls anwesenden chinesischen Milliardär. So antwortet er besonnen, überlegen und gefühlvoll, spricht nur etwas lauter, damit Noseletti und die Medienleute ihn verstehen. »Ich bin Massimo Bepi Luigi Bozzolato, der Bürgermeister von Cosmarate di Sopra e di Sotto!«

Noseletti schaut eine Weile ausdruckslos, dann bewegt er die Lippen. »Und was in aller Welt haben Sie, Herr Bürgermeister, sich dabei gedacht, hier dieses Schmierentheater aufzuführen? Und zu diesem Zweck auch noch Leute zusammenzukratzen, die offenbar nicht mal Italiener sind?«

Bozzolato hält seinem Blick stand, beinah ohne mit der Wimper zu zucken, auch wenn ihm die Augen brennen; um seine Position zu festigen, stellt er sich breitbeinig hin und verschränkt die Arme.

»Wir sind hier, um allen zu verkünden, dass die zuständige Gemeinde für das antike Theater von Cosmarate *Cosma-ra-te* ist. Punkt.«

Noseletti lächelt mitleidig, mit diesen wässrigen Augen, dem aufgeblasenen berühmten Gesicht. »Ich kenne einen Ort in Norditalien, der sich Cazzano nennt, und einen anderen, der sich Gnocca nennt, und sogar ein paar in Ligurien, die sich Chiappe nennen, aber der Name ihres Ortes würde, ehrlich gesagt, selbst mein Navi in Schwierigkeiten bringen!«

Bozzolato antwortet nicht gleich, weil er jetzt der neue Bozzolato ist und weil er weiß, dass er mit Argusaugen beobachtet wird, von den nationalen und internationalen Medien (auf einem Mikro stand sogar CNN, das hat er selbst gesehen), aber auch von der Taskforce der Gusmondi LLC, von Mister Zhu, von Covazzani, Lovato und Bedin und der ganzen Schar von Statisten, die extra zu diesem Zweck mit viel Aufwand und hohen Kosten von weit her angekarrt wurden. Er ist selbst erstaunt über die eigene Selbstbeherrschung, wundert sich, dass er sogar noch über eine höfliche, aber bestimmte Antwort nachdenkt, um diesen erbärmlichen Flegel von Noseletti zurechtzuweisen. Aber während er noch überlegt, beginnt das Blut in seinen Adern schon zu kochen, ganz unabhängig von seinem Willen; als der Siedepunkt erreicht ist, kommt es wie bei einem Atomreaktor zur Kernschmelze, im Nu ist jeder Widerstand dahin und er wird in Überschallgeschwindigkeit zurückkatapultiert in den Original-Bozzolato, praktisch den einzig wahren Bozzolato, der wegen der unsäglichen Attacke auf sich und sein Amt die Fassung verliert. Vor lauter Wut kann er nicht mehr an sich halten, in einem regelrechten Tobsuchtsanfall macht er einen Satz auf die Bühne und stößt dabei ein wildes »Uaaarrrgh!« aus, so laut, dass ihm Lunge und Kehle schmerzen, ja sogar die Schläfen.

Sechsunddreißig

Guiscardo Guidarini überlegt, welchen Unterschied es macht, ob man selbst handelt oder nur vom Rand aus zusieht: Mit der Perspektive verändert sich nämlich auch die Realität. Wie nach einem aufwühlenden Traum, wenn man völlig verstört aufwacht, mit klopfendem Herzen nach Luft ringt und im ersten Moment gar nicht recht weiß, was nun Wirklichkeit ist.

Während er am Rand des Proszeniums seinen Gedanken nachhängt und sich gerade fragt, ob er sich nun zu seinem Erbe bekennen oder sich lieber endgültig davon lossagen soll, entbrennt nur ein paar Meter weiter plötzlich ein erbitterter Kampf, in dem sich sein eigener innerer Konflikt widerzuspiegeln scheint. Folglich braucht er ein paar Sekunden, um sicherzugehen, dass das, was sich da vor seinen Augen abspielt, kein Traum ist, sondern ein echter Kampf: Es wird tatsächlich geschubst, ausgewichen, gestürzt, gepackt, geschrien, beleidigt. Angefangen hat der Bürgermeister von Cosmarate, äußerlich kaum wiederzuerkennen, aber das Temperament ist noch dasselbe; mit einem barbarischen Schrei hat er den Vorsitzenden der Nationalunion Mirko Noseletti angegriffen, ihn zu Boden gestoßen und sich auf ihn gestürzt. Dadurch kam es zu einer Kettenreaktion unter den Leuten oben auf dem Proszenium wie unten in der Orchestra: Noselettis Leibwächter sind herbeigespurtet, während seine Filmcrew weiterdreht und sich dabei mit Bozzolatos Kameramann und den anderen in die Quere kommt, allen voran jenem von Veronica Del Muciaro, die ihn anstachelt: »Los! Halt drauf!« Gleichzeitig versucht der Kommunikationschef der Gusmondi Bozzolato zurückzupfeifen: »Was machst du denn da? Hör sofort damit auf!« Kein Effekt, während seine Mitarbeiter sich an einen Typen mit Verbrechervisage wenden, der offenbar die Bagage im Gefolge von Bozzolato anführt. Verbrechervisage springt auf das Proszenium und hilft den Leibwächtern, Noseletti von Bozzolato zu befreien, der auf ihm hockt, als wollte er ihn erwürgen. »O Gott! Seid ihr verrückt geworden?!« Entsetzt fasst die Sarmani sich an den Kopf. Zhu weicht zurück, flankiert von seinen Assistenten. Der Bürgermeister von Suverso hält sich zwar raus, versucht aber seine beiden Polizisten zum Eingreifen zu bewegen. »Steht doch nicht so blöd rum! Macht was!« Noseletti windet sich, strampelt wild und jammert wie ein kleines Kind, was in merkwürdigem Kontrast steht zu den markigen Tönen seiner Rede kurz zuvor. »Aua! Der hat mir ins Ohr gebissen! Aua! Weg, runter von mir, schafft ihn doch endlich weg!« Ein Leibwächter packt Bozzolato an der Schulter, der andere zieht ihn am Arm, der dritte am Bein, doch in seiner Raserei hat sich Bozzolato derart festgekrallt, dass sie ihm nur einen Schuh und den Mantelärmel entreißen können. Die Del Muciaro schubst ihren Kameramann noch dichter an die Prügelnden heran und drängt sich mit akrobatischen Verrenkungen ins Bild. »Roberta! Wie du siehst, ist die politische Rivalität in einen regelrechten Ringkampf ausgeartet! Griechisch-römischer Stil, um beim Thema zu bleiben! Aber ohne jede Regel, denn der Bürgermeister von Cosmarate hat gerade den Vorsitzenden der Union ins Ohr gebissen!« Inzwischen kämpft Verbrechervisage mit einem Leibwächter um Bozzolatos Schuh, er rammt ihm das Knie zwischen die Beine, ohne auf das Gebrüll des Gusmondi-Chefs zu achten, der unten vor der Bühne wild gestikuliert und verzweifelt versucht ihn aufzuhalten. Der Bodyguard zuckt zusammen, strauchelt und schleudert Verbrechervisage den Schuh ins Gesicht, der fasst sich entsetzt an die Nase und greift erneut wutentbrannt an; inzwischen hat einer der Chinesen sich ebenfalls ins Getümmel gestürzt und schlägt wahllos um sich, wobei er Karatebewegungen imitiert, die er vermutlich in einschlägigen Filmen gesehen hat. Endlich gelingt es einem Leibwächter, Noseletti aus der Umklammerung zu befreien, er hilft ihm aufzustehen, muss ihn aber stützen, als er ihn wegführt und hinter den Säulen in Sicherheit bringt, während sich der völlig zerzauste Bozzolato den Schuh anzieht, kehlige Laute ausstößt und den abgerissenen Mantelärmel schwenkt wie eine Fahne. »Mistkerl! Feigling! Komm her, ich bring dich um!« Entrüstet zeigt der Bürgermeister von Suverso, der sich hinter seinen Polizisten verschanzt hat, mit erhobenem Zeigefinger auf Bozzolato und zetert: »So eine Schande! Jetzt hat Cosmarate sein wahres Gesicht gezeigt! Und so ein Gesindel will allen Ernstes das Theater für sich beanspruchen!«

»Du solltest dich schämen, du Halunke! Ich polier dir die Fresse!« Bozzolato kreischt und schlägt wild um sich, nur mit Mühe von seinem Polizeichef in Galauniform gebändigt, der erst mit großer Verspätung die Bühne erreicht hat.

Im Schutz der Leibwächter presst Noseletti sich das Taschentuch ans Ohr, während der Typ mit dem schütteren Haar seine Filmcrew anweist, die Folgen der Aggression aus nächster Nähe aufzunehmen. »Der hat mir fast das Ohr abgebissen, wer sich so aufführt, ist unwürdig, Bürgermeister zu sein.«

»Unwürdig bist du, du Wurm!« Bozzolato schwenkt erneut den abgerissenen Ärmel. »Sieh dir an, was deine Gorillas mir angetan haben!«

»Sei froh, da bist du noch billig davongekommen, Verbrecher!« Jetzt, wo er sich in Sicherheit fühlt, spielt Noseletti gleich wieder den starken Mann. »Eigentlich hättest du eine ordentliche Tracht Prügel verdient!«

»Waschlappen! Weichei! Wichtigtuer!« In seinem cholerischen Anfall greift Bozzolato auf ein Vokabular zurück, das noch farbiger ist als sonst.

Noseletti hält das Taschentuch mit den Blutstropfen in die Kamera. »Seht euch das mal an! Ich fordere die anwesenden Amtsträger auf, sofort die Personalien dieses Herrn aufzunehmen!«

»Die Personalien, die drücke ich dir aufs Maul, du Hampelmann!« Bozzolato versucht sich dem Griff seines Polizeichefs zu entwinden. »Komm her, wenn du dich traust! Wichser! Elender Jammerlappen!«

Mit dem Handy in der Hand nehmen Kameraleute, Fotografen, Journalisten und Zuschauer jedes Detail auf, eine wahre Orgie, während die kleine Komparsenschar aus

Pseudo-Cosmaratesi erschrocken und verunsichert hin und her wogt.

Auch jetzt, wo die Auseinandersetzung abflaut und sich auf unflätige Gesten und Beschimpfungen beschränkt, lässt die Del Muciaro nicht locker. Sie schleift den Kameramann mit zu Noseletti. »Onorevole, was sagen Sie dazu, was hier gerade passiert ist?«

Noseletti ist hochrot im Gesicht, total aufgebracht, durcheinander. »Der Herr, der so dreist ist, sich Bürgermeister zu nennen, muss mit einer Anzeige wegen schwerer Körperverletzung und Nötigung rechnen! Halb Italien ist Zeuge! Das sind die Methoden der Wendehälse! Eine tolle Regierungspartei! Aber bei den nächsten Wahlen werden die Italiener dazu ihr Urteil abgeben.«

Die Del Muciaro drückt auf den Ohrstöpsel und sieht in die Kamera. »Ja, Roberta, unser antikes italisches Theater hat tatsächlich einen handfesten Streit ausgelöst.« Weil Noseletti sich jetzt an seine eigenen Kameraleute wendet, lotst sie ihren Kameramann schnell zu Fuscadori. »Wow, ein ziemlich starkes Stück, Herr Bürgermeister, sind wir jetzt schon so weit, dass die Rivalität zwischen Suverso und Cosmarate mit Fäusten ausgetragen wird?«

Fuscadori zupft sich den Schal zurecht, um wenigstens ein Minimum an amtlicher Würde zu wahren. »Ich bitte Sie, Signorina, Rivalität ist dafür wohl kaum der richtige Ausdruck! Das ist schlicht und einfach kriminell! Gerade hat die Gemeinde Cosmarate ja wohl eindeutig demonstriert, wie unzivilisiert sie ist, damit hat sie sich als Träger für ein derart bedeutendes historisch-kulturelles Erbe endgültig disqualifiziert!«

Umgehend schleppt die Del Muciaro den Kameramann zu Bozzolato. »Bürgermeister Nummer zwei, haben Sie das gehört? Ihr Kollege aus Suverso hat gerade behauptet, Cosmarate sei unzivilisiert und deshalb als Träger für dieses Kulturerbe ungeeignet! Was sagen Sie dazu?«

Bozzolato ist noch immer außer sich. »Was heißt hier Bürgermeister Nummer zwei? Was fällt Ihnen eigentlich ein? Und unterstehen Sie sich, diesen Wurm als meinen Kollegen zu bezeichnen! Der macht doch nur den Handlanger für dieses Aas von Noseletti!«

»Aber Sie haben doch angefangen!« Sie tadelt ihn wie ein ungezogenes Kind, aber mit Nachsicht, denn immerhin hat er die Sendung aufgepeppt.

»Jetzt seht euch bloß mal an, was die aus einem Mantel von höchster Schneiderkunst gemacht haben!« Bozzolato wedelt wütend mit dem Ärmel in die Kamera. »Sogar das Jackett hat was abbekommen! Habt ihr überhaupt eine Ahnung, wie viel so was kostet? Aber bei den anderen immer gegen Verschwendung wettern! Die von der Union sind doch alles Diebe und Halsabschneider!«

Fuscadori erwidert aus ein paar Metern Entfernung. »Habt ihr das gehört, nicht zu fassen, und so einer will das antike italische Theater übernehmen?«

Bozzolato plärrt los. »Das antike italische Theater gehört Cosmarateee! Klar?«

»Das Theater gehört Italien, bestimmt keinem Kaff von ein paar tausend Einwohnern!« Mit Unterstützung des Mitarbeiters mit dem schütteren Haar, der ihm ins Ohr flüstert, ist Noseletti zur alten Überheblichkeit zurückgekehrt. »Nimm das gefälligst mal zur Kenntnis!«

»Es sind fünftausendachthundertvierundzwanzig Einwohner! Das solltest *du* mal zur Kenntnis nehmen, du Knallkopf! Du mit deiner Fliegerweste aus dem Ersten Weltkrieg willst hier den Helden spielen, aber dann jaulen wie ein Welpe. ›Aua! Aua! Tut das weh! Schafft ihn mir vom Hals!‹« Bozzolato äfft ihn nach. »Schwätzer! Schlappschwanz!«

»Nehmt alles auf, dann kann der Herr sich im Knast gemütlich das Video ansehen!« Noseletti redet halb in die Kamera der Del Muciaro, halb in die seiner eigenen Filmleute.

»Ich spucke auf dich, du Lusche!« Bozzolato spuckt wirklich, erreicht ihn aber nicht, für diese Entfernung bräuchte es schon ein Lama oder zumindest ein Alpaka.

Der Leiter des Gusmondi-Teams packt ihn am Arm. »Hundertmal haben wir dir klar und deutlich gesagt, was du zu tun und zu lassen hast, Bozzolato! Jetzt musst du dich für dein Verhalten vor Hans Gusmondi verantworten!«

»Fass mich nicht an, du Biber! Und Hans Gusmondi, diesem Frettchen, kannst du ausrichten: Er kann mich mal. Den Scheißmantel, den könnt ihr auch behalten!« Wütend knöpft er den Mantel auf, schleudert ihn Bellini entgegen, den Ärmel gleich hinterher.

»Die Partei kannst du auch vergessen, du bist raus!« Der Chef des Gusmondi-Teams zischt ihn verächtlich an.

»Und du bist ein Mailänder Arschloch!« Als Bozzolato merkt, dass er von beiden Seiten attackiert wird, rastet er noch mehr aus und wirft mit Beschimpfungen und Drohungen nur so um sich.

Guiscardo überlegt, ob er vielleicht eingreifen soll, winkt

ihm zu: »Bozzolato, wenn nötig, übernehme ich die Anwaltskosten.«

»Und du, was willst du?« Momentan ist Bozzolato derart aufgebracht, dass er zwischen Freund und Feind gar nicht mehr unterscheiden kann.

»Sie haben wenigstens Charakter bewiesen, trotz Ihrer Grenzen.« Guiscardo hat sogar den Impuls, ihm die Hand zu geben.

Aber Bozzolato weiß nicht recht, was er davon halten soll, er schwankt zwischen Verblüffung und wahllosem Zorn auf alles und jeden.

Da kreischt Noseletti unvermittelt los. »Jetzt schaut euch mal die beiden an! Wirklich ein hübsches Paar!«

»Du Schwein! Hör auf, dich hinter deinen Gorillas zu verschanzen, komm her, damit ich Blutwurst aus dir machen kann!« Wieder macht Bozzolato Anstalten, sich auf ihn zu stürzen, wird aber von seinem Polizeichef daran gehindert, der ihn kurzerhand vom Proszenium trägt.

Hin- und hergerissen zwischen Schadenfreude und Betroffenheit hat die Menge unten in der Orchestra wie gebannt die Schlägerei oben auf der Bühne verfolgt, doch nun wenden sich viele Köpfe ab und sehen den Hügel hinauf, denn von dort nähert sich ein Pulk von etwa zwanzig Personen, die Schilder schwenken und Sprechchöre intonieren. »Bürgermeister, miese Truppe, wir spucken euch jetzt in die Suppe! Lasst Union und Wende® sein, beide sind sie hundsgemein!«

Alle, egal ob Kameraleute, Fotografen oder Schaulustige mit Handy, schwenken ihre Objektive, um die Neuankömmlinge einzufangen.

»Hundsgemein seid ihr! Scheißbreitbändler!« Bozzolato zieht schon vom Leder, bevor die Gruppe sich unter die Komparsen der Gusmondi mischt. Um nicht zurückzustehen, bedenkt auch Fuscadori sie mit verächtlichen Gesten. »Ihr seid die schlimmsten Vertreter der Antipolitik! Miese politische Ignoranten!« Aus sicherer Entfernung zeigt jetzt auch Noseletti mit dem Finger auf sie und brüllt: »Da sind sie ja, die Musterschüler der direkten Demokratie! Haben eure Mütter euch nicht beigebracht, wie man sich anständig benimmt? Nichts als Faulpelze und Dummköpfe!«

Davon unbeeindruckt, skandieren die Breitbändler weiterhin ihre Parolen und schwenken ihre Transparente: BREITBAND©, SCHMAROTZER SIND SIE ALLESAMT, JAGT SIE ENDLICH AUS DEM AMT! NOSELETTI, DIESER WICHSER, IST EIN SKRUPELLOSER TRICKSER! Einer trommelt mit einem Holzlöffel auf einen Topf, ein anderer pfeift auf einer Trillerpfeife, zwei andere schwenken ein Transparent mit der Aufschrift: DAS THEATER GEHÖRT UNS ALLEN!

Guiscardo tauscht einen Blick mit Agnese, die die ganze Zeit mit der großen Umhängetasche ungerührt neben ihm gestanden hat. Schon komisch, jetzt die unbeteiligten Beobachter zu geben, wo sie doch den ganzen Streit angezettelt hatten. Ohne ein Wort zu wechseln sind sie sich wieder einmal einig, dass nun der Moment gekommen ist, das Wort zu ergreifen.

»Einen Moment Ruhe, bitte!« Agnese macht mit der Hand halbkreisförmige Bewegungen, Guiscardo nimmt den Schal ab und lässt ihn in der Luft kreisen. »Hey!«

Es dauert eine Weile, bis sich die allgemeine Aufregung so weit gelegt hat, dass man überhaupt ein Wort versteht, aber auch dann muss er derart brüllen, dass ihm beinahe die Stimme versagt. »Hat vielleicht jemand Interesse, etwas über dieses Theater zu erfahren, wo ihr euch seinetwegen doch schon die Köpfe einschlagt?«

Viele sehen ihn jetzt an: die Bürgermeister von Suverso und Cosmarate, Noseletti und seine Mitarbeiter, die Sarmani, die Gusmondi-Truppe, Zhu und seine Leute, einige Herrschaften aus der Komparsentruppe, einige Breitbändler.

Eigentlich hatte Guiscardo sich mehrere Möglichkeiten überlegt, wie er anfangen wollte, aber dann folgt er doch seinem Instinkt. »Weiß jemand von euch, wer mein Urgroßvater Guiduberto Guidarini war?«

Die meisten gucken ratlos. Wie immer bringt Mirko Noseletti die Stimmung der Menge auf den Punkt. »Und wer, bitte schön, ist dieser Herr im Gauklerkostüm?«

»Ich bin der Eigentümer dieses Theaters.« Guiscardo schlägt einen möglichst gemäßigten Ton an.

Noseletti wirft Fuscadori einen fragenden Blick zu, der nickt bestätigend. Dann sieht er die Sarmani an, die aber zu durcheinander ist, um irgendwas hinzuzufügen. Sein Mitarbeiter mit dem schütteren Haar flüstert ihm etwas ins Ohr, er nickt. »Nun gut, dem Herrn hier mag ja das Grundstück gehören, aber sicher nicht das antike italische Theater, denn das ist Dominialbesitz, gehört also dem italienischen Staat!«

»Verehrter Staatsmann, vielleicht hören Sie doch erst mal zwei Minuten zu!« Guiscardo ist verärgert und amüsiert zugleich. »Wenn euch das Theater wirklich so sehr am Herzen liegt, dann müsst ihr unbedingt etwas über meinen Urgroßvater wissen!«

Vom Anblick der Gesichter rundherum ist schwer zu sagen, ob sie zuhören wollen, aber eine gewisse Aufmerksamkeit, zumindest Interesse, ist da. Das Geschrei flaut ab, die Blicke fokussieren sich. Sicher keine andächtige Stille wie in der Kirche, aber zumindest muss man nicht mehr schreien, um sich Gehör zu verschaffen.

»Mein Urgroßvater Guiduberto wurde 1870 geboren, neun Jahre nach der Einigung Italiens, der Einzige aus der Familie väterlicherseits, dem ich mich je verbunden fühlte. Er war ein neugieriger, vielseitig interessierter Mensch. Er reiste, las, malte. Seine männlichen Vorfahren waren durchweg Taugenichtse, mitunter auch blutrünstig, wie in jeder Adelsfamilie, und nach ihm kamen zwei Generationen parasitärer Nichtstuer, mein Großvater und mein Vater.«

Fuscadori macht eine kreisende Handbewegung, als wollte er sagen ›Was faselt der da?‹

»Jedenfalls ...« Guiscardo Guidarini versucht seinen Hang zum Abschweifen im Zaum zu halten. »1897 war mein Urgroßvater siebenundzwanzig.«

»Und weiter?« Noseletti ist genervt, Skepsis und Ungeduld scheinen die Oberhand zu gewinnen.

»1897 war ein Jahr bedeutender Ereignisse, viele mit langfristigen Auswirkungen ...« Reden in der Öffentlichkeit zu halten ist ihm immer schon schwergefallen, selbst vor Fachleuten, wenn es um seine Arbeit ging, aber in so einer Lage erst recht.

»Zum Beispiel?« Wenigstens die Del Muciaro zeigt ein gewisses Interesse, vielleicht aber auch nur, um ihre Livesendung zu beleben.

»Bram Stoker veröffentlichte *Dracula,* Oscar Wilde kam aus dem Gefängnis frei, Karl Elsener meldete das Patent für das Schweizer Messer an.«

Einer der Komparsen mit gezücktem Handy macht ein Gesicht, als wollte er sagen ›Wovon zum Teufel redet der nur?‹ Der Chef des Gusmondi-Teams macht ein absolut entgeistertes Gesicht. Noseletti betastet kopfschüttelnd sein angebissenes Ohr, wobei ihn seine Filmleute aus nächster Nähe aufnehmen.

»Ein Erdbeben der Stärke acht auf der Richterskala erschütterte Assam, Guglielmo Marconi ließ sich in London das Radio patentieren, Amelia Earhart, die fantastische Ozeanüberfliegerin, wurde geboren, Gauguin malte in Tahiti das Bild *Woher kommen wir? Wer sind wir? Wohin gehen wir?,* Karl Ferdinand Braun erfand die Kathodenstrahlröhre, H. G. Wells veröffentlichte *Der Unsichtbare,* Rudolf Diesel baute den ersten Verbrennungsmotor, Paul Dukas komponierte *Der Zauberlehrling,* Felix Hoffmann synthetisierte erstmals die Acetylsalicylsäure, Kreta erhob sich gegen die Türken, Spanien entließ Puerto Rico in die Unabhängigkeit ...«

Agnese macht die Geste der Schere, kürzen, kürzen. Tatsächlich scheint die Aufmerksamkeit der Zuhörer rasant abzunehmen, eine allgemeine Unruhe macht sich breit; hier und da scheint es erneut zu Rangeleien zu kommen.

»Okay, okay, das Jahr 1897 interessiert euch nicht, ich habe schon verstanden!« Guiscardo hebt erneut die Stimme. »Dann erzähle ich euch eben nur, dass mein Urgroßvater Guiduberto in diesem Jahr den Zirkus Muinmos in Turin besuchte, dabei die griechische Somnambule Eleni

Iraklidis kennenlernte und sich unsterblich in sie verliebte! Sie war eine schöne und mutige Frau, die erste, die auf einem Seil über die Niagarafälle balancierte, in einem herrlich bunten Kostüm …«

Unter den Zuhörern macht sich stellenweise Unruhe breit, Agneses mahnende Gesten unterstreichen, wie wichtig es ist, auf den Punkt zu kommen.

»Mein Urgroßvater war mit der Contessa Luigia Lanfranchi D'Ancora verheiratet, einer strengen, ausgesprochen langweiligen Frau, und als er sie wegen Eleni Iraklidis verließ, löste das, wie ihr euch sicher vorstellen könnt, in der kleinen Welt des Suverseser Adels einen ziemlichen Skandal aus. Zwei große, einflussreiche Familien setzten alles daran, zwei Verliebte auseinanderzubringen, es hagelte Anschuldigungen, Appelle, Gerichtsverfahren. Dabei verlor Guiduberto sein ganzes Vermögen bis auf die Villa La Conca hier oben. So zog er mit Eleni hierher, und um ihre griechische Herkunft zu feiern und einen Ort zu schaffen, an dem sie weiterhin vor Freunden auftreten konnte, baute er für sie dieses Theater im hellenistischen Stil.«

Interessant, wie schnell die allgemeine Unruhe plötzlich verstummt und eine gespannte Stille einkehrt. Plötzlich starren ihn alle entsetzt an.

»Sag mal, spinnst du, Guidarini?« Bozzolato findet als Erster die Sprache wieder.

»Sind Sie vielleicht besoffen?« Für einen Moment schließt Fuscadori sich seinem Rivalen an.

»Hat der Herr vielleicht Drogen genommen?« Noseletti guckt ungläubig und zeigt auf das Theater. »Und das Ganze hier soll Ihr Urgroßvater erbaut haben?«

Die Sarmani reißt entsetzt die Augen auf.

Sprachlos sehen die drei von der Gusmondi sich gegenseitig an. Auch die Journalisten, Fotografen und Kameraleute sind stark verunsichert. Die Del Muciaro hat als Einzige keinen Aussetzer: Rasch kontrolliert sie, ob ihr Kameramann weiterfilmt, schiebt ihn dichter heran, verrenkt sich, um ins Bild zu kommen. »Marchese Guidarini, wollen Sie damit sagen, dass dieses antike italische Theater gar nicht antik ist?«

»Es ist weder antik noch italisch.« Eigentlich ist Guiscardo zum Lachen zumute, aber Agneses strenge Miene hilft ihm, ernst zu bleiben. »Ein paar Säulen der Bühnenwand stammen aus römischer Zeit, die waren damals schon im Familienbesitz, vermutlich von irgendwelchen Vorfahren erbeutet. Alles andere hat mein Urgroßvater aus dem Steinbruch in Tramartino kommen lassen, etwa fünfundzwanzig Kilometer von hier. Den Entwurf hat er selbst gemacht, wir haben sämtliche Zeichnungen.«

Fuscadori explodiert. »Dieses Theater ist *Tausende* von Jahren alt, das haben alle Experten bestätigt!«

»Sicher, aber keiner von denen ist je hier gewesen!« Die Idee, Kollegen und Behörden in die Falle zu locken, hatte er zum Totlachen gefunden, aber mit welchem Eifer sie dann tatsächlich hineingetappt waren, das hätte er nie für möglich gehalten.

»Aber wie kann das sein? Die renommiertesten Professoren haben doch die Videos und Fotos gesehen!« Die Del Muciaro ist erschüttert, oder vielleicht tut sie auch nur so, wegen der laufenden Kamera.

»Genau, die haben nur Videos und Fotos gesehen, und

keiner hat auch nur im Traum daran gedacht, selbst herzukommen, um sich mit eigenen Augen ein Bild zu machen. Dann habt ihr in eurer Trash-Sendung diesen Schwätzer Pier Roberto Tossini übertölpelt, und schon sind auch die restlichen Kollegen, die sich noch nicht geäußert hatten, wie eine Herde Schafe hinterhergelaufen!«

Ein paar Sekunden schweigt die Del Muciaro, aber dann nimmt sie ihr Programm in Schutz. »Roberta sagt gerade zu Recht, das ist keine Trash-Sendung! Und kein Mensch hat irgendwen übertölpelt! Wenn Professor Tossini bestätigt hat, dass die Fundstätte antik ist, dann hat er es nach reiflicher Überlegung getan!«

»Genau, immerhin ist er einer der namhaftesten Vertreter der Archäologie weltweit.« Der Sarmani fällt es schwer, sich aus der Schockstarre zu lösen.

»Jedenfalls verstehen diese Professoren bestimmt mehr davon als Sie!« Auch Fuscadori will sich mit den Tatsachen nicht abfinden.

»Die haben uns alle ein Ohr abgekaut!« Bozzolato scheint sich am meisten über sich selbst zu ärgern. »Das Theater war in aller Munde, nur ich hab dagestanden wie ein Idiot, weil ich von nichts wusste.«

»Aber entschuldigt mal, ich bin ja kein Experte, aber das sieht doch jeder, dass diese Steine antik sind!« Noseletti zeigt auf die Umgebung, auch wenn er inzwischen offenbar selbst Zweifel hegt.

»Toll, wirklich gut beobachtet. Natürlich sind die Steine uralt, sie sind im mittleren Eozän und im Oligozän entstanden, vor 55 bis 23 Millionen Jahren.« Guiscardo schüttelt den Kopf. »Aber jetzt geht es doch darum, wann mein

Urgroßvater sie hat zuschneiden lassen, um daraus sein Theater zu erbauen.«

»Wer ist denn das überhaupt? Ich weiß ja gar nicht, wer dieser Herr hier überhaupt ist!« Plötzlich hat Noseletti wieder Oberwasser und sieht sich Beifall heischend um. »Aber eins ist ja wohl klar, er ist bei Weitem nicht so glaubwürdig wie die *scientific community*!«

»Mit der Sie ja bekanntermaßen auf vertrautem Fuß stehen, nicht wahr? Was sich beispielsweise darin äußert, dass Sie überall gegen Impfungen mobilisieren.« Guiscardo Guidarini ist erneut zum Lachen zumute, und diesmal lacht er tatsächlich.

»Was ist denn daran so komisch?« Noseletti verschärft den Ton. »Würden Sie uns vielleicht mal verraten, welche Drogen Sie genommen haben?«

»Und Sie, würden Sie uns vielleicht mal verraten, welche Bücher Sie lesen?« Guiscardo kann nicht anders, er muss einfach zurückfragen. »Welche Musik Sie hören? Welche Länder Sie besucht haben? Was Sie tatsächlich können, außer mit der Angst und der Denkfaulheit der Leute zu spielen?«

Noseletti guckt in die Kamera und tippt sich mit zwei Fingern an die Stirn. »Der ist doch vollkommen verrückt!«

»Und ihr seid wahre Meister im Verbreiten alternativer Wahrheiten!« Guiscardo gibt Agnese ein Zeichen, die Tasche zu öffnen. »Aber manche Wahrheiten lassen sich beweisen, im Unterschied zu anderen!«

Agnese zieht eine Mappe mit historischen Fotoabzügen heraus, im Format 320 × 260 Millimeter, zu Zeiten des Urgroßvaters unter dem Namen Excelsior bekannt. Als sie vorsichtig das Seidenpapier zurückschlägt, kommt ein leicht vergilbtes Foto zum Vorschein, auf dem Arbeiter gerade dabei sind, Steinblöcke von einem Ochsenkarren abzuladen, vor dem Hintergrund der Hügelmulde. Sie dreht das Foto so, dass alle es sehen können.

»Na und? Was beweist das schon?« Fuscadori will selbst die fotografischen Belege nicht akzeptieren.

»Der Herr hat sich doch garantiert mit Photoshop amüsiert!« Auch Noseletti hat umgehend eine Erklärung parat, um die Version zu untermauern, die ihm genehm ist.

»Nun ja, wenn ein Manipulationsexperte wie Sie das sagt, müsste man womöglich sogar darüber nachdenken.« Guiscardo merkt, dass das Ganze wider Erwarten kein Kinderspiel ist. »Es gibt noch viel mehr Fotos, keine Sorge! Und auch Pläne!« Er wählt ein zweites Foto aus, darauf ist das Proszenium abgebildet, auf dem momentan ein Drittel der Anwesenden steht, er zeigt es herum wie Agnese zuvor.

Jetzt zeigt Agnese eine dritte Aufnahme, auf der man sieht, wie Eleni Iraklidis leichtfüßig und elegant über ein Seil balanciert, das zwischen den Säulen der Bühnenwand aufgespannt ist. Aufbau, Proportionen und Lage sind unverwechselbar, genauso wie die Authentizität der Abzüge, die jetzt von Kameraleuten und Fotografen herangezoomt und aus nächster Nähe aufgenommen werden.

Um auch die letzten Zweifel auszuräumen, zieht Guiscardo noch weitere Abzüge und Zeichnungen heraus und zeigt sie dem Publikum.

Je mehr die Belege sich häufen, desto leiser und seltener kommen die Einwände, bis schließlich nur noch allgemeines Kopfschütteln, Achselzucken, resignierte Gesten, gemurmelte Flüche übrig bleiben.

Interessant auch, wie schnell das lautstarke Auftrumpfen verstummt, weil den Streithähnen die Argumente ausgehen. Übrig bleiben nur Anklagen und Vorwürfe, die jetzt auf allen Seiten proportional zunehmen.

»Fuscadori, entschuldige mal, da habt ihr euch ganz schön an der Nase herumführen lassen von diesem Herrn hier.« Schon distanziert sich Noseletti von dem Debakel.

Prompt versucht Fuscadori die Schuld auf die Sarmani abzuwälzen. »Die hat uns doch keine Ruhe gelassen mit ihrem antiken italischen Theater! Die hat darauf bestanden, dass der Gemeinderat sich damit befasst, obwohl wir überhaupt nichts darüber wussten.«

Die Sarmani ist total blass, hat aber nicht die Kraft, etwas zu erwidern.

Guiscardo kann nicht umhin, sie energisch in Schutz zu nehmen. »Die Stadträtin Sarmani ist der einzige kluge Kopf in eurem Gemeinderat aus unfähigen, ignoranten Dumpfbacken! Sie allein war bereit, dazuzulernen und sich weiterzuentwickeln.«

Die Sarmani sieht ihn mit zitternden Lippen an.

Jetzt wendet er sich direkt an sie. »Sollten Sie jemals erwägen, diese Partei von Minderbemittelten zu verlassen, um eine eigene, anspruchsvollere Liste aufzustellen, die Ihnen eher entspricht, werde ich gern Ihren Wahlkampf unterstützen! Und Ihnen dafür, wenn Sie möchten, auch jederzeit das Theater zur Verfügung stellen! Schließlich ist es immer noch ein herrlicher Ort, auch wenn es nur hundertzwanzig Jahre alt ist!«

»Danke, aber ich …« Annalisa Sarmani wirkt gerührt, fühlt sich aber trotzdem zutiefst unbehaglich.

»Schon wieder der edle Ritter.« Mit zornfunkelnden Augen raunt Agnese ihm diese Bemerkung ins Ohr.

Noselettis Mitarbeiter mit dem schütteren Haar zeigt anklagend mit dem Finger auf die Del Muciaro. »Auf jeden Fall können wir uns bei dieser Pseudo-Journalistin bedanken, die uns einen Fake als authentisch verkauft hat, bloß um einen Scoop zu landen!«

So etwas kann die Del Muciaro natürlich nicht auf sich sitzenlassen, schon gar nicht in einer Livesendung. »Also bitte, ich muss Sie darauf hinweisen, dass ich ein Journalismusstudium absolviert habe und seit fünfzehn Jahren ordentliches Mitglied im Journalistenverband bin. Außerdem habe ich mich in dieser ganzen Angelegenheit immer streng an die journalistische Sorgfaltspflicht gehalten. Der Marchese hatte mir von seinem Fund erzählt, und ich habe dazu recherchiert, das ist mein Beruf!«

»Eigentlich habe ich Ihnen nur das Leben gerettet, als Sie an der Brioche zu ersticken drohten …« Guiscardo hat keine Lust, sich noch weiter aufzuspulen.

»Natürlich, Roberta, ich sage es noch mal deutlicher!« Die Del Muciaro drückt auf den Kopfhörer, um die Riscatto im Studio besser zu hören. »Wir von *Tutto qui!* haben nur unsere Informationspflicht erfüllt!«

Kopfschüttelnd redet Bozzolato mit sich selbst. »Der ganze Kram hier hat denselben historischen Wert wie das Haus meiner Großmutter in Sasso Fumarolo …«

»Okay, Roberta, bis später!« Die Del Muciaro beendet die Liveübertragung.

Guiscardo hilft Agnese beim Einpacken der Fotos.

»Sie haben uns nach Strich und Faden betrogen!« Fuscadori keift so laut, dass ihm fast die Stimme versagt. »Sie sind in den Gemeinderat gekommen, um uns Karten, Pläne und Fotos zu erläutern! Haben uns so lange mit all den griechischen Begriffen bombardiert, bis wir nicht mehr wussten, wo uns der Kopf steht!«

Guiscardo zuckt die Schultern. »Das war nur eine kurze Einführung in die Archäologie, da ihr ja keine Ahnung hattet, was ein antikes Theater überhaupt ist.«

»Tja, liebe Freunde, egal wie man es auch dreht und wendet, da habt ihr euch einen ganz schönen Bären aufbinden lassen!« Noseletti ist auch auf seinen Chefberater ziemlich sauer und sieht ihn böse an.

»Jetzt hör mal, Mirko, ich habe die Sendung gesehen, mir die Experten angehört, einen Haufen Artikel gelesen!« Hektisch versucht er sich zu rechtfertigen. »Dann habe ich mit der Vizebürgermeisterin gesprochen, die offensichtlich aus sentimentalen Gründen voreingenommen war!«

Zum Glück denkt die Sarmani gar nicht daran, den Sündenbock zu spielen, und feuert umgehend zurück. »Ihr seid doch nur zu mir gekommen, weil Mirko Noseletti ganz wild darauf war, das Theater für seine Imagekampagne zu nutzen, aber Fuscadori auf keinen Fall dabeihaben wollte!«

»Das stimmt absolut nicht, Sarmani!« Wütend streitet Noselettis Chefberater alles ab. »Unser Ansprechpartner für Suverso war und bleibt Bürgermeister Fuscadori, trotz seiner offensichtlichen Fehler!«

»Klar, so offensichtlich wie die zig Millionen Euro

öffentlicher Mittel, die ihr den Italienern vorenthalten und in die eigene Tasche gesteckt habt!« Bozzolato heizt den Streit erneut an. »Und die Millionen Rubel, die ihr von den Russen kassiert habt!«

»Und wo sollen die bitte schön sein?« Demonstrativ stülpt Noseletti die Hosentaschen nach außen, wobei ein Paket Kaugummi herausfällt, das einer der Leibwächter schnell wieder aufhebt. »Und die Rubel, siehst du vielleicht welche?«

»Raffzahn!« Bozzolato ereifert sich erneut. »Gierschlund!«

»Und was ist mit euch?! Wollen wir vielleicht mal darüber reden, was ihr mit den Chinesen zu schaffen habt?« Dabei zeigt er auf Zhu, dessen Mitarbeiter und die Chinesen aus der Komparsentruppe, legt die Finger an die Augenwinkel und zieht sie in die Breite. »Wie die Lakaien auf der Seidenstraße fallt ihr vor ihnen nieder! Wahrscheinlich esst ihr auch schon Reis mit Stäbchen!«

Zhu verlangt Aufklärung von seinem Dolmetscher, der aber immer blasser und mitgenommener aussieht. »Herr Zhu sagt …« Der Dolmetscher beginnt mit der Übersetzung, wird dann aber von einem Hustenanfall geschüttelt, klappt zusammen und muss von einem anderen Mitarbeiter des chinesischen Milliardärs gestützt werden.

Eigentlich will Guiscardo an diesem Punkt nur noch nach Hause, mit Agnese einen Mate trinken, vielleicht ein bisschen Klavier spielen und darauf warten, dass sämtliche Eindringlinge wieder von seinem Grundstück verschwinden. Aber ein solches Ende scheint ihm billig und unangebracht, auch seinem Urgroßvater gegenüber. So wirbelt er wieder seinen Schal durch die Luft. »Verzeihung, aber ich hätte noch etwas zu sagen!«

Agnese schüttelt den Kopf: Tatsächlich bräuchte man mindestens ein Megafon, um sich bei der erneut anschwellenden Geräuschkulisse Gehör zu verschaffen.

Vielleicht, denkt er, sollte er es lieber lassen, weil das, was er zu sagen hat, in diesem Kontext ohnehin irrelevant ist. »Los, wir gehen.« Er deutet den Hügel hinauf.

Doch Agnese macht ein Gesicht, wie er es nur äußerst selten bei ihr gesehen hat, und atmet lange tief ein: Die Nasenlöcher gebläht, den Kopf leicht nach hinten geneigt, die Brust langsam anschwellend. Als die Lungen voll sind, stemmt sie die Hände in die Hüften und stößt ein »KIAIIIII!« aus, so laut, durchdringend und überraschend, dass die Leute rundherum wie angewurzelt stehen bleiben. Sie gibt Guiscardo ein Zeichen, los.

Da er weiß, dass sich das Zeitfenster ungeteilter Aufmerksamkeit bald wieder schließen wird, redet er gleich so laut er kann. »Mein Urgroßvater hat dieses Theater erbaut, weil er einen wunderbaren Traum hatte, meilenweit entfernt von der Realität! Ein grenzenloser Traum von Dingen, die man nicht kaufen kann! Ein Traum, in dem nicht er die Hauptfigur war, sondern Eleni! Ein solcher Traum kann einen Menschen entweder ruinieren oder überglücklich machen! Doch als er starb, erwiesen sich mein Großvater und mein Vater als unfähig, diesen Traum weiterzuführen. Sie konnten es nicht, selbst wenn sie gewollt hätten. Denn ihre Träume waren unglaublich beschränkt und schrumpften noch weiter, so lange, bis sie ungefähr der Größe eines Autos entsprachen!«

»Bringt den denn keiner zum Schweigen?« Schon beginnt sich das Fenster zu schließen: Noseletti zetert, während er, wenn auch ungern, die Pseudo-Cosmaratesi, die gerne ein Selfie mit ihm machen wollen, durch seine Leibwächter zurückdrängen lässt. Es fällt ihm schwer, das ist ihm anzusehen.

»Und du, wovon träumst du?« Die Frage kann Guiscardo sich nicht verkneifen. »Mal abgesehen davon, dass du gern den kleinen Diktator spielst, der durch Anmaßung, Stumpfsinn und Ignoranz ein Land in den Ruin treibt.« In dem Durcheinander von Politikern, Komparsen und Journalisten schaut er um sich. »Und ihr? Wovon träumt ihr? Woher kommen eure Träume? Aus der Werbung? Aus dem Internet? Oder habt ihr gar keine mehr? Was ist bloß aus den Träumen geworden? Wo sind sie abgeblieben? Muss sich erst eine kollektive Katastrophe ereignen, damit man wieder anfängt zu träumen? Muss erst das Laufband ausfallen, das mit rasender Geschwindigkeit auf das Nichts zuführt?«

»Schluss jetzt mit dem Sermon!« Fuscadori ereifert sich erneut.

»Hör endlich auf, du armer Irrer!« Noseletti giftet, abgeschirmt von nervösen Leibwächtern, die es nicht erwarten können, ihn von hier wegzubringen.

Die Unruhe steigt, das Fenster schließt sich weiter; dann ist es zu.

»Tricksen, täuschen, andre schmieren, bald werdet ihr das Amt verlieren!« Die Breitbändler stimmen wieder ihre Sprechchöre an, noch energischer als zuvor. »Hey, ihr Gauner, gebt's doch zu, sonst lassen wir euch nicht in Ruh! Keinen Trick lässt er vermissen, Noseletti ist gerissen!«

»Schwachköpfe! Idioten! Zurück mit euch in den Kindergarten, da gehört ihr nämlich hin!« Noseletti und die beiden Bürgermeister wettern erneut, Leibwächter und Polizisten bilden eine Barriere, die Del Muciaro heizt ihrem Kameramann ein, die anderen Medienvertreter nehmen weiter auf, die Menge der Schaulustigen und Komparsen wogt hin und her, die Atmosphäre heizt sich erneut auf.

Aber Guiscardo hat die Lust verloren, sich weitere sinnlose Tumulte anzusehen. Er gibt Agnese ein Zeichen; sie verlassen das Proszenium und steigen die Treppe hinauf. Ein paar Objektive folgen ihnen, aber das Interesse ist eindeutig abgeflaut, nicht mal die Del Muciaro heftet sich an ihre Fersen.

Als sie oben ankommen, nimmt er ihre Hand, zieht sie an sich, küsst sie auf den Mund. Sie erstarrt, weicht zurück, sieht ihm forschend ins Gesicht. Dann lächelt sie, wirft sich ihm schwungvoll in die Arme, wobei sie sich in dem Schulterriemen der Tasche verheddert. Immer fester drückt sie ihn an sich, küsst ihn.

Seit zehn Jahren hat dieser Kuss geschlummert, mit Engelsgeduld zugesehen, wie andere, falsche, überflüssige, schnell vergessene Küsse kamen und gingen. Er ist uralt und gleichzeitig taufrisch, ist Begehren und Erfüllung, die atemlos machen, ein Geben und Nehmen, namenlos oder mit vielen möglichen Namen, alle richtig. Die Sinne, die er anspricht, sind spezifisch und gleichzeitig unspezifisch, empfänglich für jede feinste Mitteilung, ohne Rangfolge, ohne Kontrolle. Beide bewegen sich kaum, mit geschlossenen Augen verschmelzen sie zu einer innigen Einheit.

Irgendwann hört er auf, sie zu küssen, oder vielleicht ist

sie es, die aufhört, ihn zu küssen, aber auch das ist unmöglich zu erkennen, als beide gleichzeitig langsam die Augen öffnen. Eine Ewigkeit bleiben sie so stehen, einander umarmend und einatmend, in der Hitze größter Nähe, in der Hitze all dessen, was sie voneinander wissen.

Dann drehen sie sich um und sehen hinunter: Die vielen Menschen, die aus der Entfernung winzig klein wirken, wimmeln immer noch auf dem Proszenium und der Orchestra herum, getrieben von ihren kleinen Wünschen und Ansprüchen. Von hier oben sieht es aus wie ein Theaterstück, nachdem der Regisseur die Flucht ergriffen und ein Chaos hinterlassen hat, vielleicht, weil er das Interesse verloren hat, vielleicht, weil das Januarlicht schwindet, vielleicht, weil es für eine Freilichtaufführung die völlig falsche Jahreszeit ist.